천자의 나라

천자의 나라 상

김유인 소설

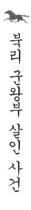

북리 군왕부 살인 사건

오두막

등장인물

전조 展昭

반듯한 용모만큼이나 반듯한 성품을 지닌 무인. 갓난아기일 때 길가에
버려져 갖은 고생을 겪으며 자랐다. 포증의 천거로 관리가 되기 전에는
'천하제일검'이라 불리던 강호의 협객으로, 북협 구양춘과 더불어 남협으로
추앙받았다. 포증이 개봉 부윤 직위를 하사받을 때 우연히 황제 앞에서 무술을
선보일 기회를 얻게 된 전조는, 신기에 가까운 무술 시범으로 그 자리에서
어전사품대도호위라는 직위를 하사받는다. 이때부터 전조는 개봉부에 봉직하며
포증의 오른팔 노릇을 톡톡히 해낸다. 북리 군왕부에서 살인 사건이 일어나자
전조는 이 사건을 해결하러 섬서성으로 떠난다.

인종 仁宗 1010~1063

북송 제4대 황제로 이름은 조정趙禎이다. 양양 왕 조각이 일으킨 반란에
커다란 충격을 받아, 인피면구라는 가면을 쓰고 개봉부 저잣거리로 나가 민심을
살필 결심을 한다. 암행을 나왔다가 우연히 전조와 만난 인종은, 그이의
예사롭지 않은 말과 행동에 호기심을 느끼게 되고, 북리 군왕부로 떠나는
전조를 따라 길을 떠난다.

포증 包拯 999~1062

공평하고 사사로움이 없는 정치를 펼친 것으로 널리 알려진 북송 때 관리이다.
사람들은 그이의 청렴결백함을 기려 포청천包靑天이라 불렀다. 지방관으로
있을 때는 백성들의 억울한 사정을 잘 헤아렸고, 판관이 되자 부패한 정치가들을
엄하게 다스렸다. 높은 벼슬에 오른 뒤에도 소박하고 검소하게 생활해 그 이름이
높았다. 전조가 가장 존경하는 인물이며, 포증 또한 전조를 자식처럼 아낀다.

아령 雅鈴

좌수백의 어린 하인으로, 가난하고 불우한 어린 시절을 보냈다.
어머니가 혹독한 가난으로 굶어 죽게 되자, 이곳 저곳 전전하다가 주인을
따라 북리 군왕부에 오게 된다. 학사관에서 심부름꾼으로 일하던 시절
어깨너머로 학문을 익혀 시와 문에 밝다. 타고난 총명함으로, 북리 군왕부를
둘러싼 사건들을 해결하는 데 큰 보탬이 된다.
쉽게 다가설 수 없는 사랑에 괴로워한다.

북리현 北里賢

북리운천의 아들. 북리 군왕부를 이을 후계자로, 어렸을 적부터 학문과 무예를
익혀 왔다. 북리현이 펼치는 '만화일섬'이라는 검술은 사람의 눈을 홀릴 정도로
아름답지만 섬서성 최고의 쾌검이라 일컬어질 정도로 매우 강력하다.
스무 살 생일을 앞두고, 말에서 떨어지는 사고를 당해 하반신이 마비되는
불운을 겪는다. 이 일이 있은 뒤 북리현은 점점 더 망나니로 변해
주변 사람들을 괴롭힌다.

북리운천 北里雲天

서하와 국경을 마주하고 있는 섬서성의 북리 군왕부 군왕.
서부의 열혈지왕으로 불린다. 기골이 장대하고 무인다운 기질을 가지고 있다.
젊은 시절, 사랑하던 여인이 있었으나 신분의 차이 때문에 헤어지고 만다.
아들 북리현이 하반신 마비가 되자, 북리가의 대를 잇기 위해 옛 연인이
낳았다는 북리현의 배다른 형제를 찾는다.

적청 狄靑 1008~1057

호탕한 성격을 지닌 무인으로, 범중엄 안무사의 수하에 있다. 전조가 강호에
있던 때부터 우정을 나눠 왔으며, 전조가 사건을 해결하는 데 도움을 준다.
서하 변경을 지키던 당시 언제나 무시무시한 구리 탈을 쓰고 적들을 무찔러
서하 병사들에게는 귀신과도 같은 공포의 대상이었다. 훗날 인종의 총애를
받아 송군 전체를 이끄는 추밀사에 오른다.

승휴 升茠

적청이 이끄는 부대의 병사다. 천하제일검 전조에게 무한한 존경심을
품고 있어서, 전조의 일이라면 무엇이든 돕는다. 천성이 착하고 의리가 있으며,
나중에 전조와 의형제를 맺는다.

좌수백 左秀柏

북리현의 배다른 형제라고 주장하는 세 공자 가운데 한 명. 어머니의 초상화를
들고 북리 군왕부에 온다. 빼어난 용모를 지녔으나 무례하고 성정이 난폭하다.
어린 하인 아령을 함부로 다뤄 전조와 마찰을 빚는다.

위청운 魏靑雲

역시 세 공자 가운데 한 명으로, 어머니의 유품인 반지를 가지고 있다.
뛰어난 무예 솜씨를 지녔고, 기질이 북리운천과 가장 비슷하다.

위지량 魏智亮

세 공자 가운데 한 명. 겉모습은 백면소자이나 속을 알 수 없는 위인으로
어머니 유품 중 옥패를 가지고 있다.

차례

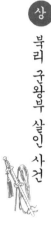

차례

일러두기

이 소설은 북송 제4대 황제인 인종 시대의 역사적 사실을 바탕으로 썼다. 그러나 청나라 때 쓰여진 협의 소설 《삼협오의》의 큰 줄기를 따랐기 때문에 《천자의 나라》에 나오는 연대나 지리, 인물은 사료와 다를 수 있다.

프롤로그

중국 송나라 제4대 황제 인종仁宗은 성품이 인자한 왕이었다.

하지만 지나치게 문치주의에 치우친 탓에 인종 시대 군사의 힘은 약할 수밖에 없었다. 덕분에 국경을 마주한 요나라에 세폐를 30만까지 늘려 주고, 감숙성까지 내려온 서하와는 오랜 전쟁을 치러야 했다. 밖으로는 이렇듯 우환이 들끓었지만, 안으로는 살림이 편안하고 학문과 예술이 꽃을 피웠다. 그래서 사학자들은 인종이 다스리던 시대를 '경력慶曆의 치治'라 부르며 송나라 최고 전성기로 친다.

하지만 인종이 처음부터 현군의 자질을 보였던 것은 아니다. 인종은 열세 살 어린 나이에 유 태후의 섭정을 받으며 왕위에 올랐고, 그 뒤로 무려 십여 년을 실권 없이 지냈다. 1033년 태후가 죽어 권력을 돌려받고도 한동안 그렇고 그런, 평범한 행보를 걸었다. 그러다가 치세 중반인 경력 연간(1041~1048)에 이르러 눈에 띄게 어질고 똑똑한 정치를 펼치는 것이다. 대체 인종에게 무슨 일이 생긴 것일까? 그 의문을 풀고자 이제 송나라의 수도 개봉으로 가 볼까 한다.

어느 날 개봉부 관청에 살인 사건이 하나 접수된다. 개봉을 다스리는 개봉 부윤은 전설적인 명판관 포증包拯이다. 포증은 황족에게도 굽히지 않는 강직함과 청렴함, 뛰어난 사건 해결 능력으로 '철면 판관'이라 불리는 인물이다. 그 옆에는 강하고 선한 영웅들이 늘 한 마음으로 포증을 돕는데, 포증과 이들 영웅 이야기는 여러 소설과 희곡의 단골 소재가 되기도 했다. (그 가운데 가장 유명한 것은 청나라 사람 석옥곤이 쓴 《삼협오의三俠五義》로, 《천자의 나라》도 이 소설의 구성을 따라 이야기를 전개한다.)

포증은 살인 사건을 믿음직한 젊은 무관에게 맡긴다. 무관은 언제나처럼 명쾌하게 사건을 해결해 나간다. 다만 우연히, 아주 우연히 '황제'라는 변수가 끼어드는 게 조금 다를 뿐. 과연 그 변수가 앞으로 얼마나 큰 파장을 일으킬지, 또 그 때문에 황제에게는 어떤 커다란 변화가 일어날지 아무도 모른다.

다만, 그 사건 뒤 달라진 인종의 모습을 사서史書는 아래와 같이 기록하고 있다.

인종은 간관諫官을 증원하여 구양수 등 4명을 보하고 한기, 범중엄을 추밀부사樞密副使에 임명했다. …… 인종이 가장 정무에 정진한 것도 이 당시를 전후해서였다. 인종은 조회 때마다 태평책(太平策: 백성을 편안하고 이롭게 만드는 정책)을 말하라 독촉했고, 또 태평각에 보정의 신을 모아 각자 생각대로 기술하여 제출하는 방책도 취했다. 중엄 등이 '관리의 인사를 공정히 할 것'과 치정의 근본 10개조인 '십사十事'를 주장한 것도 이때였다. …… 이리하여 세상은 봉건적 관료의 치세로부터 기능적 관료의 치세로, 다시 말하면 중세의 세태에서 근세의 세태로 크게 회전해 갔다. 이런 움직임 속에서 가우 8년(1063) 3월 인종은 재위 41년 만에 죽었다.

— 《중국의 역사》 권8 '북송 시대(제6장)'에서

자, 그럼 이제 인종을 '중세에서 근세로' 이끈, 곧 역사의 흐름을 바꾼 훌륭한 황제로 만든 비밀을 밝히러 가 보자.

정교한 가면, 인피면구

정전正殿은 고적했다.

시중을 들던 궁녀와 내시도 모두 물러가고, 말많은 신하들도 모두 퇴궐한 뒤였다. 커다란 정전에는 오로지 그 궁전의 주인만 홀로 남아 있을 뿐이었다. 해시가 훌쩍 넘어 자시가 가까운 시간, 그런데도 그 늦은 시간까지 인종은 잠이 들기는커녕 금빛 찬란한 곤룡포에 머리에는 무거운 금관까지 그대로 쓰고 있었다.

귓가에 양양 왕[1]의 목소리가 쟁쟁 울려 왔다.

"천자? 천자라고? 웃기지 마라, 조정(趙禎:인종의 이름)! 곤룡포에 면류관만 벗겨 놓으면 누가 너를 천자로 알겠느냐. 시정을 거니는

---

1) 양양 왕 조각趙珏:인종의 숙부이자 양양襄陽의 군왕. 석옥곤의 《삼협오의》는 포증이 협객지사들과 더불어 백성들의 억울한 사건을 해결하는 것말고도, 바로 이 양양 왕의 반란 음모를 파헤치는 것을 소설의 또다른 축으로 삼고 있다. 나중에 《소오의小五義》와 《속소오의續小五義》 같은 후속작들에 와서야 조각은 군웅들에게 사로잡히고, 비로소 반란이 완전히 종결된다. 여기서는 시간을 조금 앞당겨 이미 양양 왕의 반란이 끝난 것으로 설정한 뒤에 이야기를 진행한다.

하찮고 평범하기 짝이 없는 잡배와 조금도 다르지 않거늘, 누가 너를 황제로 보겠느냔 말이다! 송을 창건한 태조 조광윤의 이름에 부끄럽지 않느냐? 너처럼 유약하고 멍청한 자가 황제라니. 감히 천자라 칭하다니! 조정아, 아느냐? 사람들이 네게 무릎을 꿇고 머리를 조아림은 네가 황제라서가 아니라 황제의 옷과 관을 걸치고 있기 때문이다. 네가 걸친 번쩍거리는 껍데기에 절을 하는 것일 뿐이란 말이다! 조정, 너는 천자가 아니다. 천자의 옷을 걸친 허수아비에 불과할 뿐이다! 통치가 뭔지, 지배가 뭔지도 모르는 철없고 어리석은 허수아비! 이 황포와 면류관은 내 것이다. 오로지 나만이 입을 자격이 있다. 나만이 이 땅의 천자다! 나야말로 하늘이 정한 진명 천자다!"

인종은 설레설레 머리를 저었다. 설마 양양 왕이 그런 말을 할 줄은 몰랐다. 가장 신뢰하던 친왕親王이 아니던가. 사적으로는 숙부였고 공적으로는 신하였다. 그런 자가 반역을 꾀한 것도 모자라 죽어가면서까지 자신에게 온갖 험담과 저주를 퍼붓다니. 심지어 양양 왕은 인종을 황제라고도 부르지 않았다. 지나가는 개를 부르듯 함부로 조정이라고 이름을 부르며 고래고래 욕을 퍼부었던 것이다.

'천자가 아니라 천자의 옷을 걸친 허수아비라……'

인종의 마음이 무거워졌다. 함께 듣던 신하들은 얼굴이 노랗게 질려 미치광이의 망언이니 노여워 말라고 고개를 조아렸지만 신하들의 조아린 뒤통수를 보며 인종은 혼자 생각했다.

'그대들이 절하는 게 나인가, 내가 입은 곤룡포와 면류관인가.'

인종은 가만히 탁자 위에 놓인 거울을 보았다. 잘 닦인 거울에 중년에 다가서는 사내의 어딘가 지쳐 보이는 얼굴이 나타났다. 스무 살 푸르른 청년 시절에는 제법 미남 소리를 들었을 선이 반듯한 얼굴. 그러나 황제의 엄격함과 무게가 더해지면서 그 얼굴에서 청년의 아름다움은 사라지고 통치자의 냉엄함만이 강하게 두드러질 뿐이었다.

황제의 시선이 이번에는 거울 옆에 놓인 상자에 닿았다. 별 특징이 없는 그저 네모 반듯한 상자였다. 인종은 천천히 상자를 열어 안에 든 물건을 유심히 들여다보았다.

가면.

진짜 사람의 얼굴을 보는 듯 정교하게 만들어진 가면이 상자 안에서 하얗게 빛을 발했다.

"인피면구人皮面具이옵니다."

"인피면구?"

"강호인들이 흔히 다른 사람으로 변장할 때 많이 쓰는 가면입지요. 진짜 사람의 얼굴 가죽을 벗겨 만들었다고도 하고, 그만큼 정교하게 만들어진 가면이라고도 해 그런 이름이 붙었다 합니다. 제가 한 번 써 보았는데 어찌나 감쪽같던지 아무도 저를 알아보지 못하더 군요. 이거 쓰고 돌아다니면서 제 욕하는 부하놈들, 게으름 피우는 군사놈들 다 기억해 두었다가 나중에 정신이 확 들도록 화끈하게 혼을 내 주었지요. 진짜 통쾌하더이다."

황제의 얼굴에 엷은 웃음이 떠올랐다. 산동 안무사 이철승李哲承은 한 지역의 군대를 책임지고 있는 장군이면서도 아이처럼 장난기가 심했다. 또한 인종의 어머니 이신비李宸妃의 일족이어서 외가 쪽으로 따지면 사촌쯤 되는 혈육이기도 했다. 그래서 인종이 아직 어린 황자였을 때는 함께 궁궐 밖으로 자주 놀러 다니고는 했다. 그때 기억이 남아서인지 이철승은 인종이 황제가 된 뒤에도 크게 허물을 두지 않았다. 여전히 장난스럽게 인종을 대했고, 인종 또한 그게 좋았다.

이번 양양 왕 사건을 듣고 한달음에 이철승이 산동성에서 올라왔을 때 인종은 그 마음이 무척 고마웠다. 이철승은 양양 왕 얘기는 한마디도 꺼내지 않고 산동성의 미녀 얘기며, 술 얘기며, 온갖 우스갯소리만 실컷 늘어놓다가 마지막에는 이런 장난감까지 선물로 주고 간 것이다.

"재밌어요, 재밌어. 답답한 궁궐에만 처박혀 있지 말고 이런 거 쓰고 궁 밖으로 훨훨 미행이라도 떠나 보세요. 남들이 나 못 알아보고 내 욕하는 거, 혹은 칭찬하는 거, 둘 다 엄청 재미있습디다. 한번 기분 전환을 해 보시라니까요."

이철승은 호탕하게 웃으며 떠나갔다. 그러나 이철승은 호탕하기는 해도 세심하지는 못했다. 양양 왕이 퍼부은 폭언이 인종에게 어떤 상처로 남아 있을지 전혀 살피지 못했던 것이다. 그랬더라면 다른 사람의 모습이 될 수 있다는 인피면구 따위를 재미있다고 선물하지는 않았을 테니까.

'천자의 옷을 입은 허수아비라……. 내 옷과 관 때문에 절을 한다고?'

인종은 천천히 머리에 쓴 금관을 벗었다. 오늘따라 유난히 무겁게 느껴지던 관이었다. 관을 벗자 거울 속의 얼굴은 더욱 지쳐 보이고 어찌 보면 평범해 보이기까지 했다. 그 얼굴에 인종은 천천히 인피면구를 덧씌워 보았다. 마치 진짜 사람의 피부를 만지는 듯 매끄러운 가면의 감촉에 한순간 인종은 부르르 몸을 떨었지만 가면을 쓰는 손을 멈추지는 않았다. 곧이어 전혀 다른 얼굴이, 참으로 생소하고 낯선 얼굴이 거울에 오롯이 나타났다.

때마침 들창으로 스며든 푸르스름한 달빛 한 조각이 그 얼굴에 반짝 머물렀다가 사라졌다.

장터에서

　호화로운 가마였다. 교꾼이 여덟 명이나 될 만큼 커다란 가마의 덮개에는 귀퉁이마다 금은주옥이 매달려 있었고, 평민들은 감히 쳐다보기도 힘든 값비싼 비단이 휘장으로 드리워졌다. 비단의 빛깔이 어찌나 붉고 고운지 지나가는 백성들은 그만 넋을 잃고 쳐다보았다.

　저 비단으로 혼례복을 만들면 내 색시가 얼마나 예쁠까 하고 생각하던 한 노총각은 자기가 설혹 십 년을 뼈빠지게 일해도 저런 비단 한 폭 사지 못하리라는 생각에 우울해졌다. 그런데 저런 비싼 비단을 옷도 아닌 하찮은 가마의 휘장으로 쓰는 작자는 또 누구일까 하는 데에 생각이 미치자 총각은 더욱 우울해졌다.

　"훠이, 물렀거라. 훠이, 물렀거라."

　총각의 눈매가 곱지 않다고 생각했는지 가마를 앞서서 걸어가던 하인이 매섭게 소리를 치며 손을 내저었다. 그 손에 든 채찍이 휘잉 날카롭게 울었다. 움찔 물러나던 총각은 곧 뒤에 서서 도자기를 열심히 구경하고 있던 중년 문사와 부딪쳤다.

　"죄, 죄송합니다."

"괜찮소만."

손을 흔들던 중년 문사가 호화로운 가마를 보고는 저도 모르게 눈살을 찌푸렸다.

거리 어디에서나 흔히 볼 수 있는 평범한 중년 문사였다. 제법 고급스러운 저고리와 우아한 배자, 빛깔이 눈부시게 맑은 옥패를 장신구로 걸치기는 했지만 얼굴은 별 특징이 없이 평범했다. 이런 평범한 얼굴은 설혹 열 번을 만난다 하더라도 일부러 신경을 쓰지 않으면 기억하기가 힘들다. 다만 슬쩍 찌푸리는 눈매에 순간이나마 위엄이 흐르는 게 뜻밖이었다. 평범한 생김새에는 어울리지 않는, 지극히 오랫동안 몸에 밴 본능적인 위엄이었던 것이다.

그러므로 이제 이 중년 문사가 누구인지 짐작하기는 어렵지 않다. 평범한 얼굴이나 범상치 않은 위엄을 지닌 사람, 지극히 평범한 인피면구로 황제라는 진면목을 숨기고 있는 당금 천하의 지배자, 바로 인종이었다.

지금 인종은 대단히 기분이 좋았다. 참으로 오랜만에 홀가분하게 황궁이라는 감옥을 탈출해서 막 자유를 즐기던 참이었다. 햇볕은 따사로웠고 개봉부의 시장은 시끌벅적 사람 사는 냄새가 났다. 황제는 떠돌이 유랑단이 벌이는 유쾌한 희극을 눈물이 찔끔 나올 만큼 박장대소를 하며 보았고, 진짜라고 주장하지만 너무나 가짜 티가 나는 보석들도 구경했으며, 껍질이 터져서 꿀이 질질 흐르는 경단도 한 꼬치 사 보았다. 마치 철모르는 어린 시절로 돌아간 양 마냥 즐거워진 인종이었건만 그 좋은 기분을 갑자기 저 호화로운 가마가 깼던 것이다.

'감히 누가 이런 위세를?'

황제야 노여워하거나 말거나 사람들이 쫙 갈라진 거리를 가마는 마치 자랑이라도 하듯 우쭐대며 지나가기 시작했다. 황급히 늘어놓았던 물건들을 싸들고 길 가장자리로 물러난 장사꾼들이 불만에 차 수군거렸지만 아무도 앞으로 나서지는 못했다. 그만큼 가마의 위세는 대단했던 것이다. 그때였다.

"대인, 살려 주십쇼. 제 손녀를 살려 주십쇼, 대인!"

초라한 행색을 한 노파가 가마 앞으로 뛰어나와 다짜고짜 울음을 터뜨렸다. 천천히 가마가 멈춰 섰다. 노파는 계속 울면서 절을 했다.

"대인, 제 손녀가 사라졌습니다. 제발 제 손녀를 찾아 주세요. 안 그러면 그 애는 죽습니다요. 대인, 제발."

"흥. 개봉부는 뭐하는 겐가. 이런 사건 하나 제대로 해결 못 하고. 철면귀鐵面鬼 포증이나 찾아갈 일이지 던적스럽게. 썩 물렀거라!"

짜증이 섞인 카랑카랑한 목소리가 가마에서 흘러나오자 인종은 비로소 그 가마의 주인이 누구인지 깨달았다.

'태사太師……'

철면 판관 포청천을 철면귀라 부르는 이는 아마 이 태사 방길龐吉 뿐이리라. 방 태사의 꼬장꼬장한 성격과 심술궂은 성정은 개봉부 내에서는 이미 유명한 바였다. 게다가 방길은 대쪽 같은 개봉 부윤 포증과 하나부터 열까지 정치적으로 맞서고 있던 터라, 느닷없이 가마를 막고 나타나 자신의 사연을 하소연하는 노파가 곱게 보일 리가 만무했다. 이런 일은 태사보다는 개봉부를 찾아가야 맞았다.

이쯤 하면 눈치를 채고 물러나야 하건만 아무래도 노파는 개봉이 처음인 모양이었는지 계속 손녀딸을 찾아 달라 울부짖으며 그 자리에서 꿈쩍도 하지 않았다.

"이 할망구가 어디서 계속 행패야. 썩 꺼지지 못해!"

채찍을 든 하인이 신경질을 내며 손을 쳐들었다. 사람들이 차마 볼 수 없다는 듯 고개를 돌려 버렸다. 곧 채찍에 피투성이가 될 노파를 생각하며 안쓰러워하는 사람들의 귀에 문득 차르릉 맑은 쇳소리가 울렸다. 채찍이 노파를 때리는 대신, 노파를 막아선 한 젊은이의 철제 검집에 차르릉 감겼던 것이다.

단아한 생김새의 젊은이였다. 검소한 남색 유삼 차림에, 검을 들지 않았다면 자칫 유약한 서생으로 착각할 만큼 부드러운 기도를 지니고 있는 청년은, 놀라 주저앉은 노파에게 걱정 말라는 듯 싱긋 웃어 보였다. 그리고 곧 고개를 돌려 가마를 향해 공손히 포권했다. 한 치 어긋남 없이 반듯한 움직임이 청년에게서 단정하고 깨끗한 느낌을 자아내고 있었다.

"어전사품호위 전조展昭가 태사께 인사 올립니다."

"전조?"

비로소 가마의 휘장이 걷히고 태사의 얼굴이 나타났다.

"개봉부의 고양이[2]가 어인 행차신가."

"포 대인의 명으로 회령현에 다녀오는 길입니다. 괜찮으시다면 이 할머니는 제가 개봉부까지 모시고 가겠습니다. 책임지고 포 대인께 사건을 맡길 터이니 태사께서는 걱정 마시고 가던 길을 가옵소서."

---

[2]개봉부의 고양이: 인종 황제가 전조에게 하사한 '어묘御猫'라는 명호에서 따온 별명.

전조가 다시 공손히 포권을 해 보이고는 주저앉은 노파를 부축해 일으켜 세웠다.

"전 호위, 그냥 가려나?"

돌아서던 전조가 걸음을 멈췄다. 태사가 천천히 가마 안에서 걸어 나왔다. 입가에 심술궂은 미소가 번지고 있었다. 평소 눈엣가시로 여기는 포증의 직속 부하인 전조였다. 일부러라도 시비를 걸어 혼내 주고 싶은 판국에 먼저 나타났으니 잘됐다 싶었던 것이다.

"폐하께서 급히 찾으시어 입궁을 하는 터에 이런 방해를 받았으니, 그 노파의 죄가 심히 크지 않은가. 아니 그러한가? 전 호위."

인종은 저도 모르게 "내가 언제 태사를 찾아?" 하는 소리가 튀어나왔지만 곧 입을 다물었다. 돌아서는 전조의 얼굴에 빙긋 웃음이 떠올랐던 것이다.

"황궁은 개봉성의 한가운데에 있는데 어찌 방향을 벗어나 이쪽으로 오셨습니까? 이 길을 따라 계속 가신다면 황궁과는 점점 멀어져 개봉성 동문이 나옴을 설마 현명하신 태사께서 모르고 계셨더이까?"

태사의 얼굴이 금세 시뻘게졌다. 트집을 잡으려다 도리어 망신만 당한 것이다.

"건방지게. 사품호위 주제에 한 나라의 태사가 동문 길을 가든 서문 길을 가든 감히 간섭을 하겠다는 말이냐?"

"간섭이라니, 당치않습니다. 허나, 태사께선 급히 입궁을 하셔야 한다니 개봉부 관리로서 알고도 그냥 지나치면 불충이 되지 않겠습니까. 길을 알려 드리겠나이다. 이 길을 돌아 곧장 성의 한복판으로 가시면 되옵니다. 공연히 하인을 앞세워 길 가는 백성들을 몰아세우지 마옵시고, 공연히 천천히 움직여 이 호화로운 가마를 자랑만 하지 않으신다면 더욱 빨리 도착하리이다."

웃는 얼굴과는 달리 전조의 말은 날카로웠다. 굳이 사람들이 북적거리는 장터에 가마를 끌고 나온 태사의 속셈, 곧 호화찬란한 가마를 자랑하려는 허영심을 단숨에 꿰뚫어 보았던 것이다. 태사의 얼굴이 울그락불그락 흉하게 일그러졌다.

"이, 이, 건방진!"

뭐라 내뱉으려던 태사가 갑자기 몸을 멈칫했다.

"에구머니, 능금이!"

누군가의 비명이 들렸고 곧이어 잘 익은 능금이 와그르르 바닥에 쏟아졌다. 태사 일행을 피해 급하게 옆에 쌓아 두었던 능금 광주리가 무게를 못 이겨 무너졌던 것이다. 그리고 그 중 하나가 화를 내는 태사의 발 밑으로 굴러들어갔다. 콰당탕, 여지없이 태사가 넘어졌다.

한순간 질릴 듯한 침묵이 흘렀다. 그러다 곧 누군가 쿡, 웃는 것을 시작으로 여기저기서 웃음이 터져 나왔다. 태사가 넘어지는 모습이 그만큼 볼썽사나웠던 것이다. 인종마저 따라 웃고 있는데, 오직 전조만이 조금 걱정스러운 표정으로 부들부들 떨고 있는 태사를 바라볼 뿐이었다.

"이, 이, 감히!"

"아이고, 나으리, 많이 다치셨습니까요. 죄송합니다."

능금 장수가 놀라 태사에게 다가갔다. 거칠게 뿌리치며 일어서는 태사의 얼굴에 노기가 흘렀다. 그 마음을 눈치챈 듯 하인이 재빠르게 채찍을 휘두르며 호통을 쳤다.

"천한 것이 감히 황명을 받든 태사님을 다치게 하다니! 죽고 싶으냐!"

채찍이 허공을 가르더니 쫙, 좌악 누군가의 살갗을 찢으며 떨어져 내렸다.

"전 대인!"

능금 장수가 비명을 질렀다. 조금 전 노파를 막아설 때처럼 전조가 여전히 능금 장수를 막아섰지만 이번에는 검을 들지 않았던 것이다. 그저 빈 왼손을 들어 그대로 채찍을 받아냈을 뿐이었다. 날카로운 채찍에 소매 끝이 찢겨 나가고 드러난 하얀 팔에 선명하게 붉은 자국이 그어졌다. 주르르, 상처 자국에서 새어 나온 피가 손목을 타고 흘러 내렸다.

놀란 것은 태사부의 하인이었다. 비록 태사라는 후광을 등에 업기는 하였지만 그래도 결국 일개 하인에 불과했다. 감히 사품호위의 팔에 상처를 낼 만한 위치가 아닌 것이다. 기겁을 하고 바라보는 하인의 눈에 별처럼 빛나는 전조의 눈동자가 보였다. 고통조차 잊은 듯 맑게 빛나는 눈빛에 하인은 오히려 더 기가 질렸다.

천천히 검을 든 전조의 오른손이 올라갔다. 하인이 저도 모르게 주춤 한 걸음 물러섰다. 그러나 전조는 검을 뽑기는커녕 상처 입은 왼손을 공손하게 맞잡더니 태사에게 깊이 고개까지 숙였다.

"폐하께서 기다리실 겁니다. 작은 일로 길을 늦추지 마시고 이만 가 보심이 좋을 듯합니다. 여기는 제가 남아 수습하겠나이다."

상처를 문제삼지 않을 터이니 이만 떠나라는 명백한 축객령이었다.

태사가 못마땅한 듯 혀를 찼다. 생각 같아서는 저 건방진 전조와 능금 장수에 노파까지 싸잡아 혼을 내 주고 싶었지만 아무래도 상황이 불리했다. 아무리 자신의 하인이더라도 감히 사품호위의 팔에 상처를 입히다니, 정말로 황제라도 알게 된다면 그 불똥이 태사에게까지 튀지 않으리라는 보장이 없었던 것이다. 이런 때는 조용히 물러나는 게 상책이다. 전조 또한 그것을 노리고 일부러 맞은 것일 터이다.

"개봉부는 어찌 이리 무법천지인가. 일국의 태사가 한길에서 봉변을 당해도 막아 주는 이가 없으니. 에잉, 고약한지고."

신경질을 내며 가마에 오르던 태사가 한 마디 못을 박는 것을 잊지 않았다.

"또 보세, 전 호위. 다음 번엔 이리 쉽게 끝나지는 않을 걸세."

전조는 그저 조용히 고개를 숙여 보일 뿐이었다. 그러나 태사의 호화로운 가마가 시장 밖으로 사라지자 전조에게서 가느다란 한숨이 흘러나왔다. 능금 장수가 울상을 지으며 다가왔다.

"전 대인! 어쩌나, 저 때문에. 세상에, 피가 많이 나네요. 이를 어째."

"괜찮습니다. 심하지 않은 걸요."

전조가 부드럽게 고개를 저어 보였지만 능금 장수는 여전히 팔을 붙들고 어쩔 바를 몰라 했다.

"당장 고약도 없고 붕대도 없으니 이를 어째."

그러다 뭔가에 생각이 미쳤는지 갑자기 능금 장수가 옆에 둔 바구니를 뒤졌다. 점심 끼니로 싸온 듯 바구니에는 밥 한 보시기와 청채

(靑菜;나물) 조금, 그리고 된장 종지가 들어 있었다. 능금 장수가 다짜고짜 된장을 꺼내 들었다.

"그저 상처에는 이 된장이 최고입지요. 지난번에 저희 집 막둥이도
낫에 베인 상처에 된장을 바르고 나았다는 거 아닙니까."

"에? 아니요. 저는 괜찮……."

놀라 말리려던 전조가 곧 손을 멈췄다. 능금 장수가 너무나 열심히
전조의 상처에 된장을 바르기 시작했던 것이다. 마치 천하의 명약이
라도 바르듯 진지하기 그지없는 태도였다. 조금 당혹해하던 전조의
얼굴에 곧 부드러운 미소가 떠올랐다.

"호박도 몸에 좋으니까 호박잎으로 한 번 싸고."

능금 장수는 한술 더 떠 상처에 호박잎까지 감싸는 열의를 보였다.

'맛있겠다.'

누군가 꿀꺽 침을 삼켰다.

마지막으로 능금 장수는 자신의 때묻은 머릿수건을 풀어 상처를
꽁꽁 동여매 마무리를 했다.

인종은 하도 어처구니가 없어 할 말을 잃고 있었다. 먹는 된장을
상처에 바르라고 가만히 있는 전조나, 그런다고 진짜 된장을 바르는
능금 장수나 황제로서는 도저히 이해할 수가 없었던 것이다. 게다가
전조는 부드럽게 미소까지 짓고 있는 것이 아닌가. 감으면 오히려 상
처가 더 도질 듯 때가 꼬질꼬질한 머릿수건으로 팔목을 감는데도 여
전히 전조는 부드럽게 웃고 있을 뿐이었다. 그것은 황궁에서는 한 번
도 볼 수 없었던 참으로 부드러운 미소였다.

인종이 기억하기로는, 전조는 입궁할 때면 늘 포증 뒤에 그림자처

럼 조용히 서 있었다. 문관치고는 체격이 좋은 포증인지라 그 뒤에
서면 전조의 모습은 거의 보이지 않았다. 일부러라도 황제의 눈에 들
려는 다른 신하들과는 달리 전조는 도무지 앞으로 나서는 법이 없었
다. 어쩌다 질문이라도 던지면 그제야 비로소 포증 뒤에서 나와 조용
히 할 말만 읊조리고는 다시 포증의 그늘로 숨고 마는 것이었다.

그렇다고 전조가 수줍음이 많거나 황제를 어렵게 여기는 것 같지
도 않았다. 간혹 혼자 입궁할 때면 황제는 자로 잰 듯 반듯한 자세로
정전 한가운데 서 있는 전조를 볼 수 있었다. 한 자루 예리한 칼을 보
듯 흐트러짐이 없는 자세는, 공손하지만 군더더기 하나 없는 말씨와
어울려 묘하게 당당해 보였다. 공손하면서 비굴해 보이기는 쉬워도
공손하면서 당당해 보이기는 그리 쉬운 일이 아니었다. 그러나 남협
이라고 불리는 천하의 고수이자 동시에 어전사품호위인 전조는 분명
그랬다. 황제는 한 번도 이 예리하고 반듯하기만 한 사내가 이토록
부드러운 미소를 지으리라고는 생각하지 못했다.

"고맙습니다. 덕분에 이제는 하나도 아프지 않군요."

전조의 부드러운 칭찬에 능금 장수의 얼굴에 쑥스러운 웃음이 떠
올랐다. 분명 기뻐하는 것이리라.

"그럼 저는 이만 가 보겠습니다. 할머니는 저와 함께 개봉부로 가
시지요."

전조가 가볍게 사람들에게 포권을 해 보이고는 아직도 멍해 있는
노파를 부축해 걸음을 옮기려 할 때였다. 갑자기 인종이 소리를 쳤
다.

"저, 전 호위!"

전조가 의아한 얼굴로 인종을 돌아보았다. 어딘가 낯이 익은 듯도 보이지만 생전 처음 보는 얼굴의 중년 문사였다. 전조의 고개가 조금 갸우뚱해졌다. 인종의 얼굴에 아차 하는 표정이 스쳐 갔다.

"누구신지? 저를 아십니까?"

"아, 그야, 처, 천하의 남협을 어찌 모르겠는가."

인종이 과장되게 너털웃음을 지었다. 자기도 모르게 전조를 멈춰 세웠지만 생각해 보니 지금 자신은 남의 얼굴을 뒤집어쓰고 있지 않은가. 아는 척을 하면 일부러 인피면구를 쓴 보람이 없어지는 것이다. 인종은 여전히 어색하게 너털거리며 애꿎은 수염만 쓰다듬었다. 전조가 쓴웃음을 지었다.

"남협이라뇨. 그저 스쳐 지나는 허명에 불과할 뿐입니다. 그보다 무슨 일로 부르셨는지?"

"에, 그게, 그러니까……. 그, 왜 일부러 채찍을 맞았는가?"

불쑥 엉뚱한 말이 튀어나왔다. 전조가 뜻밖이라는 듯 눈을 둥글게 떴다.

"예?"

"아, 그러니까 나는, 그저 궁금해서……."

"안 그랬으면 태사가 그리 쉽게 물러났겠소이까."

옆에 서 있던 더벅머리 총각이 별 걸 다 묻는다는 듯 툭 끼어들었다.

"그냥도 툭하면 사람을 괴롭히는 게 일인데, 그 까탈스러운 성격에 한길에서 넘어지는 수모를 당했으니 그냥 물러났겠는가 말입니다. 모르긴 몰라도 전 대인 아니었으면 저 능금 장수 아주머니, 아마

반쯤 죽어났을 겝니다."

"그렇더라도 처음처럼 검으로 막을 수도 있었을 텐데."

"그랬다면 태사께서 분을 풀지 못하셨겠지요."

전조가 차분하게 인종의 말을 받았다.

"자존심이 강한 분이니 비록 실수였더라도 한길에서 넘어져 창피를 당한 것을 어찌 쉽게 용서하고 잊겠습니까. 그나마 제가 맞아 화를 풀어 드렸으니 다행이지요. 저야 그래도 관리인지라 채찍 몇 대로 끝나지만 저 아주머니였다면 훨씬 곤욕을 치르셨을 겁니다."

"그래서 일부러?"

"채찍 조금 맞고 사람을 구했으니 그다지 나쁜 거래는 아니지요."

전조가 개구쟁이 아이처럼 밝게 웃었다. 그러나 인종의 속은 그다지 편하지 못했다. 태사의 괴팍한 성격을 모르는 바 아니었으나 이 정도까지 인심을 잃고 있는 줄은 몰랐다. 만약 그때 자신이 본래의 얼굴로 있었다면 태사도 조금은 다른 반응을 보였을까.

"조정아, 아느냐? 사람들이 네게 무릎을 꿇고 머리를 조아림은 네가 황제라서가 아니라 황제의 옷과 관을 걸치고 있기 때문이다. 네가 걸친 번쩍거리는 껍데기에 절을 하는 것일 뿐이란 말이다! 조정, 너는 천자가 아니다. 천자의 옷을 걸친 허수아비에 불과할 뿐이다!"

양양 왕의 말이 다시 한 번 인종의 귀에 쟁쟁 울렸다. 정말 그러한지 인종은 문득 확인하고 싶어졌다. 자신이 천자다워서가 아니라 단지 천자의 껍데기를 쓰고 있기에 절하는 것인지, 정말로 자신이 그토록 자격 없는 황제인지 꼭 확인하고 싶어졌던 것이다.

어느새 전조는 노파와 함께 개봉부로 걸음을 옮기고 있었다. 아주 잠깐 전조의 시선이 흘깃 인종을 향한 듯도 싶었지만, 그야말로 그것은 아주 잠깐일 뿐이었다. 곧 전조는 설레설레 고개를 저으며 걸음을 재촉했다.

잠시 그 뒷모습을 보던 인종이 곧 결심을 한 듯 반대 방향으로 몸을 돌렸다. 가까운 오왕부부터 시작해서 모든 왕부와 고관대작의 집을 돌 생각이었다. 그 사람들이 황제가 아닌 그저 평범한 중년 문사에 불과한 자신에게 어떻게 대할지 몹시 궁금해졌다. 말하자면 인종은 자기 자신을 시험해 보고 싶어졌던 것이다. 황제의 관을 걸치지 않은 순수한 인간 조정, 그 자신으로서. 그리고 막 시장을 벗어나던 황제는, 새로 생긴 습관인지 무심결에 손을 들어 매끄러운 자신의 얼굴을 쓰다듬고 있었다.

시장이 다시 물건을 팔려는 사람과 사려는 사람으로 왁자지껄 시끄러워져 갔다.

의뢰

전조는 개봉부에 도착한 뒤 곧바로 의사청으로 향했다.

"전 호위 왔는가."

뭔가 열심히 이야기를 나누고 있던 포증과, 개봉부 책사인 공손책
公孫策이 동시에 전조를 돌아보며 반갑게 웃었다. 전조도 반갑게 인
사를 나눈 뒤 품에서 문서첩 몇 개를 꺼내 들었다.

"말씀하신 대로 회령현에서 얻은 군부 일지와 세리첩입니다."

"수고했네. 중요한 증거 자료인지라 무리해서 전 호위를 보냈는데
힘들지는 않았는가?"

"아닙니다. 그보다 대인, 오는 길에 손녀를 찾으며 우는 할머니를
만났습니다. 일단 객청에 모셔 두었으니 나중에 한번 만나 주십시
오. 아주 절실해 보이더이다."

"알겠네. 곧 가 보지."

포증이 명쾌하게 대답했다. 고맙다는 듯 고개를 끄덕이던 전조가
문득 포증과 공손책의 얼굴을 조심스럽게 살폈다.

"그 동안 무슨 일이 있었습니까? 두 분 표정이 심상치가 않아 보입

니다."

포증과 공손책이 서로 얼굴을 돌아보았다. 곧 포증이 신중하게 입을 열었다.

"전 호위, 혹시 섬서성陝西省³⁾의 북리北里 군왕부를 알고 있는가?"

"서하를 물리친 공로로 선대 황제께 군왕의 칭호를 하사받은 그 북리 가문을 말씀하시는 겁니까? 예, 압니다. 이번에 독자인 북리현北里賢이 스무 살이 되어 관례冠禮⁴⁾를 치르게 되었는지라 대인께서도 초대를 받았다 하셨잖습니까. 소군왕의 관례인지라 조금 무리를 하더라도 가 봐야겠노라고 하셨던 걸로 기억합니다만."

"그랬지. 그런데 그 북리현 공자에게 그만 사고가 생긴 모양이네."

"사고라면……?"

"낙마를 해 다리를 못 쓰게 되었다는군. 하반신이 완전히 마비가 된 모양일세."

전조가 낮게 한숨을 내쉬었다. 한창 나이인 스무 살에 하반신 마비라니. 보통 고통스러운 일이 아닐 것이기 때문이었다.

"북리 군왕부는 유난히 손이 귀해 아들이라고는 사돈에 팔촌까지 오로지 북리현 공자 하나뿐이라네. 헌데 그런 일을 당했으니 군왕

---

3) 섬서성陝西省: 중국 서쪽 국경을 차지하며 비단길의 출발점이 되는 중요한 교통 요충지. 그러나 여기서 쓰는 섬서성이 정확한 명칭은 아니다. 북송 당시에는 전국을 '로路'라는 단위로 나누어 다스렸고 그 밑으로 부府·주州·군軍·감監·현縣·진鎭 따위의 행정 구역을 두었기 때문이다. 하지만 여기서는 흔히 중국 지명을 부를 때 익숙한 섬서성이라는 표현을 그대로 살려 쓰기로 했다.

4) 관례冠禮: 남자 나이 20세에 치르는 일종의 성년식. 말 그대로 '관을 쓰는 예식'으로 상투를 틀고 관을 씀으로써 한 명의 남자로 인정을 받는다는 뜻이다.

으로서는 오죽 몸이 달았겠는가. 그래서 일을 벌인 모양이네. 새로
소왕야를 세우는 일을."

"예?"

놀라 되묻는 전조에게 포증이 침착하게 말을 이었다.

"알고 보니 북리 왕야께는 젊은 시절 남몰래 평민 처녀에게서 얻은
열아홉 된 아들이 있었다고 하는군. 신분이 워낙 미천했던지라 오
래 전에 잊고 있었는데 이번에 이런 일을 당하니 군왕은 새삼 그
아들이 그리워진 것이지. 그래서 은밀히 아들을 찾기 시작했고, 그
일로 우리 개봉부에 도움을 청해 오셨다네. 나는 이 일을 전 호위
가 맡았으면 하네만."

전조가 씁쓸한 표정으로 고개를 저었다.

"그런 일이라면 굳이 개봉부가 나서지 않아도 되잖습니까."

아무리 왕족이라고 하지만 결국은 잃어버린 아들을 찾는 일이었
다. 그것도 신분이 미천하다 하여 내친 아들을 찾는 일이었다. 그런
지극히 개인적인 일로 당당하게 개봉부에 수사를 요청하다니, 오만
하기까지 한 북리 군왕의 태도가 전조는 몹시 탐탁지 않았다.

"그게 그렇지가 않아요, 전 호위."

공손책이 전조의 마음을 읽은 듯 빙긋이 웃으며 말했다.

"그냥 소왕야를 찾는 일이라면 굳이 개봉부가 나설 필요가 없지만
사람의 생명이 달렸으니 대인께서도 전 호위가 나섰으면 하는 것
이라오."

"무슨 말씀이십니까?"

"얼마 전 북리 왕야는 예전에 그 처녀가 살았던 행화촌의 한 촌로

에게서 처녀와 어린 아들이 서하 변경 근처의 창평현에 사는 것을 보았다는 제보를 받았다는구려. 그래서 급히 군왕부의 갈 총관을 보내 알아보았더니 정말로 구 년 전쯤 처녀와 아들이 창평현에 살았다는 것이오. 하지만 당시 처녀는 그만 병에 걸려서 죽고 아들은 어머니가 죽자 혼자서 창평현을 떠나가 버렸다는 거요.”

“그럼 결국 아들의 행방은 알 수 없다는 말이로군요.”

공손책이 고개를 끄덕였다.

“허나 불행 중 다행이랄까, 갈 총관은 마침 어머니의 무덤에 성묘하러 창평현을 찾아온 아들을 기적적으로 만났다지 뭐겠소. 소식을 들은 왕야가 아들을 찾은 기쁨에 뛸 듯이 기뻐한 것은 당연한 일이고. 그리고 갈 총관이 아들을 데리고 나타날 날을 이제나저제나 기다렸다는데, 문제는 거기부터였소. 아들과 함께 오겠다던 갈 총관은 영영 오지 않고, 갈 총관과 만났다는 청년 세 명이, 느닷없이 자신이 진짜 왕야의 아들이라며 군왕부를 찾아왔다는 것이오.”

“세 명이요? 아니, 왕야의 아들이 셋이란 말입니까?”

공손책이 설레설레 고개를 저었다.

“그럴 리가 있겠소. 그 중 오직 한 명만이 진짜 왕야의 아들이겠지. 허나 세 사람은 하나같이 자신이 바로 잃어버린 북리 왕야의 아들이라고 주장했다오. 그리고 각자 다른 증거물을 내보였는데, 바로 북리 왕야가 평민 처녀에게 주었던 옥패와 반지, 그림이었소. 그런데 세 물건 모두 다 진짜였던지라 북리 왕야는 정말로 누가 진짜 자신의 아들인지 알 수가 없었다는 거요. 게다가 세 명 모두 마치 입이라도 맞춘 듯 원래는 자기가 증거물 세 개를 모두 갖고 있었으나, 그 중 두 개를 먼저 떠나는 갈 총관에게 주었다고 하는 것이 아니겠소."

"결국 진실은 갈 총관만이 알고 있겠군요."

"그렇소. 북리 왕야는 목이 빠져라 갈 총관을 기다릴 수밖에 없었지요. 그런데 뜻밖에도 갈 총관이 얼마 뒤 군왕부 근처 숲에서 시체로 발견됐다지 뭐겠소."

"그런!"

"아마도 누군가 왕야의 아들 자리를 노리고 갈 총관을 죽여 물건을 빼앗았던 모양이오."

"처음에 제보를 했다던 행화촌의 촌로는 어떻습니까? 그 촌로라면 혹시 진짜 아들을 알아볼지도 모를 텐데요."

공손책이 잘 짚었다는 듯 고개를 끄덕였다.

"북리 왕야도 그리 생각하셨소. 그래서 급히 행화촌의 우 노인에게 사람을 보냈으나 우 노인 또한 자신의 집에서 시체로 발견됐다 하오. 결국 진짜 소왕야를 찾을 수 있는 단서는 사라지고 만 것이오. 두 사람의 목숨과 함께."

전조가 한숨을 내쉬었다. 아무리 소왕야 자리가 좋다지만 두 명이나 되는 목숨이 이토록 허무하게 스러지다니. 포증도 편치 않은 목소리로 말했다.

"전 호위, 진짜 소왕야를 찾지 못하면 범인은 계속해서 진실을 알고 있는 사람들을 죽여 갈 걸세. 이미 두 사람이나 죽였으니 망설일 것이 있겠는가."

"그렇겠군요."

전조가 말끝을 흐렸다.

"사안이 사안인지라 내가 직접 가 볼까도 생각했지만 마침 폐하께서 암행을 떠나신 터라 함부로 개봉부를 비우기가 어려워졌네."

"폐하께서 암행을요?"

"자네는 회령현을 다녀오는 통에 아직 소식을 못 들었겠군. 극히 비밀스럽게 움직이셔서 가까운 측근밖에 모르는 일이기도 하고."

"예에."

문득 포증이 똑바로 전조를 바라보았다.

"전 호위, 북리 군왕부는 그냥 왕부와는 다르네. 서하와의 전쟁을 책임지고 있는 변경의 가장 중요한 요충지를 다스리는 군부이자, 왕부이네. 절대 가짜가 왕위를 잇게 해서는 아니 되지. 만약에 그런 가짜가 뒤를 잇는다면 자신의 이익을 위해 서하에 나라를 파는 것도 서슴지 않을 터. 늑대에게 외양간을 맡기는 것만큼이나 위험한 일이 될 걸세. 그러니까 이 일은 사사로이 따지자면 잃어버린 아들을 찾는 일이겠으나, 넓게 보자면 변경을 지키는 금군의 진짜 후계자를 찾는 일이 될 것이네. 내가 굳이 자네에게 이 일을 맡기려 하는 것도 바로 그 때문일세."

포증의 말에는 진심이 담겨 있었다.

"부끄럽습니다, 대인. 제가 생각이 짧았습니다."

솔직한 전조의 말에 포증이 인자하게 웃어 보였다.

"맡아 주겠는가?"

"최선을 다하겠습니다."

그제야 포증은 한시름 놓은 표정이 되었다. 옆에서 잘 됐다는 듯 웃고 있던 공손책이 문득 고개를 갸우뚱했다.

"그런데 전 호위, 오면서 어디 딴 데 들렀는가?"

"예?"

"어디서 자꾸 된장 냄새가 나는 듯해서."

전조의 얼굴이 순식간에 달아올랐다. 마침 소장訴狀을 들고 들어오던 개봉부 육품교위六品校尉 장룡과 조호가 새빨개진 전조의 얼굴을 보고는 쿡 웃음을 터뜨렸다.

"전 대인, 또 어디 이상한 데로 잡혀가 된장 항아리라도 선물 받으신 거 아닙니까?"

"자, 장룡, 그건……."

전조가 자기도 모르게 왼손을 뒤로 감추며 말을 더듬었다.

"이상하게 다른 포쾌捕快들은 안 그러는데 전 대인한테는 괴상망측한 선물이 많이 들어오지 않습니까. 고맙다며 기름이 질질 흐르는 개다리를 선물 받지 않나, 먹고 가라며 굳이 때묻은 만두를 주질 않나. 이따만 한 호박을 안고 오신 적도 있으시죠? 국물이 뚝뚝 떨어지는 마파두부탕에, 맞지도 않는 신발에, 꽃무늬 머리띠에."

"그, 그거야……."

점점 더 붉어지는 전조의 얼굴을 보며 조호도 질세라 덧붙였다.

"아아, 지난번에 받아 오신 그 엄청나게 큰 싸리 빗자루는 절정이었습니다. 저는 전 대인인 줄 모르고 웬 싸리 빗자루가 혼자 안으로 걸어 들어오는가 하고 얼마나 놀랐는지 모릅니다. 아무리 빗자루 장수라지만 어떻게 그런 걸 선물합니까. 그걸 거절 않고 받아 오신 대인도 굉장하고요."

"모두 정성이 깃든 것들인데, 주는 마음이 다 고맙지 어찌 거절을
……. 그리고 개봉부가 넓으니까 빗자루야 클수록 좋은 ……."

전조가 당혹스러운 표정으로 우물거렸다. 조호가 냉큼 그 말을 받
았다.

"그러시면서 지난번에 천가장에서 보내 온 그 비싼 야명주는 왜 모
두 거절을 하셨습니까. 그 또한 정성 아닙니까."

"그거야……."

간신히 웃음을 참고 있던 포증이 아무래도 전조가 너무 궁지에 몰
렸다 싶었던지 슬쩍 도움을 주었다.

"선물이 지나치면 뇌물이 되는 법이니까. 안 그런가, 전 호위?"

"예! 대인."

전조가 구원군이라도 만난 듯 반색을 하며 고개를 끄덕였다. 그러
나 곧 포증의 장난스러운 한 마디가 잇달았다.

"그런데 정말 된장도 선물 받는가?"

"대인!"

손을 뒤로 감춘 난처한 전조를 빼놓고 개봉부에는 한바탕 흥겨운
웃음꽃이 피었다.

개봉부의 밤

개봉부의 밤은 조용했다.

오랜만에 사건 하나 없이 지극히 평화로운 개봉부였지만 그럴수록 전조는 더욱 꼼꼼히 순찰을 돌았다. 요 며칠 밀린 공무에, 북리 군왕부에 갈 준비까지 겹쳐 눈코 뜰 새 없이 바빴던 것이다. 이제 내일이면 왕부로 떠나야 한다. 말리는 왕조와 마한을 뿌리치고 자진해 저녁 순찰을 나온 것도 그래서였다. 꽤 오랫동안 떠나 있어야 했으므로 마지막으로 개봉부 거리를 눈에 담아 두고 싶었기 때문이다.

조용한 개봉부의 밤길은 이따금 들려오는 웃음소리와 집집마다 밝혀 둔 호롱불빛으로 아늑하고 평화로워 보였다.

"전 대인, 전 대인."

누군가 부르는 소리에 전조는 걸음을 멈췄다.

"아복."

말 많고 사람 좋은 홍문 객잔의 주인 아복이 반가운 얼굴로 손을 흔들었다.

"밤 순찰 중이십니까? 바쁘신 모양이지요."

"아닙니다. 다 돌고 돌아가는 중이었어요."

아복이 잘 됐다는 듯 손바닥을 쳤다.

"그럼 들어와 차 한 잔 하고 가십쇼. 마침 따끈한 우롱차를 끓였는데 향이 좋습니다."

"……그럴까요."

잠깐 망설이던 전조가 고개를 끄덕였다. 어차피 순찰은 끝났고, 이 사람 좋은 주인과 차 한 잔 마시며 한담을 나누는 것도 나쁘지 않을 듯싶었다. 전조는 조용히 아복을 따라 안으로 들어갔다.

객잔은 텅 비어 있었다. 다만 구석 자리에 딱 한 명, 등을 보인 채 홀로 술을 마시고 있는 사람이 있었다. 어딘가 지쳐 보이는 뒷모습이 전조의 눈에 강하게 와 박혔다.

"저 사람은?"

"아, 예. 초저녁부터 계속 저러고 있네요. 그 비싼 여아홍女兒紅을 벌써 다섯 주담자나 들이켰습니다. 원, 취하지도 않는지. 이제 곧 자러 가야 되는데 손님이 저러고 있으니."

아복이 혀를 끌끌 차며 늘어지게 하품을 했다. 평소 같으면 벌써 잠자리에 들었을 시간이건만 저 손님 때문에 이제껏 기다리고 있던 것이다.

조용히 차를 마시던 전조가 하품을 하는 아복을 보고는 빙그레 웃었다.

"괜찮다면 들어가 쉬세요, 아복. 제가 잠시 지켜보다가 객방으로 올려보내지요."

"예? 전 대인이요?"

"이야기할 상대가 필요해 보입니다. 마침 저도 한가하니 잠깐 얘기를 나누다가 시간이 더 늦어지면 방으로 올려보내겠습니다."

"하지만 그래서야 제가 미안해서……."

"괜찮습니다. 들어가 쉬세요."

계속 미안해하면서도 아복은 졸음을 참지 못했던지 순순히 안으로 들어갔다.

전조는 찻잔에 남은 마지막 차를 마시고는 천천히 일어나 구석 자리로 다가갔다. 홀로 앉아 술을 마시고 있는 지친 뒷모습의 사람은 전조가 예상한 대로 며칠 전 저잣거리에서 만났던 그 중년 문사였다. 평범한 얼굴이지만 어딘가 묘하게 신경이 쓰이던.

"방해가 안 된다면 앉아도 되겠습니까?"

느닷없이 들린 정중한 한 마디에 중년 문사, 곧 인종은 천천히 고개를 들었다.

"전 호위?"

취기에 젖은 눈동자가 휘둥그레 커졌다.

"전 호위가 왜 여기에?"

"순찰을 마치고 돌아가는 길입니다. 손님이 너무 취했다고 객잔 주인이 걱정을 하더군요. 괜찮습니까?"

인종은 서둘러 정신을 차리려는 듯 머리를 한껏 흔들었다. 전조가 걱정스러운 표정으로 맞은편에 앉았다. 그 모습을 보던 인종이 갑자기 피식 웃었다.

"그런 표정, 전에는 한 번도 본 적이 없어."

"예?"

"그 얼토당토않은 능금 장수에게도 웃어 보이면서 정작……. 그래, 맘에 안 드는 상전일 수도 있겠지. 그저 의무감일 뿐일 수도 있겠지."

"무슨?"

"다 그랬어, 다! 내가 아니라 내 껍데기에 절을 한 거였어. 모두 다!"

인종은 자괴감에 몸부림쳤다. 지난 며칠 동안 황제는 이제껏 살아오면서 당한 고통을 모두 합친 것보다 더한 고통에 빠져 있었다. 아홉 왕부와 열두 장군부, 삼사와 추밀원, 태사부와 어사대, 말단 학사부까지 인종은 이른바 '고관대작'이라 불리는 온갖 이름의 신하들과 친척들을 다 만나고 다녔다. 물론 황제의 얼굴이 아니라 평범한 중년 문사의 얼굴로. 그리고 그 결과는 양양 왕의 예측과 한 치도 다르지 않았다. 그 사람들 중 어느 누구도 황제를 알아보지 못했고, 아니, 알아보는 것은 고사하고 비웃고 무시하는 것도 서슴지 않았던 것이다.

황제는 자신의 연주를 늘 칭찬하던 고관의 집에서 금琴을 연주하다가 무슨 소음이냐며 물벼락을 맞을 뻔했고, 입에 침이 마를세라 황제의 시를 찬양하던 다른 고관의 집에서는 이깟 시는 쓰레기만도 못하다며 눈앞에서 시를 쓴 종이를 찢기는 수모까지 당했다. 폐하는 기품이 넘쳐서 백 리 밖에서도 그 기품이 느껴진다던 또다른 고관은 중년 문사의 얼굴을 한 황제를 무슨 돌멩이가 서 있냐는 식으로 아예 무시해 버렸다. 어디를 가나 마찬가지였다. 결국 그 숱한 고관대작들은 여태껏 황제니까, 황제의 연주니까, 황제의 시니까 그저 겉말로 칭찬하는 척만 했던 것이다.

'그것이 나로구나. 겨우 그 정도가 나였구나.'

인종은 허탈감을 참을 수가 없었다. 무엇보다 신하들에게서 암행을 떠난 황제의 안위를 걱정하는 모습이라고는 눈곱만큼도 찾아볼 수가 없다는 것이 인종을 절망케 했다. 오히려 황제의 부재를 휴가처럼 즐기며 그 동안 자신들이 취할 수 있는 온갖 이해와 득실만을 열심히 따지고 있을 뿐이었다. 양양 왕의 말처럼 사람들이 무릎을 꿇는 것은 황제 자신이 아니라 황제가 입고 있는 금포와 금관이었던 것이다.

"그만 하시지요. 많이 취했습니다."

술병을 드는 인종의 손을 전조가 조용히 잡았다. 부드럽게 말리는 그 손길의 따뜻함에 인종은 왈칵 눈물이 솟았다.

"그대가 지금 나를 걱정하는가, 내 껍데기를 걱정하는가!"

전조가 조금 웃었다. 느닷없이 나는 뭐고 껍데기는 또 뭔가. 같은 사람을 두고.

"알아듣기 힘든 말만 하시는 분이군요. 선생께서는 속과 겉이 다른 사람이더이까?"

"나는 내 속 때문에 사람들이 나를 좋아하는 줄 알았는데, 사실은 내 겉 때문에 좋아했다고 하는군. 나는 나 자신으로 인정받고 있다고 생각했는데, 사실은 내 빛나는 껍질 때문에 인정받았다는 게야. 얼마나 우스운가! 세상 그 누구도 나를 나로 인정 않다니."

"한 사람은 인정하겠지요."

"누가?"

"선생 자신 말입니다."

인종이 피식 자조어린 웃음을 지었다. 그리고 설레설레 고개를 내저었다.

"아니, 이제는 나도 나를 믿지 못하겠어. 세상천지 이토록 외로울 줄이야. 예전에는 미처 몰랐다네."

전조가 나직하게 한숨을 내쉬었다.

"무슨 일인지는 잘 모르겠지만, 저는 이렇게 생각합니다. 어차피 모두에게 인정받을 수 있는 사람은 없습니다. 아무리 완벽한 사람이더라도 적은 있기 마련이고, 의견의 차이가 곧 인품의 차이는 아니지요. 중요한 건 오히려 그 차이를 인정하는 것이라고 봅니다. 나만 옳다거나, 나만 잘났다거나 하는 게 아니라 상대도 나만큼 중요하고, 나만큼 소중하다는 걸 인정하는 마음. 선생은 사람들이 자신을 인정하지 않는다 한탄하시지만, 그러는 선생은 또한 상대를 얼마나 인정하고 계십니까? 사람들이 선생의 껍질만 보았다 하시지만, 선생 또한 사람들의 껍질만 보고 계신 것은 아닙니까? 차라리 솔직히 마음을 털어놓으십시오. 진심을 보이면 그 진심은 전해지기 마련입니다. 그래서 설혹 세상에 단 한 사람이라도 선생의 마음을 알아주는 이가 있다면 선생은 결코 외로운 사람이 아니실 겁니다. 사람들은 그렇게 마음을 열고, 마음을 주며, 서로 보듬고 살아갑니다."

황제는 물끄러미 자신의 눈앞에서 열정을 다해 말하고 있는 청년의 아름다운 눈동자를 들여다보았다. 시선을 깨달은 전조의 얼굴이 붉어졌다.

"죄송합니다. 잘 알지도 못하면서."

황제의 얼굴에 엷게 미소가 번졌다. 역시 황궁에서는 좀처럼 볼 수 없는 표정이다. 능금 장수에게 보인 부드러움이나, 지금 보이는 수줍음, 그리고 좀 전의 열정……. 그 무엇 하나 황제의 궁궐에서는 한 번도 볼 수 없는 표정들이었던 것이다. 황궁에서 보는 전조는 단정함, 예리함, 반듯함의 화신 같았다. 아름답게 잘 갈린 한 자루 검과 같았다. 그러나 지금은 달콤하고 부드러운 정과(正菓 : 꿀로 만든 과자) 같았다.

그런데도 왜일까. 전조는, 그 모습도 이 모습도 다 그냥 전조로 보였다. 인종 자신이 황제라는 황금 껍데기와 조정이라는 평범한 인간으로 나뉘는 것과 다르게.

"그대는 좋은 사람이로군."

"예?"

여전히 얼굴을 붉히고 있는 전조를 보며 인종이 히죽 웃었다.

"처음 만나 알아듣기 힘든 말만 늘어놓는 이 중년 늙은이의 주정을 그래도 진지하게 다 받아 주니 말일세."

"아닙니다. 실은, 선생이 제가 아는 어느 분과 많이 닮아서 처음부터 신경이 쓰였습니다. 그래서 이렇게 합석을 한 것이고요."

"누구랑 말인가?"

뜻밖이라는 듯 묻는 인종의 말에 전조가 잠깐 망설이는 듯싶더니 곧 조용한 음성으로 대답했다.

"감히 입에 올릴 말은 아닙니다만……, 황제 폐하이십니다."

인종은 하마터면 들고 있던 술잔을 깨뜨릴 뻔했다. 이제껏 마셔 왔던 술이 한꺼번에 깨는 기분이었다. 전조가 놀라지 말라는 듯 황급히 손을 저었다.

"압니다. 지극히 불충한 생각이지요. 그저 스쳐 지나간 잠깐의 잡념일 뿐이니 선생께선 너무 놀라지 마십시오."

"왜, 왜 그런 생각을?"

"잊으십시오. 제가 실언을 하였습니다."

인종은 저도 모르게 침을 꿀꺽 삼켰다. 이제껏 사람들이 자신을 알아주지 않는다고 푸념을 하고 있던 황제였지만 그래도 지금 전조의 말은 어지간히 놀라웠던 것이다. 마주 보고 한 시진이 넘게 얘기한 사람도 자신을 알아보지 못했는데 전조는 그 짧은 순간 시장에서 잠깐 스쳐 간 것만으로도 자신을 눈치챘단 말인가.

"내, 내가, 폐하……와 닮았는가?"

습관처럼 인종의 손이 매끄러운 뺨을 스치고 지나갔다.

"아닙니다. 전혀. 그분은 훨씬……. 예, 훨씬…… 하여튼 좀 다르지요."

"그런데도 닮았다고 생각했단 말인가?"

"세 가지 점이 마음에 걸렸습니다."

'세 가지나?'

인종의 입이 떡 벌어졌다. 그러나 전조는 한 나라의 황제를 술안주로 삼는 것이 마음에 걸렸는지 자꾸 다음 말을 피했다. 인종이 집요하게 한참을 물고늘어진 다음에야 마침내 전조가 졌다는 듯 가볍게 한숨을 내쉬며 이야기를 시작했다.

"첫 번째는 그저 느낌입니다. 뭐랄까, 분위기나 모습, 행동이 어딘가 폐하와 비슷해서 문득 놀랐습니다. 제가 보는 눈이 서투른 탓이니 탓하지 마십시오.”

“두 번째는?”

“저를 전 호위라고 부르셨으니까요.”

“뭐?”

“제가 어전사품호위인 것은 맞습니다만 실제로 저를 그렇게 부르는 사람은 많지 않습니다. 대개 전 대인이나 전 대형, 가까운 사람이라면 전형이나 전조라고 이름을 부르지요. 포 대인께서 실제로는 개봉 부윤이시지만 아무도 대인을 ‘포 부윤’이라고 부르지 않고 ‘포 대인’이라 부르는 것과 비슷하다고 할까요. 실제로 저를 전 호위라 자연스레 부르는 분은 폐하를 빼고 개봉부에서는 포 대인과 공손 선생 정도입니다.”

인종은 저도 모르게 혀를 찼다. 감탄할 만한 관찰력이었다.

“그게 나쁘다는 뜻은 아닙니다만, 만나자마자 이토록 친숙하게 말을 놓고 허물없이 전 호위라 부르는 분은 정말 처음이었습니다. 그래서 오래 전부터 저를 알고 있는 사람이 아닐까 하는 생각이 들었지요.”

인종은 헛기침을 하고 얼른 화제를 돌렸다.

“세 번째는 무엇인가?”

“세 번째는…….”

전조가 흘깃 인종의 등 너머를 살피더니 곧 설레설레 고개를 저었다.

“역시 제 착각이었습니다. 지난번에는 누군가 가까이서 선생을 지키고 있다는 느낌 때문에 그리 생각했거든요.”

"뭐, 뭣이라?"

"그때 시장에서 적어도 둘 정도의 절정 고수가 선생을 가까이서 보호하고 있다는 느낌을 받았습니다. 그런 절정 고수를 부릴 만한 사람이 누구일까 잠시 궁금했지요. 물론 지금은 아니지만. 지금 선생은 확실히 혼자이시니 아무래도 그때 제 감각이 어찌됐던가 봅니다."

인종의 등줄기로 식은땀이 흘렀다. 실제로 시장에서는 두 명의 황궁 고수가 자신을 엄호하고 있었던 것이다. 작년 봄에 암행을 떠났을 때 인종은 거추장스럽기만 할 뿐 실제로 일이 터졌을 때는 전혀 도움이 되지 못했던 숱한 보표(保票 : 수행원)들에게 아주 질렸던 기억이 있었다. 그래서 이번 암행은 되도록 조촐하게 숫자를 줄여서, 그 대신 만약을 대비해 무공이 뛰어난 보표를 뽑아 대동하고자 했다. 그래서 황궁의 일급 비밀 시위대인 창룡단蒼龍團 소속의 절정 고수 두 명만을 데리고 나왔던 것이다. 어차피 인피면구를 쓰면 알아볼 사람도 없을 테니까.

창룡단은 워낙이 비밀스러운 단체인지라 강한 무공도 무공이려니와 은잠술과 미행술은 타의 추종을 불허했다. 인종 자신조차도 대체 그 두 고수가 어떻게 생겼는지, 어디서 자기를 지키고 있는지 알지 못하고 있었다. 그러나 인종이 원하기만 하면 언제나 발에 붙은 그림자처럼 홀연히 나타났기 때문에 설혹 무공의 조사祖師인 소림사 달마 대사가 살아 돌아와도 두 사람을 찾기는 어려울 것이라고 짐짓 자부하고 있었는데 그것을 전조가 알아채다니. 그것도 사람들이 그토록 북적거리는 시장 한복판에서.

'천하의 남협이라더니. 적이었으면 큰일날 뻔한 사람이지 않은가.'

황제는 새삼 혼자 술을 마시고 싶어 시위 고수를 오십 보 밖으로 물린 자신의 선견지명에 감탄했다. 그러지 않았다면 분명 전조는 둘의 존재를 눈치챘을 것이다. 앞으로는 두 고수에게 절대 오십 보 안으로는 들어오지 말라고 못박아 두어야겠다고 황제는 생각했다. 아니, 백 보로 할까. 잠깐 쓸데없이 고민하는 황제였다.

"하여튼 황상과 닮았다니, 영광이로세."

"제 착각일 뿐이니 자꾸 거론하지 마십시오. 무안합니다."

"왜? 두려운가? 혹여 황제 모독죄로 벌이라도 받을까 봐?"

툭 던지는 말에 가시가 있다고 생각했는지 전조가 쓰게 웃었다.

"폐하는 인자한 분이시라 그런 일로 벌을 내리지는 않으실 겁니다. 다만 제가 죄스럽겠지요."

황제는 문득 더없이 정직해 보이는 눈앞의 얼굴을 조용히 들여다보았다.

"그대에게 황제는 어떤 의미인가?"

전조의 눈이 커졌다. 질문이 뜻밖이기도 했지만 언뜻 불충하게도 들렸기 때문이다.

"아니, 질문이 틀렸군. 전 호위, 솔직히 대답해 보게. '천자' 란 무엇인가?"

"뭘 물으시는 건지…….."

"천자를 천자답게 만드는 것이 과연 무엇인가 말일세. 천자는 태어나는 것인가, 아니면 부여받는 것인가? 곤룡포와 황금 면류관이 천자를 만드는가, 아니면 그것 아닌 어떤 인간의 특성이나 자질이 천자를 만드는가? 과연 무엇이 천자를 천자답게 하는가? 과연 무엇이 천자인가?"

전조의 눈동자가 복잡한 빛을 담고 연하게 흔들렸다.

"선생은 많이 배우신 분이라 저같이 학문이 얄팍한 무인으로서는 말씀의 뜻을 알아듣기가 어렵군요."

"피하지 말게. 천자가 과연 무엇인가?"

"……."

"말해 주게. 천자는, 천자는 과연 어떤 사람인가?"

전조의 눈동자가 이번에는 물처럼 조용히 가라앉았다.

"천자는, 제게 있어 천자는 하늘의 아들[天子], 그러므로 곧……."

"곧?"

"곧 이 땅의 백성입니다."

황제의 몸이 벼락이라도 맞은 듯 쩌르르 굳어졌다.

"하늘은 세상을 다스리지 않습니다. 그저 나무가 자라 열매를 맺고, 강물이 흘러 바다를 이루듯 자연스러운 이치에 맡길 뿐이지요. 하늘의 뜻이 그러할진대 그 하늘의 아들 또한 다르겠더이까. 진정한 하늘의 아들이라면 세상을 힘으로 지배하지도, 권위로 억누르지도 않겠지요. 그저 자연스러운 천리를 따라갈 뿐."

"천리란 또 무엇인가?"

묻고 있는 인종의 목소리가 가늘게 떨렸다.

"아버지가 자식을 사랑하듯 황제가 백성을 사랑하는 것. 물이 높은 데서 낮은 데로 흐르듯 강한 자가 약한 자를 지켜 주는 것. 봄의 꽃, 여름의 비, 가을의 낙엽, 겨울의 눈, 그 모두가 소중하고 아름답듯 꽃, 비, 낙엽, 눈같이 가지각색 저마다 다 다른 사람들 모두를 똑같이 소중히 여기고 인정하는 것. 자연의 이치는 그토록 정결하고 아름다우니 사람 사는 세상 또한 그러하기를 바라오며, 그러므로 진실로 저 하늘이 보시기에는 황제도, 백성도 모두 다 똑같은 하늘의 자식일 것이라 믿습니다."

인종의 온몸에 오스스 소름이 돋았다. 맹세컨대, 인종은 이 누추한 객잔 한 귀퉁이에서 이토록 사람의 마음을 뒤흔드는, 지극히 위험하면서도 또한 참으로 매혹적인 이야기를 듣게 될 줄은 꿈에도 생각하지 못했던 것이다. 실로 반역의 기질이 농후한 말이었지만 또한 실로 가슴을 휘젓는 불꽃과도 같은 말이었다.

"황제도, 백성도 모두 천자라?"

"저는……."

문득 전조가 입술을 깨물며 하, 낮게 한숨을 내쉬었다. 어쩌다 이런 이야기까지 나왔을까, 스스로도 놀랍고 당황스러웠다.

"제가 부족함도 모르고 함부로 떠들었습니다. 선생께서는 허물치 말아 주십시오."

"전 호위, 나는."

"너무 늦었습니다. 위층에 객방이 있으니 올라가 쉬시지요."

전조가 자리에서 일어났다. 황제는 무언가 말을 하고 싶어 입술이 달싹였지만 도무지 정확하게 그 말을 끄집어낼 수가 없었다. 어떤 불가사의한 충격이 지금 송나라 제4대 황제 인종의 전신을 강타하고 있었던 것이다. 그 충격의 정체가 과연 무엇인지 인종은 두고두고 알아내야만 하겠다고 다짐을 했다.

"전 호위, 아까 그대가 말했네. 세상에 단 한 사람이라도 나를 알아 준다면 외롭지 않을 거라고."

전조가 순하게 고개를 끄덕였다.

"그 한 사람이 전 호위가 될 수도 있는가?"

"예?"

"그대가 나를 인정할 수 있는가 말일세."

"무슨 말씀을……. 오늘 겨우 두 번째 뵙는 분입니다. 어찌 제가 함부로 판단을 내릴 수 있겠습니까."

"좀 더 만나 보면 판단을 내릴 수 있겠다는 말이군."

"그런 뜻이 아닙니다. 다만 저는…… 사람을 판단할 만큼 지혜로운 사람이 못 됩니다."

인종이 슬그머니 웃었다. 이럴 때는 황궁에서 보는 그 전조 같았던 것이다. 칼날처럼 예리하면서도 그 칼이 자신을 해치는 것이 아니라 지켜 주리라는 믿음을 품게 하는 어떤 강직함. 인종은 웃음을 거두지 않은 채 전조에게 가볍게 고개를 숙여 인사했다.

"하여튼 고맙네. 부디 좋은 밤 되시게. 그대를 만나 참으로 반가웠네."

"저 또한 그렇습니다. 그러면 선생, 편히 쉬십시오."

전조가 두 손을 맞잡고 공손히 읍揖을 취하더니 곧 돌아서 객잔을 나갔다. 사라지는 전조의 등을 바라보며 인종은 나직하게 속삭였다.

'전 호위, 그대는 황제인 나 또한 한낱 백성일 뿐이라고 말했네. 그렇다면 그대에게 인정을 받는다는 것은 곧 인간 조정을 인정받는 길이자, 송나라 4대 황제인 나를 인정받는 길이기도 하겠지. 그대가 나를 인정하는지, 과연 천자가 자네의 말과 같은지, 이제부터 나는 풀어 볼 참이네. 자네가 나를 인정한다면, 나를 알아주는 세상의 단 한 사람이 자네가 된다면……. 그래, 내가 양양 왕의 말처럼 그리 가치 없는 황제는 아니라는 뜻이 되겠지. 두고 보세나. 과연 천자가 무엇인지, 하늘의 아들이 무엇인지!'

개봉부의 조용한 밤은 그렇게 깊어 가고 있었다.

이상한 동행

신정문新鄭門은 개봉 서쪽에 위치한 성문이었다. 개봉을 떠나 하남부의 낙양이나 섬서성의 장안 같은 서쪽 지방을 찾아가려는 사람들은 대개 이 문을 지나 개봉을 떠난다. 전조 또한 섬서성에 있는 북리 군왕부를 찾아 이른 아침에 신정문을 나서고 있었다.

일찍부터 부산하게 서두는 장사치들과 전호(佃戶 : 소작농)들 틈에 끼어 천천히 걸음을 옮기면서 전조는 혼자 절레절레 머리를 젓고 있었다. 어젯밤 홍문 객잔에서 중년 문사와 나눈 이야기가 내내 마음을 떠나지 않았던 것이다.

술도 먹지 않았건만 평소와는 다르게 너무 많은 말을 했다. 그것도 다름 아닌 천자와 황제에 대해서라니. 평소라면 농담으로라도 입에 담을 만한 얘기가 아니었던 것이다. 그런데도 그토록 자연스럽게 대화를 나눴으니 뭔가에 홀린 기분까지 들었다. 그러고 보니 자기는 상대의 이름조차 몰랐다.

'정말로 폐하와 많이 닮아서?'

쓴웃음이 나왔다.

'아니, 어쩌면 나는 정말로 폐하께 그런 얘기를 들려 드리고 싶었던 것이 아닐까. 그래서 그렇게 거침없이 말했던 것일지도.'

그때였다.

"이런, 이런, 전 호위. 또 만났구만."

"선생!"

갑자기 치기어린 웃음을 지으며 나타난 인종을 보고 전조는 허를 찔린 표정이 되었다. 인종은 여행을 떠나는지 가뿐한 차림에 머리에는 햇볕을 가리는 넓은 삿갓까지 눌러쓰고 있었다.

"어, 어떻게 여길……."

"나야말로 묻고 싶은 말이네. 개봉부의 관리가 왜 성을 나서는가? 나는 마침 섬서성에 사는 친척을 찾아가는 길이네만."

"섬서성!"

전조는 문득 머리가 어지러웠다. 왠지 잘 꿰맨 조각보의 마지막 한 쪽을 맞춰 가는 느낌이었다. 정확히는 눈앞에 서 있는 이 야릇한 사람이 그 모든 행로를 다 꿰뚫고 조정하고 있다는 느낌이 든 것이지만.

하기야 인종은 어젯밤에 호위를 맡은 창룡단의 고수를 은밀히 개봉부로 보내 전조의 행보를 익히 알아 둔 터였다. 전조라는 인물만도 흥미로웠는데 북리 군왕부의 사건까지라니. 황제는 잠시 자신의 처지도 잊은 채 장난꾸러기처럼 재미를 느끼고 있었다.

물론 섬서성까지 전조를 따라가자면 황궁을 꽤 오랫동안 비워야 한다는 난제가 있었다. 그러나 역대로 드넓은 중국 땅을 다스리는 황제들은 굳이 암행이 아니더라도 몇 달 간 순행을 떠나거나 별궁에 한

계절이 지나도록 머무르는 일이 많았다. 황제의 암행이 길어지는 것이 아주 터무니없는 관례는 아니었던 것이다. 무엇보다 지금 인종에게 중요한 것은 하루하루 반복되는 정무가 아니었다. 그보다는 자신의 천자됨, 천자의 인간됨에 대한 바른 해답을 얻는 것이 더욱 중요했다. 그리하여 인종은 과감히 전조를 따라가기로, 그래서 진정한 천자의 의미를 찾아내는 긴 여행을 하기로 굳은 결심을 했던 것이다.

"아, 전 호위는 어디 사건이 있어 가는가 보군. 어디까지 가시나? 방향이 같다면 다만 며칠이라도 동행하고 싶네만."

"……."

"싫으신가?"

"저는, 개봉부의 전조라고 합니다."

갑자기 정중히 고개를 숙이는 전조를 보고 인종이 놀란 표정을 지었다.

"응? 아니, 그건 이미 알고 있네만."

"그런데 선생께서는 어찌 되는 분이신지요?"

이런, 한 대 맞았군.

인종은 속으로 쓰게 웃었다. 소문난 판관 포증의, 소문난 오른팔 전조였다. 어제는 그저 우연히 만난 탓에 경계를 하지 않았겠지만 지금은 북리 왕부의 살인 사건을 조사하러 가는 길이고, 엄연히 공무를 수행하는 중이었다. 마치 짜 맞추기라도 하듯 나타난 인물에게 의심을 품는 것은 당연했다. 그런 전조의 눈을 속인다는 게 그리 녹록한 일은 분명 아닐 것이었다.

하지만 황제는, 스스로에게 이토록 떠버리 기질이 있었던가 내심 놀라면서, 어젯밤부터 전조와 동행을 하고자 이리저리 머리를 굴려 짜냈던 그럴 듯한 거짓말을 좔좔 읊어대기 시작했다. 산동성 출신에, 겨우 진사에만 급제했다가 물러난 낙척 서생이고, 다행히 부모가 남긴 유산이 있어 천하를 유람하는 호사를 누리고 있으며, 아내는 병으로 죽고 아들이 하나 있으며, 누이는 소문난 말괄량이라는 따위를 좔좔.

"그래서, 선생의 이름이 무엇입니까?"

조용히 질러오는 전조의 말에 황제는 찔끔했다. 그러고 보니 그렇게 떠들어대면서도 가장 중요한 이름을 말하지 않았던 것이다.

"나? 나 말인가? 아, 나는……이정李楨일세."

어머니의 성인 '이'에 진짜 이름인 '정'을 붙였으니 크게 거짓말을 친 것은 아니었다.

"이정 선생이시고, 그리고 지금은 섬서성의 친척을 찾아가는 길이시라고요."

"그렇다네."

황제는 상황을 무마하려는 듯 자기가 느끼기에도 어색한 웃음을 연신 지어 보였다.

전조는 잠시 생각에 잠겨 인종을 바라보았다. 눈앞에 선 사내의 이야기가 거짓말임은 너무나 뻔히 보였다. 앞뒤가 하나도 맞지 않았고 부유한 문사로만 보기에도 기질이 너무 튀었다. 허랑해 보이지만 간간이 놀랄 만큼 위압적일 때가 있는가 하면, 한 번도 세파에 휘둘려 보지 않은 듯 천진한 구석까지 있었다. 그런데도 이 기묘한 중년 문사가 하나도 위험하게 느껴지지 않는 자신이 전조는 오히려 이상할 지경이었다.

결국 둘 중 하나였다. 중년 문사가 의도적으로 접근했거나, 아니면 별 악의 없이 원래부터 허풍을 잘 떠는 사람이거나. 후자라면 굳이 동행을 피할 까닭이 없었고, 전자라면 더더욱 동행을 해야만 했다. 이토록 때를 잘 맞춰 나타났다면 분명 지금 가는 북리 왕부와 관련된 사람이기가 쉬웠기 때문이다. 물론 그도 저도 아닌 전혀 다른 경우일 수도 있겠지만, 그 경우라도 떼어 놓고 고민하기보다는 함께 가며 살피는 게 더 나을 수도 있었다.

"좋습니다. 저 또한 섬서성 쪽으로 가는 길이니 함께 가시지요."

"아, 정말인가. 이거 정말 대단한 우연일세. 대단해! 우연치고는."

우연을 강조하는 황제의 서투른 맞장구에 전조가 짧게 실소를 했다. 그것을 멋대로 해석한 인종은 더욱 과장되게 너스레를 떨었다. 황제는 전조가 자신의 이야기에 깜빡 넘어간 것이라고 믿어 의심치 않았던 것이다.

"가시지요. 늦어도 오늘 저녁엔 소화촌까지는 가야 합니다."

걸음을 재촉하는 전조를 따르며 황제는 체통에 맞지 않게 음흉하게 웃었다. 세상에, 자신이 천하의 전조를 속이다니. 멋대로 착각한 채 마냥 기분이 좋아진 황제였다.

그렇게 야릇한 동행은 시작되었다.

차 한 줌의 마음

"미안하네."

인종은 연신 기침을 하며 손을 내저었다.

"괜찮습니다."

마른 등걸을 모아 모닥불을 지피고 있던 전조가 평온한 목소리로 대답을 했다. 산에서의 야영이 처음이 아닌 듯 전조의 행동은 지극히 자연스러웠다.

어디선가 길게 늑대 울음소리가 들려왔다. 골짜기에서 불어 온 찬 바람이 뺨을 스치고 어두컴컴한 허공 속으로 사라져 갔다. 인종은 산 속의 밤이 조금은 위험하고 조금은 신비한 분위기를 품고 있다고 생각했다.

예정대로라면 두 사람은 벌써 산을 넘어 소화촌의 객잔에서 편히 쉬고 있어야 했다. 전조 혼자라면 그러고도 남았겠지만 문제는 걷는 데 전혀 익숙지 않은 인종이었다. 겨우 몇십 걸음밖에 떨어져 있지 않은 전각에서 전각으로 옮기는 데도 가마를 타고 가는 고귀한 황제였다. 무공으로 단련된 전조를 따라가지 못하는 건 그렇다 쳐도, 보통 사람만큼도 걷지 못했던 것이다. 헉헉대며 거의 기듯이 산을 오르는 인종을 참을성 있게 잡아 주던 전조는 마침내 산을 넘는 것을 포기하고 야영을 결심하고야 말았다.

"미안하네."

다시 되뇌는 인종을 보며 전조가 정말 괜찮다는 듯 살짝 웃어 보였다. 아침과는 달리 너무 의기소침해 있는 인종이 안돼 보였던 것이다.

"시장하지 않으십니까. 건량을 좀 드시지요."

전조가 짐꾸러미에서 건량을 꺼내들자 인종이 휘휘 손을 내저었다.

"점심도 그걸로 먹지 않았는가. 딱딱한 데다 맛도 없고. 싫으이. 생각만 해도 속이 거북해지네."

"하지만 이나마도 없어 굶는 사람도 있습니다."

전조가 건량 한 쪽을 입에 물며 중얼거렸다. 인종은 잠시 모닥불 너머로 전조를 바라보았다. 의도한 것이 아닐 텐데도 문득문득 던지는 전조의 말이 인종에게는 일종의 질책처럼 들리고는 했다. 황제가 기름진 산해진미를 먹는 동안 백성들은 하찮은 건량마저 없어 주린 배를 다 채우지 못합니다 하고. 인종이 한숨을 내쉬었다.

"똑같은 하늘의 자식인데도 말이지."

"예?"

"아무것도 아닐세."

인종이 귀찮다는 듯 입을 다물었다.

잠시 조용히 모닥불에 마른 가지를 집어넣던 전조가 문득 황제를 보았다.

"그러고 보니 제게 차가 있습니다. 건량이 싫으시다면 차를 들겠습니까?"

"차? 정말 차가 있단 말인가? 아니, 하지만 그릇도 없이 어떻게 차를 끓이겠다는 말인가?"

반색을 하다가 금세 시들해지는 인종을 보며 전조가 엷게 웃었다. 그러더니 꾸러미에서 조그만 차통과 종이 두 장을 꺼내 들었다.

"종이?"

"이게 그릇입니다."

"뭐라?"

눈이 휘둥그레지는 인종을 두고 전조는 천천히 종이를 접어서 솜씨 있게 그릇 모양을 만들었다. 다시 안쪽을 남은 종이로 잘 감싸 틈을 없애고는 그 안에 조롱박에 담긴 물을 부었다. 그리고 모닥불을 조금 돋워 그 위에 종이 그릇을 얹어 놓았다.

"타, 타지 않는가?"

깜짝 놀라는 인종을 바라보며 전조가 조용히 고개를 저었다.

"물이 다 졸기 전까지는 타지 않습니다. 그릇 안에 든 물이 뜨거운 불의 온기를 종이를 통해 빨아들이니까요. 다관이나 주담자가 없는 산중에서는 곧잘 이렇게 차를 끓여 마십니다. 물론 오래 두고 마실 수는 없습니다만."

"참으로 신기하이."

인종이 체통도 잃고 감탄을 했다. 정말로 그 얇은 종이가 뜨거운 불에도 타지 않고 오히려 온기를 물에 전해 주었는지 곧 종이 그릇

안의 물이 보글보글 끓기 시작했다.

찻잎을 넣으려고 차통을 열던 전조가 갑자기 멈칫했다. 보고 있던 황제가 고개를 갸웃했다.

"왜 그러나?"

조금 당혹한 표정으로 윤기나는 벽록색 찻잎을 뚫어져라 쳐다보던 전조가 곧 낮게 한숨을 내쉬었다. 그러고는 조심스럽게 찻잎 한 줌을 집어 들어 그릇에 털어넣었다. 곧 그윽한 향기와 함께 연한 황금빛을 띤 취록색 차가 곱게 우러났다.

"아, 이런, 찻잔도 없잖은가."

"이걸 쓰지요."

전조가 조금 굵다 싶은 산죽山竹을 뚝 꺾더니 마디와 마디 사이를 잘랐다. 그리고 허리에서 작은 단검을 꺼내 가볍게 다듬자 텅 빈 대나무 마디는 곧 쓸 만한 잔이 되었다. 인종은 계속 감탄하며 전조를 보았다. 종이로 물을 끓이는 거나, 잔 만드는 솜씨 하며, 전조라는 이 인물은 보면 볼수록 흥미로웠다. 저 모습 어디에 남협이 있고, 사품 호위가 있는가. 아무리 봐도 이 산과 가장 잘 어울리는 천생 산사람으로 보이건만. 산에서 나서 산에서 자라고 산에서 죽을. 그냥 무공만 익힌 다른 뚝뚝한 호위들과는 달리 전조에게서는 어딘가 나무꾼이나 산지기에게서 풍겨 나오는 자연의 내음이 느껴졌던 것이다.

황제의 생각을 아는지 모르는지 전조는 말없이 대나무 잔에 차를 담아 인종에게 내밀었다. 마침내 한 모금 차를 입에 문 인종이 저도 모르게 행복한 표정을 지었다. 달고, 신선하며, 한없이 입 안을 맑게 해 주는 그윽한 향기와 맛. 한밤중에 산에서 이토록 훌륭한 차를 마시다니 황홀할 지경이었다.

"몽정의 감로차가 아닌가. 신선이 마시는 이슬인 양 더없이 맑고 정갈하다는 바로 그 감로차."

눈물까지 어려 감탄하는 인종을 보며 전조가 나직하게 대꾸했다.

"그렇군요. 부끄럽게도."

"뭐?"

착각일까, 천천히 차를 마시는 전조의 옆모습에 조금 물기가 서려 있었다.

"뭐가 부끄럽다는 말인가?"

"감로차잖습니까."

"그게 어때서?"

"귀한 차니까요."

"글쎄, 그게 어쨌다는 말인가?"

"여간해서는 구하기 힘든 차잖습니까. 사천성 몽산의 정상에서밖에는 자라지 않는 차라 황금 열 돈을 주고도 한 근을 채 사지 못한다 하니, 개봉부에선 아무도 마실 엄두를 내지 못합니다. 그래서 지난번 팔현 왕께 우연히 이 차를 선물 받고는 포 대인께서 매우 기뻐하셨습니다. 아껴 두었다가 귀한 손님이 올 때면 늘 이 차로 대접하시고, 가끔씩 저희도 불러 함께 나누시고요. 대인께서 그렇게 아끼시는 차이건만 절 주셨네요. 짐을 꾸릴 때 숙수방(주방)에 차통을 맡기며 산에서 마실 거니 값싼 말차나 조금 넣어 달라 부탁했는데 그걸 대인께서 들으셨던 모양입니다. 차를 바꿔 넣으셨어요. 말차 대신 이 감로차로. 이게 아마도 대인께 남은 전부일 텐데.

먼 길 떠나는 제가 걱정되고 눈에 밟히셨던 모양입니다만, 그래도 산에서야 굳이 이런 차가 무슨 필요가 있다고…….”

“그래서 아까 차통을 열었을 때 멈칫했군.”

“대인께는 늘 빚을 지고 삽니다.”

인종은 잠시 말을 잃고 전조를 바라보았다. 전조는 여전히 물기어린 눈동자로 조금씩 차를 마시고 있었다. 그 차를 준 사람의 다정한 마음씨를 음미라도 하듯 천천히, 조금씩, 그윽하게. 인종은 왠지 한숨이 나왔다.

“자네는 포증의 사람이지.”

“예?”

“황제의 호위보다는.”

“무슨 말씀이십니까?”

“황제가 감로차 수백 통을 그대에게 하사해 봤자 지금 이 한 줌의 찻잎이 준 감동만큼을 그대에게 줄 수는 없을 거라는 말이네. 그건 너무 불공평한 일이 아닌가.”

“폐하께서 그러실 리도 없겠지만, 설혹 그러시더라도 폐하께서야 감로차 수백 통을 내리는 게 그다지 어려운 일이 아니시겠지만, 대인은 진정 저를 위하는 마음이 없이는 주실 수 없으셨을 테니까요.”

“마음, 마음이라. 그거만 있으면 자네는 한 줌의 차로도 수백 통의 차를 마신 듯 만족할 수 있는가? 황궁의 산해진미보다 저 딱딱한 건량 몇 쪽을 택해도 조금도 후회하지 않겠는가 말일세. 자네는 정말로, 조금만치도, 저 휘황찬란한 황궁의 재보나 남들 앞에 우뚝

서는 드높은 벼슬자리에 미련이 없는가? 알아주는 마음만 있다면 한낱 호위에, 싸구려 말차에, 딱딱한 건량만 씹더라도 아무런 후회 없이 당당하고 자랑스러울 수 있는가 말일세!"

절로 높아지는 인종의 목소리를 들으며 전조가 후후 웃었다.

"또 뭐가 궁금하신 겁니까? 지난번엔 천자시더니 이번에는 부귀와 공명이더이까."

인종은 울컥 화가 치밀었다.

"차가 너무 맛있네. 이 서늘한 바람과, 이 따뜻한 불빛, 그 위에서 끓어오른 이 취록색의 달디단 감로차와, 그 안에 담긴 누군가의 마음이 너무 맛이 있어 화가 나네. 스스로의 모습으로 우뚝 서 있는 누군가가 부럽고, 그 사람이 인정하는 자네 또한 부럽네. 나는 한 번도 가져 보지 못한 이런 바람, 이런 달빛, 이토록 가슴 시린 자유로움. 심지어 저 스산한 늑대 울음까지 나는 마냥 부럽네. 세상이 모두 내 것이건만 정작 온 천하에 내 것이라고는 하나도 없지 않은가. 수백 통의 감로차를 가졌어도 한 줌의 차에 담을 마음이 없어 나는, 나는…… 아무에게도 인정을 받지 못했어."

"그럼 주시면 되잖습니까."

"무어라?"

"마음 말입니다."

움찔하는 황제를 보며 전조가 밝게 웃었다. 전조는 이 중년 문사가 정말로 마음에 들었던 것이다. 딱히 까닭을 꼬집어 말할 수는 없지만, 어쨌든 이 중년의 문사는 나이와는 어울리지 않게 마치 갓 태어난 아기처럼 순수한 심성을 지니고 있었다. 지금처럼 고민이 들끓으면 숨기지도 않고 다 토해 놓고는, 또다시 괴로워하는 것도 그런 맥락에서일 터이다.

"지난번에 사람들이 선생의 껍데기만 본다고 하셨지요. 하지만 그건 어쩌면 선생 스스로가 사람들에게 겉껍데기만 보이고 속마음은 털어놓지 않았기 때문이 아닐까요. 그래서야 아무도 선생의 마음을 알지 못합니다. 선생이 먼저 마음을 보여 주세요."

"뭘 어떻게 말인가?"

"포 대인께서 이 차 한 줌에 마음을 담아 제게 주셨듯이요. 그것이 꼭 감로차 수백 통이나 눈부신 황궁의 재보일 필요는 없습니다. 그럴 수 있는 분이야 폐하밖에 안 계시지만 선생은 폐하가 아니잖습니까. 아니, 설혹 폐하시더라도 마음을 보일 때 그런 세속의 재물을 앞세워 소중한 진심을 깎으려 하지는 않으실 겁니다. 그저 따뜻한 말 한 마디, 부드러운 웃음 한 번, 세심한 칭찬이면 충분합니다. 그 웃음과 그 말에 담긴 다정한 마음이 느껴지는데 어찌 상대가 선생을 인정하지 않을 수 있겠습니까. 그냥 있어도 모두가 알게 될 겁니다. 선생이 참으로 따뜻하고 좋은 분이라는 걸."

황제가 선뜻 전조를 보았다. 전조의 눈에는 능금 장수를 바라볼 때와 똑같은 따뜻함이 담겨 있었다.

"날, 위로하는가?"

조금 떨리는 황제의 말에 전조가 웃으며 고개를 저었다.

"솔직히 선생을 잘 모르겠습니다. 선생이 제게 속을 다 털어놓지 않으시기에 더욱 알 수 없는 일이겠지만, 선생의 고민이 제게는 어린아이의 투정처럼 보입니다."

"어린아이!"

"그리고 우습게도 바로 그 점이 제게서 선생에 대한 의심을 빼앗아 갑니다. 선생이 누구인지 전혀 알지 못하면서도 이상하게 나쁜 분이 아니라 믿게 되고, 믿음이 가니까요. 제가 누군가와 이토록 길게 이야기를 나눈 것도 참으로 오래간만입니다."

"자네가 나를 믿는다는 말인가?"

전조의 눈이 여전히 따뜻하게 웃고 있었다.

"쉬십시오. 늦었습니다."

전조가 꾸러미에서 얇은 모포를 꺼내 인종의 어깨에 덮어 주었다.

"산 속의 밤은 보기보다 꽤 춥습니다. 꼭 여미고 주무십시오."

"자네는?"

"지금은 졸리지 않으니 불을 조금만 더 지켜보다가 자겠습니다."

"미안하네."

황제는 한 번 더 그 말을 하고는 눈을 감았다. 갑자기 졸음이 몰려왔다. 생전 처음으로 죽어라 험한 산길을 올라 본 황제로서는 피곤한 것이 당연했다. 그냥 이렇게 잠이 들면 전조한테 미안한데 하는 생각을 하면서도 황제는 어느 결에 달콤한 잠에 빠져들고 있었다.

후드득, 전조가 마른 가지를 모닥불에 집어넣는지 후르르 불꽃이 타오르는 소리가 아련하게 들렸다 사라졌다.

심검心劍을 이루는 자

타는 듯 뜨거운 날씨였다. 햇볕을 가리는 삿갓을 썼다가, 그 삿갓 때문에 땀이 난다고 벗었다가, 다시 햇볕이 뜨겁다고 썼다가, 황제는 계속 삿갓을 벗었다 썼다 하며 헉헉댔다. 어떻게 해도 도무지 뜨거운 햇볕을 피할 수가 없었던 것이다.

"원, 정중(正中 : 한낮) 지난 지가 언젠데 아직도 이렇게 더운가. 아니, 자네는 어떻게 땀도 안 흘리나?"

헉헉대던 황제가 애꿎은 전조에게 시비를 걸었다.

"불공평해. 나도 무공을 배우던가 해야지. 나 참, 억울해서. 무공 배웠다고 더위도 안 타나."

그건 무공 때문이라기보다는 참을성의 문제겠지만, 황제는 계속해서 무공 탓을 하며 더운 날씨를 한탄했다. 전조가 가벼운 장풍을 황제에게 슬며시 날렸다. 갑자기 황제의 표정이 환해졌다.

"어허, 이제야 바람이 좀 부는구만."

전조는 웃음을 참으며 다시 가벼운 바람을 일으켜 황제에게 보내주었다. 황제는 계속 행복해했고, 덕분에 전조는 그 뛰어난 무공을 순전히 인간 부채가 되는 데에 써야만 했다.

이런 식이었다, 지난 며칠 간의 동행은.

평범한 듯 보여도 때때로 놀랄 만큼 위엄을 내비치는 이 중년 문사는 생김새와 달리 보통 사람들의 평범한 삶에는 지독히 어두웠다. 객잔에서 값도 치르지 않고 그냥 나가는가 하면, 남의 집 잔치에 뛰어들어가 법도에 맞지 않는다고 한바탕 위엄 있게 훈계를 늘어놓기도 하고, 검문하는 관리에게 감히 나를 검문하냐며 대들기까지 했다. 그때마다 나서서 수습하는 것은 물론 전조였다.

황제는 일을 저지른 뒤에야 '아차차, 실수다!' 하고 반성했지만 늘 생각이 늦었다. 몇십 년을 황제로 살아온 버릇이 쉽게 사라지지 않던 것이다.

"전 호위, 보게나. 저기 객잔이 있네. 어허, 이제야 좀 쉴 수 있겠구먼."

황제가 객잔을 발견하자 어린아이처럼 호들갑을 떨며 걸음을 재촉해 앞서 갔다. 전조는 혼자 후후 웃었다. 그리고 비로소 인간 부채에서 벗어나 편안히 황제를 따라갔다. 참으로 철없는 동행이었지만 그래도 황제가 보여 주는 천진함, 엉뚱함, 대책 없는 당당함까지 전조는 그리 밉지가 않았다.

아마도 그것은…… 고아로 자란 자신의 외로움 때문이 아닐까, 잠시 전조는 생각했다. 황제는 어딘가 자신에게 가족 같은 느낌을 주었던 것이다. 편안하고 떠들썩한……. 그리고 그 가족 같다는 느낌은 나중에 황제의 진짜 정체를 알게 되었을 때 참으로 커다란 고통을 전조에게 주게 된다. 물론 아직은 훨씬 훗날의 일이지만.

"어허, 이게 뭔가. 자리가 없나 보네."

갑자기 황제가 실망한 듯 걸음을 멈췄다. 객잔의 자리가 다 찬 듯 사람들이 객잔의 바깥 여기저기에 흩어져 앉아 있었기 때문이었다. 더러는 나무 그늘을 차지하기도 했지만, 이도 저도 아닌 사람들은 뙤약볕에 탁자도 없이 쭈그리고 앉아 식은 차와 만두를 먹고 있었다.

전조의 시선이 그 중 한 가족에게 닿았다. 아기를 안은 아낙이 꾀죄죄한 꼬마와 함께 국수 한 그릇을 앞에 놓고 먹고 있었다. 아낙은 한 손으로는 힘들어 헐떡헐떡 우는 아기에게 연신 마른 부채질을 하고, 또 한 손으로는 칭얼대는 꼬마에게 열심히 국수 가락을 떠 먹였다. 그러나 햇볕은 너무 뜨겁고, 국수 가락은 퉁퉁 불었고, 흙먼지는 일어 주위는 온통 먼지투성이였다. 꼬마는 그만 훌쩍이며 젓가락을 밀어 버리고 아낙도 금세 울 것 같았다. 꼬마도, 아낙도, 어린 아기까지도 모두 몹시 힘들어 보였다. 그 초라한 가족의 머리 위로 햇볕은 유난히 더 따갑게 내리쬐는 듯싶었다.

"전 호위?"

멍해 있는 전조가 이상했던지 황제가 전조를 불렀다.

"왜 그러는가?"

"아닙니다. 여기 계십시오. 만두라도 사 오겠습니다."

"아닐세. 나도 가지. 잠깐이라도 시원한 그늘이 그립다네."

전조를 따라 객잔으로 들어서려던 황제가 걸음을 멈췄다. 전조가 갑자기 우뚝 선 채 위층을 올려다보았기 때문이다.

뜻밖에도 사람들로 북적대는 아래층과는 달리 위층은 텅 비어 있었다. 아니, 적어도 다섯 사람은 있었으니 텅 비었다는 표현은 정확한 게 아니다. 그 넓은 위층을 단 다섯 사람이 온통 다 차지하고 있었다는 게 정확한 표현이리라.

점소이가 다가오며 미안하다는 듯 고개를 숙였다.

"손님, 어쩌지요. 자리가 없어서. 차는 드리겠지만 음식은 밖에서 드셔야겠는데요."

"저 위층은 뭔가!"

황제가 분통을 터뜨렸다. 점소이가 안절부절못하며 조용히 하라는 듯 손가락을 입에 댔다.

"위층은 저 다섯 분이 전세를 내셨습니다요. 저희도 모시고 싶지만 저분들이 먼저 예약을 하신지라. 보통 고수분들이 아니니 그냥 모른 척하십쇼."

"그렇다고 저 다섯 사람 때문에 이 많은 사람들이 뙤약볕에서 고생해야 한단 말인가!"

"거의 다 드셨으니 곧 일어날 겝니다. 조금만 참으세요."

"그걸 말이라고 하는가!"

"제가 한번 얘기를 해 보지요."

잠자코 있던 전조가 앞으로 나섰다. 점소이가 기겁을 하고 전조의 팔을 잡았다.

"아이고, 손님. 그러지 마십시오. 좀 전에도 위층에 올라가려던 장정 둘이 한 방에 나가떨어져 기어서 나갔습니다. 손님 같은 백면서생은 뼈도 못 추릴 겝니다."

"괜찮습니다. 싸우려는 게 아니니까요."

"손님, 손님! 죽습니다, 죽어요. 가지 말아요."

거의 울먹이며 만류하는 점소이를 떼어 놓고 전조는 조용히 계단을 오르기 시작했다. 그 옆모습에 칼날 같은 예리함이 스쳐 지나갔다. 점소이가 징징대며 이번에는 황제의 팔을 붙잡았다.

"말려요. 동행분이 말리셔야지, 그러다 저 잘생긴 총각 맞아 죽어요. 손님은 아까 저 사람들이 얼마나 무섭게 굴었는지 몰라서 그래요."

"괜찮네. 맞아 죽는 건 저 다섯 사람일 테니까."

"예?"

"진짜 무서운 고수를 앞에 두고 백면서생이라니, 자네 눈이 좀 나쁘군."

황제는 빙글거리며 흥미진진한 얼굴로 위층으로 오르는 전조를 쳐다보았다. 천하의 남협이 과연 어떤 멋진 무공으로 저 나쁜 악당들을 쳐부술지 마냥 기대가 되었던 것이다. 가자마자 당장 칼을 뽑아 저 건방진 녀석들 머리채를 그대로 싹둑 자르거나, 아니면 검집째 그대로 배에 멋있게 한 방 슈욱!

"다섯 대협님께 무림 말단 후학이 인사 올립니다."

"뭐?"

슈욱! 멋있는 한 방 대신 들려온 공손한 목소리에 황제는 기겁을 했다. 전조가 조용히 다섯 무뢰배 앞에 선 채 고개를 숙여 포권을 하고 있었던 것이다. 그것도 지극히 공손하고 예의바르게.

"뭐, 뭐, 뭐라?"

황제야 기막히든 말든 전조는 정말로 닭 잡을 힘도 없는 유약한 서생처럼 나긋하고 공손하게 고개를 숙이고 있었다.

"뭐냐?"

창 쪽에 앉아 있던 수염이 덥수룩한 털보가 날카로운 목소리로 말했다. 일부러 그러는지 털보는 말하면서 손으로 무시무시한 철부(鐵斧:쇠도끼)의 날을 퉁, 퉁기고 있었다.

그 옆으로 바윗돌처럼 커다란 철퇴를 든 뚱보와, 날이 번쩍번쩍 무서운 철겸(鐵鎌:쇠낫)을 든 빼빼, 기다란 철곤(鐵棍:쇠방망이)을 든 껑다리까지 으스스한 눈초리로 전조를 노려보았다. 다만 한가운데에 앉아 있는, 선비처럼 보이는 사람만이 조용히 있을 뿐이었다. 선비 옆에는 붓처럼 생긴 판관필判官筆[5]이 놓여 있었다.

네 사람이 어찌나 살기등등한지 보고 있는 사람까지 괜히 기가 질렸다. 그러나 전조는 어디까지나 예의바르고 침착했다.

"부탁이 있어 잠시 올라왔습니다."

"부탁이라니?"

"객잔의 위층을 세내셨다고 들었습니다."

"그래서?"

"세를 내셨으니 쓰는 게 당연합니다만, 지금 밖에는 뙤약볕에 제대로 쉬지도 못하는 손님들이 많이 있으니 부디 아량을 베푸시어 자리를 좀 내어 주십시오. 대협들을 귀찮게 하지는 않을 것입니다. 그저 남아 있는 자리를 조금만 양보해 주십사 부탁드리는 것입니다."

---

5) 판관필判官筆:무기의 일종. 붓처럼 생겼지만 끝은 날카롭게 다듬은 철로 되어 있어 제법 위력을 지녔다. 주로 빠르고 정확한 점혈 수법에 잘 쓰인다.

"하!"

철부를 든 털보가 기막힌다는 듯 헛바람을 내뿜었다. 그러더니 왈칵 전조의 멱살을 움켜쥐었다.

"새파란 젊은 것이 감히 우리한테 자리를 내놓으라 강압을 해?"

'강압은 네놈이 하지 않냐!'

보고 있던 황제는 절로 욕이 튀어나왔지만 어찌 된 게 전조는 도무지 싸울 생각이 없어 보였다. 멱살을 잡혔는데도 반항하기는커녕 그냥 바보같이 비슬비슬 웃기만 했다. 누가 저 사람을 천하의 남협이라고 생각할까.

"대협도 아시겠습니다만, 이 객잔말고는 이십 리 주위에 객잔이라고는 하나도 없습니다. 게다가 이곳은 개봉부에서 섬서성으로 가는 길목에 있는지라 그 길을 가는 많은 사람들이 꼭 들러서 쉬게 되는 곳입니다. 여기서 쉬지 못하면 다음 객잔까지 이십여 리를 따뜻한 차 한 잔, 싱싱한 소채 한 접시 먹지 못하고 힘겹게 가야 하니까요. 강호의 의리를 아는 대협께서 어찌 이런 사정을 보고도 모른 체하시겠습니까. 세를 내신 값은 돌려 드릴 터이니 너그러운 마음으로 조금만 양보해 주십시오. 부탁드립니다."

차근차근, 목소리 한번 높이지 않고 조리 있게 말하고 예의바르게 부탁하는 전조에게 한순간 철부를 든 털보도 할 말이 없어졌다. 어디 하나 틀린 말이 없잖은가. 이 정도면 시비를 걸고 싶어도 당최 걸 수가 없게 된다.

"우리는 지금 아주 긴한 이야기를 나누는 중이네. 사람들이 들어서는 아니 되는 얘기라 일부러 주위를 물린 것이니 불편하더라도 소형제가 참아 주게."

그때까지 조용히 있던 판관필 사내가 냉정한 어조로 한 마디 했다. 아무래도 이 사내가 이 다섯 명의 우두머리인 모양이었다. 외모는 선비처럼 청수했지만 무공은 가장 높은 듯 눈매가 매우 날카로웠다. 전조가 천천히 잡힌 멱살을 풀며 판관필을 바라보더니 조용히 말했다.

"설마 천풍오랑天風五郎께서는 천풍파의 장문인을 뽑는 중요한 일을 이런 객잔에서 결정하지는 않으시겠지요."

채앵! 좌앙! 촹! 촹!

요란한 소리와 함께 순간적으로 눈을 멀게 할 듯한 섬광이 일제히 일어나더니 곧 전조는 도끼와, 철퇴와, 곤봉과, 낫에 삽시간에 포위되었다. 판관필을 뺀 나머지 네 사람이 각자 무기를 들어 그대로 전조의 사혈을 겨눴던 것이다.

"네놈, 누구냐?"

털보가 으르렁거렸다.

"우리 천풍오랑을 어찌 알지?"

빼빼도 눈을 부라렸다.

"네놈, 설마 우리 천풍오랑을 노린 첩자냐?"

뚱보의 철퇴는 금세라도 전조의 머리를 내려칠 듯 보였다.

"어서 말해!"

꺽다리는 아예 곤으로 전조를 쿡쿡 찌르기까지 했다. 찌르는 대로 툭툭 밀려난 전조가 잠자코 살기어린 네 사람을 둘러보더니 곧 후우 한숨을 내쉬었다.

"어찌 알다니요. 여러분 스스로 말해 주셨잖습니까."

"우리가 언제!"

"말이 아니라 있는 그대로 생김과 그 무기로요. 다섯 대협은 각자 체격이나 외모가 독특한 데다 무기도 도끼, 낫, 철퇴, 곤, 판관필을 다루고 있지 않습니까? 강호에서 그렇게 다양한 생김새와 무기를 가진 분들이야 천풍파의 천풍오랑밖에 더 있습니까? 명호조차 무기를 따 천풍부, 천풍겸, 천풍퇴, 천풍곤, 천풍필로 부르는 터에 그게 무슨 큰 비밀이 된다고 첩자까지 운운하십니까."

"그, 그거야 그렇지만, 장문인 얘긴 어찌 된 거야!"

성격이 가장 급한 듯 도끼를 든 털보 천풍부가 다시 악을 썼다.

"짐작일 뿐이었습니다. 천풍오랑께선 천풍파의 수석 장로들이라 들었습니다. 하지만 각자 활동하는 곳이 달라 이렇게 다섯 분이 한꺼번에 모이는 일은 극히 드물다지요. 그런데도 이렇게 한 곳에 모이셨다면 천풍파에 뭔가 큰 일이 생겼다는 뜻이겠지요. 게다가 얼마 전 천풍파의 장문인께서 천수를 다하셨다는 소문을 들었는데, 그러면 이런 때에 천풍파의 다섯 장로가 모여서 할 만한 중요한 얘기가 뭐겠습니까? 돌아가신 장문인을 대신할 차대 장문인을 뽑는 일이겠지요. 그래서 나눠야 할 긴한 얘기가 바로 새로운 장문인의 선출이리라 짐작했던 겁니다."

어디선가 이야, 감탄하는 소리가 들렸다. 아래층은 물론이고 밖에 있던 사람들까지 어느새 흥미롭게 전조와 다섯 사람을 보고 있었던 것이다. 사람들은 모두 느닷없이 나타나 조용히 말만으로 험악한 다섯 명을 압도하고 있는 기품 있는 청년을 감탄의 눈으로 보고 있었다. 전조는 지금 대수롭지 않게 말하고 있지만 사실 눈으로 똑같이 보고 있어도 전조처럼 정확히 추측하기란 쉬운 것이 아니었다. 전조가 말한 뒤에야 비로소 아, 그렇구나 하고 고개를 끄덕일 뿐.

도대체 누구일까? 모두의 눈에 호기심이 떠올랐다. 누구일까? 저 기품 있고 단아한 청년은. 물론 호기심과 더불어 '저러다 맞아 죽지.' 하는 안타까움도 함께 떠올랐지만.

"소형제, 이름을 물어도 되겠는가?"

천풍필 관창우關昌宇가 여전히 냉정한 어조로, 그러나 조금은 놀라움을 담아 물었다.

"크게 불릴 만한 이름이 못 되니 말하지 않음을 용서하십시오. 천풍오랑께서 장문인의 부재로 급한 마음은 알겠습니다만, 한 파派의 장문인을 뽑는 중대사는 이리 허술하게 의논할 만한 일이 아닙니다. 천풍파의 본원도 여기서 멀지 않으니 그때까지만 잠시 여유를 가지시고 그만 사람들께 자리를 양보해 주십시오. 그러면 모두 천풍오랑의 담대함에 감사를 드리고 천풍파를 칭송할 것입니다."

관창우가 싸늘한 눈빛으로 전조를 노려보았다. 여기서 아니라고 하면 그야말로 천풍오랑은 강호의 정의를 모르는 소인배가 될 터이다. 관창우가 천천히 고개를 끄덕였다.

"알았네, 소형제의 뜻을 따르지. 우리는 이만 가 보겠네."

"대형!"

천풍부가 울부짖었다. 전조가 가볍게 고개를 숙여 감사를 표했다.

"고맙습니다."

그러나 그 순간 전조의 목이 달싹 들렸다. 천풍부가 포권을 하는 전조의 목덜미를 다짜고짜 잡아챘던 것이다.

"고맙긴 뭐가 고맙냐. 이 기생오라비 같은 자식이. 내 너한테 강호의 매운 맛을 가르치리라."

"놓으십시오."

"제법 대차게 나오는 걸 보니 무공깨나 익힌 모양인데 어디 그 방자한 입담만큼이나 솜씨도 좋은지 한번 보자꾸나."

전조가 천풍부의 손에서 옷깃을 털어내며 끝까지 정중하게 말했다.

"천풍오랑과 싸울 생각은 없습니다. 그저 양보를 바랐을 뿐입니다."

"양보하마. 대형이 약속했으니. 하지만, 날 이긴 다음이다."

"이긴 다음이라뇨?"

"날 이겨야 자리를 양보하겠단 말이다."

"그런 말이!"

어처구니없어하는 전조를 이끌고 천풍부가 그대로 계단을 내려오더니 발길로 쾅 문을 걷어찼다. 그리고 팽개치듯이 마당에다 전조를 놓아주었다. 곧 천풍부는 마치 과시라도 하듯 횡횡, 철부를 허공에 휘둘렀다.

"싸우자는 말입니까?"

전조의 목소리가 싸늘해졌지만 천풍부는 여전히 득의양양했다.

"당연지사! 날 이기면 네놈에게 위층을 통째로 빌려 주지."

"제가 빌리려는 게 아닙니다. 당신 눈엔 뙤약볕에 힘들어하는 저 사람들이 안 보입니까? 자리 한번 양보하는 게 뭐 힘들다고 이렇게 억지를 부립니까!"

"억지든 뭐든 일단 나를 이겨 봐. 이겨 놓고 말해. 이기면 피해 준다니까."

"전 싸울 생각 없습니다. 그만 하십시오."

전조가 화난 듯 와락 돌아섰다. 그 앞을 가로막으며 천풍부가 뒤에 대고 소리쳤다.

"어이, 이형, 삼형, 막내야. 거기 문 좀 지키고 사람들 한 명도 못 올라가게 해."

비아냥거리는 듯한 말투에 전조가 주먹을 꾹 쥐었다.

"이봐, 말 많은 친구. 네가 저 떨거지들을 대표해서 위층에 올라온 모양인데 솜씨 좀 보이라구. 그러면 기꺼이 물러날 테니까. 아니면 저 지저분한 떨거지들, 한 놈도 위로 못 올라가. 단 한 놈도. 알았나?"

전조가 화를 참으며 이글거리는 눈빛으로 천풍부를 바라보았다. 그러나 그때까지도 여전히 전조는 검을 뽑지 않고 있었다.

'정말 잘도 참는군.'

인종은 보다가 자기가 지쳐서 까무러칠 것 같았다. 다른 사람들은 말로 타일러 양보를 받아낸 전조에게 감탄하는 모양이었지만 전조의 정체가 천하의 남협임을 아는 황제로서는 속이 타 죽을 지경이었다. 단칼에 넘어갈 놈들을 저토록 정성껏 설득을 하다니. 차라리 정체를 밝히고 "전 호위, 저놈을 당장 처단하게." 하고 명령이라도 내리고 싶은 심정이었다.

그때였다.

"아이고, 손님. 그만 하십쇼."

갑자기 점소이가 전조와 천풍부 사이에 끼어들었다. 여전히 전조가 나약한 백면소자라고 믿고 있는 점소이가, 그냥 뒀다가는 전조가 크게 다칠 것처럼 보였는지 열심히 천풍부를 말리기 시작했던 것이다.

"저기 큰어르신께서 양보해 주신다고 하셨잖습니까. 그런데 뭘 또 싸우고 그러십니까. 다 좋은 게 좋은⋯⋯."

그러나 착한 점소이는 채 말을 맺지 못했다. 천풍부가 그대로 손을 뻗어 점소이를 후려쳤던 것이다. 놀란 전조가 넘어지는 점소이를 재빨리 받아 안았다.

"새파란 점소이 놈까지 화를 돋구는군. 네놈부터 혼내 주랴!"

말과 동시에 도끼가 그대로 점소이에게 날아왔다. 그리고 그 순간 전조가 점소이를 안고 빙글 돌아 사람들 쪽으로 점소이를 밀어 놓더니 그대로 검을 뽑아 도끼를 막아 갔다.

쩌엉!

둔탁한 소리가 울리고, 천풍부의 도끼가 전조의 검에 걸려 푸르르 떨렸다.

'이놈 봐라.'

천풍부는 속으로 적잖이 놀랐다. 찰나에 점소이를 안고 물러나 검까지 빼든 민첩함도 민첩함이려니와 도끼가 상대의 검과 닿는 순간 그지없이 강하고 청명한 기운이 밀려왔던 것이다. 게다가 팔십 근의 거대한 철부를 겨우 세 자밖에 안 되는 검으로 막았건만 오히려 도끼를 든 자기가 밀리면서 손까지 쩌르르 울려 왔다.

"감히!"

전조의 눈이 파랗게 빛났다.

"감히! 사람을 다치게 하다니. 그리고도 무공을 배운 무인이라 하겠소!"

어느새 전조의 말에서 공손함이 사라졌다.

"무릇 무인이라면, 강한 자에게는 대항할지언정 약한 자에게는 물러서고 지켜 주는 게 도리. 어찌 무공의 무 자도 모르는 점소이를 상대로 살수를 펼칠 수 있단 말이오!"

"웃기는군. 점소이 따위를 지키려고 무공을 배운 줄 아느냐. 내가 무공을 배운 건!"

말하면서 그대로 천풍부의 철부가 전조의 목을 노리고 날아왔다. 전조가 검을 비스듬히 세워 도끼를 옆으로 흘리자 이번에는 세로 방향으로 도끼가 떨어졌다. 전조는 검으로 대응하는 대신 새털처럼 가볍게 보법을 밟아 도끼날로부터 벗어났다. 그리고 다음 순간 눈부신 검광을 뿌리며 전조의 검이 철부의 안쪽을 파고들었다.

"내가 무공을 배운 건! 남에게 무릎꿇는 게 싫고, 굽신대는 게 싫었기 때문이다. 그러느니 차라리 남을 무릎 꿇리고 남을 억누르며 살리라! 내가 당하느니 차라리 남을 쳐 버린다. 강하면 된다. 강하면 그 모든 것이 가능하다. 아느냐? 강한 것이 바로 힘이다! 강한 게 바로 정의란 말이다!"

한순간 철부의 안쪽으로 파고든 검이 그대로 위로 쳐들려 도끼를 튕겨냈다. 그리고 그 힘을 몰아 상대의 목젖까지 쭈욱 뻗어 갔다. 무공 초보자라도 할 수 있는 지극히 흔한 직도황룡直道黃龍[6] 수법을 거꾸로 응용한 것이었지만, 그 깨끗함과 빠름은 눈이 부실 정도였다.

"와아!"

여기저기서 감탄의 소리가 터져 나왔다. 검이 번쩍인다 싶더니 어느새 순식간에 싸움이 끝나 버린 것이다. 전조의 깨끗한 승리였다.

"이, 이게……."

천풍부가 믿어지지 않는다는 듯 목소리를 쥐어짰다. 상대의 검이 언제 자기 도끼를 퉁겨내고 제 목을 겨누게 됐는지, 뻔히 당하고도 믿을 수가 없었던 것이다.

전조는 미동도 하지 않은 채 검날 너머로 천풍부를 보고 있었다. 그 눈빛이 겨울 샘물처럼 맑은데도 천풍부는 목이 조이는 중압감을 느꼈다.

"강즉정强卽正, 강한 것이 곧 정의다. 그렇다면, 내가 지금 그대의 목을 찔러도 상관 없겠소? 내가 강해 그대를 이긴 것이니 나야말로 곧 정의. 진 당신은 아무런 후회 없이 죽어도 되겠구려? 정의라는 이름 아래."

"비, 빌어먹을."

"제 목숨은 그토록 아끼면서 남의 목숨은 깃털처럼 가볍게 생각하다니. 부끄러운 줄 아시오, 천풍부. 정의는 강한 것이 아니라 바른 것이오."

전조가 조용히 검을 회수했다.

"약속대로 위층을 양보받겠소. 어찌 됐든, 고맙소."

---

6) 직도황룡直道黃龍: 칼을 위에서 아래로 똑바로 내려치는 검법의 한 초식. 가장 평범한 초식 중 하나다. 여기서는 칼을 반대로 아래에서 위로 올려치는 수법으로 썼다.

정중히 고개를 숙인 전조가 몸을 돌려 점소이를 보았다. 어느새 칼날 같은 예리함은 사라지고 평소의 온화한 분위기로 돌아가 있었다.

"괜찮습니까?"

"네? 아, 네, 네."

입을 딱 벌리고 보고 있던 점소이가 허둥지둥 고개를 끄덕였다. 전조가 부드럽게 점소이의 손을 잡았다. 일어서던 점소이가 갑자기 으악 비명을 질렀다.

"소, 손님!"

전조의 뒤로 쇠도끼가 무지막지하게 날아오고 있었던 것이다. 새파랗게 빛나는 도끼날이 그대로 전조의 머리를 단숨에 박살낼 것만 같았다. 아니, 그것도 모자라 앞에 있는 점소이까지 한꺼번에 쪼개버릴 만큼 흉흉한 기세로 내리쳐지고 있었던 것이다.

"으아아아! 손님!"

비명을 지르던 점소이는 그러나 곧 답삭 입을 다물고 말았다. 싱긋, 전조가 걱정 말라는 듯 가지런히 하얀 이를 드러내며 웃었던 것이다. 등을 돌리고 있는데다 점소이 때문에 피할 수도 없는 전조가, 머리 위에서 떨어지는 무시무시한 도끼를 느꼈음에도 그저 웃기만 하다니. 그리고 다음 순간 비명을 지르며 나가떨어진 것은 오히려 도끼를 든 천풍부였다. 천풍부는 그대로 열 발자국이나 뒤로 퉁겨나 바닥에 고꾸라졌다. 그 옆에 쇠도끼가 함께 쿵, 내리꽂혔다.

"미안합니다. 두 번씩이나 위험하게 하다니. 아무래도 확실히 해야 할 것 같군요."

전조가 놀라 입을 다물지 못하는 점소이에게 다시 한 번 싱긋 웃어 보이고는 천천히 몸을 돌렸다. 배를 부여잡고 쿨럭이는 천풍부 앞으로 천풍겸, 천풍퇴, 천풍곤이 살기등등하게 나서고 있었다. 전조의 눈빛이 싸늘해졌다.

"하나로 안 되니 합공이군요. 대단한 정의올시다."

"죽어라!"

세 명이 다짜고짜 덤벼들려는 찰나, 갑자기 차가운 목소리가 떨어졌다.

"멈춰라!"

천풍필 관창우였다. 차가운 한 마디에 일제히 멈춘 세 명이 불만에 가득한 얼굴로 관창우를 바라보았다.

"대형!"

"이따위 애송이에게 당할 겁니까!"

"한주먹 거리도 안 되는 놈을!"

"그래. 너희 넷이 한꺼번에 덤벼도 저 사람의 한 주먹감도 안 될 것이다."

주저앉아 있던 천풍부가 울컥 소리를 질렀다.

"대형, 저런 애송이를!"

"닥쳐! 조금 전 저 대협이 손속에 인정을 두지 않았으면 너는 벌써 죽었어. 등을 보인 상대를 도끼로 내려친 네놈의 비겁함은 죽어도 할 말이 없건만, 저 대협은 그래도 검을 빼 베지 않고 검집으로 네 녀석의 배만 질러 물러나게 했다. 그나마 검집에 공력을 조금만 실었기에 망정이지, 아니었으면 너는 지금쯤 배가 터져 열 발자국이 아니라 백 발자국은 튕겨져 나가 죽었을 것이다."

"그럴 리가!"

"남협이 정의로운 사람인 것을 감사해라. 아니었으면 너는 벌써 죽었다."

"나, 남협요?"

남협. 그 한 마디가 순식간에 물결처럼 사람들 사이로 밀려 들어갔다. 점소이는 기가 막힌 듯 벌린 입을 더 찢어져라 벌렸고, 황제는 이제야 속이 시원하다는 듯 껄껄 웃었다. 천풍부 들은 하얗게 질렸고, 객잔 밖 사람들은 감탄에 감탄을 더한 표정이 되어 존경스럽게 전조를 바라보았다. 낭패한 표정이 된 것은 오히려 전조였다. 그 옆으로 관창우가 다가왔다.

"눈이 둔해 이제야 남협임을 알아보았소이다. 상무관(尙武館; 전조의 사문)의 무공은 소문대로 대단하군요. 모쪼록 동생들의 무례를 용서하기 바라오."

"아닙니다. 제가 밝히지 않았으니 어찌 대협의 탓이겠습니까. 오히려 휴식을 방해한 듯해 죄송합니다."

"전 대협의 넓은 아량, 기억하겠소. 그럼 이만."

포권하는 관창우에게 전조도 예의바르게 고개를 숙여 보였다. 곧 관창우는 덩치 좋은 뚱보 천풍퇴에게 배를 움켜쥐고 있는 천풍부를 들쳐 업게 하고는 총총 숲으로 사라져 갔다.

한시름 놓은 듯 돌아서던 전조가 갑자기 멈칫했다. 호기심에 찬 얼굴들이 눈을 반짝반짝 빛내며 자신을 보고 있었던 것이다.

"남협이래, 진짜 남협."

"남협, 남협 하더니 세상에 저렇게 젊은 사람이. 무공도 끝내 주고 얼굴도 끝내 주는군."

"그런데 처음엔 왜 그렇게 저자세였어? 맞아 죽을까 봐 괜히 걱정했잖아."

"쉬잇, 남협이 본다."

이거야, 전조가 곤란한 표정으로 머리를 저었다. 그리고 어색하게 웃으며 손을 들어 인사를 했다.

"소동을 일으켜 죄송합니다."

"남협이래, 남협."

"그러니까 여러분……."

"진짜 남협이래."

"저기, 여러분, 이제 객잔이 비었으니 들어가셔도……."

"무공이 높으면 피부도 고와지나 봐. 무슨 사내 얼굴이 저렇게 깨끗하고 곱대."

전조의 이마에 그만 주룩 땀이 흘렀다.

"한번 만져 봤으면 좋겠다, 애."

"무, 무슨……."

이제는 아예 사색이 된 전조 옆에서 웃음을 참느라고 무진장 애를 쓰고 있던 황제가 결국에는 그만 푸하하하 웃음을 터뜨렸다. 그리고 전조의 등을 치며 호쾌하게 소리쳤다.

"자, 자, 여러분. 객잔이 비었다잖습니까. 이러고만 있지 말고 그만 이 햇빛 좀 피해 시원한 안으로 들어갑시다. 내가 천하의 남협을 만난 기념으로 손님 모두에게 시원한 차와 맛있는 팔보반(八寶飯 : 중국 약식)을 대접하겠습니다."

황제의 말에 사람들이 일제히 환호성을 질렀다. 천하의 남협을 만난데다 공짜로 달콤한 팔보반까지 얻어먹다니. 이보다 더 좋을소냐 싶어진 사람들이 하나 둘 객잔 안으로 들어가기 시작했다.

비로소 호기심에 찬 시선에서 벗어난 전조가 안도하며 황제를 돌아보았다.

"이정 선생."

황제가 히죽 웃어 보였다.

"너무 고마워하지 않아도 되네. 이제껏 자네가 내게 한 거에 비하면 아무것도 아니니까."

그렇지만 전조는 적절한 순간에 사람들의 호기심을 걷어 준 황제가 몹시 고마웠다. 그 자신 스스로는 남협이라는 칭호를 별로 좋아하지도, 자랑스러워하지도 않았던 것이다.

허명虛名.

분명 전조에게 남협이라는 찬사는 허공을 떠도는 먼지만큼이나 허수하고 가벼운, 헛된 이름에 불과했다. 황제가 전조의 표정을 읽은 듯 쯧쯧 혀를 찼다.

"왜 그렇게 겸양을 하는가? 좀 즐겨도 좋으련만 자네는 좋은 일을 하고도 감추기만 하니. 솔직히 처음부터 남협임을 밝혔으면 일이 더 쉬웠을 거 아닌가?"

전조가 조용히 고개를 저었다.

"그런 건, 별로 좋은 방법이 아닙니다."

"하여튼 자네는."

황제가 졌다는 듯 고개를 절레절레 내젓더니 곧 장난스럽게 전조의 팔을 붙잡았다.

"그나저나 우리도 들어가세. 덥고, 배고프고, 죽을 지경이네."

"그러지요."

황제의 장난스러움이 전염됐는지 전조도 모처럼 밝게 웃으며 인종을 따라갔다. 그러다 곧 객잔 문 앞에서 걸음을 멈췄다. 아까의 아낙과 꼬마가 여전히 뙤약볕에 쭈그리고 앉아 있었던 것이다. 아낙의 품에 안긴 아기는 이제 울 수도 없는 듯 젖은 빨래처럼 축 늘어져 있었다. 전조가 자신의 그림자로 살그머니 뜨거운 햇볕을 가리며 아낙을 보았다.

"왜 여기 계십니까? 들어가시지요."

"아, 아녜요. 저희는……."

아낙이 당황한 얼굴로 고개를 숙이며 더듬거렸다. 때묻고 초라한 행색이 부끄러운 듯 어쩔 줄 모르는 태도였다. 그래서 차마 안에도 들어가지 못하고 있는 것일 터이다. 다만 꼬마만이 어미의 옷깃을 잡고 안으로 들어가고 싶은 듯 칭얼대는 눈길로 전조를 보고 있었다. 전조가 조용히 손을 내밀어 꾀죄죄한 꼬마를 안아 올렸다.

"들어가시지요."

"대, 대인. 저희는, 아닙니다. 괜찮습니다. 밖이 더 편해요."

당황하는 아낙을 보며 전조의 눈이 조금 슬픈 빛을 띠었다.

"아주머니 때문에 싸웠습니다. 이러시면 제가 부끄럽습니다. 함께 들어가시지요."

"대인……."

"자리를 잡아 놓겠습니다."

전조가 빙긋 웃어 보이더니 꼬마를 안고 먼저 안으로 들어섰다. 잠시 주춤대던 아낙이 곧 얼굴을 붉힌 채 전조의 뒤를 따라갔다. 꼬마가 신이 난 듯 깔깔대며 전조의 머리를 잡아당기자 전조가 웃으며 꼬마를 목마 태우는 것이 설핏 열린 문 사이로 보였다.

"하여튼 못 말릴 사람이로세."

혼자 중얼대던 황제도 안으로 들어서자, 이제는 정말로 텅 빈 마당에는 뜨거운 햇살만이 메마른 황토를 비추고 있었다.

"저런 자가 남협 전조라니, 뜻밖이로군."

객잔에서 조금 떨어진 숲에서 싸늘한 소리가 들려왔다. 떠난 줄 알았던 관창우가 나무 그늘에 몸을 숨긴 채 객잔 안으로 사라지는 전조를 보고 있었던 것이다.

"무공도, 인품도 오히려 소문보다 훨씬 더 뛰어난 사람이로군. 저런 사람이 황제의 호위라니. 황제는 인복이 있어."

옆에 있던 천풍부가 불만에 차서 투덜거렸다.

"말리지 않았으면 창피를 당한 건 남협이었을 겁니다."

"아니. 사제四弟, 방금 전조의 말을 못 들었느냐? 저 아낙 때문에 싸웠다고 했다. 정의를 위해서나, 명예를 위해서가 아니라, 저 모자라고 누추한 아낙을 위해서 싸웠다고 했다. 저런 사람은 설혹 무공을 모두 잃고, 검조차 없이 빈손으로 있다 해도 결코 이길 수 없는 상대다. 만약에 검의 최고 경지인 심검心劍을 이루는 자가 있다면 바로 저런 자가 될 것이다. 강하지만 강함을 자랑하지 않고, 검을 앞세우기보다는 도리를 먼저 따지고, 자신의 안위보다 약한 자의 평안을 먼저 챙기는 저런 자는 결코 함부로 허물어지지 않는다.

우리는 어쩌면 지금 중원에서 가장 강한 사내를 만난 것인지도 모른다."

"대형!"

"돌아가자. 그리고 기억하마, 남협 전조."

돌아서는 관창우의 마지막 말이 뜨거운 대기를 더욱 뜨겁게 달구고 있었다.

미안하네, 전 호위

"강호로 돌아가고 싶지 않은가?"

마지막 밤이었다. 적어도 인종은 그렇게 느꼈다. 개봉을 떠난 것이 언제던가. 벌써 시간이 얼마나 흘렀는지 모른다. 이제 내일이면 마침내 섬서성에 닿을 것이었다. 그러면 전조와의 이 즐거운 여행도 끝이었다. 전조는 관리로 돌아가 북리 군왕부의 살인 사건을 조사할 것이고, 자신은, 물론 전조 옆에 있을 수 있게끔 약간의 조작과 안배는 해두었지만 어쨌든 더는 전조와 둘만의 시간은 갖기 힘들 것이다. 그래서 일부러 전조를 졸라 술자리를 마련했는데 막상 술이 들어가자 불쑥 튀어나온 말이 그것이었다. 강호로 돌아가고 싶지 않은가?

"왜 그걸 물으십니까?"

전조가 인종의 빈 술잔에 향긋한 죽엽청을 채우며 물었다.

"궁금해서. 그래, 뭐랄까, 자네는 솔직히 황궁에는 어울리지 않아 보이니까."

"절 황궁에서 보신 적도 없잖습니까."

웃으며 말하는 전조를 보며 인종의 가슴이 뜨끔했다. 하지만 전조는 그저 맑게 웃고 있을 뿐이었다.

"저야 사품호위라고는 해도 개봉부 소속인 걸요. 황궁에 들어가는 일은 거의 없습니다."

"만약에 그러라면……. 그러니까, 만약 황상이 자네를 곁으로 부르면 들어갈 텐가?"

"그럴 리가요. 폐하께서 포 대인을 도우라 일부러 저를 개봉부에 보내 주신 건데 새삼 다시 부르실 리가 있겠습니까."

"그러니까 만약에 말일세."

인종이 짜증스럽게 내뱉었다. 전조와 지내는 동안 인종은 딱 하나 전조에게서 나쁜 점을 발견했는데 그게 바로 이 우직할 정도의 고지식함이었다. 다른 사람의 불편함이나 어려움은 귀신같이 알아 도와주면서 정작 자신의 일에는 둔해도 너무 둔했다. 자신이 유난히 남들 눈에 띄는 사람이라는 것을 스스로는 전혀 모르고 있는 것 같았다. 오히려 전조의 몸가짐은 지극히 조용하고 겸손해서 스스로를 세상에서 가장 낮은 사람으로 여기는 듯 보였다. 그러나 세상에서 가장 높은 사람인 황제 옆에서도 전조가 은연중 내비치는 광휘는 결코 부족함이 없었다. 다만 전조 자신만이 그것을 모르고 있을 뿐.

"자네한테도 좋지 않겠는가? 황상은 자네를 총애한다고 들었네. 그런 자네가 황상 옆을 지킨다면 품계가 오르는 건 물론이고 대장군 자리를 넘볼 수도 있을 터인데."

"설마요. 제게는 그런 욕심은 없습니다. 그럴 만한 인재도 못 되고요."

"만약에 명령이라면?"

전조가 문득 황제를 보았다.

"황제가 개봉부를 떠나 호위의 직분으로 돌아오라 명령한다면?"

"선생."

"황명을 거역하고 포 대인 곁에 남아 있을 건가?"

"……."

"황명을 따라 포 대인을 떠나 황제 곁을 지킬 건가?"

절로 눈빛이 흔들리는 전조를 보고 황제가 피식 웃었다.

"대답을 들을 필요도 없겠군. 자네는 죽어도 포증의 사람이야."

"폐하는 현명하신 분입니다. 황궁에서보다는 개봉부에 제가 더 필요함을 누구보다 잘 아실 텐데 선생은 왜 폐하가 그런 명령을 내리실 거라고 생각하시는 겁니까?"

"욕심. 모든 것은 욕심에서 시작되지. 다 가진 듯 보여도 남이 가진 한 가지가 더 탐나는 게 사람의 욕심이니까."

"제가 폐하께서 욕심을 부릴 만큼 괜찮은 사람이라는 생각은 안 듭니다만, 칭찬으로 듣겠습니다."

전조가 빙긋 웃으며 잔을 끌어다 향긋한 황금색 술을 한 모금 조용히 들이켰다.

"전 호위, 왜 강호를 떠났는가?"

"선생, 그만 하십시오."

"이번 여행 동안 자네는 바람처럼 자유로워 보였네. 자네가 남협이라는 명성을 얻은 게 결코 무공 때문만은 아니라는 걸 확인하기도 했고. 그래서 문득 자네도 가면을 쓰고 있다는 생각이 들었어."

"가면이라뇨?"

"황궁이나 개봉부의 관아에서는 더없이 냉정하고 단정한 어전사품 호위의 관리로, 강호에서는 더없이 부드럽고 다정한 천하제일의 남협으로 그렇게 각각 다른 가면을. 그리고 자네는 관리보다는 남협으로 있는 게 더 행복해 보였네."

"저는……."

"그래, 자네는 황궁의 어의에게 치료받을 때보다는 된장을 바르는 능금 장수를 볼 때 더 부드럽게 웃지. 황제의 칭찬보다는 빗자루 장수의 호의를 더 기뻐하고, 최고의 품계를 지닌 태사를 지키기보다는 이름 모를 노파나 가난한 아낙을 지킬 때 훨씬 더 자네답고 행복해 보이네. 그래서 사실은, 자네가 관리니 호위니 다 걷어치우고 그냥 그렇게 좋아하는 사람들을 지키며 훨훨 자유롭게 살고 싶은 게 아닐까, 충성이니 의무니 하는 답답한 껍질을 벗어 버리고 오의五義[7]처럼 하고 싶은 대로 마음껏 강호를 활보하고 싶어하는 것은 아닐까, 새장 같은 관직을 벗어버리고 훨훨 날아가고 싶은 것은 아닐까……. 그런 생각을 했네."

"선생……."

"날아가고 싶으면 날아가도 아무도 탓하지 않을 걸세. 설혹 그게 포증, 포 대인이라 할지라도."

"……."

---

7) 오의五義 : 《삼협오의》에서 포청천을 돕는 협객 가운데 다섯 의형제를 일컫는 말. 찬천서 鑽天鼠 노방, 철지서徹地鼠 한창, 천산서穿山鼠 서경, 번강서翻江鼠 장평, 금모서錦毛 鼠 백옥당 들을 이른다. 특히 막내인 백옥당은 전조와 사사건건 부딪치지만 나중에는 좋은 벗이 되어 전조를 돕는다.

"그러니까 하고 싶은 대로 하시게. 훨훨 원하는 대로 날아가 버리란 말일세."

전조가 가만히 남은 술잔을 기울였다. 그리고 조금 젖은 눈빛으로 인종을 바라보았다.

"선생, 그리 말씀해 주시니 참으로 고맙습니다. 하지만, 강호에서의 제가 행복해 보인다고요. 반은 맞지만 반은 틀립니다. 저는 때때로 강호가 싫습니다. 아니, 무섭습니다."

"무섭다니?"

"강즉정. 강한 것이 곧 정의다. 그 한 마디가 얼마나 많은 강호인들을 눈멀게 하고, 광포하게 만드는지 선생 같은 문사는 모르실 겁니다. 사람들은 강하면 뭐든지 된다고 생각합니다. 약한 자가 어찌 사는지, 힘만을 앞세우는 세상이 얼마나 사람들에게 상처를 주는지, 강하지 않아도 세상에 얼마나 소중하고 아름다운 것이 많은지 다 잊고 삽니다. 강호는 자유롭고, 뜨거운 의리와 정, 호쾌함이 넘치지만 그래도 결국 강호는…… 강자의 세상입니다. 제가 조금이라도 강호를 떠나고자 했다면 아마 그 때문일 겁니다."

"자네처럼 강한 사람이 그런 말을 하다니, 뜻밖이로군."

전조가 후후 웃으며 황제와 자신의 잔에 나란히 술을 채웠다.

"강하다니요. 아니요, 그래 보일 뿐입니다. 저는 그저 평범한 무인입니다."

"그래서 관직에 뛰어든 건가? 약자를 보호하려고?"

"설마요. 그런 거창한 까닭일 리가 없잖습니까. 저를 너무 높이 평가하시는군요. 저는 그저……. 모르겠습니다, 이정 선생. 저는 그저 지금도 문득문득 제가 관리라는 사실을 잊습니다. 그러기에는 솔직히 제가 법이라는 것을 무척 싫어하는 사람이니까요."

"뭐?"

인종의 눈이 휘둥그레졌다. 이 법의 표본 같은, 반듯하기 짝이 없는 사내가 법이 싫다니. 한 번도 법을 어겨 본 일이라고는 없을 것 같은 저런 단정한 얼굴을 하고서.

"법은 너무 공평무사해서 인정이라는 것을 담아 두지 못합니다. 살인을 했다 하더라도 그럴 만한 곡절이 있기 마련이고, 때로는 그 곡절이 너무 애달파 꼭 들어주어야 하건만 법이라는 건 눈을 감고 귀를 막고 그저 판결만 내리지요. 피는 피로, 죽음에는 곧 죽음으로. 그래서 때로는 많이 억울합니다. 법이라는 것에 인정이 있다면, 조금만 더 사람들의 고통에 귀를 기울여 준다면 얼마나 좋을까 하고요. 하지만, 꿈이지요. 제가 관복을 버거워하는 것도 아마 이런 생각들 때문일 겁니다."

"자네는 참 특이한 사람일세. 그런데도 관리가 되었는가?"

"포 대인이라면 혹시……. 그런 생각을 했습니다."

"포 대인?"

"포 대인이라면 혹시, 강자의 세상이나 법의 세상이 아닌 약자의 세상, 정情의 세상을 이루어 주지 않을까. 힘보다는 도리를, 처벌보다는 사랑을 앞세우는 그런 세상을 만들어 주지 않을까. 아니, 적어도 그 꿈에 다가가는 한 걸음을 보여 주지는 않을까 하고, 그렇게 믿고 싶어서, 그래서 아마 무턱대고 대인 밑으로 들어갔나 봅니다."

"포 대인이 그러한가?"

문득 인종은 자신조차 하지 못하는 일을 포증에게 기대하고 있는 듯한 전조를 보고 야릇한 시기심을 느꼈다. 물론 금세 그런 자신의 속좁음을 질책했지만, 자신의 마음 속에서 일어난 이 미묘한 변화가 황제 스스로도 조금은 어리둥절했다. 천하의 황제가 지금 누구를 시기하고 있는 것인가? 제 밑의 신하가, 그보다 더 밑의 한낱 호위에게 존경을 받는다고 둘 모두의 위에 군림하는 황제가 시기심을 느끼고 있다는 것인가? 이런 말도 안 되는.

황제는 자신의 내면에서 일어난 이 야릇하고 미묘한 파동을 쉽게 진정시키지도, 납득하지도 못했다. 그러나 이런 변화야말로 훗날 인종을 가장 인종답게 만드는, 곧 '조정'이라는 한 사람을 '인종'이라는 현군으로 만드는 가장 큰 시발점이 되는 것임을 물론 이때의 인종은 몰랐다. 전조 또한 자신이 바로 그 변화의 가장 중요한 핵이 될 것임을 모르는 채 그저 아이처럼 천진한 얼굴로 황제에게 말을 걸고 있었다.

"선생, 이 이야기는 다음에 하지요. 꽤 긴 이야기가 될 듯싶으니."

"포 대인 얘기는 듣고 싶지 않네."

"예?"

"내일이면 섬서성에 닿을 텐데 쓸데없는 얘기로 밤을 새우고 싶지 않다는 말일세."

"섬서성!"

문득 전조의 얼굴이 흐려졌다. 그리고 공연한 시기심에 황제가 홀떡홀떡 잔을 비우는 동안, 무슨 생각이 들었는지 전조도 조용히 황금빛 죽엽청을 들이키기만 했다. 세 잔쯤 자작을 했을까, 전조가 술잔을 내려놓으며 똑바로 황제를 바라보았다.

"선생, 묻고 싶은 게 있습니다. 대답해 주시겠습니까?"

갑자기 정색을 하는 전조를 보며 인종은 왠지 가슴이 덜컹했다. 도저히 거짓말을 못 하게 하는 정직하고 맑은 눈이 바로 눈앞에 있다. 전조는 과연 무엇이 궁금한 걸까.

"말해 보게."

"선생은 누굽니까?"

황제의 몸이 퍼뜩 굳었다.

"산동성 출신이니, 낙척 서생이니, 그런 것을 묻는 게 아닙니다. 그런 말들은 거짓으로 꾸며냈다 해도 상관 없고, 선생이 밝힌 이정이란 이름조차 어쩌면 사실이 아닐 거라고 생각합니다. 다만 이거 하나, 이거 하나 묻겠습니다. 지난 닷새 동안 선생은, 껍데기가 아닌 마음으로 저를 대하신 겁니까? 선생은 정말로 우연히 저를 만나 저와 동행하고 여기까지 오신 겁니까? 아무런 목적 없이, 그저 저라는 인간이 조금은 맘에 드는 구석이 있어 여기까지 함께 오신 거냐 말입니다."

"전 호위."

"말해 주십시오. 선생은 정말로 전에는 저 전조를 모르셨습니까? 지난번 시장에서 만난 것이 정말로 선생과 저의 첫 만남이었습니까? 지난 시간 동안 선생이 보여 준 모든 것이 한 점 거짓 없이 마음을 보이신 거라고 제가 믿어도 되겠느냐 말입니다."

황제는 잠시 말을 잃고 전조를 보았다. 전조의 눈은 간절했고 또한 몹시 정직했다. 문득 황제는 이 자리에서 인피면구를 벗고 허심탄회한 마음으로 전조와 술을 나누면 어떨까 하는 생각을 했다. 이토록 정직한 눈을 더는 속이지 말고 진실을 밝히면 어떨까 하고.

그러나 황제는 아직도 궁금하였다. 겨우 이 정도의 동행만으로는 자신이 궁금해한 진정한 천자의 의미를 아직 찾을 수가 없었다. 전조에게 황제가 얼굴을 드러내는 것은 그 의미를 찾는 일을 포기하는 것과 같았다. 인종은 정말로 그러고 싶지가 않았다. 그래서, 오래도록 두고두고 후회하게 될, 아마도 시간을 거꾸로 돌릴 수만 있다면 결코 하지 않았을 대답을 이때 인종은 하고 마는 것이다.

"믿게나. 나는 자네를 지난번 처음 보았고, 자네가 맘에 들어 따라오기는 했지만 결코 다른 목적이나 사심은 없었네. 자네를 대할 때의 내 마음은 한 점 거짓 없이 투명했네."

전조의 얼굴에 천천히 아름다운 웃음이 퍼져 갔다. 인종은 순간 눈이 부셔서 저 웃음이 정말 자신 때문에 생긴 것인지 의심이 들 지경이었다. 문득 전조가 자리에서 일어나더니 털썩 무릎을 꿇었다.

"저, 전 호위!"

황제가 기겁을 했다.

"용서하십시오. 제가 선생을 속였습니다."

"속이다니. 그게 무슨 소린가, 전 호위. 그만 일어나게."

"저는 줄곧 선생을 의심하고 있었습니다. 너무나 때를 맞춰 섬서성으로 가는 동행이 되었는지라 혹여 제가 수사해야 할 섬서성의 사건과 관련이 있는 분이 아닐까 생각했습니다. 어쩌면 동행을 하기로 결심한 것부터가 그 의심을 확인하고자 해서였을지도 모릅니다. 그래서 그 동안 내내 괴로웠습니다. 선생은 가끔씩 과장이나 허풍은 있을지언정 진심으로 저를 대하고 있다고 느꼈으니까요. 이제 선생을 믿겠습니다. 용서하십시오."

"전 호위, 용서라니, 그게 무슨. 제발 그만 일어나게."

황제는 안절부절못하며 서둘러 전조를 일으켰다. 보통 마음이 찔리는 게 아니었던 것이다.

"고맙습니다."

"어허, 이번엔 또 고맙다니. 자네 자꾸 왜 그러는가?"

당황하는 황제에게 전조가 맑게 웃어 보였다.

"그 동안 선생께 정이 많이 들었나 봅니다. 솔직히 조금 전, 선생이 다른 대답을 할까 봐 조금 두려웠으니까요. 이제 마음이 놓입니다."

황제가 문득 전조를 보았다.

"그 말, 정말인가?"

"예."

"정말인가?"

"예."

"정말이란 말이지?"

"예에."

"정말로 정말이란 말이지?"

전조가 웃음을 터뜨렸다. 그리고 황제의 말투를 그대로 따라 했다.

"정말로 정말입니다."

"……고맙네."

"예?"

"나를 믿어 줘서."

전조가 무슨 소리냐는 듯 손을 내저었다. 한없이 맑은 그 얼굴을
바라보며 황제는 속으로만 가만히 속삭일 수밖에 없었다.

'그리고 미안하네, 전 호위.'

북리 군왕부 살인 사건

섬서성은 송의 수도인 개봉에서 보자면 한참 서쪽이지만 중국 대륙 전체를 놓고 볼 때는 거의 한가운데에 위치한 곳으로 중국과 유럽을 연결하는 비단길(실크로드)의 출발지가 되는 곳이다. 섬서성을 떠난 상인들은 난주를 거쳐 옥문관을 넘어서는 타클라마칸 사막과 천산 산맥을 지나 마침내 서역의 낯선 땅에 도착하는 것이다. 그만큼 섬서 지방은 중요한 교통의 요충지였다. 오죽하면 당나라 때는 수도를 바로 이 섬서성 장안長安에 두고 있었을까. 그 유명한 진시황릉과 아방궁이 있는 곳도 바로 이곳이다.

지금도 장안은 중국의 5대 고도古都로서 주, 진, 한을 거쳐 수나라와 당나라에 이르도록 국도로 번성했던 흔적을 풍부하게 갖고 있다. 송나라 때에는 이곳에 4경으로 일컬어지는 동경 개봉부, 서경 하남부, 남경 응천부, 북경 대명부와 더불어 중요한 부府의 하나인 경조부가 설치되어 있었다. 당연히 섬서 땅을 주관하는 북리 군왕부 또한 이곳에 있었다.

전조와 인종이 장안의 군왕성에 도착했을 때 맨 처음 본 것은 서역으로 가는 비단 상인들의 대상패였다. 비단을 잔뜩 실은 수레와 마차가 때마침 드높은 성문을 빠져 나가고 있었다.

"서하가 스스로 대하大夏라 칭하며 전쟁을 일으킨 이래 서역으로 가는 비단길이 거의 막혔다 들었는데 상인들은 그래도 여전히 바쁜가 보군요."

"장사꾼이니까."

인종의 심드렁한 한 마디에 전조가 흘낏 황제를 돌아보았다. 인종의 표정이 꽤나 심술궂게 구겨져 있어서 전조가 그만 쿡, 실소를 했다.

"장사꾼한테 속은 적이라도 있으십니까? 말씀이 어째 영 곱지가 못합니다."

"속은 정도가 아니라……. 그만 두세. 돈만 아는 놈들, 정말 싫다네. 그저 힘이 약해서, 힘만 있었던들 그런 손해 보는 장사는 정말 안 했네."

"무척 억울한 거래였나 보군요."

"그거야 자네도 아는, 아참."

"예?"

인종이 지레 놀라며 헛기침을 했다.

"아니, 그러니까 사정을 알면 자네도 나만큼 투덜거렸을 거라는 말일세."

"아, 네에."

말은 그렇게 했지만 얼굴에는 웃음기가 가득한 전조를 보고는 인종은 왠지 기분이 나빠졌다.

"정말이네."

"누가 뭐랍니까. 당연히 그러셨겠죠."

"전 호위!"

"저기 객잔이 있습니다. 식사나 하시지요. 마지막 식사이니 억울하지 않은 제가 사지요."

웃으며 앞서 가는 전조를 보며 인종은 설레설레 고개를 저었다.

'나는 지금 작년에 요遼와 맺은 강화를 말하고 있는 거네. 그건 정말 억울한 거래가 아니었는가.'

작년, 그러니까 경력(慶曆;인종의 연호) 2년(1042), 송은 전연澶淵의 맹약[8] 이후로 비단 20만 필, 은 10만 냥으로 굳어 있던 세폐를 각각 10만씩 늘려 비단 30만 필, 은 20만 냥까지 무는 수모를 당했다. 수모라고 할 수밖에 없는 것이, 요는 전연의 맹약 때처럼 군대를 일으킨 것도, 변경을 침범한 것도 아니면서 가만히 앉아서 교묘한 외교책으로 송으로 하여금 무려 20만의 세폐를 더 물게 했기 때문이었다. 바로 서하라는 골칫거리를 이용해서.

당시 서하는 서평왕西平王 이원호가 1038년 스스로를 황제라 칭하

---

8) 전연澶淵의 맹약:1004년 송의 진종眞宗과 요의 성종聖宗이 황하 북안에 있는 전연이라는 곳에서 맺은 맹약. 송이 요의 화북 영유지(연운 16주)를 인정하고, 양국이 형제국으로서 화친을 맺는다는 내용으로, 그 대신 송은 해마다 은 10만 냥과 비단 20만 필을 요에게 세폐로 물기로 화약했다. 패전국도 아닌 송이 마찬가지로 승전국이 아닌 요에게 세폐를 바친다는 것이 이치에 맞지 않지만, 요를 두려워하는 진종과 주화파主和派는 이 굴욕적인 조약을 받아들이고 만다. 물론 송은 형이요 요는 동생임을 분명히 밝힘으로써 대국으로서의 명분을 갖기는 했지만, 이 맹약의 대가로 송은 해마다 요에게 막대한 세폐를 물게 되는 것이다.

고 국호를 대하라 바꾸면서 송나라의 지배에서 완전히 벗어났다. 서평왕은 원래 송 황제가 서하의 왕에게 하사하는 지위였는데 이제 이원호는 송과 대등한 서하의 황제로 스스로를 지칭한 것이다. 이원호는 천수예법연조天授禮法延祚라는 연호를 새로이 제정했으며, 더 나아가 자신의 조부인 이계천을 태조로, 아버지 이덕명을 태종으로 추증하였다. 그리고 이제 당당한 하나의 제국으로 우뚝 서게 된 서하는 국경을 맞댄 비옥한 영토를 가진 송나라와 끊임없는 영토 전쟁을 치르게 되었던 것이다. 특히나 1040년에는 대군을 이끌고 대대적인 침범을 하기도 했는데, 이 틈을 노린 것이 바로 요나라였다.

　서하를 서쪽에, 요를 북쪽에 둔 송으로서는 두 나라를 맞아 한꺼번에 전쟁을 치를 여력은 없었다. 아니, 제대로 된 군대를 갖지 못한 송나라는 둘 중 단 한 나라와 맞서는 것만도 벅찰 지경이었다. 당연히 서하와 전쟁을 치르는 동안에는 등 뒤의 요국과 화친을 맺어 두어야 했다. 그러지 않으면 양쪽으로 적을 맞아 자멸하고 말 테니까.

　요나라 황제 흥종은 바로 이 점을 노렸다. 허울뿐인 화친을 해 주는 대신 무리한 조공을 요구해 왔던 것이다. 실제로 당시 요는 내정이 지극히 혼란했던 때라 전혀 송을 칠 만한 형편이 아니었는데도 송나라는 울며 겨자먹기로 화친을 받아들일 수밖에 없었다. 그나마 요나라가 요구한 관남 땅을 할양하지 않고 세폐로만 끝난 것도 강직하고 유능한 신하 부필富弼[9]의 외교술 덕분이었다.

　'세폐를 각각 10만씩 늘리다니. 도둑놈들. 그저 가만히 있겠다는 것만으로 세폐를 그렇게 받아 가다니.'

　인종은 생각할수록 억울하였다. 한 나라의 지엄한 사신이라기보다는 장사꾼처럼 유들유들하고 반지르르 기름기가 도는 얼굴을 한 요의 사신을 떠올리면 인종은 지금도 속이 뒤집혔다. 아니, 실제로 인종은 그토록 뻔뻔하기 짝이 없는 장사꾼은 처음 보았다. 비단 10만 필에 은 10만 냥이라는 거금을 거의 공짜로 받아 가면서도 마치 자기네 나라가 손해 보는 것처럼 굴었던 것이다.

'억울한 일이었어. 정말 억울한 일이었어, 전 호위. 자네도 분명 그리 생각할 거야.'

앞서 가던 전조는 마침 비틀거리며 객잔을 나오던 늙은 주정꾼을 부축하는 참이었다. 대낮부터 술이 취한 듯 노인의 걸음은 아예 갈지자였다. 전조는 주정하는 노인을 다독여 계단에 앉히고는 안에서 차가운 물을 얻어다 먹이기 시작했다. 노인을 보살피는 전조의 눈은 언제나처럼 부드러웠다. 그러나 그 모습을 보는 인종의 표정은 조금 어두워졌다.

'하지만 자네라면 이렇게 말할 것 같군.'

―폐하께서는 그저 억울해하는 것으로 끝나시겠지만, 정작 그 세폐를 감당해야 하는 백성들을 생각해 보소서. 엄청난 세폐를 마련코자 얼마나 많은 땀과 눈물을 흘려야 할까요. 폐하께서 나라가 힘

---

9) 부필富弼 : 중국 북송 때 정치가, 학자. 강직한 성품으로 요나라가 무리한 요구를 해 왔을 때 물러서지 않고 끝까지 회담에 응해 송나라의 위신을 세웠다. 재상으로서의 능력도 탁월해 《조선왕조실록》에도 그 기록이 나올 정도다. 곧 선조 2년 《논어》 양화편을 가르치는 자리에서 직신(直臣 : 직언을 올리는 곧은 신하)에 대해 논하게 되는데, 그때 "송나라 부필은 훌륭한 정승이었습니다." 하고 언급하는 대목이 나오는 것이다.

이 없음을 억울해하신다면 그 때문에 고생하는 백성들의 슬픔까지 더욱 자상히 살펴 주십시오. 그이들 또한 모두 고귀한 이 땅의 백성이 아니더이까.

인종은 문득 한숨이 나왔다. 자기가 언제부터 이런 생각을 하게 됐는지 스스로도 놀라울 지경이었다. 그것은 분명, 어느 날 허름한 객잔에서 느닷없이 "진실로 저 하늘이 보시기에는 황제도, 백성도 모두 다 똑같은 하늘의 자식일 것"이라는 충격적인 말을 듣고 난 다음일 것이다.

솔직히 인종은 그 말을 생각할 때마다 조금씩 불쾌감을 느끼고 있었다. 만약에 전조가 그토록 충성스럽고 반듯한 사람이라는 것을 인종이 몰랐더라면 전조는 그 자리에서 참수를 당해도 할 말이 없을 만큼 엄청난 역천逆天의 말을 했던 것이었다. 어찌 당금 천하의 지배자인 천자를 한낱 백성과 똑같다 할 수 있는가. 천자는 천자고, 백성은 백성이다. 하늘로부터 지배자의 권한을 받은 것은 자신이고, 백성들은 그 지배를 받도록 태어난 미천한 존재에 불과한 것이다.

그런데도 인종이 가슴 서늘했던 것은, 황제를 위해서라면 기꺼이 목숨을 내놓을 만큼 충성스러운 전조에게서 지극히 당연하게 그 말이 나왔다는 것이었다. 그것은 곧 전조가 진심으로 천자와 백성을 똑같은 하늘의 아들로 보고 있다는 말이었다. 이러한 역천을, 동시에 전조가 갖고 있는 그 가없는 충忠을, 대체 어떻게 해석해야 하는지 황제는 갈피를 잡을 수가 없었다. 그저, 황제는 그저, 조금 더 전조의 곁에 있으면서 그 의미를 찾아보도록 노력하는 수밖에 없었다. 천자,

역천, 그리고 하늘의 백성들 그 모든 것의 의미를.

"북리 군왕부요?"

문득 전조가 놀란 얼굴로 노인을 보았다. 대충 술이 깬 노인은 여전히 주정처럼 주절거리고 있었다.

"그래, 북리 군왕부. 우리 도련님이 바로 북리 군왕부 소왕야시지. 그런데 지금은……. 우리 도련님이 불쌍허이. 그렇게 좋으신 분이 다리병신이 된 것도 모자라 소왕야 자리에서도 쫓겨나게 됐으니. 나쁜 놈들! 세 놈 다 자기가 소왕야라 주장하지만 왕야가 될 재목은 우리 도련님밖에 없어."

객잔 바로 옆에서 알록달록 물건을 늘어놓고 팔고 있던 방물장수가 노인의 말에 혀를 찼다.

"영감, 웃기는 소리 말아. 북리현, 그 개망나니 소왕야가 뭐, 좋은 사람? 아이고, 지나가던 개가 웃겠네."

"그런 소리 말게!"

"일 년 전이라면야 나도 그 말을 믿었겠지. 그때만 해도 북리현, 그 작자도 꽤 괜찮은 축에 들었으니까. 하지만 지금을 보라고. 술과 여자에 절어 사는 것도 모자라 남의 부인을 납치하질 않나, 패거리를 만들어 사람들을 패질 않나, 위아래도 없이 만나는 사람마다 욕설을 퍼붓고, 그런 천하의 망나니가 대체 어디 있단 말인가. 이제 다리를 다쳐 그 망나니짓 안 보는 거 생각하면 십 년 묵은 체증이 다 내려간다니까. 당장 영감만 해도 아무 잘못도 없이 단지 그 망나니 공자가 마음에 들어 하지 않는다는 것만으로 군왕부에서 쫓겨난 거 아닌가. 그래서 이렇게 술 구걸을 하고 다니면서도 두둔할 맘이 나는가 말이요."

"아니야. 다 내가 잘못해서 쫓겨난 거네."

"무슨 잘못? 정신 차리라고 충고한 잘못? 제발 사람다워지라고 타이른 잘못? 그게 잘못이면 세상에 잘못 안 하는 사람이 없겠다. 차라리 잘 됐어. 어차피 다리 다쳐 사내구실도 못 할 병신, 일찌감치 폐해 버리고 한꺼번에 아들이 셋이나 나타났다는데 그 중에 괜찮은 사람을 골라 소왕야로 삼으면 북리 왕야께서도 얼마나 좋아하시겠냐고."

"이, 이, 닥치지 못해!"

노인은 벌컥 화를 내며 일어섰지만 술기운에 겨워 제풀에 넘어지고 말았다. 전조가 서둘러 부축하며 조용히 방물장수를 돌아보았다.

"군왕부에 아들이 셋이나 나타났다는 게 무슨 소립니까?"

"아, 성안에 쩌르르 난 소문을 못 들으셨소? 젊은 시절 북리 왕야께서 평민 처녀에게 본 숨겨 놓은 아들이 있었다지 않소. 이번에 소공자가 몸이 저렇게 되니까 대를 이으려고 다시 그 아들을 찾은 모양인데, 글쎄, 어떻게 된 게 한꺼번에 세 명이 나타나 다 자기가 아들이라고 나섰다지 뭐요. 그것도 모두 다 왕야의 신물을 지니고서는. 허엇, 왕야께서야 골치가 아프시겠지만 우리야 뭐, 사실 재미있잖소. 세 명의 소왕야라니. 저자에서는 누가 진짜인지 내기까지 벌이는 모양입디다."

전조는 잠시 인상을 찌푸리고 생각에 잠겼다. 북리 군왕부 사건은 이제껏 지극히 비밀스럽게 처리되었다. 살인 사건이 연루됐기도 했거니와, 국경 군왕부의 후계자를 찾는 일인지라 함부로 알려져서는 안 되는 일이었기 때문이다. 그런데도 성안 사람들이 그 사실을 모두 다 알고 있고 심지어는 그걸로 내기까지 하고 있다니, 보통 심각한 일이 아니었던 것이다.

'누군가 일부러 소문을 냈다? 가짜 중의 한 사람이? 대체 뭘 노리고?'

"전 호위, 혹시 섬서성에서 해결해야 될 사건이라는 게 바로 북리 군왕부의 사건이었나?"

황제가 다가와 생각에 잠겨 있는 전조를 깨웠다. 전조가 긍정도 부정도 아닌 애매한 표정으로 황제를 보았다.

"만약 그렇다면, 이거, 전 호위가 다시 오해할지도 모르겠지만 나 또한 그 일과 상관이 있네."

"예?"

전조가 깜짝 놀라 인종을 보았다.

"실은 내가 섬서성에서 만난다는 친구가 바로 북리 왕야일세. 아, 진짜 친구라는 소리는 아니고 그저 예전에 여행길에 우연히 왕야를 만나서 안면만 튼 사이라네. 자네에게는 그저 얘기하기 좋게 친척이라고 했지만. 근데 그때 왕야께서 나를 잘 본 모양이야. 내가 다른 재주는 없어도 서화나 옥패, 고동기古銅器나 고대 보물을 보는 눈은 좀 있거든. 그때 왕야께서 사셨던 비취와불翡翠臥佛을 한 번 감별해 드린 적이 있었는데 특별히 맘에 들어 하셨지. 그래서 내게 시간이 되면 잠시 왕부에 들러 보물 세 가지를 감식해 달라고 부탁을 하셨다네."

"……어떤 것 말입니까?"

"반지와 옥패, 그림일세."

전조의 몸이 멈칫 굳었다.

"십구 년 동안이나 잊고 있었던 물건이라 그 진위 여부를 따지기가 힘드니 한번 와서 정말 진품인지 확인해 달라고 말일세. 왕야는 분명 진품이라 확신하지만 그래도 의견을 듣고 싶다며. 그래서 내 유랑할 겸, 왕야도 뵐 겸, 여기 섬서성까지 겸사겸사 온 것이라네."

전조는 잠시 말없이 인종을 바라보았다. 믿는 것도, 믿지 못하는 것도 아닌 묘한 무표정이 인종의 속을 긁었다. 인종이 와락 전조의 손목을 잡았다.

"가세. 가서 왕야를 만나세. 그러면 진위를 알 것 아닌가."

손목을 잡고 돌아서는 인종을 전조가 조용히 멈춰 세웠다.

"아닙니다. 믿겠습니다."

"전 호위."

"선생을 믿겠노라 어젯밤 말씀드렸잖습니까. 다만 너무 뜻밖이라서 조금 놀랐을 뿐입니다. 점심을 먹고 선생과 헤어져 군왕부로 갈 생각이었는데 이리 되면 함께 가야겠군요."

전조가 빙긋 웃었지만 왠지 그 웃음에 그늘이 진 것 같아 인종은 미안해졌다. 믿겠다, 말하고 그 말을 지키는 것이 지금 전조에게 얼마나 큰 부담일지 뻔히 보였기 때문이다. 게다가 사실 자기는 거짓말을 하고 있으니 더욱 찔릴 수밖에 없었다.

그래서일까, 육중한 북리 군왕부의 대문을 지나, 호화롭게 꾸며진 정원을 거쳐, 화병에 꽂힌 꽃 한 송이까지 윤기가 흐르는 고급스러운 객청으로 안내받을 때까지 전조는 말이 없었다. 인종은 그저 그런 전조를 흘깃흘깃 살피며 안절부절못하고만 있었다.

전조는 조용히 선 채로 객청 창문으로 내다보이는 후원을 바라보고 있었다. 뜨락의 작고 푸른 후피향나무를 보는 전조의 단정한 옆얼굴에는 아무런 표정도 담겨 있지 않았다. 그 담담한 표정이 황제는 더욱 마음에 걸렸다.

"저, 전 호⋯⋯."

그때였다. 육중한 발소리와 함께 마침내 북리 왕야, 섬서 지방의 지배자이자 군왕부의 최고 수장인 북리운천北里雲天이 성큼성큼 문으로 들어섰다.

"어전사품호위 전조가 왕야를 뵙습니다. 천세, 천세, 천천세."

돌아선 전조가 조용히 북리운천 앞에 무릎을 꿇었다. 그리고 전조 옆에 멍하니 있던 인종도 퍼뜩 정신을 차리고 함께 무릎을 꿇었다.

"천, 천천세."

말은 어줍잖게 따라 했지만 솔직히 인종으로서는 상당히 곤욕스러운 일이었다. 천하의 황제가 다른 사람에게 무릎을 꿇다니. 만약 정체를 밝힌 상태라면 오히려 북리운천이 '만세, 만세, 만만세.'를 외치며 황제 앞에 온몸을 던져 무릎을 꿇고 예를 취했을 것이다. 그러나 이미 황제 스스로가 벌인 일이었다. 인종은 쓰린 배를 움켜쥐며 예의바른 전조를 따라 열심히 고개를 숙였다. 문득 다른 사람들은 이제껏 황제 앞에서 참 잘도 무릎을 꿇어 왔구나 하는 생각이 잠깐 황제의 머리를 스치고 지나갔다.

"일어나게. 그 유명한 전 호위가 이렇게 젊다니, 놀랄 일이로구만.

그런데 이정 선생과는 아는 사이신가? 어떻게 같이 왔는가?"

북리운천의 말에 전조가 인종을 돌아보았다. 인종이 너털웃음을 지었다.

"오랜만에 뵙소이다, 왕야. 항주에서 뵌 뒤로 꽤 오랜만이지요."

"그렇구먼. 선생은 여전히 여기저기 떠도는 모양일세. 그래, 이번엔 어디를 다녀오셨는가?"

"화북 지방을 돌다 개봉부까지 구경하고 오는 길입니다."

"오, 그래서 전 호위를 만난 게로군."

"예. 전 호위 덕분에 즐거운 여행을 하였습니다."

황제가 전조를 돌아보고 다시 싱긋 웃어 보였다.

북리운천은 네모 반듯한 얼굴에 굵은 눈썹과 입매가 시원한 전형적인 호걸풍의 인물이었다. 군왕부의 주인인 만큼 다른 문사풍의 왕야와는 달리 체격도 좋고 목소리도 걸걸했다. 군왕부의 금빛 찬란한 갑옷이 아니라 당초문이 박힌 화사한 나의를 입고 있는데도 몸 전체에 무인으로서의 강렬한 패기가 철철 넘치고 있었다.

그러나 지금 북리운천은 겉으로는 호걸처럼 껄껄껄 사람 좋은 웃음을 짓고 있어도 속으로는 솔직히 조금 곤혹스러워하고 있었다. 어젯밤 느닷없이 받은 한 통의 성지(聖旨:황제의 칙서) 때문이었다. 바로 어젯밤 개봉부에서 초를 다투는 화급한 파발마가 달려와 황제의 성지를 전했는데 그 내용이 지극히 엉뚱했던 것이다. 전조와 함께 오는 이정이라는 중년 문사를 오래 전부터 알았던 것처럼 대하라는 것. 그러면서도 이정이 누구인지는 하나도 설명하지 않고, 물어서도 안 되며, 그저 골동품 감별자로서 전조와 함께 수사하는 것을 돕도록 하라는 얼토당토않은 지시뿐이었던 것이다. 감히 황제의 성지를 거역할 수 없어 따르기는 했지만 가뜩이나 아들 문제로 머리가 아픈 북리운천으로서는 꽤나 성가신 일이었다. 성지에 쓰인 대로 되도록이면 눈에 안 띄게 전조와 함께 붙여 놓아야겠다고 북리운천은 생각하고 있었다.

인종은 북리운천이 연극을 잘해 주어서 내심 무척 흐뭇해하고 있었다. 전조와 동행을 하기로 결심한 뒤로 자연스럽게 북리 왕부에 끼어들 묘책이라 생각해 떠나기 전에 미리 성지를 띄워 뒀던 것이다. 전조는 여전히 믿는 것도 안 믿는 것도 아닌 묘한 무표정을 하고 있었지만, 아마 지금쯤은 의심이 거의 풀렸을 거라고 인종은 생각했다. 거기에 쐐기를 박아야겠다는 생각에 인종이 북리운천을 돌아보았다.

"왕야, 문제가 된 보물들을 보고 싶습니다만."

"아, 하인에게 가져오라 시켰으니 곧 가져올 걸세."

"옥패와 반지와 그림이라셨는데, 먼저 옥패는 어떻게 구하신 겁니까?"

"이십 년 전에 천산에서 곽충수 장인에게 받은 것이라네."

"오호, 곽충수 장인이라면 콩알만 한 옥구슬에 무려 구십구 마리의 용을 새길 수 있다는 전설적인 장인 아닙니까. 곽 장인이 만든 것이라면 분명 가짜와는 확연히 구분할 수 있습니다. 곽 장인은 모든 조각품에 자기 이름 첫 자를 비밀스럽게 숨겨 놓는 기벽이 있으니까요. 그 글자를 찾아내면 진위 여부를 알 수 있을 겁니다."

사실 인종은 박식한 사람이었다. 비록 무공은 전혀 몰랐지만 시, 서, 화에 능했고 도자기나 조각, 보물을 보는 눈이 보통 빼어난 것이 아니었다. 예와 법에도 조예가 깊었고, 음률을 다스리는 데에도 정통했다. 만약 황제가 되지 않았더라면 당대의 풍류아가 됐을 가능성이 농후하다 할 만큼 온갖 기예에 눈이 밝았던 것이다. 지금 인종은 그 지식을 자랑하며 전조 앞에서 자신이 진짜임을 시위하고 있는 것이었다.

"게다가 천산의 옥은 다른 옥과는 달리 그 영롱함이 비할 데 없이 아름답습니다. 이를테면 대개의 옥이 그저 투명한 비취색이라 한다면 천산의 옥은 황금빛을 띠는 벽록색으로서 일찍이 화씨벽이라 불리는 고래의 옥과 같은 진귀한 광채가 나는……."

전조가 천천히 한 걸음 뒤로 물러났다. 말하다 말고 인종이 자신을 쳐다보자 전조가 엷게 웃었다. 그 웃음을 보는 순간 인종은 한 방 맞은 기분이 들었다. 그러지 않으셔도 믿고 있습니다 하고 말하는 듯한 웃음.

그렇다. 어젯밤 객잔에서 황제를 믿겠다고 말한 순간부터 이미 전조는 더는 재지도, 따지지도 않고 진심으로 인종을 믿기로 결심했던 것이다. 다만 인종 자신이 먼저 발이 저려 안절부절못했을 뿐. 스스로 굉장히 치졸하다는 느낌이 드는 황제였다.

"말씀 나누십시오, 왕야. 저는 잠시 주위를 둘러보고 오겠습니다. 다녀와서 왕야께 궁금한 점을 여쭤 볼 터이니 그때 대답을 부탁드립니다."

"알았네."

"그럼."

전조가 조용히 객청을 물러나자 인종은 갑자기 흥을 잃었다.

"이정 선생은 실은 누구시오?"

전조가 사라지자 대번에 태도가 달라진 북리운천이 싸늘하게 물어 왔다. 인종도 싸늘하게 대답했다.

"나에 대해 묻지 말라고 폐하께서 명하지 않으셨소?"

뭔가 말하려던 북리운천이 화를 참는 어조로 내뱉었다.

"아들을 찾는 일로 머리가 복잡한 때이니 되도록 방해하지 말기를 바라오."

"그러겠소이다. 다만 전 호위를 도와 수사를 할 것이니 왕야께서도 그 점은 유념해 주시기 바라오. 그리고 정체를 밝히지 못함은 폐하 께서 명하신 때문이니, 모쪼록 왕야께서는 그 일로 많이 노여워하 지 않으셨으면 하오."

"……알겠소."

짧게 대답하는 북리운천의 이마에 굵은 힘줄이 불끈 솟았다. 인종 은 물끄러미 그 굴강한 북리운천의 이마를 바라보았다.

'여전히 독선적이고 급하구려, 북리 왕. 서부의 열혈지왕熱血之王 이라는 명호에 걸맞게. 그리고 그대 또한 나를 알아보지는 못하는 구려.'

객청을 나온 전조는 생각을 정리하고자 사람들이 뜸한 후원 쪽으 로 걸어갔다. 조금 전 객청에서 과장되게 신이 나서 떠들던 인종이 떠오르자 전조는 문득 웃음이 나왔다. 인종이 왜 그러했는지 쉽게 짐 작이 갔기 때문이었다. 그러나 한편으로는 몹시 다행이다 싶었다. 이 정 선생이 북리 군왕과 안면이 있고 학식이 있는 문사인 것이 증명된 이상 더는 그 때문에 신경을 쓸 필요 없이 바로 수사에 전념할 수 있기 때문이었다.

그나저나 어디서부터 시작해야 할까.

천천히 고민에 빠져들던 전조가 갑자기 뒤로 물러섰다. 후두득, 새하얀 빛의 덩어리가 눈앞으로 달려들었던 것이다. 후드드득, 전조를 스쳐 하늘을 온통 메우며 날아오른 것은 눈처럼 하얀 비둘기 떼였다.

비둘기, 소왕야, 그리고 소년

후드드득, 비둘기 떼는 하늘로 날아올랐다가 빙그르르 선회해서 다시 땅으로 내려왔다. 그때마다 눈부신 하얀 깃털이 허공에 나부꼈다. 그리고 그 사이로 젊은 청년의 맑은 웃음소리가 들려왔다.

"하하, 이 녀석들. 덤비지 마라. 먹이는 충분히 있단 말이다."

천천히 깃털들이 걷히고 먹이를 나눠 주고 있는 사람의 윤곽이 드러났다.

'소왕야!'

그랬다. 윤기나는 푸른 비단옷을 걸친 채 바퀴가 달린 의자에 앉아 비둘기 떼와 놀고 있는 젊은 청년은 분명 소왕야가 맞을 터였다. 스무 살의 관례를 얼마 남기지 않고 낙마 사고로 다리가 마비됐다는 북리 군왕부의 불운한 소공자, 북리현.

불현듯 웃음소리가 뚝 멈췄다. 북리현이 사람의 기척을 느낀 듯 움찔하더니 곧 빙그르르 바퀴의자를 돌렸다. 깊이 모를 우물 같은 검은 눈동자가 그대로 전조의 눈에 꽂혔다. 북리운천을 빼닮은 얼굴이었지만 훨씬 섬세하고 선이 유려했다. 그 아비가 천 길 낭떠러지에서 떨어지는 힘차고 거센 폭포 같다면, 오히려 아들인 북리현은 그지없이 조용하고 어떤 파문도 일지 않을 듯 잔잔한 호수와 같은 느낌을 주었다. 무엇보다 유난히 까만 북리현의 눈동자에는 그 아비에게서는 결코 찾아볼 수 없는 미세한 슬픔이 담겨 있었다.

"누구? 새로 온 서리인가?"

담담하게 묻는 목소리에 전조가 공손하게 포권을 했다.

"아닙니다, 소왕야. 저는……."

전조가 채 대답하기도 전에 정체를 밝혀 주는 커다란 목소리가 들려왔다.

"전 호위, 전 호위, 어디 있는가? 전 호위!"

곧이어 인종이 후원에 나타났다. 전조를 발견한 인종이 기쁜 표정으로 휘이휘이 다가오는데 싸늘한 목소리로 북리현이 냉소를 했다.

"흥, 누군가 했더니 황제가 심심해서 개봉부에 놓아기르는 고양이였군."

전조가 문득 북리현을 보았다.

"아닌가? 황제에게 어묘라는 괴상한 명호를 하사받은 남협 전조가 그대 아닌가."

"맞습니다. 제가 전조입니다."

느닷없이 싸늘해진 북리현을 바라보며 의아해진 전조가 그래도 예의바르게 대답하는데 인종이 불쑥 끼어들었다.

"아니, 젊은이는 누군데 함부로 황상과 남협의 명호를 운운하는가?"

"소왕야이십니다, 이정 선생."

인종이 얼른 입을 다물었다. 황제의 시선이 저도 모르게 북리현의 다리와 바퀴의자로 향했다. 얇은 청회색 담요가 마비된 다리를 덮고 있었다. 인종의 시선을 느낀 북리현의 입가에 자조적인 웃음이 떠올랐다.

"침 떨어지겠네. 내 다리가 어떤 꼴인지 궁금하다면 이 담요라도 걷어 줄까?"

"아, 아니오, 소왕야. 미안하오이다."

인종이 서둘러 사과했지만 북리현의 냉소는 사라지지 않았다.

"소왕야? 누구? 내가? 설마……. 북리 왕부의 소문난 망나니이자 이제는 다리병신이 된 탕아가 무슨 소왕야인가. 왕부에서 쫓겨나지만 않으면 다행이지. 자네들도 떨어지는 콩고물이라도 받아먹고 싶다면 이쪽엔 아예 얼씬도 말고 서둘러 사랑채의 세 공자들께 가 보게. 분명 그 잘생긴 공자들 중 한 명이 소왕야로 간택될 터이니. 셋 중에 하나이니 그리 어려운 일도 아니잖는가."

"……."

"왜 말이 없는가? 전 호위. 자네가 그래서 부랴부랴 개봉부에서 내려온 게 아닌가? 행여 군왕부에 가짜 왕야라도 들어설까 봐 그 먼 개봉에서 여기까지 어전호위의 귀한 몸이 몸소 내려온 게 아닌가 말일세. 흥, 보통 민가였으면 잃어버린 아들 하나가 아니라 잃어버린 아들 열을 찾는다 해도 꿈쩍도 않을 관부에서. 개봉부의 포증은 청렴하다더니 이제 보니 똑같이 썩었군."

비로소 전조가 입을 열었다.

"포 대인을 폄훼하지 마십시오. 그분은 사려 깊은 분이십니다. 대인께서 저를 여기 보내신 건 북리 왕부의 잃어버린 아들 때문이 아니라 그 아들을 찾는 과정에서 애꿎게 희생된 두 사람의 목숨 때문입니다. 또한 빨리 범인을 찾지 않으면 앞으로 더 희생될지도 모르는 다른 목숨들을 걱정하신 때문이고요."

"하, 입에 발린 소리. 그래 봤자 하찮은 백성들 목숨 서넛보다는 고귀한 왕야의 핏줄을 찾는 것이 훨씬 급한 거면서. 속으로는 딴 생각 하면서 겉만 번지르르 잘도 꾸미는군."

"속과 겉이 다른 생각이라니, 그런 적 없습니다. 백성의 목숨이 왕야에 비해 하찮고 가볍다는 생각도 해 본 적 없고요."

"그래?"

갑자기 북리현이 손에 들고 있던 그릇을 그대로 전조에게 던졌다. 순간적으로 웃, 낮은 신음이 전조에게서 새어 나왔다. 딱딱한 그릇이 전조의 이마를 거칠게 스치고 바닥에 뎅그렁 떨어졌던 것이다. 동시에 전조의 얼굴과 어깨 위로는 좌르르, 비둘기 모이가 쏟아져 내렸다. 쌀겨와 곡식 껍질, 깻묵과 나뭇잎 부스러기 같은 지저분한 것들이 끈적끈적 그대로 섞인 채로.

"전 호위!"

인종이 기겁을 했지만 정작 전조는 신음 한 번 내쉬고 조금 멈칫했을 뿐 그 자리에서 미동도 하지 않았다. 북리현이 차갑게 내뱉었다.

"기분이 어떤가?"

"……."

"화가 나고 억울하겠지? 웬 행패인가 싶어 욕이 나오겠지? 상대가 소왕야가 아니면 당장 멱살이라도 잡아 팽개치고 싶지 않느냔 말이야! 하지만 그럴 수가 없지. 어찌 감히 손을 대겠어. 나는 일개 백성이 아니라 원하면 목숨이라도 내줘야 할 고귀한 소왕야인 걸. 그래서 참고 있는 거 아닌가? 바로 이런 게 평민과 왕족의 차이가 아니던가? 그런데도 백성의 목숨이 왕야보다 하찮지 않단 말인가!"

"……."

"왕야가 맘에 안 드는 백성 한둘쯤 죽인다 한들 큰 죄가 아닌 터에 그래도 백성의 목숨이 하찮지 않다고 말할 텐가?"

"……."

"왜 대답을 않는가!"

"겨우 그 말씀을 하실 거였다면 애꿎은 비둘기 먹이를 뒤엎을 필요는 없으셨습니다."

의외로 전조의 목소리는 담담했다.

"훨씬 간단한 방법이 있지요."

전조가 들고 있던 검을 천천히 북리현에게 내밀었다.

"뭔가?"

"정말로 소왕야께서 백성의 목숨을 하찮게 여기신다면 이 자리에서 그 하찮은 백성의 목숨을 한번 끊어 보십시오. 반항하지 않을 터이니."

"뭐라?"

"전 호위!"

황제가 다시 기겁을 했지만 전조는 침착하기 그지없었다.

"백성 한둘쯤 죽이는 게 큰 죄가 아니라 생각하신다니, 그 칼로 저를 찔러 증명해 보십시오. 저는 하찮아서, 잘못도 없이 비둘기 먹이를 뒤집어써도 제대로 대들지도 못하는 천한 백성이오니 무슨 망설임이 있겠습니까? 찌르십시오. 소왕야가 말씀하신 대로 하찮은 백성 하나 죽이는 게 고귀하신 소왕야의 생각이 틀렸다 말하는 것보다는 훨씬 쉬울 테니까요."

"내가 몸을 못 쓴다고 지금 나를 능멸하는가!"

북리현이 검을 내미는 전조의 팔을 거칠게 후려쳤다. 쩽그렁, 검집에서 빠져 나온 검이 바닥에 떨어져 나뒹굴었다. 전조가 천천히 무릎을 꿇어 검을 집어 들었다.

"몸을 못 쓰신다고요. 아니요. 제가 보기에는 소왕야는 몸이 아니라 마음이 아프십니다. 그렇지 않다면 어찌 사람의 목숨을 두고 함부로 하찮다, 아니다 참담한 말을 하실 수 있겠습니까? 사람의 목숨은 그 누가 됐든, 설혹 세상에서 가장 미천한 백성이더라도, 그 하나만으로 온 세상을 감당할 만큼 고귀함을 정녕 모른다 하시렵니까?"

이글거리는 북리현을 바라보는 전조의 눈은 물처럼 고요하기만 했다.

"소왕야께서는 다리를 잃었다 하나 정말로 잃은 것은 다리뿐입니까? 더 소중한 것을 잃은 것은 아니십니까? 소왕야."

"세 치 혓바닥을 잘도 놀리는군. 황궁의 간교한 고양이."

"소왕야!"

"사실은 무공 때문이 아니라 그 매끄러운 세 치 혀로 황제의 마음을 현혹해 어묘라는 칭호를 얻어낸 거 아닌가? 흥, 남협이라는 작자가 이렇게 말만 앞세우는 소인배인 줄은 내 미처 몰랐군. 하기야 아첨만 일삼는 관리 따위한테 정의니, 도리니 기대한 것부터가 잘못이지만."

마치 일부러 도발이라도 시키려는 듯 거침없이 내뱉는 북리현의 독설을 전조는 무슨 생각을 하는지 물처럼 고요한 눈빛을 한 채 조용히 참고만 있었다. 옆에 있던 황제가 되려 속이 터져 가슴을 치고 있는데, 마침 그때였다.

"에구야!"

갑자기 놀란 목소리가 들려왔다. 그리고 체구가 가냘픈 소년이 전조에게 달려와 옷과 머리에 묻은 비둘기 먹이를 털어내기 시작했다.

"어찌 된 거예요? 왜 먹이를 이렇게 다 뒤집어 쓰셨어요?"

"괜찮다. 손이 더러워지니까 그냥 두어라. 씻으면 된다. 너까지 더럽히겠구나."

전조가 열심인 소년의 손을 말리며 미소를 지었다. 소년이 흘낏 북리현을 보았다.

"소왕야께서 이러셨어요?"

"……."

"소왕야, 왜 마음에도 없는 일을 하세요. 화가 나면 차라리."

"너는 네 주인은 버려두고 왜 자꾸 후원을 들락거리느냐? 그러다 들켜 주인한테 또 매라도 맞고 싶은 모양이구나. 주인에게 가거라. 네 주인은 심술궂은 사람이나, 세 공자 중 한 명이니 혹시 아느냐. 네 주인이 소왕야로 간택되면 네 팔자 또한 펴질지. 모름지기 사람은 기회를 잘 잡아야 하느니."

"소왕야."

"하기야 기회를 잘 잡아도 형가(荊軻 : 전국 시대의 자객)처럼 죽음으로 끝나는 사람도 있는 법이지. 좌사左思[10]의 시에도 있지 않느냐.

형가는 연나라 시장에서 먹고 마시며   荊軻飮燕市
취하면 취할수록 더욱 호기로웠지.   酒酣氣益震
점리의 거문고 소리에 맞춰 슬픈 노래 부르니   哀歌和漸離
곁에 사람 하나 없는 듯 자유로웠다네.[11]   謂若傍無人

곁에 사람 하나 없는 듯…… 자유로웠다네."

북리현이 피식 웃고는 빙그르르 바퀴의자를 돌렸다. 뜻 모를 소리를 읊으며 사라지는 북리현을 보며 인종이 혀를 찼다.

"원, 망나니, 망나니 하더니 소문은 차라리 양반이네. 어찌 사람을 이리 업수이여기는가. 멀쩡한 사람 얼굴에 쓰레기를 던지다니."

---

10) 좌사(左思 : 250~305) : '낙양지귀洛陽紙貴' 고사로 유명한 위진남북조 시대 시인. 일찍이 좌사가 지은 〈삼도부三都賦〉의 명성이 매우 높아 당시 낙양에 살던 모든 부호와 권문세족들이 다투어 그 작품을 베껴 가지려고 종이를 샀다고 한다. 낙양지귀란 이에 낙양의 종이값이 크게 올랐다는 고사로 지금도 책이 호평을 받아 매우 잘 팔리는 것을 일컫는 말로 쓰인다.
11) 좌사가 쓴 〈영사詠史〉 시 여덟 수 가운데 하나. '영사'란 역사 이야기를 빌려 시인의 마음을 노래하는 시를 뜻한다. 이 시 또한 진의 시황제를 죽이려 했던 자객 형가와 그이의 친구인 거문고 달인 고점리의 이야기를 다루고 있다. 사마천의 《사기》 자객열전 편에는 시황제를 죽이려던 형가가 결국 실패해 죽음을 당하고, 소식을 들은 고점리도 친구의 원수를 갚으려다 또한 죽고 마는 것으로 기록돼 있다. 좌사는 이 시에서 잘난 체 하지만 황제에게 저항할 용기는 없었던 귀족들과는 달리, 비록 빈민 출신이지만 천하의 시황제 앞에서도 당당했던 두 사람이 보여 주었던 더없는 용기와 존엄을 호쾌한 필치로 칭송한다.

투덜거리며 옷깃을 터는 황제의 손을 전조가 말렸다.

"이정 선생, 됐습니다. 저만 닦으면 되는 걸요. 괜히 선생까지 손을 더럽히지 마십시오."

"자네는 왜!"

울컥 한 마디 하려던 인종이 간신히 화를 눌러 참았다. 본인이 저렇게 침착하니 옆에서 떠드는 게 오히려 우스워졌던 것이다.

소년이 마치 자기가 잘못이라도 한 듯 풀 죽은 목소리로 말했다.

"죄송해요."

"네가 죄송할 게 뭐 있느냐. 그보다, 너는 누구냐?"

"저는 아령雅鈴이라고 해요."

"아령. 좋은 이름이구나. 조금 전 소왕야께서 네게 주인이 따로 있다고 하시던데 네 주인이 누구냐?"

"좌수백左秀柏 공자님요."

"좌 공자가 그 세 공자 중 한 명이시냐? 잃어버린 북리운천 왕야의 아들이라는."

아령이 문득 전조를 보았다. 한순간 그 눈에 슬픔이 스쳐 갔지만, 나타난 만큼 빠르게 사라져 갔다. 아령이 천천히 고개를 끄덕였다.

"예."

전조가 고개를 갸우뚱하며 아령을 보았다. 열네다섯 살쯤 되었을까? 하얀 피부에 눈동자가 크고 맑아 마치 여자처럼 예쁘장하다는 느낌을 주는 소년이었다. 체구도 가냘퍼서 드러난 팔과 다리가 유난히 가늘고 길었다. 좋은 가문에서 태어났다면 한참 귀여움을 받을 나이겠건만 아령의 얼굴에는 신산한 삶에 지친 흔적이 역력해 안쓰러울 지경이었다.

"전 대인이시죠? 남협이시고, 어전호위시라는."

문득 아령이 수줍은 표정으로 전조를 보았다. 남협의 명성은 이곳에까지 유명한 모양이었다. 전조가 싱긋 웃어 보였다.

"전 대형이라고 불러도 괜찮다, 아령."

"아녜요. 제가 어떻게 감히."

"나도 네가 그렇게 불러 주면 좋겠……."

말하다 말고 전조가 갑자기 팔을 내밀어 아령의 손목을 잡았다. 아령이 놀라 손목을 빼려는데 전조가 부드럽게 어깨를 잡아 제지했다.

"해치려는 게 아니니 걱정 말아라. 이 상처는, 좌 공자 때문에 생긴 것이냐?"

전조에게 잡힌 아령의 손이 파르르 떨렸다. 전조가 조금 망설이는 듯싶다 곧 조심스럽게 물었다.

"결뉴結紐의 흔적이더냐?"

아령의 얼굴이 새빨개지더니 그대로 확 손목을 잡아뺐다. 그러고 보니까 희디흰 아령의 손목에는 마치 뉴(紐:노끈)나 새끼줄로 칭칭 동여맨 듯한 붉고 징그러운 매듭 모양의 상처가 둥글게 나 있었다. 빼낸 손목을 뒤로 감춘 채 아령이 와락 소리를 질렀다.

"아니에요! 좌 공자와는 한 달 전에 만났을 뿐이에요. 북리 왕부에 들어오려고."

"뭐?"

아령이 아차 하는 표정을 지었으나 곧 내친김이라는 듯 소리를 쳤다.

"이 잘난 군왕부가 어떤 곳인지 궁금해서요! 이런 데서 사는 사람들은 얼마나 잘났는지 보고 싶어서요! 제가 결뉴나 당하는 천한 노예였다고 해서, 군왕부의 하인조차 되지 못한다고 말하시는 건 아니겠죠."

"아령, 나는……."

"전 대인은 왕부의 아들을 찾으러 오신 거잖아요! 그럼 그 고귀하신 아드님이나 찾으실 일이지 왜 저같이 하찮은 하인을 괴롭히세요. 고귀한, 고귀한 아드님이나 찾으실 일이지 왜 저 같은 하찮은 하인을……."

아령의 목소리에 물기가 젖어들었다. 그리고 곧 소년은 그렁그렁 맺힌 눈물을 이를 악물고 참으며 밖으로 뛰쳐나갔다.

"아령!"

전조가 부르며 따라갔으나 이미 소년은 어두운 낭하 건너편으로 사라진 뒤였다. 전조가 한숨을 내쉬며 소년이 사라진 낭하를 우두커니 쳐다보았다. 인종이 절레절레 고개를 저었다.

"이거야 원. 전 호위, 왜 저러는가? 왜 자네한테 화를 내고 가?"

"제가 아마 아령의 자존심을 건드렸나 봅니다."

"자존심? 전 호위가 뭘 어쨌다고? 그리고 결뉴의 흔적이라니. 왜 저 아이 손목에 그런 흉측한 상처가 있는 건가? 설마 누가 일부러 손목을 묶기라도 했다는 겐가?"

"그래야 심부름하는 노예가 빨리 돌아올 테니까요."

"뭐? 노예?"

관청에서는 심부름을 하는 통인에게 가끔 급急이라는 표식을 하는 경우가 있다. 곧 급하게 관부와 관부 사이에 연락이 필요할 때, 혹은 전달 사항이 아주 중요할 때, 통인이 중도에 새거나 다른 짓을 못하도록 손목을 끈으로 졸라매고 그 위에 '급'이라는 표식을 하는 것이다. 이때 표식에는 봉인이 되어 있어서 함부로 풀 수 없으며, 기밀문서를 무사히 전달하고 돌아온 뒤에야 비로소 풀 수가 있었다. 혹여 잘못해서 봉인이 조금이라도 손상을 입으면 심할 경우 사형에까지 이르는 엄청난 벌이 주어졌으므로, 심부름하는 통인은 절대 다른 곳에 신경을 쓰지 않고 전력을 다해 심부름을 다녀오기 마련이다. 관부에서는 이런 방법으로 은밀하고 신속한 연락이 필요할 때 빠르게 일을 처리하고는 했다.

민가에서도 이와 비슷한 관행이 있었다. 물론 이때는 관부의 급행표처럼 정식으로 따로 봉인을 하거나 하는 것은 아니지만, 방법은 더욱 잔인해져서 노예의 손목이나 다른 부위를 '결뉴', 곧 끈으로 거의 피가 통하지 않을 만큼 단단하게 결박짓는 것이다. 이 결뉴는 혼자서는 풀지 못할 만큼 아주 단단하게 옭아매기 때문에 시간이 갈수록 끈은 점점 더 조여 와 고통이 더욱 심해지게 된다. 한시라도 빨리 심부름을 끝내고 주인에게 돌아가야 비로소 손목을 조이는 고통에서 벗어날 수 있는 것이다. 그래서 급한 용무가 있거나, 혹은 맘에 안 드는 노예를 혼내 줄 때 일부러 이런 잔인한 결뉴를 하는 주인이 많았다.

특히나 더 고약한 주인은 눈에 띄는 새빨간 끈이나 우툴두툴한 끈으로 아주 복잡한 매듭을 지어서 보낸다. 그러면 손목에 새빨간 매듭을 묶고 있는 사람이 곧 천한 노예라는 것을 모든 사람이 눈치 채게 되고, 결국 온갖 멸시 속에서 노예는 사람이 북적대는 한길을 달려

심부름을 갔다 와야 하는 것이다. 그리고 갔다 온다 해도 지독히 복잡하게 묶여 있는 매듭을 풀려면 또 한참을 고통받아야 하는 것이다.

"때로는 노예가 제 시간에 돌아와도 주인이 자리를 비웠거나 잊어버리고 외출이라도 했으면 속절없이 주인이 올 때까지 기다려야 합니다. 반나절이든, 하루 꼬박이든. 주인 이외에는 누구도 그 매듭에 손을 대면 안 되기 때문이지요. 그 고통으로 아예 손을 못 쓰게 되는 노예도 있다 들었습니다."

"악랄한 짓이로군."

인종이 분개했다.

"아령처럼 저렇게 흉터가 깊을 정도면 자주, 그리고 오래도록 손목에 결뉴를 당했을 겁니다. 그것도 피부가 연한, 훨씬 더 어린 나이에."

"어떻게 그럴 수가!"

인종은 거듭 분개했다. 황궁에서 고이 자란 인종으로서는 상상도 할 수 없는 일이었던 것이다. 그러다 문득 황제가 의아한 얼굴로 전조를 보았다.

"그런데 전 호위는 어찌 그런 일을 세세히 다 아는가? 한눈에 저 아이의 상처를 알아보지 않았나."

전조가 서글픈 얼굴로 대답했다.

"상무관에 들어가기 전에는, 저 또한 아령과 마찬가지였으니까요."

"뭐?"

"고아에, 허약하고, 재주 없는 어린 소년. 그런 소년이 할 수 있는 일은 그다지 많지 않습니다. 한 끼니 밥을 위해서라면 얼마든지 그런 고통, 그런 모욕, 참아내야 하지요. 저는 훨씬 더한 일도 당한 적이 있습니다. 겨우 갓난아기일 때 우마차가 다니는 한길에 내버려진 고아가 무슨 일을 못 했겠습니까."

"전 호위."

"강호는 강자의 세상이고, 법에는 인정이 없습니다. 이 험한 세상에서 저 아이가 당한, 그리고 앞으로 당할 아픔들이 저는 그저 걱정될 뿐입니다."

"……."

항상 반듯하고 강직한, 때로는 더할 나위 없이 부드러워 보이기만 하던 사내의 옆얼굴에 물처럼 번져 드는 서글픔이 인종의 마음도 아프게 했다. 천하의 남협이 갓난아기 때 버려진 고아라니. 거기다 노예였다니.

'그래서 자네는 늘 그렇게 약한 자를 챙긴 거였나?'

눈처럼 흰 비둘기 떼가 먹이를 나눠 주던 주인이 사라진 것을 안 듯 화르르, 푸른 창공으로 일제히 날아올랐다.

세 가지 정표

전조는 주의 깊게 세 사람을 살피고 있었다.

지금 호화로운 객청에는 문제의 삼 공자인 위청운魏靑雲과 위지량魏智亮, 그리고 좌수백이 서로 견제하는 눈으로 나란히 앉아 있었다. 세 사람은 전조의 질문에 대답하면서도 연신 서로를 마뜩찮은 눈빛으로 쏘아보고 있었다. 모두 다 내가 진짜라는 듯 오만한 태도를 보이면서. 그래서인지 객청에는 왠지 모를 팽팽한 긴장감이 감돌고 있었다.

"얘기 잘 들었습니다. 나중에 한 분씩 만나 따로 여쭐 터이니 그때도 성실한 대답 부탁드립니다. 마지막으로 하나만 더 여쭙겠습니다."

세 사람이 일제히 전조를 보았다.

"세 분 공자님은 갈 총관을 만나 일신의 내력을 들으신 뒤, 갈 총관을 먼저 떠나 보내셨다고 들었습니다. 그때 두 가지 신물은 갈 총관에게, 남은 하나만 몸에 지녔다 하셨는데……. 위청운 공자님, 공자님께서는 왜 하필 반지를 택해 가지셨습니까?"

질문을 받은 위청운이 흘낏 전조를 보더니 희미하게 웃었다.

"그런 질문을 내게 먼저 하다니 불공평하구려, 전 호위. 내가 대답을 하는 동안 나머지 두 사람이 그럴 듯한 거짓말을 생각해낼 게 아니오."

위청운은 어딘가 위압감을 주는 용모의 사내였다. 가만히 서 있어도 꼭 커다란 바위가 하나 놓여 있는 듯 무게감을 주었다. 그런 점에서는 북리운천과 가장 많이 닮았지만, 정확히 말하자면 외모가 비슷하다기보다는 분위기가 비슷한 쪽이었다. 열아홉 살치고는 체격이 훤칠하게 크고 튼실했으며, 목소리도 적당히 굵고 육중했다. 시원시원한 생김새에, 상승 무공을 익힌 듯 온몸에는 패기가 넘쳐흘렀다.

"반지는 약속의 의미요. 목걸이니, 귀걸이니 하는 여러 패물 중에서 특히 반지를 귀히 여김은 그 반지에 영원히 사랑하겠다는 연인의 마음이 담겨 있기 때문이 아니겠소. 어머니도 특히 반지를 귀히 여기셨기에 내가 갈 총관에게 반지만큼은 꼭 갖고 있겠다 하였소."

"반지가 약속의 의미라니, 말을 잘도 갖다 붙이는구려, 청운 공자."

카랑카랑한 목소리의 주인공은 위지량이었다. 위지량은 위청운과는 정반대의 인상을 지닌 사내였다. 체격도 마른 편이고, 얼굴도 갸름하고 하관이 빨라서 카랑카랑거리는 목소리와 잘 어울렸다. 하지만 어딘가 사람의 속을 꿰뚫어 보는 듯한 야릇한 날카로움을 풍기고 있었다. 위지량이 북리운천과 닮은 점이 있다면 아마 그 날카로움일 것이다. 가늘게 찢어진 위지량의 눈은 항상 뭔가를 찾는 듯 예리하게 반짝거렸다.

"내 어머니의 유물을 빼앗아 가짜 행세를 하는 주제에 말씀은 잘도 하시오. 예로부터 반지보다는 옥패가 연인 간의 신물로 애용돼 왔소. 먼길을 떠나는 연인이 서로 옥패를 반으로 갈라 나눴다가 다시 맞추는 이야기는 고금을 통틀어 얼마나 자주 회자되는 얘기요. 내가 옥패를 가짐은 헤어졌던 어머니와 아버지가 그렇게 하나 되기를 바라는 마음 때문이었소."

"하지만 공자의 옥패는 반으로 쪼개진 게 아니라 온전히 하나였잖소?"

이번에는 좌수백이 끼어들었다.

좌수백은 세 명 중에 가장 눈에 띄었다. 그만큼 잘생겼던 것이다. 훤칠한 키에 적당히 붙은 근육, 매끈한 얼굴은 꽤 많은 여자들을 울렸을 법했다. 소왕야라고 했을 경우 가장 어울리는 귀족적인 용모였지만 어딘가 조금 음침하고 바람기가 도는 것이 흠이었다. 하지만 용모는 정말 눈부시게 아름다웠다. 눈, 코, 입, 귀, 어디 한 군데 흠잡을 데 없이 오목조목 화사한 미남의 전형을 이루고 있었던 것이다.

'좌수백. 왕야는 이 사람이 옛 연인 위영아魏鈴雅와 가장 많이 닮았다고 했다. 그만큼 아름다운 용모. 거기다 아령의 주인.'

전조의 눈이 좌수백 옆에 고개를 숙이고 서 있는 아령에게 향했다. 아령은 군왕부에 와서 후원의 비둘기를 돌보는 때 빼고는 거의 온종일 좌수백 옆에 붙어다니는 것 같았다. 좌수백 또한 마치 허리에 찬 혁대처럼 아령을 온 곳에 끌고 다니며 수족처럼 부렸다. 지금도 굳이 아령을 객청까지 데려왔던 것이다. 아령의 팔에 여전히 눈에 보이지 않는 결뉴가 단단히 옭아매져 있는 것 같아서 전조는 마음이 편치 않았다.

"그림이야말로 당연히 갖고 있어야 할 가장 중요한 신물이오. 아니 그러냐, 아령?"

아령이 화들짝 놀라 좌수백을 보더니 곧 조그맣게 대답했다.

"예. 그림에는 그린 사람의 마음이 담겨 있으니까요. 반지나 옥패도 물론 충분히 언약의 의미가 되지만 그렇더라도 다른 장인의 솜씨를 빌려 만든 것. 하지만 그림은 왕야께서 손수 그려 주신 것이에요. 그것도 어머니, ……도련님 어머니의 모습을 그린 아름다운 초상화이니 어찌 다른 사람들이 만든 옥패나 반지에 그 귀함을 비하겠어요."

전조가 대답을 바라듯 인종을 돌아보았다. 전조는 아직 그림을 보지 못했던 것이다. 인종이 고개를 끄덕였다.

"붉은 피리를 든 아름다운 여인의 초상화였네. 왕야께서 손수 그 여인을 보며 그린 것이라 하더군. 옆에는 시까지 적혀 있었지."

얌전한 그 아가씨,	靜女其孌
붉은 피리 내게 주네.	貽我彤管
붉은 피리 그리 고움은	彤管有煒
그 얼굴 곱기 때문일세.	說懌女美

인종의 말을 이어 아령이 나머지 시구를 낭랑하게 읊었다.

들에서 내게 준 띠싹	自牧歸荑

곱고도 진기하네.   洵美且異

띠싹이 그리 고움은   匪女之爲美

고운 님이 줬기에 그러하지.   美人之貽

인종이 신통하다는 듯 아령을 보았다.

"네가 제법 시를 읊을 줄 아는구나."

아령이 화들짝 놀라 고개를 숙이자 전조가 조용히 물었다.

"네가 그 시를 어찌 아느냐? 아령."

"어떻게라니요. 도련님이 그림을 보여 주셨으니까요. 그리고《시
경詩經》에 나오는 〈정녀靜女〉[12]라는 유명한 시잖아요."

"네가 글을 읽는 줄은 몰랐구나."

"손목에 결뉴의 상처가 있는 노예 출신은 글도 읽지 못한다는 뜻인
가요? 전 대인."

갑자기 아령이 날카로운 목소리로 전조에게 따졌다. 전조가 상처
입은 표정으로 아령을 보았다.

"그런 뜻이 아님을 알지 않느냐."

"아뇨. 몰라요. 전 대인은 어전사품호위의 높으신 신분, 하찮은 하
인이 글을 읽을 줄 안다는 게 우습고 신기한 모양인데 아무리 하찮
은 사람도 타고난 재주는 있는 법이에요. 제가 문리文理에 좀 밝다

---

12)정녀靜女:《시경》국풍편 '패풍邶風'에 나오는 시. 여기서는 첫째 연, 곧 성 모퉁이에
   서 남자가 아가씨를 만나는 대목은 빼고 아가씨가 붉은 피리와 띠싹을 남자에게 주는
   둘째 연과 셋째 연만 옮겨 왔다. 셋째 연 첫 행의 '제荑'는 띠의 새싹, 곧 띠싹(삘기)을
   뜻하며, 셋째 행의 '여女'도 실은 '여汝'로 곧 앞에 나온 띠싹을 칭하는 말이다.

고 해서 대인께서 그리 말씀하실 수는 없잖아요."

"아령, 어째서……."

전조가 뭔가 말을 하려다가 참으며 낮게 한숨을 내쉬었다.

"아령, 무슨 짓이냐. 네 어찌 감히 전 대인에게 대드는 것이냐!"

오히려 좌수백이 옆에서 호통을 쳤다.

"어서 전 대인께 사과하지 못하겠느냐!"

그러나 아령은 입술만 꼭꼭 깨문 채 꼼짝도 하지 않았다. 금세 울 것 같은 표정을 하고도.

"어서!"

"아닙니다, 좌 공자."

전조가 벌컥 화를 내는 좌수백를 말렸다.

"제가 먼저 실언을 하였습니다. 저는 괜찮으니 노여움을 푸십시오. 그보다 좌 공자께 묻고 싶은 게 있습니다."

"뭡니까? 전 호위."

좌수백이 싱글거리며 전조를 보았다.

"위청운 공자와 위지량 공자는 모친이신 위영아 부인의 성을 따라 위魏씨 성을 지녔습니다. 그런데 좌수백 공자만 유독 좌左씨이니 어찌 된 연유입니까?"

"아, 그건……."

"도련님은 의부의 성을 따르신 거예요. 위 부인께서 도련님이 열 살이던 때 지병으로 돌아가시고 홀로 남은 도련님을 좌씨 성을 가진 의인께서 돌봐 주셨어요. 그 고마움을 잊지 않고자 도련님께서는 좌 어르신의 성을 받으신 거구요."

말이 끊긴 좌수백 대신 아령이 대답을 했다. 전조가 아령을 돌아보았다.

"너는 좌 공자를 만난 지 한 달밖에 되지 않았다면서 어찌 그리 소상히 아느냐?"

"북리 왕부에 온 뒤로는 같은 질문을 백 번도 더 받았어요. 아무리 머리가 나빠도 그 정도는 알 수 있다구요!"

여전히 전조를 대하는 아령의 목소리에는 냉기가 펄펄 풍겼다. 전조가 내심 한숨을 내쉬는데 갑자기 위청운이 불쑥 팔을 내밀어 아령의 어깨를 움켜잡았다.

"하지만 조금 전 질문들은 처음 듣는 게 많은데. 특히나 세 가지 중 왜 하나만 가졌느냐는 질문은 이제껏 전 호위만 물었던 질문이었어."

"공자님!"

아령이 비명을 질렀다. 어깨를 잡은 위청운의 손이 서서히 살을 파고들었기 때문이었다.

"아주 허를 찌르는 질문이더군. 과연 전 호위다 싶었지. 그런데도 네 녀석은 마치 모든 걸 다 알고 있는 듯 술술 대답을 하더군. 말해 봐, 이 꾀주머니. 네가 저 가짜의 뒤를 봐주고 있는 거지? 저 얼굴만 번지르르한 가짜를 내세워 네 녀석이 감히 내 자리를 넘보는 거지?"

갑자기 위청운이 인상을 찡그리며 뒤로 물러났다. 전조가 위청운과 아령 사이에 끼어들어 아령의 어깨를 잡고 있는 위청운의 손을 내력을 써 밀어냈던 것이다.

"공자, 무슨 짓입니까! 어린 소년에게 공력을 운용하다니요!"

전조의 목소리가 분노를 참는 듯 떨려 나왔다. 아령은 하얗게 질린 채로 그대로 털썩 주저앉았다. 위청운이 손목을 털며 피식 웃었다.

"남협의 무공이 천하제일이라더니, 완맥(腕脈；손목에 있는 맥)을 쳐내는 솜씨가 보통이 아니구려. 참으로 순후한 내공을 지니셨소. 허나, 어찌 저런 교활한 간세를 감싸는 것이오. 나이 어린 녀석이 세치 혀로 감히 소군왕 자리를 노리고 있는 게 보이지 않소?"

"누가 진짜이고 누가 가짜인지 밝혀진 것은 아무것도 없습니다. 공자 또한 소군왕 자리를 노리는 가짜일 수 있는 터에 말씀을 함부로 하지 마십시오."

"내 아버지께서는 국경을 지키는 군왕부의 지존이오! 어찌 저따위 비리비리한 뱁새눈이나 얼굴만 번지르르한 바람둥이와 나를 비교할 수 있겠소. 어머니께서는 언제나 내게 사내다움을 강조하시고 또 그렇게 가르치셨소. 군왕의 핏줄임을 이보다 더 명백히 증명할 수 있겠소!"

위청운의 목소리가 객청을 쩌렁쩌렁 울렸다. 확실히 박력만 놓고 보자면 위청운이 가장 북리운천을 닮았다. 그러나 위청운을 보는 전조의 눈에는 아무런 감정도 담겨 있지 않았다.

"그리고 또한, 공자께서만 갈 총관과 행화촌의 우 노인을 죽일 만한 무공을 지니셨지요."

"허!"

위청운이 기가 막힌다는 듯 고개를 저었다.

"힘을 보이실 때는 그 다음에 있을 일을 함께 생각하시기를 바랍니다.”

“감히, 나를 살인자로 모는 거요?”

“가능성을 말한 것일 뿐입니다. 공자가 진짜일 수도, 또한 가짜일 수도 있다는.”

“내가 만약 진짜라면! 한낱 사품호위 주제에 일 부府의 소군왕을 욕보인 지금의 이 죄를 잊지 않겠소. 천하의 북리 군왕부 혈손을 살인자라 칭한 무례를 확실히 청산받겠단 말이오!”

“그러십시오. 허나 그때에도, 설혹 소군왕이라 하시더라도, 힘없는 소년을 무공의 힘을 빌려 핍박하신다면 저는 지금과 마찬가지로 행동할 것입니다.”

“기대하겠소.”

찬바람을 내며 위청운이 객청을 나갔다. 좌수백이 호탕하게 웃으며 전조의 어깨를 쳤다.

“저놈의 성깔하고는. 전 호위, 신경 쓰지 마시오. 어차피 가짜니 공연히 찔려 저러는 것이지. 힘만 세면 군왕이 된다고 생각하니 저런 미련한 친구가 어디 있나.”

전조가 조용히 좌수백을 돌아보았다.

“좌 공자, 걱정해 주시는 말씀은 고마우나, 공자 또한 아직은 진짜 혈손임이 밝혀지지 않았습니다. 하오니 다른 공자에 대해 함부로 비난하는 말씀은 제가 듣기 거북합니다. 부디 자중해 주소서.”

좌수백의 얼굴이 굳어졌다.

“호의를 받아들일 줄 모르는 벽창호로군. 알겠소. 나도 이만 물러가겠소. 따라와라, 아령.”

"공자, 잠깐만!"

전조가 돌아서는 좌수백을 다급하게 막아섰다.

"뭐요?"

"아령은 어깨를 다쳤으니 치료를 해야 합니다. 잠시 제게 맡겨 두시지요."

"내 하인은 내가 알아서 할 테니 참견 마시오. 그깟 어깨 잠깐 잡혔다고 죽기라도 하겠소?"

"위 공자는 지순한 내공을 지녀서 아령처럼 무공을 배우지 않은 아이는 조금만 힘을 줘도 큰 타격을 입습니다. 그리 시간이 오래 걸리지는 않을 터이니 잠시만."

"됐어요, 전 대인. 아프지 않으니 도련님을 따라가겠어요."

갑자기 아령이 전조를 밀치며 앞으로 나섰다.

"아령, 다쳤다. 치료를 해야 해."

"괜찮아요! 이런 일 한두 번도 아니고, 이보다 더 심하게 당한 적도 많아요. 새삼 걱정해 주는 게 더 우스워요. 가 보겠어요, 전 대인."

"아령!"

아령의 태도는 여전히 겨울날 폭설이라도 맞은 양 더없이 차가웠다. 좌수백이 잘생긴 얼굴에 한껏 비아냥을 담아 웃어 보이더니 아령을 끌고 객청 밖으로 사라졌다. 전조가 잡으려는 듯 나서다가 곧 한숨을 내쉬며 멈춰 섰다. 하지만 눈에는 여전히 아령에 대한 걱정스러움이 가득했다.

그때까지 한 마디도 않고 보고만 있던 위지량이 그제야 빙글빙글 웃으며 일어섰다.

"아아, 이제 나도 가 봐야겠군."

그리고 문으로 나가려던 위지량이 갑자기 전조를 돌아보았다. 위지량의 눈이 야릇하게 빛났다.

"전 호위, 좀 약게 굴어요. 우리 셋 중 누가 진짜인지는 모르지만 분명 하나는 진짜니 그렇게 딱딱하게 굴 것 없잖소. 미래의 북리 군왕과 친해 두는 것도 관리로서는 여러모로 쓸모가 있을 텐데 말이오."

"……."

"사실 모든 건 왕야 때문이지 않소. 십구 년 전에 내쳤던 아이를 이제야 다시 찾다니, 무리수를 두는 셈이지. 내 아버지긴 하지만 어이없는 분이오. 이럴 줄 알았으면 갈 총관에게 반지와 그림을 주는 것이 아닌데. 갈 총관은 죽고 가짜는 둘이나 나타나고, 꽤나 한심하게 됐어."

빙글거리던 위지량이 갑자기 전조의 눈앞에 와락 얼굴을 들이댔다.

"꼭, 진실을 밝혀 주시오, 전 호위. 믿겠소."

위지량이 다시 빙글거리며 손을 흔들더니 곧 객청을 나가 버렸다.

"이거야 원. 하나같이 안하무인에 방약무인. 왕야다운 인물은 하나도 없군."

여태껏 꿔다 놓은 보릿자루처럼 옆에 서 있던 인종이, 세 공자가 나가서야 비로소 투덜거렸다. 전조가 천천히 고개를 저었다.

"아니요. 그게 더 왕족 같은 걸요."

"에, 뭐라고?"

'떠받들리는 사람은 떠받치고 있는 사람을 고마워하기보다는 당연하다 생각해 무시하지요. 그래서 거만하고 안하무인일 수밖에 없고요. 그렇게 따지면 저 세 사람은 가장 황족답습니다."

"너무하네, 전 호위. 황족인 게 무슨 죄라고."

저절로 인상이 구겨지던 황제가 문득 조심스럽게 물었다.

"설마 황제, 황제 폐하도?"

"이정 선생."

"응? 응?"

갑자기 전조가 대답 대신 정색을 하며 이름을 부르자 뜨끔해진 인종이 콧소리를 냈다.

"묻고 싶은 게 있습니다."

내게도 있다

한밤의 뜰에 내려앉은 달빛은 서럽도록 흰 은빛이었다. 그 빛은 뜨락의 아름드리 소나무에도, 자그마한 회양목이나, 겨우 한 뼘밖에 안 되는 청사초靑莎草에도 고루 내리고 있었다. 물론 정원석에 앉아 있는 소년의 가냘픈 어깨에도 눈부시게 내려앉고 있었다.

"비둘기들은 다 잔다. 비둘기도 없는 초라한 후원에는 왜 나와 있느냐? 아령."

느닷없이 들려온 목소리에 아령이 흠칫 놀라 무릎에 처박고 있던 고개를 들었다. 키가 작은, 아니, 의자에 앉아 있어 작아 보일 수밖에 없는 그림자가 천천히 아령에게 미끄러져 왔다.

"소왕야."

"만 가지 새가 다 잠든 밤에 너는 혼자 부엉이처럼 깨어 있구나. 아직도 왕부가 낯설어서 잠이 들지 못하느냐?"

"아니에요, 소왕야. 그냥 달빛이 좋아 구경 왔어요."

북리현이 아령의 머리를 장난스럽게 헝클어뜨렸다.

"거짓말은. 달 보러 나왔다는 놈이 달은 안 보고 땅만 뚫어져라 본

다더냐."

"……."

"또 네 주인이 널 못살게 굴었구나?"

"아녜요, 소왕야."

"처음 널 봤을 때 많이 놀랐다. 조그맣고 가냘픈 녀석이 제 몸체만
한 짐을 들고 뻘뻘거리며 왕부로 들어오고 있었지. 그래도 누구 도
움 하나 받지 않으려고 입술은 앙다물고, 이마엔 파랗게 핏줄이 돋
고. 언제나 그렇게 이 악물고 사느냐? 그러지 마라. 이 악물고 살아
봤자 다 똑같은 한평생이다."

초가삼간 그 집에도	衡門之下
못 살 것이 무엇이며	可以棲遲
졸졸대는 샘이라도	泌之洋洋
요기쯤이야 못 하겠나.	可以樂飢

북리현의 읊조리는 소리에 아령이 빙그레 웃으며 따라 읊었다.

고기야 먹으면 되지	豈其食魚
황하의 방어만 고기더냐.	必下之魴
아내야 품으면 되지	豈其取妻
제나라 공주만 아내이겠나.[13]	必齊之姜

북리현이 호쾌하게 웃음을 터뜨렸다.

"어린 녀석이 시 맛을 아니 정말 기특하구나. 그래, 초가삼간 집이라도 자는 데는 지장 없고 졸졸대는 샘물도 먹는 덴 문제 없지. 꼭 황하의 방어가 아니더라도 어차피 고기야 먹으면 그만이고, 꼭 제나라 공주가 아니더라도 어차피 마누라야 품으면 그만이지."

껄껄대던 북리현이 문득 아득히 먼 달을 쳐다보았다.

"어차피 나야 품을 수도 없는 몸이지만."

말 자락 끝에 회한이 담겨 있었다. 아령이 불쑥 입을 열었다.

"시를 잘못 지었어요."

"응?"

"사내야 품으면 되지, 북리부 소왕야만 사내이겠나."

북리현이 다시 웃음을 터뜨렸다. 사심 하나 없어 보이는 그 웃음을 보며 아령이 물었다.

"소왕야, 왜 가면을 쓰고 살아요?"

"뭐?"

"왜 다른 사람을 대할 때 지금처럼 하지 않아요? 왜 맘에도 없이 화내고, 심술부리고, 모욕하고 그래요? 소왕야는 따뜻하고 좋은 분이잖아요."

"틀렸어. 나는 나쁜 놈이야."

"소왕야!"

"그것도 나라를 통째로 말아먹을 나쁜 놈이야. 그러니까 하늘이 알고 이렇게 다리를 못 쓰게 했지."

---

13) 역시 《시경》 국풍편 '진풍陳風'에 나오는 〈초가삼간衡門〉이라는 시.

"그건 사고였다면서요."

"사고? 차라리 그랬으면."

북리현이 쓸쓸하게 웃었다. 그리고 자조적인 목소리로 중얼거렸다.

"네 주인이나 나머지 두 공자나 다 한심한 족속이다. 이따위 허황되고 무거운 소군왕 자리, 뭐가 좋다고 그렇게 기를 쓰고 얻으려 하는지. 그래 봤자 다 가짜인 것을."

"가짜라구요?"

"그래, 내 눈에는 다 가짜로 보인다. 아니, 너는 네 주인이 진짜이길 바라지? 네 주인이 진짜가 되도록 도와 줄까? 널 위해 좌수백을 소왕야로."

갑자기 북리현이 날카로운 눈으로 입구를 바라보더니 싸늘하게 소리쳤다.

"누구냐!"

그늘이 진 아름드리 소나무 뒤로 천천히 그림자가 하나 나타났다. 단정한 차림의 전조였다.

"죄송합니다, 소왕야. 전조입니다."

북리현의 눈이 가늘게 떠졌다.

"어전의 고양이는 예의도 모르는가! 감히 남의 얘기를 엿듣다니."

"엿들을 생각은 없었습니다. 아령을 찾아 나왔는데 너무 즐겁게 얘기를 나누셔서 잠시 기다리고 있었습니다. 죄송합니다."

"또 입에 발린 소리. 이 밤에 전 호위가 아령은 왜 찾아?"

전조가 잠시 아령을 보다가 곧 차분한 목소리로 대답했다.

"약을 전해 주려구요."

"약? 아령, 너 다쳤느냐?"

북리현이 놀란 듯 아령을 돌아보자 아령이 냉랭한 얼굴로 전조에게 쏘아붙였다.

"전 대인은 별 데 다 신경을 쓰시네요. 다 나았으니 상관 마세요."

"그럴 리가 없다. 잠깐 부딪친 것에 불과하지만 위청운 공자는 이상한 내공을 운용하고 있었어. 위 공자가 내공을 써서 네 어깨를 잡았는데 네가 성할 리가 있겠느냐."

"괜찮다니까요!"

화를 내던 아령이 갑자기 앗, 짧은 비명을 질렀다. 옆에 있던 북리현이 아령의 어깨를 가볍게 잡았던 것이다. 북리현의 눈매가 저절로 찌푸려졌다.

"전 호위 말이 맞군. 너는 다쳤다, 아령."

"아녜요! 절 그냥 내버려 두세요."

아령이 소리를 치며 벌떡 일어났다. 그리고 후다닥 안으로 뛰어들어가려는 것을 전조가 막아섰다.

"제발 약을 받아라, 아령."

"싫어요!"

"내가 잘못하였다. 미안하다. 그러니 제발."

"전 대인이 뭐가 미안해요! 내 어깨를 다치게 한 것도 아니고, 내 손을 묶은 것도 아니면서. 결뉴 따위로 상처야 입었든 말든 전 대인이 무슨 상관이냐구요!"

"내게도 있다. 내게도 그런 흉터가 있다."

아령의 몸이 파르르 떨렸다. 그리고 믿어지지 않는다는 듯 전조를 보았다.

"거짓말! 천하의 남협이, 폐하가 이름까지 지어 준 사품호위가 노예였을 리가 없잖아."

"오래 되어 흔적은 흐릿하지만 내게도……."

잠깐 괴로웠던 옛날이 생각나는지 전조의 얼굴이 어둡게 흐려졌지만 목소리는 여전히 담담하고 조용했다.

"내 주인은 심부름을 보내 놓고 술에 취해 이튿날에야 깨어났지. 겨울비가 주룩주룩 오던 날이었는데, 불기 하나 없는 외양간에서 나는 점점 조여 오는 손목을 잡은 채 와들와들 떨며 날이 새기만을 기다렸다. 그 날 따라 주인은 오래도록 늦잠을 잤지. 해가 중천에 떠서야 나는 구속의 매듭을 풀 수 있었다. 고통조차 느껴지지 않을 만큼 까맣게 죽어 있는 손에서 그 매듭 풀면서 다시는, 다시는 하지 않겠다 다짐하며 울었건만, 이튿날엔 또다시 새빨간 매듭을 묶고 저잣거리를 달리고 있었다. 그저 배가 고파서, 한 끼니 밥을 위해서."

전조가 천천히 오른쪽 소매를 걷어올렸다. 드러난 하얀 팔목에는 극히 희미하기는 했지만 아령의 팔목에 있는 것과 비슷한 결뉴의 흔적이 똬리를 틀 듯 나타나 있었다. 보고 있던 아령의 눈에 눈물이 맺혔다.

"천하의 남협이, 어전의 호위가, 그럴 리가 없잖아, 그럴 리가."

아령의 눈물이 뚝뚝 전조의 팔목으로 떨어졌다. 그 눈물이 따뜻하다고 전조는 생각했다.

"천하의 남협이 그럴 리가……."

계속 뚝뚝 눈물을 떨구는 아령을 전조가 팔을 뻗어 부드럽게 안았다. 전조의 품에 안기는 순간 아령이 갑자기 와앙 울음을 터뜨렸다. 자신을 안아 주는 그 품이 너무 따뜻해서, 그 손에 난 붉은 흉터가 너무 가슴아파서, 그만큼 서러운 자신의 어린 날이 생각나서 아령은 그만 엉엉 울음을 터뜨렸던 것이다.

"부끄러운 건 네가 아니야. 부끄러운 건, 정말 부끄러운 건, 너를 묶었던 사람들이다. 돈 몇 푼의 위세를 가지고 감히 사람의 영혼을 묶어 버린 그 사람들이다. 그 사람들이야말로 부끄러워하고 비난 받아야 해. 정말로 노예였던 건 네가 아니라 그 사람들이야, 아령."

"전 대인!"

전조는 어린아이처럼 엉엉 우는 아령을 오래도록 안아 주었다. 달빛은 여전히 눈이 부신 은빛이었다.

한참이 지난 뒤에야 비로소 아령이 진정되었는지 전조에게서 벗어나며 멋쩍게 웃었다. 전조가 빙그레 웃었다.

"속이 좀 시원하냐?"

"죄송해요."

"이제는 받아 주겠지?"

전조가 아령의 손을 펴서 손바닥에 작은 고약 통을 놓아 주었다.

"개봉부의 공손 선생이 지은 약이다. 내상에도, 외상에도 더없이 좋은 명약이란다."

아령이 자신의 손바닥 위에 놓인 약통을 물끄러미 내려다보더니 곧 천천히 손을 오므리며 전조를 봤다.

"고마워요, 전 대인."

"전 대형이라고 해야지."

"고마워요. ⋯⋯전 대형."

아령이 수줍게 덧붙이자 전조가 싱긋 웃으며 말했다.

"함께 들어갈까? 등 쪽은 아무래도 바르기 불편할 테니 내가 발라 주마."

갑자기 아령이 기겁을 하고 전조에게서 떨어졌다.

"아녜요! 저는 혼자가 편해요. 고마워요, 전 대인. 안녕히 주무세요. 소왕야도. 먼저 갈게요."

아령은 갑자기 마치 누가 쫓아오기라도 하듯 꾸벅거리며 인사를 하더니 바람처럼 문으로 도망가 버렸다. 전조가 조금 어이없는 얼굴로 사라지는 아령의 뒷모습을 바라보았다.

"아령, 저 아이, 바람난 처녀처럼 수줍어하는군."

북리현이 쿡쿡거렸다. 전조가 천천히 북리현을 돌아보았다.

"착한 아이야. 손목에 결뉴를 당할 만큼 고생한 줄은 몰랐어. 하기사 천하의 남협이 노예였던 것도."

"⋯⋯."

"부끄럽지 않다고 했지만, 대개의 사람은 부끄러워할 만한 과거지. 내가 있는 걸 알면서도 저 아이에게 약을 주기 위해 그 얘기를 꺼내고 흉터까지 보이다니. 전 호위의 대범함에 아니, 다정함에 감탄이라도 해야 하는 걸까."

"소왕야."

"왜? 소문이라도 낼까 봐 걱정되나? 아하, 이런. 천하의 남협이 나 같은 다리병신에게 약점 잡혔네. 뇌물이라도 바쳐 보지? 그거 관리들이 좋아하는 거 아닌가. 뇌물이 많은 만큼 내 입도 오래 다물어 주지."

"……."

"사람을 불렀으면 말을 해야 할 것 아닌가!"

"아닙니다. 쉬십시오."

전조가 가볍게 포권을 해 보이고 돌아섰다. 그 뒤로 심술궂은 북리현의 목소리가 따라왔다.

"전 호위, 내일부터 귀가 간지러워도 그러려니 하게. 내가 원체 입이 가벼워서 말일세, 비밀을 오래 담아 두지 못하네."

"기대하겠습니다, 소왕야."

담담하게 대답하고 사라지는 전조를 보며 북리현이 혼자 쿡쿡거렸다. 그러다 곧 웃음을 거두고는 천천히 눈부신 만월을 올려다보았다.

"화도 안 내는 사람을 괜히 놀렸군. 남협이 저런 사람이니, 나도 조금은 마음을 놓아도 되는 걸까. 그런 걸까."

한밤의 뜰에 내려앉는 달빛은 서럽도록 흰 은빛, 그 달빛을 보고 있는 사람의 얼굴도 서럽도록 흰 은빛이었다.

이상한 비늘

선이 고운 여인이었다. 크고 맑은 눈망울과 부드러운 입술은 금방이라도 안아 줘야 할 듯 유약한 분위기를 자아냈지만, 반듯한 턱에는 꼭 그렇지만도 않은 어떤 단단함이 엿보였다. 가냘픈 몸을 감싼 유난히 빛깔이 고운 연노랑 저고리 소매 끝으로는 하얀 손이 살짝 나와 있다. 그림이 생생해서인지 그 손에 든 붉은 피리에서는 금세라도 고운 음률이 새어 나올 것 같았다.

전조는 가만히 손을 뻗어 갸름한 피리의 곡선을 따라가 보았다.

"전 호위, 행화촌에 다녀오기로 했다면서?"

굵은 목소리가 들리자 전조가 그림을 보던 시선을 들어올렸다. 그리고 가만히 허리를 굽혔다.

"왕야께서 오셨습니까. 천세, 천세, 천⋯⋯."

"예의는 되었네. 그런데, 영아를 보고 있었군."

북리운천이 탁자에 놓인 그림에 시선을 떨구며 중얼거렸다. 영아, 위영아. 그리운 이름이었다. 십구 년 동안이나 애잔한 그리움으로 남았던 여인.

"위 부인께서는 어떤 분이셨습니까?"

"글쎄, 예뻤지. 하늘에서 하강한 선녀가 아닐까 잠시 의심할 정도였으니까."

북리운천이 어울리지 않게 히죽 웃었다. 그리고 생각에 잠겨 중얼거렸다.

"중양절重陽節[14] 저녁이었네. 달빛은 곱고, 국화 향 드높고, 시 짓는 선비들은 술에 취했지. 술기운에 허적허적 드넓은 갈대밭을 가로지르는데 어디선가 아름다운 피리 소리가 들려왔어. 깨끗하고, 곱고, 조금은 슬픈 듯 느껴지는 소리였지. 그 소리를 따라 얼마를 걸었을까, 달빛에 잠겨 빛나고 있는 선녀가 눈에 띄었네. 그래, 정녕 하늘의 선녀였어. 수밀도 같은 아름다운 얼굴에 몸에 걸친 옷조차 천의처럼 반짝이며 하늘거렸지. 아니, 적어도 내 눈에는 그리 보였네. 그 선녀가 바로 영아였네."

전조는 미소를 띤 채 북리운천을 보았다. 서부의 열혈지왕이라 불리는 이 다혈질의 군왕이 이토록 소년처럼 꿈꾸는 눈동자를 하리라고는 전혀 생각지 못했던 것이다. 북리운천은 자기 이야기에 자기가 취해 계속 말을 하고 있었다.

"인기척을 느낀 영아가 피리를 멈추고 돌아보았지. 놀란 듯 둥글게 커지는 눈동자가 어찌 그리 귀엽던지. 게다가 영아의 말이 나를 웃

---

14) 중양절重陽節 : 중국의 큰 명절 가운데 하나. 음력 9월 9일을 이르는 말로 양수인 9가 두 개 겹쳤다는 뜻에서 중양이라 일컬어진다. 이 날 중국 사람들은 세 가지를 즐기게 되는데 곧 높은 산에 올라 그 풍취를 즐기고(登高), 시를 읊으며 술과 달빛을 즐기고 (詩酒), 때맞춰 향기로이 피어나는 국화를 즐기는 것(賞菊)이다.

게 했네. '하늘에서 내려온 천군의 장수십니까?' 하더군. 하하. 우
습지 않은가. 자기야말로 하늘에서 내려온 선녀 같은데. 내가 그때
군왕부의 황금빛 장포를 입고 있었던 게 영아 눈에는 아주 신기해
보였던 모양이야. 그리고 조심스레 달빛을 밟으며 내 쪽으로 다가
왔지. 그때 엷은 회화꽃 향기가 영아에게서 났네. 아주 엷고 부드
러운 회화꽃 향기가. 참 아름다운 밤이었어. 내 생애 그토록 아름
답고 행복한 밤은 없었네. 내 생애 그토록 사랑한 여인도 아마 없
을 것이네."

북리운천의 눈이 한없이 그리움에 젖어 갔다.

그때였다. 갑자기 문 쪽에서 쩽그렁, 요란하게 그릇 깨지는 소리가
울려 왔다.

"아령?"

전조가 놀라 문 쪽을 바라보았다. 아령이 바닥에 떨어진 찻잔을 주
우며 어쩔 바를 몰라 하고 있었다.

"너는 수백이의 몸종이 아니냐?"

북리운천이 눈살을 찌푸리며 물었다. 아령이 머리를 조아리며 울
먹였다.

"죄송해요, 왕야. 도련님께서 여기 계신 줄 알고 차를 내오다가 왕
야가 계신 것을 보고 돌아가려는데 그만 발이 걸려서……."

"조심해라, 아령. 손을 다치겠다."

전조가 다가오며 낮게 타일렀다. 깨진 찻잔의 파편을 주워드는 아
령의 손이 당황해서인지 마구 떨리고 있었던 것이다.

"내가 도와 주마."

"아녜요!"

아령이 비명처럼 소리를 질렀다.

"왕야, 왕야와 말씀을 나누던 도중이셨잖아요. 제가 그냥 할 테니까 마저 말씀 나누세요. 안 그러면 제가 죄송해요."

"아령."

"그 말이 맞네, 전 호위. 하찮은 하인배 따위 때문에 이야기의 흥을 깨고 싶지는 않군. 이리 오게."

두 사람 사이에 끼어들며 차갑게 내뱉는 북리운천의 말에 가뜩이나 젖어 있던 아령의 눈에 그만 눈물이 가득 고였다.

"거 봐요, 가 보세요. 안 그러시면 제가 혼나요."

"하지만 아령."

"제발 가 보세요."

금방 울 듯한 아령의 얼굴을 보던 전조가 곧 천천히 일어섰다. 그 말대로 더 이상 고집을 부리다가는 화가 난 북리운천에게 아령이 어떤 벌을 받을지 모를 일이기 때문이었다.

모처럼 옛 생각에 기분이 좋아졌던 북리운천은 그 기분을 방해한 아령이 꽤나 괘씸한 모양이었다. 잠시 차가운 시선으로 깨진 찻잔을 줍는 아령을 노려보다가 곧 신경질적으로 머리를 흔들었다.

"어차피 흥은 깨졌군. 하기야, 십구 년 전의 기억이니."

"그래도 위 부인을 참 많이 좋아하셨던 모양입니다. 왕야의 말씀을 듣다 보니 저 또한 달빛 가득한 아름다운 갈대밭에서 하늘의 선녀를 본 듯 마음이 뛰었습니다."

"그런가?"

북리운천이 비로소 기분이 풀린 듯 빙긋 웃었다.

"그런데 왜……."

"응?"

"왜 위 부인을……."

차마 말을 맺지 못하는 전조를 보고 북리운천이 씁쓸하게 턱을 쓰다듬었다.

"왜 버렸느냐고? 그게 궁금한 건가? 전 호위."

"황공하옵니다, 왕야."

"영아가 아무리 예쁘다 한들 어차피 근본은 평민의 자식이었지. 군왕이, 서부를 지배하는 북리 왕부의 소군왕이 어찌 그리 천한 신분의 여인을 취할 수 있겠나. 하지만…… 그래도 지금 와서는 조금은 후회가 되네."

내심 한숨을 내쉬는 전조의 눈에 찻잔을 다 주웠는지 아령이 일어나 밖으로 나가는 게 보였다. 착각이었을까, 돌아서는 아령의 눈에 한 줄기 눈물이 흐르고 있었다.

"어허, 전 호위, 여기 있었는가. 혼자 간 줄 알고 깜짝 놀랐네."

아령이 사라진 문으로 이번에는 황제가 허겁지겁 들어왔다. 황제는 북리운천을 보자 뻣뻣한 자세로 예를 올렸다. 그러고는 다짜고짜 전조의 손을 잡았다.

"여기서 왜 지체하는가. 어서 행화촌에 가세. 거기 가서 수사를 해야 한다지 않았는가."

"예? 이정 선생, 행화촌엔 저만 가도 됩니다. 게다가 행화촌뿐 아니라 소왕야가 처음 발견됐다는 창평현과 근처 마을도 다 돌 예정이니 꽤 시일이 걸릴 겁니다. 선생은 여기 남아 계십시오. 아무래도 선생께는 힘든 여정이 될 겁니다."

"무슨 소리. 자네가 가는데 나도 가야지. 왕야께는 다 허락받았네."

전조가 북리운천을 돌아보자 북리운천이 귀찮다는 듯 손을 내저었다.

"이정 선생이 그러고 싶대서 허락했네. 함께 다녀오게."

거 보라는 듯 득의양양해서 팔을 잡아끄는 인종을 전조가 가볍게 말리더니 북리운천을 돌아보았다.

"왕야, 다녀오기 전에 한 가지 여쭐 말씀이 있습니다."

"뭔가?"

"갈 총관은 오래도록 군왕부의 총관을 맡아 왔다 들었습니다. 혹여 갈 총관에게 이상한 점은 없었습니까?"

"뭘 묻는 겐가?"

"검시 보고서를 보았는데, 제가 직접 검시한 것이 아니어서 장담할 수는 없지만 몇 가지 이상한 점이 눈에 띄었습니다. 오른팔이 부자연스럽게 안으로 꺾여 있고, 신발에 숲에서는 볼 수 없는 물고기 비늘 같은 이상한 편린이 발견됐다고 적혀 있더군요."

"그게 뭐 이상한 건가?"

"아무래도 갈 총관은 군왕부의 숲에서 살해된 것이 아닌 듯싶습니다. 갈 총관은 정확히 한 칼에 미심혈을 꿰뚫려 살해당했습니다. 그런 상태에서는 결코 팔을 그렇게 네모반듯하게 꺾고 쓰러지지 않습니다. 그런 모양으로 시체가 굳을 수도 없구요. 그래서 갈 총관이 죽은 다음에 상자 같은 것에 담겼던 것이 아닌가 하는 추측이 듭니다. 상자에 넣으려고 팔을 억지로 꺾었던 것이고 그때 접힌 팔이 그대로 굳은 것이지요. 신발에 비늘 같은 것이 묻은 것으로 보아 아마 생선을 담는 상자 같은 게 아니었나 싶습니다. 곧 갈 총관은 군왕부의 숲이 아니라 강이나 어촌 근처에서 살해된 뒤에 숲으로 옮겨진 것이라 볼 수 있지요."

"어허, 그런."

북리운천이 신음을 했다.

"이상한 것은 범인이 왜 갈 총관이 숨진 장소가 밝혀지는 것을 꺼렸나 하는 것입니다. 갈 총관의 신물만을 노린 것이라면 시체가 어디서 발견되든 크게 중요한 일이 아닐 텐데도 굳이 숲으로 옮겨 장소를 숨겼으니까요. 왜 그 장소를 숨겨야 했는지, 그 장소가 대체 어디인지 거기에 범인의 의도가 숨어 있을 겁니다. 어쩌면 갈 총관은 단순히 위 부인의 신물을 갖고 있어서가 아니라 다른 까닭으로 살해된 것일지도 모릅니다. 혹여 갈 총관에게 달리 의심 가는 일은 없었는지 여쭤 본 것이 바로 그 때문입니다."

"갈 총관은 성실한 사람이었어. 그럴 리가 없네."

단호하게 고개를 젓는 북리운천을 보고 전조가 천천히 고개를 끄덕였다.

"그렇습니까. 어쨌든 혹여 나중에라도 생각나는 게 있으시다면 말씀해 주십시오. 그럼, 다녀오겠습니다, 왕야."

공손히 포권하고 전조가 물러나자 인종도 서둘러 그 뒤를 따랐다. 사라져 가는 두 사람을 보는 북리운천의 눈에 문득 야릇한 광채가 번

뜩였다.

'훌륭하군, 전조.'

늙은 일범一范, 범중엄

행화촌은 아름다운 동네였다.

이름처럼 온 동네에 수줍은 행화, 곧 살구꽃이 연분홍 빛으로 눈부시게 만발해 있었던 것이다. 백 년 가까운 오래 된 살구나무도 많아 그 나무 아래에 있으면 마치 눈이 오듯 살구꽃이 떨어져 내렸다. 행화촌은 또 물이 맑기로도 유명해서 이 곳에서 빚는 술의 맛 또한 기가 막혔다. 특히나 이곳의 죽엽청은 다른 죽엽청과는 달리 초록빛이 도는 황금색 죽엽청으로 그 맛과 향취가 뛰어나 행화촌을 찾는 나그네들의 발길을 오래도록 머물게 했다.

황제도 예외는 아니어서 전조를 돕는다고 따라와 놓고는 정작 자기는 주점에 앉아 홀짝홀짝 술을 즐기고 있었다. 고급스러운 백화주나 옥호춘도 잘 거들떠보지 않던 황제가 강호에서 가장 흔한 술에 속하는 죽엽청에 맛을 들이다니 황제 자신도 신기할 지경이었다. 그러나 객잔 앞의 커다란 살구나무 밑에서 간단한 소채 한 접시를 앞에 두고 혼자 따라 먹는 죽엽청의 맛은 그만이었다. 처음에는 독하고 쓰게만 느껴졌던 죽엽청이 이제는 점점 향긋하고 단 술이 되어 갔다.

전조가 돌아온 것은 꽤 오랜 시간이 흐른 뒤였다. 전조는 조금 피곤해 보였다.

"수사는 잘 했는가?"

"예."

대답은 그랬지만 전조의 표정은 밝지 못했다.

살해된 우 노인은 시골에서 흔히 볼 수 있는 그런 사람이었다. 하나뿐인 딸이 멀리 복건성으로 시집을 가자 몇 년 전부터 혼자 살아왔다는 것, 크게 인심을 잃지도 얻지도 않은 채 평범하게 살았으며, 다만 얼마 전부터 돈을 물 쓰듯 썼다는 것, 아마 북리 왕부에 위영아의 소재를 알려 주고는 사례금을 받은 모양이며, 살해된 날도 여느 때처럼 주점에서 술을 마신 뒤 죽엽청까지 한 병 사서 기분 좋게 집으로 돌아갔다는 것, 이튿날 미심혈에 칼을 맞은 채 자기 집에서 발견됐다는 것, 그 정도가 전조가 알아낸 전부였다.

가장 중요한 위영아와 그 아들에 대한 이야기는 전혀 들을 수가 없었다. 위영아가 부친과 함께 행화촌에 머물렀던 것은 아주 짧은 시기였고 그때 북리운천도 만났던 모양이다. 그러나 위영아는 곧 행화촌을 떠났고, 곳곳을 전전하다가 세 공자의 말처럼 아들이 겨우 열 살이었던 어린 나이에 병으로 세상을 떴던 것이다. 따라서 무려 십구 년 전에 잠깐 마을을 스쳐 간 여인을 기억하는 사람은 아무도 없었다.

'하지만 우 노인은 기억했다. 그리고 위영아가 아들과 함께 창평현에 살았다는 것까지 알고 있었다. 어떻게 그럴 수 있었을까? 그리고 이미 모든 사실이 밝혀진 뒤인데도 범인은 굳이 우 노인을 죽였다. 왜 그랬을까? 혹시 우 노인이 뭔가 말하지 않은 비밀이라도 알고 있었던 것일까?

전조가 심각하게 생각에 잠겨 있는데, 황제가 호기롭게 전조의 등을 쳤다.

"자, 자, 일 생각은 그만 하고 술이나 한 잔 하시게. 이 좋은 분위기에서 뭘 그리 열심히 골치 아픈 사건만 생각하나."

황제가 전조의 손에 억지로 잔을 쥐여 주고는 죽엽청을 넘치도록 철철 따랐다. 전조가 연한 웃음을 지으며 잔을 받았지만 다만 그뿐, 한 모금 입술에 적신 뒤에 다시 골똘히 생각에 잠기기 시작했다. 빤히 보고 있던 인종이 곧 재미없다는 표정으로 공연히 주위를 휘휘 둘러보았다. 그리고 불현듯 중얼거렸다.

"북리 왕의 그림 같군."

전조가 고개를 들었다.

"북리 왕야가 사랑했던 위영아란 여인도 저렇게 뛰어 놀지 않았을까."

인종이 마당에서 피리를 불며 놀고 있는 아이들을 가리켰다.

짧은 바지와 저고리를 걸친 아이들이 피리 장단에 맞춰 깔깔대며 춤을 추고 있었다. 특히나 피리를 부는 소녀는 인종의 말처럼 그림 속의 위영아를 떠오르게 할 만큼 예쁘장한 얼굴을 하고 있었다. 웃으며 바라보던 전조가 문득 소녀가 든 피리를 쳐다보았다. 잠시 뚫어져라 피리를 보던 전조가 곧 별 일 아니라는 듯 혼자 고개를 저었다.

아이들이 피리에 맞춰 부르는 낭랑한 노래 소리가 들려왔다.

송에는 누가 있나?

젊은 일한一韓이 있어 서하가 몸을 떤다.

송에는 또 누가 있나?

늙은 일범一范이 있어 서하의 간담이 서늘하다.

여기서 젊은 일한은 당시 서하 변경지에 내려와 있던 명신 한기韓
琦[15]를 말한다. 젊은 나이에 진사에 합격해 일찍부터 벼슬에 나왔던
한기는, 사천성의 지주 안무사로 내려가 무려 190만 명에 달하는 굶
주리는 백성들을 구제한 것으로도 이름이 높았다. 그만큼 능력이 출
중한 한기였던지라 서하군과 대치한 이 곳 변경에 나와서도 칭찬이
자자했던 것이다.

또한 늙은 일범은 한기와 더불어 안무사로 내려와 있던 범중엄范仲
淹[16]을 말하는 것이다. 한기가 아직 서른도 채 안 되는 젊은 관리라

---

15) 한기(韓琦 : 1008~1075) : 하남성 안양 출신으로, 북송 때의 유명한 정치가. 굶주림에 허
덕이는 백성을 구휼하고, 요나라에 빼앗긴 땅을 되찾아 커다란 공을 세웠다. 서하 변
방을 지키는 데도 역량을 과시해 서른 살에 이미 추밀부사樞密副使가 될 만큼 문무 모
두에 재능을 떨쳤다. 그러나 훗날 신종 때에 왕안석王安石과 정면 대립함으로써 관직
에서 물러나게 된다.
16) 범중엄(范仲淹 : 989~1052) : 중국 북송 때 정치가이자 학자. 강소성 소주 출신이다. 인
종의 친정이 시작되자 부름을 받아 중앙에서 간관諫官이 되었으나 당시 재상이었던
여이간과 대립해 지방으로 쫓겨난다. 훗날 서하 경략안무사로 능력을 인정받아 추밀부
사가 되고, 이어 참지정사參知政事로 승진하여 내정 개혁에 힘썼다. 그러나 반대파에
밀려 결국 그 꿈을 다 이루지 못하고 지방관을 전전하다 산동성에서 병으로 죽고 만
다. 변방의 풍물과 서민의 애환을 묘사하는 글을 즐겨 썼으며 시문들을 모은《범문정
공집范文正公集》이 있다.

면, 범중엄은 범노자范老子라 불리며 서하와 대치하는 변경군의 웃어른으로서 매운 생강 노릇을 톡톡히 했다.

범중엄과 한기가 내려와서부터는 변경의 서하군은 한 치도 더 진군하지 못했다. 두 사람은 쓸데없는 전투를 피하는 대신 견고한 방어 전략을 택했던 것이다. 병사의 수를 늘리고 견고하게 지키기만 하는 두 사람의 전략에 휘말려 서하는 제대로 된 전투를 하지 못했다. 전투가 없어지니 변경의 백성들은 그야말로 오랜만에 평화를 누릴 수 있었다. 젊은 일한과 늙은 일범이 있어 서하가 두려워한다는 노래를 부를 만한 것이다.

아이들의 노랫소리를 듣던 인종이 혼자 중얼거렸다.

"범중엄과 한기가 제법 제 몫을 하는가 보군."

"누구, 경략안무사 범 나리 말씀하시는 겁니까?"

술병을 들고 오던 점소이가 인종의 혼잣말을 알아들었는지 눈이 휘둥그레졌다.

"정확히는 섬서 경략안무초토부사陝西經略安撫招討副使일세."

"아이고, 그런 어려운 말은 모르겠고 저희는 그냥 범 안무사나 범 나리, 범 대인이라고 부릅지요. 손님께서 범 나리 이름을 하도 쉽게 불러서 소인이 놀랐잖습니까."

인종이야 자신이 친히 경략안무사로 범중엄을 임명했으니 이름을 불러도 무방하지만 사연을 알 길 없는 점소이는 하늘 같은 벼슬아치 이름을 함부로 부르는 게 그저 놀라웠던 모양이다.

"그래, 그 범중, 범 나리께서는 정무를 잘 보시는가?"

"말해 무엇합니까. 나리께서 오신 뒤로 변경이 아주 편해졌습니다.

서하놈들이 침범하는 것도 뜸하고. 이제야 좀 살 만합니다."

"역시 폐하는 영명하셔서 인재를 선용할 줄 아는군."

인종이 스스로 자화자찬을 하는데 점소이가 쐐기를 박았다.

"아이고, 그러신 폐하가 그 천하의 간신 여이간呂夷簡[17]과 대립했다고 몇 년씩 범 나리 같은 인재를 지방으로 쫓아내십니까. 초야에 묻혀 있는 범 나리를 폐하께서 등극하시자마자 간관으로 불러올리셨다는데 그래 놓고 다시 쫓아내는 건 또 뭡니까."

인종이 헛기침을 했다.

"어쨌든 다시 불러들여 쓰지 않았나."

"언제 마음이 바뀔지 누가 압니까. 저는 개봉부에 포 대인이 아직도 계시다는 말을 들으면 엄청 신기한 생각이 든다니까요. 원래 그렇게 청렴하고 강직한 관리는 벼슬을 오래 못 살잖아요.'범 나리도 비슷하지 않겠습니까?'

인종은 점점 듣기가 거북해졌다. 하지만 원래 객잔의 점소이란 수다가 많은 법. 인종은 거북한 얼굴로 계속해서 듣고 싶지 않은 얘기를 들어야 했다.

"모름지기 벼슬아치란 말입니다, 대를 이어 벼슬을 사는 음관이나 귀족이란 까닭만으로 그냥 넙죽넙죽 벼슬을 줘서는 안 됩니다. 그

---

17) 여이간呂夷簡 : 중국 북송 때 정치가. 권모술수에 능한 전형적인 궁정 정치가로 곽황후郭皇后의 폐립 문제를 놓고 반대파인 범중엄과 대립, 결국 범중엄을 좌천시켜 머나먼 서하 국경으로 가게 한 인물이다. 재상을 몇 번씩이나 역임하며 권력을 누렸지만 나중에는 요나라로 보내는 국서를 위조하는 '위국서사건僞國書事件'을 일으켜 파면당하고 만다.

런 사람들은 그저 백성들 등쳐먹을 생각뿐이지 제대로 다스리지를 않거든요. 정말 제대로 벼슬아치 노릇을 할 수 있는 사람을 뽑아야 한다 이겁니다. 그러니까 공부도 많이 하고, 인품도 훌륭하고 그런 사람요. 무엇보다 가문이 좋거나 지주의 자식이거나 하는 배경보다는, 백성을 사랑하는 마음이 큰, 진짜 능력 있는 선비를 관직에 앉혀야 합니다. 그래야 비로소 나라도 잘 돌아가고 백성도 편안한 법인데 폐하께서는 그저 공신의 아들이다 하면 벼슬을 내리고, 왕족이다 하면 또 벼슬을 내리고, 그래서야 어디 뜻있는 관리가 나오겠습니까."

인종이 더는 못 듣겠는지 전조의 옷깃을 잡아당겼다.

"전 호위, 이 친구 입 좀 막아 주게. 듣자듣자하니 폐하께 너무 불충한 얘기뿐이잖는가."

전조가 빙긋 웃었다.

"그리 틀린 말은 아니잖습니까. 말 품새가 조금 거칠기는 하지만."

"자네도 그리 생각한단 말인가!"

인종이 버럭 신경질을 내는데 점소이가 맞다는 듯 전조에게 손뼉을 쳤다.

"손님도 제 말에 찬성하시는 거죠? 아무렴요, 모름지기 벼슬아치란 예로부터……."

"여보게, 여기 술 한 병과 백채 볶음 좀 갖다 주게."

누군가 주문하는 목소리가 들리자 비로소 점소이가 수다를 멈췄다. 황급히 다른 탁자로 뛰어가는 점소이를 보며 인종이 진절머리가 난다는 듯 고개를 흔들었다. 조용히 웃으며 점소이를 바라보던 전조가 문득 인종에게로 고개를 돌렸다.

"선생, 그 그림 기억나십니까?"

"그림? 아, 북리 왕야가 그린 위영아의 초상화 말인가?"

"예, 그림에서 위 부인이 들고 있던 대나무 피리 생각나시죠?"

"물론이지. 시에서도 붉은 피리를 든 여인이라고 나오잖나."

"그 피리의 생김새가 좀 이상하다고 생각하지 않으십니까?"

인종이 고개를 갸웃했다.

"그리 길지도 않은 대나무 피리가 마디가 다섯이나 되었어요. 보통 대나무 피리는 많아야 마디가 셋, 넷도 거의 드문 편인데요."

"그거야 북방의 왕대(王竹)는 남방하고는 다르니까."

"다르다니요?"

"왕대는 따뜻한 곳에서는 높이가 거의 열 장 가까이 자란다네. 굵기도 한 뼘 가까이 되고. 하지만 같은 왕대가 추운 북방이나 이곳처럼 메마른 서북 지방에서는 높이가 겨우 한 장 내외에 굵기도 남자 어른 손가락 하나만큼밖에 안 되지. 그러니까 같은 대나무라도 더디 자라는 이곳의 대는 같은 길이를 놓고 볼 때 훨씬 마디가 많을 수밖에."

"그래서 이곳에서는 마디가 많은 대나무로 피리를 만드는군요."

"아이고, 그런 피리는 우리도 잘 안 붑니다."

갑자기 불쑥 수다쟁이 점소이가 다시 끼어들었다. 인종은 기겁을 했지만 전조는 흥미롭게 점소이를 바라보았다.

"피리가 생긴 게 좀 품위가 없잖아요. 여기만 해도 왕대가 그렇게 작지는 않아요. 서하 쪽이나 더 북쪽에 가야 대나무가 작아지지요."

"하지만 아까 아이들도 마디가 많은 붉은 피리를 불고 있었잖습니까?"

묻고 있는 전조의 목소리에 조금 긴장이 묻어났다. 사실은 그래서 아까부터 자꾸 아이들의 피리에 눈길이 갔던 것이다. 점소이가 어림없다는 듯 설레설레 고개를 흔들었다.

"아, 그야 피리 불던 애가 서하에서 온 강족羌族 추장의 손녀딸이니까 그렇지요. 여기 태생이 아니거든요."

"강족 추장!"

전조가 자기도 모르게 들고 있던 잔을 소리나게 내려놓았다.

강족은 당시 서하와 송의 국경 지대에 살고 있던 소수 부족의 이름이었다. 흔히 탕구트족이라 불리는 서하의 주류 부족과 갈래는 같았지만, 이들은 훨씬 열악한 대접을 받았다. 서하에서도, 송에서도 이방인 취급을 당했기 때문이었다.

송군은 이들 강족을 대놓고 학대했다. 이족異族이라 하여 얼마나 가혹하게 학대했던지 국경 근처의 강족 마을에서는 짐을 꾸려 한밤중에 서하로 도망을 치는 부족민들이 나날이 늘어났다. 그러던 것이 범중엄이 내려온 뒤로는 완전히 달라졌던 것이다.

범중엄은 먼저 군대에 지방 백성들을 괴롭히지 말라고 엄명을 내렸다. 그리고 마을을 재건해 강족 난민들을 받아들였고, 소와 토지, 농사지을 종자와 정착할 때까지의 식량을 제공해 그이들이 안정되게 살도록 도와 주었다. 그 때문에 서하로 도망쳤던 강족들이 앞다투어 다시 송으로 넘어왔다. 범중엄은 모두 기꺼이 받아들였고 강족 사람들은 따로 마을을 이루거나, 송나라 사람들과 섞여 여러 마을에 흩어져 살았다. 지금 행화촌에 와 있는 강족 아이들도 바로 그렇게 살게 된 것일 터이다.

그리고 학대받던 강족을 보살핀 범중엄의 전략은 확실한 효과를 거두었다. 600여 명에 이르는 강족 추장들이 송에 충성을 맹세했고, 그것은 변경을 지키는 또다른 힘이 되어 주었다. 훗날 범중엄이 산동성에서 죽었을 때 수백 명의 강족 추장들이 그 장례에 참여해 아비를 잃은 자식처럼 용도노인(龍圖老人;범중엄을 부르는 애칭)을 위해 슬프게 울었다는 기록이 남아 있는데, 이는 범중엄이 얼마나 어진 정치를 폈던가를 보여 주는 단적인 예다.

강족. 그 한 마디가 전조의 마음을 순식간에 어지럽힐 때, 그때였다.

둥둥둥둥!

군영의 북소리가 멀리서도 알아들을 만큼 크고 요란하게 울려 퍼지더니 다급한 목소리가 온 땅을 뒤흔들었다.

"자객이다! 습격이다! 범중엄 대인이 자객에게 습격을 받았다. 자객이다! 서하 자객이다!"

아무것도, 그 아무것도

북리현은 부드러운 손길로 비둘기를 쓰다듬고 있었다. 비둘기는 막 먼 곳에서 날아온 듯 먼지투성이가 되어 날개를 푸드덕대고 있었다. 그러나 곧 북리현이 부드럽게 쓰다듬는 손길에 천천히 날갯짓을 멈췄다. 북리현이 물끄러미 비둘기 다리를 쳐다보았다. 가느다란 다리에는 얼마 전까지도 천이나 종이 같은 것이 묶여 있었던 듯 연하게 둥근 자국이 나 있었다. 그 자국을 가볍게 문지르며 북리현이 혼자 중얼거렸다.

"자객이라, 일이 제대로 된 모양이구나."

북리현의 입가에 싸늘한 미소가 스쳐 갔다.

"현아."

육중한 목소리에 북리현이 흠칫 놀라 뒤를 돌아보았다. 북리운천이 어두운 얼굴로 아들을 보고 서 있었다. 북리현의 얼굴에 비릿한 웃음이 감돌았다.

"어쩐 일이십니까. 망나니 아들이 보기 싫어 후원 쪽엔 발도 안 내딛는 분이."

"네가 지금 무슨 일을 꾸미느냐?"

북리현이 고개를 들어 아버지를 바라보았다. 북리운천의 목소리가 높아졌다.

"무슨 일을 꾸미느냐니까!"

"다리도 못 쓰는 병신이 무슨 거창한 일을 꾸밀 수가 있다고 이리 닦달을 하십니까. 아버지야말로 무슨 일을 꾸미시는 겁니까. 그렇게까지 아들을 갖고 싶으셨습니까?"

"북리가의 영화는 계속되어야 한다. 네 어찌 그것을 모른단 말이냐."

"그래서 십구 년 전에 버렸던 이족의 자식을 이제야 찾으실 마음이 생기셨습니까! 아들을 찾는 지금도 아버지는 그 여인이 강족임을 끝내 숨기고 계시면서요."

북리운천의 이마에 불끈 힘줄이 솟았다.

"네가 영아의 신분을 어찌 알았더냐?"

"그게 무엇이 중요하더이까. 어째서 그렇게 버리질 못하십니까. 명예니, 영화니, 부귀니, 어째서 그토록 무거운 바윗돌을 자꾸 더 쌓으려 하십니까. 아들을 찾고 싶다면, 진정 자식을 찾고 싶다면 좀 더 솔직해지셔야 하잖습니까."

"아들은 이미 찾았다. 누가 진짜인지 밝히기만 하면 된다."

"그래서 저를 버리고 그 아들을 군왕에 올리고 싶으십니까?"

북리운천은 잠시 말없이 바퀴의자에 앉아 있는 메마른 아들의 얼굴을 바라보았다. 언제나처럼 얇은 청회색 담요에 덮여 있는 딱딱하게 굳은 다리도. 아버지의 시선이 천천히 자신의 얼굴에서 다리로,

다시 얼굴로 올라오는 것을 느끼며 북리현이 쓰디쓴 얼굴로 고개를 끄덕였다.

"그렇군요. 그러시군요."

"……."

"젊은 시절의 아버지를 보는 것 같은 저 패기만만한 위청운이 진짜든, 치밀한 계략을 짜낼 수 있는 저 머리 좋은 위지량이 진짜든, 가장 군왕다운 얼굴로 백성들을 속일 수 있는 잘생긴 좌수백이 진짜든, 아버지는 그저 아들이 있으면 되시지요. 망나니에, 다리병신에, 아버지와는 다른 주군을 섬기려 하는 이 패역한 아들보다는."

"현아!"

"진짜 아들을 찾으시길 바랍니다. 그러나 저는 그 아이를 동생으로 받아들이지는 못합니다."

"너 설마……."

"……."

"쓸데없는 생각 하지 마라. 알았느냐? 반역자는 구족을 멸하는 게 송의 법규다. 애꿎은 수많은 북리가의 핏줄들을 끊지 않으려거든 심사숙고하여라."

"……."

"쉬거라."

북리운천이 한숨을 내쉬며 후원을 나갔다.

끝까지 대답 없이 조용히 있던 북리현이 발자국 소리가 완전히 멀어지자 암울한 얼굴로 하늘을 보았다. 문득 눈매가 유달리 깊은, 단아하고 깨끗한 얼굴의 무사가 뇌리에 떠올랐다.

'전 호위.'

비둘기 먹이를 뒤집어쓰고도 한 점 흐트러짐이 없던 눈빛, 어린 소년을 위해 스스로 노예의 흔적을 내 보이던 속 깊음, 하얀 비둘기 사이로 문득 나타났을 때 한순간 눈이 부셨던 그 투명한 정기精氣. 하지만……

'하지만 전 호위, 그대는 아무것도 찾을 수 없을 걸세. 아무것도.'

북리현의 무릎에 앉은 비둘기가 구구구구 소리 높여 울기 시작했다.

순한 말 세 마리

챙챙챙챙!

수십 개의 날선 창이 일제히 전조의 가슴을 향했다. 전조가 곤란하다는 표정으로 자기를 노리고 있는 새파란 창날을 바라보았다. 범중엄이 습격을 당했다는 소리를 듣고 한달음에 군영까지 달려왔지만 '검을 든 낯선 얼굴'이라는 것만으로 지금 오히려 자객과 한 편이 아니냐는 오해를 병사들에게 받고 있었던 것이다.

"정말입니다. 저는 전조, 어전사품대도호위 전조입니다."

"웃기지 마. 개봉부에 있는 남협이 왜 이 머나먼 섬서 땅에 나타나. 너, 그 서하 자객들과 한패지?"

"서하 자객? 자객이라면 분명 복면을 해 정체를 숨겼을 텐데 자객들이 어찌 서하인인 줄 알았습니까?"

"그, 그거야, 서하놈들이 아니면 누가 범 안무사를 습격하겠어."

"여기는 송군 진영의 한가운데입니다. 여기까지 서하인들이 어떻게 들키지 않고 잠입해 범 안무사를 노릴 수가 있었던 거지요?"

"그걸 내가 어떻게, 아니, 지금 당신이 되려 날 심문하는 거요!"

꾸물대던 병사가 벌컥 화를 냈다. 전조가 설레설레 고개를 저었다.

"안무사를 만나게 해 주십시오. 설마 벌써 큰일을 당한 것은 아니시지요? 저는 정말로 어전사품호위 전조올시다."

"거짓말 마! 이런 뒤숭숭한 때에 어디서 그런 말도 안 되는."

"그 사람의 신분은 내가 보장하겠네."

힘이 실린 육중한 목소리가 들리자 병사들이 일제히 뒤를 돌아보았다. 그리고 손을 모아 굳게 포권을 했다.

"장군님."

돌아보던 전조의 얼굴에 반가움이 스쳤다.

"적 대형."

적 대형이라 불린 거구의 사내 또한 전조만큼 반가운 얼굴이었다.

"정말로 전 대협이로군. 천하의 남협이 여기까진 웬일이신가."

이제껏 전조와 실랑이를 하고 있던 병사가 기겁을 하고 소리를 쳤다.

"저, 정말 남협입니까요, 적청狄靑 장군님?"

적청이 커다란 손으로 병사의 머리를 퍽 쳤다.

"승휴, 이 녀석. 너는 틈만 나면 남협 전조나 북협 구양춘처럼 되는 게 소원이라더니, 눈앞에 진짜 남협을 두고도 딴죽을 걸고 있었더냐."

"하, 하지만 남협이 이렇게 젊고 미남일 줄은……."

울상을 짓는 병사의 말에 적청이 껄껄대고 웃었다.

"그럼 너는 무림고수는 다 나같이 우락부락하고 소도둑 같은 줄 알았더냐. 승휴야, 알아 두어라. 강호에는 여기 전 대협처럼 기생오라비같이 생긴 사람 중에 특히 고수가 많으니."

"적 대형!"

"어이쿠, 전 대협은 그런 말을 싫어했지. 하지만 정말 반갑네, 그 잘생긴 얼굴. 대체 이게 몇 년 만인가."

여전히 장난스러운 적청의 말에 전조가 그만 웃고 말았다.

"다행입니다."

"뭐가?"

"적 대형의 표정을 보니 안무사께서는 안전하신 것 같아서요."

"음, 정말 운이 좋았지. 내가, 다행히 내가 옆에 있었으니까. 가만 있자, 여기 서서 이러지 말고 어디 내 군막이라도 들어가서 얘기하세. 자네가 여기까지 온 걸 보면 자네 또한 뭔가 일이 있는 모양이니 그 사연도 좀 듣고."

"예. 아참!"

적청을 따라가려던 전조가 우뚝 걸음을 멈췄다. 그러고 보니 급한 마음에 경공술을 써서 군영까지 한달음에 날아왔다. 허공에 몸을 띄운 채 빠르게 날아가는 자신을 보고 기를 쓰고 따라오던 이정 선생이 이제야 생각났던 것이다.

"왜 그러나?"

"제게 일행이, 아, 마침 저기 오는군요."

땀에 흠뻑 젖어 숨이 턱까지 찬 인종이 거의 기듯이 전조에게 다가왔다.

"저언 호위이, 나, 나아쁜 사라암. 어, 어쩌자고 나알 두고오……."

부들부들 말까지 더듬는 인종을 보고는 적청이 그만 머리를 쳤다.

"어이구, 전 대협에게 이렇게 허약하고 비리비리한 글방 선생 같은 친구가 있다니. 놀랄 일이로군."

적청의 지나치게 솔직한 말에 인종이 헉헉거리다 말고 적청을 쏘아보았다. 그리고 질세라 쏘아붙였다.

"나, 나아도, 헉, 저언 호위에게 헉, 이렇게 우락, 우락부락하고, 헉, 소오도둑 같은, 헉, 무우식한 친구가 있는 줄은, 헉헉, 정말 몰랐네."

그것이 서부의 전신戰神으로 불리며 국경을 마주한 서하군에게 천하의 맹장으로 기억되는 대장군 적청과, 그 능력을 높이 평가해 훗날 평민 출신의 적청을 과감히 추밀사라는 관부 최고의 자리에 등극시키는 황제 인종과의 첫 만남이었다.

군막은 지극히 단출했다. 가운데에 커다란 국경 지도가 걸려 있는 것만 빼고는 간이 침대 하나, 의자 두 개, 탁자 하나뿐인 군막은 장군의 거처라기보다는 일개 병사의 군막이 아닐까 의심스러울 지경이었다. 그래도 적청은 싱글벙글하며 두 사람에게 의자를 권하고는 자기는 구석에 있는 상자를 가져다 그 위에 털썩 주저앉았다.

정말 적청답다는 듯 잔잔하게 웃던 전조가 간단하게 개봉에서 여기까지 내려온 이력을 설명하자 적청이 고개를 끄덕였다.

"북리 군왕부에 그런 일이 있었군. 원, 같은 섬서성에 있으면서도 군왕부와는 원체 소원하다 보니. 그나저나 그럼 이제 북리현 공자는 어찌 되는가?"

전조가 문득 적청을 보았다.

"북리현 공자를 알고 있습니까?"

"응? 아니, 벽력신검霹靂神劍이라 불릴 만큼 대단한 고수라 들었는데 다리가 그 모양이 됐다니 안쓰러워서 말일세. 그 한창 나이에."

"벽력신검? 북리현 공자가 그 정도로 고강합니까? 신검이라 불릴 정도로? 군왕부 사람이니 어느 정도 무공이 있으리라고는 생각했습니다만."

"나도 부딪친 적은 없지만 아버지인 북리 왕야에 못지않은 고수라고 들었네. 섬서성 최고의 쾌검이라던데. 특히나 섬전의 빠르기로 상대의 급소를 단번에 찌르는 만화일섬萬花一閃이라는 초식을 거의 극성으로 쓴다 들었네. 아무도 그 일 초식을 피해갈 수가 없다지, 아마. 그래서 '벽력신검'이라는 명호도 얻은 것이고."

"그렇습니까."

마침 병사가 차를 가져 와서 두 사람의 대화는 끊겼다.

그리고 옆에서 뚱한 얼굴로 차를 한 모금 마신 인종이 갑자기 인상을 쓰며 뱉어냈다.

"차 맛이 이게 뭔가. 쓰고 시고. 무쇠 솥에 차 한 줌 넣고 아예 삶아 온 모양이군. 쉰내까지 나네그려."

적청이 궁시렁대는 인종을 어이가 없다는 듯 바라보았다. 이미 인종의 잔소리에 익숙한 전조는 그저 그러려니 하는 표정으로 웃어 보였다.

"이정 선생은 학식이 높은 문사이십니다. 이번에 저의 일을 도와주고 계시지요."

적청이 혀를 찼다.

"거참, 입만 나부대는 문사들은 어찌된 게 나랑은 영 안 맞아서."

"흥."

인종이 코웃음을 치며 비웃었다. 대번에 응수하듯 눈을 부라리는 적청을 보며 전조가 달래듯 말했다.

"하지만 적 대형께서도 이제는 책을 가까이 하기로 하신 모양이군 요. 《손자孫子》에 《오자吳字》, 《위료자尉繚子》에 《육도六韜》와 《삼 략三略》까지 이름난 병서란 병서는 모두 갖고 계시잖습니까?"

전조가 구석의 상자에 쌓아 놓은 병서를 가리키자 적청이 멋쩍게 머리를 긁었다.

"안 그래도 때늦은 공부하느라고 고생하네. 안무사께서 하도 당부 를 하셔서. 저 무경들도 다 안무사께서 빌려 주신 거라네. '무경칠 서武經七書'[18]라나 뭐라나, 다 유명한 거라 하더군."

"범중엄 안무사께서요?"

"꼬장꼬장 마른 분이 고집이 왜 그리 세신지. 나처럼 무식하게 주 먹으로 뺑뺑 한 명씩 때려잡는 전투는 전투라고도 할 수 없는 거라 시더군. 소위 전술이라는 것을 알지 않고는 제대로 된 전투를 수행

---

[18] 무경칠서武經七書: 유명한 일곱 종류의 병서. 전조가 적청에게 말한 다섯 가지 병서에 제나라 사마양司馬穰의 《사마법司馬法》, 당나라 이정李靖이 쓴 《이위공문대李衛公問 對》를 더하면 무경칠서가 된다. 엄밀히 말해서 '무경칠서'라는 말이 정착된 것은 신종 원풍元風 연간이라고 말하지만 이 무렵부터도 이미 이 무경들은 이름이 높았다. 특히 나 인종은 이 책들과 연관이 깊은 황제다. 서하의 거듭되는 침략으로 병법에 대한 관 심을 갖게 된 인종이 증공량曾公亮, 정도丁度에게 명해 무경들을 정리한 《무경총요武 經總要》를 편찬케 하기 때문이다. 1040년에 시작한 이 작업은 1044년, 곧 인종 경력 4 년에 40권의 《무경총요》로 완성돼 결실을 맺는다.

할 수가 없다는 게야."

"옳으신 말씀이네요."

"으아, 하지만 자네는 나 같은 무골이 저런 곰팡내 나는 책과 씨름해야 하는 고충을 모를 걸세. 전 대협은 무인이면서도 글에 능하니 그저 부러울 뿐이네."

"능하긴요. 그저 더듬지 않고 읽는 정도지요. 오히려 적 대형이야말로 몸으로 병서를 실천하는 분이시잖습니까."

"응? 내가?"

"개봉에서도 적 대형의 소문은 많이 들었습니다. 적 대형은 전투에 나갈 때마다 상투를 풀어 산발을 하고 얼굴에는 번쩍이는 구리 탈을 쓰고 나가신다면서요. 거기에 살기등등한 장창을 휘두르니 그 엄청난 무위에 서하군들은 제대로 싸워 보지도 못하고 도망친다고 하더군요. 기세로 적을 압도해 승기를 잡는 것은 가장 오래되고 효과 있는 전술의 하나입니다."

"어, 그러고 보니 비슷한 걸 읽은 것 같네. 《손자》인가 《위료자》인가에 나오지. 허, 허, 그러니까 허……."

"허장성세, 일기당천, 파죽지세. 뭐, 좀 더 다른 말을 대 줄까?"

불쑥 인종이 끼어들었다. 적청이 밉살스럽다는 듯 인종을 흘겨보더니 곧 다시 전조를 보았다. 미소를 짓고 있는 전조가 왜 그 얘기를 꺼냈는지 짐작했던 것이다.

"그러고 보니 알만 하군. 책을 눈으로만 보지 말고 몸으로도 봐라, 그거잖나. 음, 하기야 내가 정말 그랬지. 전 대협 말처럼 그게 병서에 나와 있는 전술인 줄은 몰랐지만. 이거 참, 책이라고 해서 무조

건 달달 외우려고만 했는데 실제 전투를 생각하면서 읽으면 훨씬 이해가 쉽겠구먼. 당장 내 싸움만 떠올려도 비슷한 게 많으니까 나란히 놓고 생각해 보면 아, 그래. 훨씬 쉽겠어."

"그렇지요."

전조가 빙글빙글 웃으며 고개를 끄덕이자 적청이 와락 전조의 손을 잡았다.

"전 대협, 고맙네."

"제가 뭘 어쨌다고요. 적 대형께 병서를 읽게 한 범중엄 안무사의 혜안이 놀라울 뿐이지요."

이번에는 적청이 크게 고개를 끄덕였다.

"그렇지. 그분은 정말 이곳 서부엔 없어서는 안 될 분이시지."

"그래서 자객들이 안무사를 노린 겁니까? 병사들은 서하에서 보낸 자객들이라고 하던데 사실입니까?"

"전 대협은 어찌 생각하나?"

"저는……."

말을 멈춘 전조가 잠깐 생각에 잠기더니 곧 대답했다.

"상황을 보지 못했으니 모르겠습니다만, 이곳은 송군 진영의 최중심부입니다. 만약 서하인들이라면 이렇게 쉽게, 더군다나 대낮에 여기까지 잠입하지는 못했겠지요. 게다가 대개 자객이라 하면 방위가 가장 느슨해지는 밤을 노리기 마련인데, 눈에 띄는 서하인들이 굳이 낮을 택해 안무사를 습격했다는 게 이해가 가지 않습니다. 오히려……."

말끝을 흐리는 전조를 보며 적청이 무릎을 쳤다.

"맞네. 습격한 사람은 우리 중원인이었어."

"정말입니까?"

"내가 직접 검을 맞대고 싸웠으니 잘 알고 있네. 서하인들은 검을 잡는 방법이나 초식의 운용이 우리와는 판이하게 달라. 자객들이 서하인이었다면 내가 금세 알아봤을 걸세. 다섯 녀석이 일사불란하게 진용을 짜 덤벼드는 품이 훈련이 아주 잘 된 놈들 같았어. 오행검진(五行劍陣;오행 원리를 이용한 진법 가운데 하나)과 비슷한 진세인데 위력이 아주 막강했지. 그저 내가 견문이 좁아 그놈들이 대체 어느 방파의 무술을 쓰는지 알아내지 못한 게 원통할 뿐일세."

"그럼 적 대형이 안무사와 함께 계실 때 자객들이 습격한 겁니까?"

"아닐세. 안무사께서는 주로 관에서 정무를 보시지. 다만 한 달에 한 번 이렇게 군영을 순찰하시고는, 순찰이 끝나면 군영 동쪽에 있는 수월정隨月亭에서 잠시 쉬었다 가시네. 번거로운 걸 싫어하셔서 수월정엔 주로 혼자 가시고. 내가 때를 맞춰 가지 않았다면 정말 큰일나셨을 걸세."

얘기를 듣고 난 전조가 길게 한숨을 내쉬었다.

"그래서 과감히 대낮에 습격을 한 것이군요. 그렇다면 자객은 안무사의 일거수일투족을 다 알 만큼 안무사에 대해 잘 아는, 혹은 가까운 측근일 수도 있다는 거군요."

"그나마 서하가 아닌 게 다행이네."

"아닙니다, 적 대형."

"응?"

"자객이 중원인이라고 해서 꼭 서하와 관련이 없다고 볼 수는 없습니다. 오히려 서하의 사주를 받은 중원인이기가 쉽지요. 그렇다면 지금 안무사께서는 안과 밖에 다 적을 가지고 계신 셈이 됩니다. 그게 가장 위험하지요."

"이런, 그렇게 되는 건가."

적청이 공연히 심각해져서 머리를 쾅쾅 쳤다.

"불안합니다. 북리 군왕부에 이어 서하의 이상한 움직임까지. 뭔가, 뭔가, 불안해요."

전조가 생각에 잠겨 고심하는 동안, 쓰디쓴 차를 혼자 다 마신 인종이 머리를 쾅쾅 찧는 적청을 유심히 보더니 갑자기 옆으로 다가갔다. 그러고는 손을 내밀어 적청의 이마를 훌떡 넘겼다.

"이게 뭔가? 이마에 웬 글씨를 새겼나. 순삼마順三馬? 순한 말 세 마리? 세상에, 자네는 이런 멋없는 문구를 하필 문신으로 새기고 다니나?"

"이, 이정 선생!"

전조가 기겁을 하고 인종의 팔을 잡았다.

"왜 그러나? 너무하잖나. 아무리 무식해도 순삼마가 뭔가, 순삼마가."

"선생, 그건 멋으로 새긴 문신이 아닙니다! 그건…… 자자刺字입니다."

"응? 뭐? 자자?"

자자, 곧 자자형은 말 그대로 몸에 글씨를 새기는 형벌을 말한다. 얼굴에 영원히 지워지지 않을 죄의 문신을 박음으로써 죄인의 정신적인 고통을 더하는 잔인한 형벌의 하나였다. 그러나 이때는 굳이 죄인이 아니더라도 자자형을 당했으니, 변경의 군대에서 병사들이 도망가는 것을 막기 위해 얼굴에 소속 부대의 표식을 새겨 놓는 일이 흔했던 것이다. 적청이 이마에 갖고 있는 문신도 그렇게 혹독한 군율에 의해 새겨진 것이었다. 그것을 두고 농을 했으니 전조가 기겁을 한 것도 당연했다. 전조가 인종보다 더 미안하고 당황한 얼굴로 적청을 보는데 갑자기 적청이 푸하하하 웃음을 터뜨렸다.

"학식 있는 문사라더니, 뭐? 순한 말 세 마리? 정말 기막힌 해석이로군. 선생, 잘 듣게. 순順은 순육順陸 요새, 삼三은 제3부대, 마馬는 마군馬軍을 말하는 거네. 그러니까 내가 있었던 부대가 순육 주둔군 제3마군이라는 뜻이지. 그런데 뭐, 순한 말 세 마리? 푸하하하. 정말 요절복통할 해석이구먼."

적청이 웃음을 참지 못하고 아예 배까지 잡고 데굴데굴 굴렀다. 그러자 미안한 표정으로 주눅이 들어 가던 인종이 그만 다시 발끈하고 말았다.

"그만 하시게! 장군이나 되는 사람이 일개 병사처럼 자자를 자랑하고 다니고, 부끄럽지 않은가?"

"선생, 선생, 누가 이런 걸 자랑하겠는가. 다만 그냥 내버려 둘 뿐이지."

"그게 그거지 뭔가. 아예 머리까지 빡빡 깎아 보시게. 글자가 더욱 훤하게 잘 보일 테니."

"글자가 훤하게 잘 보인들 순한 말 세 마리로 읽는 사람에게 무슨 소용이겠나."

"읽는 사람이 문제가 아니라 그놈의 문장이 문제인 거라니까!"

"전 대협, 이 선생 좀 막아 주게. 너무 귀엽지 않은가. 그래서 자네가 데리고 다니는가."

"전 호위, 이 무뢰한이야말로 좀 막아 주게. 무례한 것도 정도가 있는 것 아닌가."

중간에 낀 전조가 웃음을 간신히 참으며 난처한 얼굴을 해 보였다. 그러거나 말거나 두 사람은 여전히 어린아이처럼 티격태격이었다.

"자네가 좋은 의원을 못 만난 모양인데, 원한다면 그 자자를 말끔히 지우고 훨씬 근사한 문신을 그릴 수 있는 천하의 명의와 천하의 문신공을 소개해 주겠네."

"황제께서 황궁의 어의와 어사 장인을 소개해 준다고 해도 싫으니 잔소리 말게."

인종의 눈이 저도 모르게 둥그레졌다.

"그, 그 말 진심인가?"

"아무렴."

"허! 자네가 황제의 명령에도 지금처럼 당당한지 내 꼭 두고 보겠네."

"믿게나. 나는 죽을 때까지 이 자자를 짊어지고 가겠네."

"왜?"

"고통을 잊고 싶지 않으니까."

멈칫하는 황제를 두고 적청이 전조를 건너다보았다.

"처음 만났을 때 자네가 비슷한 얘기를 했지? 고통을 잊지 말고 오히려 자양분으로 삼으라고."

전조는 그저 말없이 웃어 보일 뿐이었다.

"세상에 어느 나라 군대가 자기네 병사를 못 믿어 얼굴에 죄인처럼 글자를 새겨 놓는단 말인가. 이 문자가 새겨지던 날, 나는 생전 처음으로 병사가 된 것을 후회했네. 미련 없이 창을 군막에 거꾸로 꽂아 놓고는 탈영을 했지. 추격대가 쫓아왔을 때 그 자리에서 그냥 죽을 생각을 했네. 동료들에게 칼을 겨누기도 싫었고, 다시 군대로 돌아가기도 싫었으니까. 그때 자네가 구해 주지 않았다면 아마 거기서 그렇게 죽었을 걸세. 그때 그 동굴, 날 치료해 주면서 자네가 했던 말이 아주 생생해."

"전 호위가 뭐라 그랬을지 알 만하군."

불쑥 인종이 끼어들자 적청이 놀란 얼굴로 돌아보았다.

"아니, 전 대협이 한 말을 정말 알겠다고?"

"근엄한 얼굴로 이랬겠지. '죽을 만큼 괴로우시면 죽을 만큼 노력해 그 괴로움을 없애십시오. 자자를 당해 억울했다면, 더는 그렇게 억울한 사람이 나오지 않도록 지켜 주십시오. 여기서 그냥 죽는다면 그저 자자를 새긴 병사가 한 명 죽는 것으로 끝나겠지만, 만약 이곳을 나가 그 잔혹한 군율과 싸우고 또 싸워 자자를 당할 병사들을 하나라도 더 줄인다면 그 이마에 새긴 자자는 굴욕이 아닌 영광스러운 상처가 될 것입니다.' 뭐, 어쩌구⋯⋯."

적청이 입을 딱 벌리고 쳐다보자 인종이 조금 쑥스러운지 헛기침을 했다. 그리고 조용히 웃고 있는 전조를 흘낏 쳐다보았다.

"원래 저렇게 반듯한 사람은 어디로 갈지 길이 뻔히 보이거든. 재미없게도."

"선생. 아까부터 생각했지만."

갑자기 은근해진 적청의 눈빛에 인종이 덜컥 내려앉는 표정을 지었다.

"뭐, 뭐 말인가?"

"그래, 아까부터 계속 생각했지만, 선생, 정말 맘에 드네. 내 이마빡의 자자를 두고 이렇게 가볍게 농을 해 본 건 생전 처음이야."

적청이 통쾌하게 웃으며 인종의 어깨를 퍼억 쳤다. 거의 기절할 듯한 표정이 된 인종이 맞은 어깨를 마구 비볐지만 적청은 계속 신이 나서 인종의 어깨를 퍽퍽 치며 호탕하게 웃어댔다.

훗날, 적청이 중년 문사 이정이 아닌, 황제 인종과 황궁에서 만났을 때 인종은 다시 한 번 적청에게 자자 얘기를 꺼냈다.

그때 적청은 범중엄의 충고를 받아들여 진·한 이래의 탁월한 병서를 모두 탐독, 진정 뛰어난 장수로 거듭나 있었고 그리하여 일개 마군의 장수에서 마군 전체를 통괄하여 지휘하는 마군부도지휘馬軍附都指揮에까지 오르게 되었던 것이다. 그 임명을 받기 위해 적청이 변경을 떠나 처음으로 개봉부의 황궁에 들어왔을 때, 여전히 자자가 남아 있는 적청의 얼굴을 보고 황제는 말했다.

"적청, 그대는 참으로 훌륭한 우리 송군의 동량이오. 허나 병사를 다스리는 대장군의 얼굴에 그리 흉한 자자가 있음은 참으로 체면을 떨어뜨리는 일이 아니겠소? 내가 좋은 약과 어의를 보내줄 터이니 이제 그만 자자의 흔적을 없애도록 하시오."

황제는 정말로 잊지 않고 '두고 봤던' 것이다. 그러나 정직한 적청 또한 자신의 말을 지켰다.

"폐하께서 출신이 비천한 저를 꺼리지 않으시고 전투의 공적에 따라 중용하시니 그 은혜 이루 말할 수 없습니다. 또한 어의까지 보내 주신다 하니 그저 황공할 따름이옵니다. 허나, 분에 넘치는 어명 거두어 주소서. 제 소견으로는 이 자자의 흔적을 그대로 남겨 두어 병사들에게 공을 세우려면 어찌 해야 하는지를 보고 알도록 하는 게 좋을 것 같습니다. 저를 보고 병사들이 힘을 낸다면 그 또한 우리 송군의 커다란 힘이 되지 않겠습니까."

사서는 적청의 말을 들은 인종이 더욱 탄복해 전보다도 더 적청을 아꼈다고 적고 있다. 그리하여 마침내 인종은 적청을 전군을 지휘하는 추밀사로 명하니, 송이 개국한 이래 처음으로 병졸 출신의 추밀사가 탄생하게 되는 것이다.

물론 자자까지 당할 만큼 비천한 적청의 출신을 들어 인종을 말리는 대신들도 많았다. 그러나 인종은 꿈쩍도 하지 않았다. 황제 앞에서도 이름 없는 중년 문사 앞에 있는 것만큼이나 당당한 적청의 기질을 인종은 높이 샀던 것이다. 그리고 출신을 따지지 않고 능력을 높이 사는 인종의 이런 인재 등용은 훗날 인종을 송 왕조에 길이 남는 현군으로 만드는 하나의 주춧돌이 된다.

그러나 모든 것은 아직 먼 훗날의 일이었다.

아들을 찾는다면

　전조와 황제가 다시 북리 군왕부로 돌아온 것은 꽤 시일이 지나서
였다. 그 동안 전조는 행화촌과 창평현, 적청의 군막과 강족의 거주
지를 두루 돌며 조사를 했지만 얻은 것은 그리 많지 않았다. 어디서
부터 잘못 되었을까. 전조는 살인범을 찾는 일도, 진짜 소왕야를 찾
는 일도 왠지 아득하게 느껴졌다.

　"그래, 소득은 좀 있었는가?"

　북리운천이 기대에 찬 얼굴로 전조를 맞았다.

　"죄송합니다, 왕야. 소관이 무능하여 별다른 단서를 얻지 못하였습
니다."

　"그런가."

　실망하는 북리운천을 보며 전조가 조금 망설이다 말했다.

　"왕야, 혹여 제게 숨기는 일이 있으십니까?"

　"숨기다니? 뭘 말인가?"

　"이를테면 위 부인이나 소왕야를 찾는 일에 도움이 될 수 있는 뭔
가를, 제게 말씀해 주지 않으신 게 있으신가 하는 겁니다."

"무슨 말을 하고 싶은 건가, 지금!"

북리운천의 목소리가 엄해졌다. 전조가 공손히 고개를 숙였다.

"죄송합니다. 다만 저는 십구 년 전에 행화촌에 잠시 머물렀다 사라진 아름다운 한족 처녀의 흔적은 찾을 수가 없었습니다. 하지만 십구 년 전에 행화촌에 잠시 머물렀다 누구의 씨인지도 모르는 아이를 배고 주민들에게 쫓겨난 가여운 강족 처녀의 이야기는 들었습니다. 아름답고 착한 처녀가 단지 변경의 이족이라 하여 손가락질 받고, 모욕을 당하다 끝내는 연인에게마저 버림받고 울며 울며 마을을 떠난 서글픈 사연은 들었습니다. 천신만고 끝에 아들을 낳은 여인이 그 아들을 잘 키우고자 온 곳을 떠돌며 모진 고생을 하다 결국 몹쓸병에 걸려 창평현의 초라한 폐가에서 숨을 거둔 이야기도 들었습니다. 이족 여인의 사연이 하도 애절해 이야기를 듣는 내내 제 마음이 아팠습니다, 왕야."

천천히 전조의 맑은 눈이 북리운천을 향했다.

"왕부의 계승자가 아니라 아들을 찾으시는 거라면, 왕야, 진실을 밝혀 주소서."

"전 호위!"

"진정 아들을 찾으신다면, 진실을 밝혀 주소서."

북리운천이 이를 앙다물며 한 걸음 물러섰다. 그리고 찌를 듯한 눈으로 전조를 쳐다보더니 이윽고 무시무시하게 가라앉은 목소리로 말했다.

"자네는 한 지방을 다스리는 왕야가 어떤 지위라고 생각하나?"

"왕야."

"마음 내키는 대로 행동하고, 마음 내키는 대로 사랑하고, 마음 내키는 대로 자식을 얻을 수 있는 자리라고 생각하나?"

"제발, 왕야."

"저 위대한 황하에서 화산華山을 거쳐 호북성과 사천성까지 닿아 있는 이 드넓은 대지를 다스리는 섬서부의 군왕이, 그 군왕이 짊어지고 있는 통치의 무게가, 대체 얼마나 무거운지 자네가 아는가! 그 땅을 다스리는 자가 만에 하나 깨끗한 혈통이 아니라면, 만에 하나 한족의 평민도 아니고 적국인 서하의 떨거지 부족의 핏줄을 이은 것이 알려진다면, 과연 누가 그 군왕을 따르겠는가! 군왕의 자리에 올라도 아무도 우러르지 않을 걸세. 자네는 이 북리 왕부가 그렇게 발끝에서부터 붕괴되기를 원하는가?"

"왕야! 제발."

"말해 보게. 북리 왕부가 붕괴되기를 원하는가?"

"……."

"아니라면, 지금 나는 자네에게 아무 얘기도 듣지 못했네. 자네 또한 아무 말도 하지 않았네. 알겠는가?"

짝. 짝. 짝.

메마른 박수 소리가 객청 입구에서 들려왔다.

그리고 얼굴 가득 차가운 웃음을 띤 북리현이 천천히 안으로 미끄러져 들어왔다. 그 뒤를 창백한 낯빛의 아령이 따랐다. 북리현은 아령을 보며 쿡쿡 웃어대고 있었다.

"고맙구나, 아령. 네가 전 호위를 보러 가자고 나를 끌고 오지 않았다면 내 어찌 이런 구경을 할 수 있었겠느냐. 저기 서 있는 저 무정한 아버지는 지금 손바닥으로 하늘을 가리려 하는구나. 천륜을 어기면서까지 이 낡아빠진 북리가를 지키려 하는구나. 눈물이 나는구나. 너무나 거창해서. 너무나 무정해서. 너무나 옹색해서."

쫘악!

북리운천이 분노로 몸을 떨며 북리현의 뺨을 거침없이 때렸다. 공력이 담겼는지 북리현의 바퀴의자가 반 넘게 돌아가고 입가에는 피가 맺혔다.

"네 감히, 이제 군왕의 자리에 오를 수 없는 몸이 되었다 하여! 네 탯줄을 묻고 네 젊음을 묻은 북리가를 기망하려 하느냐!"

"기망이라뇨, 아버지. 핏줄을 기망하고 만백성을 기망하려는 건 아버지 아닙니까. 저 똑똑한 전 호위가 내 의붓동생의 어머니가 강족임을 알아 오지 않았다면 아버지는 지금도 한 점 부끄러움 없는 얼굴로 군왕의 위엄을 자랑하고 계셨겠지요. 전 호위 말이 맞습니다. 아버지는 지금 아들을 찾는 것이 아니라 후계자를 찾고 계신 겁니다. 핏줄을 나눴기에 더욱 아끼고 사랑해야 할 혈손을 찾는 것이 아니라, 이 썩어빠진 군왕부를 더욱 때깔 나게 꾸며 주고 키워 갈 잘생긴 허수아비를 찾고 계신 거란 말입니다! 그래서 아버지의 야망을 이뤄줄."

콰장창!

분노한 북리운천이 친 탁자가 그대로 가루가 되어 부서져 나갔다.

"못난 놈. 네 시커먼 속을 그런 말로 속이고 싶더냐! 네 자리를 빼앗아 갈 의붓동생이 그렇게 싫었더냐? 그 아이만 아니었던들 다리를 못 쓰는 네놈이라도 충분히 군왕이 될 수 있었는데, 느닷없이 소왕야라고 나타나니 그렇게 억울했더냐? 그래서 그렇게 사사건건 네 말대로 '핏줄을 나눴기에 더욱 아끼고 사랑해야 할' 동생을 찾지 못하게 훼방을 놓고 심술을 부렸더냐?"

"아버지, 저는!"

"네놈이 우 노인에게서 온 편지를 가로채고, 길을 떠나는 갈 총관에게도 그 애를 찾지 말라며 뇌물을 건넸음을 내가 모를 줄 알았더냐. 갈 총관의 방에서 금고에 있던 황금 시조상이 나온 것이 다 그 때문이 아니었더냐!"

북리현이 와락 담요를 움켜쥐었다.

"네 다리를 잃은 것이 가여워 덮어 주려 했거늘, 끝까지 나를 실망시키는구나. 낙마를 했을 때 너는 다리가 아니라 머리가 마비돼야 했어. 그 시커먼 생각뿐인 머리까지 다 굳어 버려야 했다구!"

"왕야!"

더는 듣기가 힘들었던 듯 전조가 북리운천을 가로막았다.

"고정하십시오. 소왕야께선 그저 왕야를 걱정하신 겁니다."

아직도 분을 참지 못한 북리운천이 애꿎은 전조를 쏘아보았다. 그러더니 곧 쾅 소리나게 바닥을 구르고는 거칠게 객청을 나가 버렸다.

잠시 무거운 침묵이 객청 안에 흘렀다. 침묵을 깬 것은 전조였다.

"소왕야, 괜찮으십니까?"

"괜찮지 않으면, 울기라도 할까?"

조심스럽게 걱정을 담아 묻는 전조에게 북리현은 여전히 싸늘한 목소리로 빈정거렸다. 아예 히죽 웃으며 덧붙이기까지 했다.

"그래, 그럴 걸 그랬어. 아버지 말대로 다리가 아니라 머리까지,

아니, 차라리 죽어 버릴 걸 그랬어. 그랬다면 아주 간단했을 것을."

"소왕야, 그런 말씀 마세요."

아령이 여린 얼굴을 하고 북리현의 팔을 붙잡았다. 북리현이 정색을 하고 전조를 보았다.

"전 호위, 이제 어찌 할 건가?"

"뭘 말씀이십니까?"

"후계자 찾기."

전조가 물끄러미 도전적인 북리현의 얼굴을 보더니 곧 조용히 대답했다.

"저는 왕야께서 아들을 찾으시길 바랍니다. 그리고 죄 없는 우 노인과 갈 총관을 죽인 범인이 하루 속히 잡히기를 바랍니다. 그리고 무엇보다 더는 다치거나 희생되는 사람이 없기를 바랍니다. 그리고 그 바람을 위해 노력할 뿐입니다."

북리현이 쿡쿡 웃었다. 후계자를 찾는 것이 아니라 아들을 찾는다. 그리고 더는 다치거나 희생되는 사람이 없기를 바란다. 참으로 전조다운 말이었던 것이다.

"그래 주게, 부디. 아무도, 정말 아무도, 다치지 않도록."

웃고 있는 북리현의 눈에 공허한 절망감이 스며들고 있었다.

다시 원점으로

"전 호위, 증거는 좀 찾았소?"

생각에 잠겨 낭하를 지나는 전조의 눈앞에 홀떡 그림자가 하나 뛰어들었다. 검술 연습을 하고 있었던 듯 위청운이 검을 든 채 마당에서 낭하로 그대로 뛰어올랐던 것이다. 웃통을 벗은 위청운의 건장한 몸에서는 땀이 뚝뚝 떨어지고 있었다.

"상처가 많으십니다."

전조가 대답 대신 엉뚱한 말을 했다. 위청운이 눈을 둥글게 떴다가 곧 상처투성이인 자신의 몸을 살피며 피식 웃었다.

"열 살 때부터 혼자 살았소. 내 몸 하나 지키기 위해서 안 해 본 일이 없지. 강해지지 않으면 살기 힘든 세상, 강해지려고 몸부림치다 보니 뭐, 이런 몸이 됐군."

위청운이 문득 전조를 보았다.

"나야 그렇다손 치고 전 호위는 어떻소? 천하의 남협이라고 소문이 자자하던데 솜씨가 어떤지 정말 궁금하구먼."

"한번 보시겠습니까?"

"뭐?"

"공자께서 괜찮으시다면 한 수 가르침을 받고 싶습니다만."

위청운이 좀 뜻밖이라는 표정이 됐다.

"의외로군. 남협은 싸움을 싫어해 여간해서는 검을 뽑지 않는다 들었는데 자청해서 대련을 청하다니."

"싫으십니까?"

"아, 천만에. 나야 쌍수를 들어 환영이지. 오시오. 결투하기 좋은 날이네."

위청운이 다시 훌떡 난간을 타넘어 마당으로 내려섰다. 전조도 그 뒤를 따라 사뿐히 마당에 내려왔다. 위청운이 싱글대며 검을 뽑아 자세를 잡았다. 전조는 가만히 그런 위청운을 바라보았다.

'가벼워 보이지만 흔들리지 않는 자세. 열아홉의 나이에 좋은 성취를 이뤘구나.'

잠시 조용히 보고만 있던 전조도 곧 검을 뽑아 천천히 자세를 가다듬었다. 이번에는 보고 있던 위청운의 눈이 반짝 이채를 띠었다.

'태산 같은 무게감. 그러면서도 물에 비친 그림자처럼 부드럽다. 게다가 가장 평범한 중단세中段勢를 취하고 있는데도 전혀 틈이 없다니, 진정 고수로군. 남협이라는 이름이 허명이 아니었어. 참으로 좋은 상대야.'

감탄하던 위청운이 갑자기 좌방을 밟으며 그대로 검을 눕혀 찔러왔다.

'방위의 사각을 노리고 들어오는구나. 좋은 판단.'

전조가 반 보 물러서며 몸을 틀어 위청운의 검을 살짝 옆으로 쳐냈다. 순간 위청운의 검이 곧바로 위로 쳐들려 전조의 얼굴을 향하더니 그대로 안면의 세 급소를 노리며 휙, 휙, 휙 빠르게 날아왔다.

'금룡파미金龍擺尾?'

마치 황금 용이 꼬리를 뒤흔들 듯 휙, 휙, 휙 빠르게 세 번 꼬리치며 날아오는 검날을 보며 전조가 조금 놀란 표정을 지었다. 금룡파미 초식은 검보다는 주로 창, 그것도 마상에서 놀리는 기창騎槍 수법에 많이 적용되는 초식이었던 것이다.

초식이 뜻밖이다 싶었는지 멈칫하는 전조를 보고 위청운이 회심의 미소를 지었다. 검을 쳐내자마자 바로 다시 공격을, 그것도 가장 유약한 얼굴을 향해 한꺼번에 세 곳의 급소를 노리며 날아드는 공격을 아무리 전조라지만 쉽게 막아낼 수 없을 것이기 때문이었다. 그러나 다음 순간,

쨍, 쨍, 쨍!

위청운은 그만 혀를 찼다. 전조가 지극히 단순한 동작으로 검날을 옆으로 돌려 똑바로 세우자 그 널찍한 검신에 얼굴을 노리던 세 번의 공격이 여지없이 부딪쳐 버린 것이다.

위청운이 지금 금룡파미로 노린 급소는 양 눈썹 사이의 인당혈印堂穴, 콧날 바로 아래의 수구혈水溝穴, 입술 아래의 승장혈承奬穴이었다. 곧 이마에서 턱까지 일직선으로 얼굴 한가운데를 지나는 세 급소를 노린 것이다. 그것을 전조가 검을 똑바로 세워 날을 돌려 버리자 얼굴 대신 얼굴을 가린 검신을 쨍, 쨍, 쨍 일직선으로 치고 만 것이었다.

무엇보다 위청운이 어이가 없었던 점은 방금 전조가 자신을 막아

낸 수법이 무슨 초식이라고 부르기조차 어려운 그냥 단순한 '막아내기'였다는 것이다. 그것도 검날이 아니라 검신으로 막아내기. 말이야 쉽게 막아냈다고 하지만, 그 짧은 순간에 보통 좌우로 공격하는 금룡파미와는 다르게 상하로 공격해 오는 수법을 정확히 읽어내고 그에 맞춰 검신으로 막아낸다는 게 어디 쉬운 일이겠는가. 그런데도 전조는 찰나에 아주 정확히 위청운이 노리는 세 급소를 알아채고는 검을 세워 막은 것이다.

솔직히 위청운은 이제껏 이 수법 하나로도 북리 군왕부에서 내로라하는 고수들을 다 무찔렀다. 고수들은 하나같이 화려하고 엄청난 초식으로 검에 맞섰지만 단 한 사람도 제대로 위청운의 금룡파미를 받아내지 못했다. 그런데 이 사내, 남협이라 불리는 이 사내는 화려하기는커녕 그저 아주 단순한 '세로로 검을 들어 막아내기'라는—이것도 초식이라 할 수 있다면— 지극히 단순한 초식으로 자신의 눈부신 금룡검을 간단히 막아낸 것이다. 한 치의 허식도 없는, 그야말로 실전에서 가장 빛나는 실용검實用劍이었다.

"훌륭하오. 이것도 막아 보시겠소?"

갑자기 불끈 일어난 호승심에 위청운의 검이 급속도로 빨라졌다. 전조 주위의 서른여섯 방위를 순식간에 차단하며 위청운의 검이 해일처럼 전조에게 밀려 갔다. 검광이 눈부시게 일어나고 스치는 검기는 금세라도 피부를 조각낼 듯 날카로웠다. 그러나 전조는 물 흐르듯 가볍게 보법을 밟으며 날아오는 위청운의 검을 차례차례 부드럽게 쳐낼 뿐이었다. 위청운은 절로 감탄성이 터져 나왔다.

'담백하다. 이토록 담백할 수가! 어떤 초식, 어떤 방위로 공격해도 한 치도 흔들리지 않는다. 그저 거대한 고목처럼 불어 오는 바람을 나뭇가지 사이로 흘려 버릴 뿐이다. 내 검은 날랜 바람이되, 절대 저 거대한 나무를 흔들지 못한다. 중원의 검은 그저 화려하고 모양 새만 뽐내는 줄 알았건만 이토록 담백하고 아름다운 검이라니. 과 연 남협!'

문득 전조가 제자리에 우뚝 멈춰 섰다. 때를 놓치지 않고 위청운의 검이 전조의 좌우로 빠르게 공격해 들어 왔다. 왼쪽 앞, 오른쪽 앞, 왼쪽 뒤, 오른쪽 뒤, 위청운은 왼손과 오른손으로 순식간에 검을 바 꿔 들며 눈에 보이지도 않을 정도로 빠르게 전조에게 검을 찔러 넣었 다.

'좌전일자左前—刺, 우전일자右前—刺, 좌후일자左後—刺, 우후일 자右後—刺라…….'

좌우전후를 빠르게 찔러 오는 위청운의 초식을 가만히 읽어 가던 전조의 눈에 문득 빙긋 웃음이 담겼다. 그리고 곧 부드럽게 은망세銀 蟒勢를 취했다. 은망세, 곧 이름 그대로 은빛 구렁이가 담 넘어가듯 사면을 두루 돌면서 좌우로 다가서는 검을 유연하게 쳐낸 것이다.

"철—번—간—세鐵翻竿勢!"

우렁찬 고함과 함께 위청운의 검이 마치 철 낚싯대가 호수에 드리 워지듯 뒤집어져서 휘익 전조의 손을 향해 날아왔다. 그 순간 검이 미처 손에 닿기도 전에 기세에 눌렸는지 갑자기 전조가 검을 놓쳤다. 그리고 반탄력을 받은 듯 전조의 검은 한 길이나 높이 위로 슈욱 솟 구쳤다.

"어엇!"

위청운이 오히려 놀라서 자신의 검을 회수했다.

한 길 높이로 떠오른 칼은 곧 원을 그리며 칼등을 밑으로 하고 떨어져 내렸다. 전조가 앞으로 살짝 한 걸음 나서서 떨어지는 검을 가볍게 받았다. 그리고 여전히 미소를 띤 채 정중하게 위청운에게 포권을 했다.

"훌륭한 솜씨십니다. 제가 졌습니다, 위 공자."

"전 호위, 양보를 바란 적은 없소."

"아닙니다. 소관이 검을 놓쳤으니 공자께서 확실히 이기셨습니다. 좋은 대련을 해 주셔서 고맙습니다."

위청운이 손을 들어 코끝을 쓱쓱 문질렀다.

"흥, 공격다운 공격은 한 번도 하지 않고, 내가 검을 맘껏 휘두르도록 끝까지 방어만 했으면서, 거기다 마지막에는 일부러 검을 놓쳐 여선참사呂仙斬蛇 자세를 취해 놓고는 말로만 이겼다 하면 이겨지겠소. 아주 나쁜 버릇이 있구려, 전 호위."

"죄송합니다."

전조가 가만히 고개를 숙였다.

여선참사는 검세를 선보이거나, 검무劍舞를 출 때 거의 마지막에 하는 자세였다. 곧 무사히 모든 검세를 끝내고는 마지막으로 검을 하늘 높이 띄웠다가 다시 받아 마무리를 하는 자세인 것이다. 물론 이때는 왼손은 허리에 고이고 오른손은 비스듬히 칼을 잡았다가 하늘 높이 던져서 칼등이 원을 그리며 떨어지면 한 걸음 살짝 앞으로 나서서 받아드는, 지극히 도식적인 자세를 취하게 되지만 전조는 지금 그렇게까지 격식을 취한 것은 아니었다. 다만 싸움을 끝낼 생각에 검을 놓치는 듯 보이는 여선참사 자세를 취한 것인데, 그것을 알아챈 위청운의 눈썰미도 그러고 보면 보통 대단한 것이 아니었다.

"뭘 읽었소?"

"예?"

"내 검에서 뭘 읽었는가 말이오. 그 때문에 일부러 대련을 신청한 게 아니었소? 다 읽었다 싶으니까 싸움도 그만둔 거고."

"죄송합니다. 공자께서는…… 서하의 검을 쓰시더군요."

잠깐 놀란 듯 보던 위청운의 눈이 가늘게 좁아졌다.

"전 호위는 서하인과 겨뤄 본 적이 없는 걸로 아는데?"

"예. 하지만 서하는 기름진 중원과는 달리 비가 적고 날씨가 추워 유난히 사막과 초원이 많다고 들었습니다. 그래서 농사를 짓는 이들보다는 목축을 하고 떠돌면서 유목을 하는 부족이 많아서, 서하의 아이들은 태어나자마자 말을 탄다지요. 그래서 서하의 검술은 평지에서 주로 하는 중원의 검술과는 달리 기마술을 바탕으로 이루어진 게 많다 들었습니다."

"그래서?"

"금룡파미와 철번간세는 검보다는 창, 그것도 기창에 많이 쓰이는 수법입니다. 또한 손을 바꿔가며 왼쪽, 오른쪽을 공격하는 좌전일자, 우전일자, 좌후일자, 우후일자로 이어지는 수법도 마상에서 창법을 선보일 때 많이 쓰는 초식이고요. 물론 다른 초식도 많이 보여 주셨습니다만, 공자께서 가장 능숙하게 다루시는 것은 역시 창검식이더군요. 그래서 공자의 검은 비록 검에 담아 펼치셨지만 실제로는 창의 묘미를 담아낸 것이라 느껴졌습니다. 평지에서 하는

중원검이 아니라 말 위에서 창을 다루던 서하의 검이라 생각한 것
이 바로 그 때문입니다. 제 생각이 맞는지요?"

"훌륭하군. 그렇소."

위청운이 깔끔하게 인정을 했다. 전조가 천천히 위청운의 어디까
지나 당당한 얼굴을 쳐다보았다.

"어떻게 서하의 검을 익혔는지 물어 봐도 되겠습니까?"

"어떻게라니. 서하에서 산 적이 있으니 당연히 익힐 수밖에. 모르
셨소? 내 어머니는 강족이었소."

"강……족!"

"아버지께서 숨기고 싶어하시는 듯해 말하지 않고 있었지만, 어머
니는 서하에 복속된 강족의 딸이었소. 그러니 내겐 서하가 제2의
고향과 같지. 지금이야 적국이 되어 아웅다웅 싸우고 있지만."

'이 사람인가. 이 사람이 진짜 소왕야인가.'

전조가 흔들리는 마음을 억누르며 위청운을 쳐다보았다. 패기 있
고 자신만만한 위청운은 분명 북리운천과 가장 많이 닮았고, 누군가
를 속이기에도 지나치게 솔직한 성격이었다. 하지만…….

"어머니 얘기를 갑자기 듣고 싶다. 무엇 때문이오? 이번에 행화촌
과 창평현을 다녀오더니 새로운 증거라도 얻었나 보구려."

위지량은 예의 그 야릇한 웃음을 띠며 전조를 맞았다.

"솔직히 나는 어머니에 대해 별로 기억나는 게 없소. 겨우 열 살 때
돌아가신 분을 정확히 기억한다는 게 오히려 이상한 일이지. 어머
니가 아주 미인이셨고, 늘 슬픈 얼굴을 하셨고, 참 조용하고 말이

없는 분이셨다는 기억만 분명히 나오. 어머니는 아버지 얘기는 한 번도 하지 않았소. 딱 한 번, '네 아버지는 아주 귀한 분이다.' 말씀하시며 우셨던 기억이 나는군. 그때가 아마 중양절이었지."

"중양절!"

"명절이라고 남들은 다 즐거워하는데 어머니는 멍하니 달만 바라보고 우셨지. 참 불쌍한 분이셨소. 늘 뭔가 감추고 숨기기만 하셨으니까. 나는 가끔씩 어머니가 죄를 지어 피해 다니는 죄인이거나 역적 가문의 딸이 아닐까 생각했소. 그렇지 않다면 어찌 그리 일신의 내력을 숨기셨나 싶으니까. 그러니 전 호위가 행화촌에서 가져온 증거가 무엇이든 나는 거기에 맞는 대답은 못 할 것 같소. 내 어머니에 대해 솔직히 별로 아는 게 없으니까."

전조는 좌수백의 방에 들어서며 위지량의 말을 다시금 생각하고 있었다. 강족이어서 버림받은 여인. 그렇다면 그 사실을 아들에게는 오히려 숨길 수도 있을 것이다. 따라서 위지량이 어머니의 신분을 알지 못한다는 것이 위가 가짜라는 증거는 되지 못한다. 물론 진짜라는 증거 또한 되지 못하지만.

좌수백의 방은 텅 비어 있었다. 돌아서려던 전조가 불현듯 다시 확 돌아섰다. 탁자 위에 놓인 화선지와 벼루, 그리고 그 옆의 피리가 보였기 때문이었다. 마디가 많고 주인의 손때가 묻은, 그리 길지 않은 크기의 대나무 피리. 물론 붉은 빛을 띠지는 않았지만 그래도 중원에서는 보기 힘든 마디가 다섯 개나 되는 강족의 피리였다.

"어, 전 대인, 왜 여기 계세요? 도련님은 지금 정자에서 차를 마시고 계시는데."

아령이 뛰어들어오다가 전조를 보고 걸음을 멈췄다.

"아령."

심각한 표정의 전조를 보고 고개를 갸우뚱하던 아령이 전조의 손에 든 피리를 보았다.

"그 피리는……."

'좌 공자의 것이냐?'

아령이 잠깐 멈칫하더니, 곧 보조개가 쏙 패이도록 눈부시게 예쁜 웃음을 지어 보였다.

"그럼 누구 것이겠어요. 여기 있는 건 모두, 도련님 것인데요."

피리를 든 전조의 손에서 힘이 빠졌다.

'또다시 원점이로군.'

한빙장

촛불이 타오르고 있었다.

전조는 잠시 노랗게, 빨갛게, 때로는 파랗게 빛나며 이지러지는 촛불을 물끄러미 바라보기만 했다. 그러다 곧 쑤시는 관자놀이를 꾹꾹 누르며 고개를 돌렸다.

북리 군왕부, 강족, 안무사, 소왕야, 서하…….

모든 것이 어느 것 하나 확실하지가 않고 뒤엉켜 있었다. 군왕부의 세 공자는 모두가 진짜인 듯 가짜 같고, 북리운천과 북리현은 서로를 증오하고, 강족을 지켜 준 범중엄은 자객의 습격을 받았다. 아무 해도 끼치지 못하는 우 노인은 자기 집에서 칼을 맞았고, 충직한 갈 총관은 어디선가 죽어 군왕부의 숲까지 옮겨져 왔다.

'고리. 무언가 고리 하나가 빠져 있다. 이 모든 것을 연결하는 고리 하나가.'

그게 과연 무엇일까 생각하던 전조는 문득 바람처럼 스치는 인기척을 느끼고는 벌떡 일어섰다.

'두 사람? 아니, 더 많은가?'

전조가 문을 박차고 나섰을 때 멀리서 쨍쨍쨍, 검 부딪치는 소리가 났다.

"뭐 하는 놈들이냐! 왜 나를 습격해?"

쩌렁쩌렁 소리를 지르는 것은 날렵한 야행복夜行服을 차려입은 위청운이었다. 위청운은 지금 자기 주위를 맴돌며 집요하게 검을 뿌리는 복면인 두 명을 있는 힘을 다해 막는 중이었다. 그리고 그 밑에는 자다 깼는지 얇은 홑겹 옷차림의 인종이 넋을 잃고 싸움을 구경하고 있었다.

"이정 선생, 어찌 된 일입니까?"

"응? 아, 나도 모르겠네. 갑자기 방 밖에서 이상한 소리가 나서 나와 보니 저러고들 있군. 굉장한 고수들인데."

정말로 위청운과 싸우는 복면인의 솜씨는 놀라울 지경이었다. 패기 하나만은 천하제일 같던 위청운이 터무니없이 밀리고 있었던 것이다.

전조가 훌떡 몸을 날려 세 사람 사이에 끼어들었다. 쳇, 하는 소리가 들리더니 복면인 중에 한 명이 전조 앞을 가로막았다. 또 한 명은 여전히 사납게 위청운에게 덤벼들고 있었다. 복면인은 검뿐 아니라 권拳과 장掌에도 능한 듯 한 손으로는 위청운과 검을 섞으면서도 한 손으로는 꽤나 강맹한 장풍을 연달아 쏘아 보내고 있었다. 거기에 견주어 전조를 가로막은 복면인은 시종일관 절도 있는 초식으로 전조의 검을 받아내고 있었다.

'깨끗한 초식에 순후한 내공. 그런데 살기가 별로 느껴지지 않는다. 위 공자에게만? 위 공자에게만 살기를? 이 복면인들은 위 공자를 노리는 건가?

그러다 갑자기 전조가 앗, 기함을 토했다.

위청운과 싸우던 복면인이 불현듯 검을 등에 꽂더니 양손을 모아 그지없이 강맹한 한빙장寒氷掌을 뿜어냈던 것이다. 대기를 온통 얼려 버릴 듯 무시무시한 한기가 밀려왔다. 복면인은 위청운을 아예 죽일 셈이었는지 일신의 공력을 모두 모아 뿜어낸 장풍의 신위는 가공할 지경이었다. 그런데 눈치를 챈 위청운이 어풍비행馭風飛行으로 바람처럼 빠르게 옆으로 피해 버리자 그만 표적을 잃은 한빙장이 그대로 그 뒤에 서 있던 인종을 향해 곧게 날아갔던 것이다.

"이정 선생!"

전조가 복면인을 뛰어넘어 그대로 인종 앞으로 떨어져 내려 막아서는 순간,

콰쾅쾅쾅!

무시무시한 한빙장이 고스란히 전조의 가슴을 강타했다. 주르르 뒤로 밀려난 전조가 인종에게 부딪치고도 엄청난 장풍의 여파로 다시 몇 걸음 더 주르르 밀려났다.

"전 호위!"

쿨럭, 시뻘건 피를 토하며 전조가 그대로 주저앉았다.

"전 대인!"

어디선가 아령이 비명을 지르며 뛰어나왔다. 그제야 비로소 깨어난 군왕부 사람들이 웅성웅성 모여들고 있었던 것이다. 전조의 눈이 흐릿해졌다. 눈물을 뚝뚝 떨구며 자신의 손을 잡는 아령의 따뜻한 손길이 느껴지자 전조가 간신히 한 마디 했다.

"괜……찮아……."

그러고는 다시 쿨럭, 한 모금의 선혈을 토해냈다.

"전 호위, 이 일을, 이 일을 어떻게……."

인종이 새하얗게 질려서 어쩔 줄을 몰라 했다. 그 옆으로 위청운이
날아 내렸다. 위청운은 어찌 알고 저리 간편한 야행복을 입고 있을
까, 그 와중에도 전조는 그런 생각을 했다.

"전 호위, 괜찮소? 이런, 나 때문에."

"보, 복면인들은요?"

"놓쳤소. 하지만 걱정 마시오. 나랑 싸울 때 한 명에게 상처를 입혔
는데 내 독문 초식에 당한 거라 쉽게 찾을 수 있을 거요. 내 그놈들
을 절대 놓치지 않겠소."

"왕야께, 성문을 닫고 수색을…… 하시라…… 전해……."

채 말을 끝맺지 못하고 전조의 머리가 힘없이 툭 떨어졌다.

윙윙윙윙, 전조의 머릿속으로 거대한 폭풍우가 몰려오고 있었다.

가지 마, 가지 마!

　사박사박, 아기를 품에 안은 여인이 우마차가 다니는 한길을 조심스레 걷고 있다. 사박사박, 먼지가 이는 황톳빛 대로를 따라 푸른 버드나무가 부드럽게 가지를 살랑댄다. 사박사박, 톡. 여인이 걸음을 멈춘다. 잠시 주위를 둘러본다. 햇볕이 따가운 정오라서인지 한길은 텅 비어 있다. 조심스레 여인이 버드나무 아래로 다가간다. 말없이 아기를 내려놓는다. 아기가 운다. 여인이 떠난다. 아기는 더 운다. 여인은 더 멀리 떠난다. 아기는 더더욱 운다. 여인은 더, 더 멀리 떠난다.

　가지 마!

　아무리 외쳐도 돌아오지 않는다.

　가지 마!

　목이 터져라 외쳐도 혼자만 남아 있다.

　가지 마…….

　외쳐도, 외쳐도 언제나 혼자일 뿐이다.

　여전한 건 푸른 버드나무뿐. 여전한 건 저 밝은 햇살뿐. 여전한 건 혼자 남아 있는 나뿐.

"전 대인, 정신이 드세요?"

걱정이 담긴 맑은 목소리가 버드나무 아래에 홀로 놓여 있던 전조를 깨웠다. 감은 눈까풀 위로 걱정스럽게 호오 숨을 내쉬는 소년의 싱그러운 숨결이 느껴졌다.

전조가 천천히 눈을 떴다. 금세라도 울 것 같은 소년의 크고 맑은 눈이 전조의 눈 속으로 뛰어들어왔다.

"아령이구나."

"전 대인, 죽는 줄 알았어요."

기어코 아령이 눈물을 보이고 말았다. 전조가 희미하게 웃었다.

"죽기는. 내가 누군데. 천하의 남협 전조가 그리 쉽게 죽을까."

"하지만, 하지만……."

아예 꺽꺽대며 우는 아령의 등을 전조가 부드럽게 쓰다듬었다.

"걱정을 끼쳐 미안하구나. 그보다 내가 얼마나 누워 있었느냐? 햇빛을 보니 오시午時도 훨씬 넘은 것 같은데."

"미시未時일세. 자네는 꼬박이 여덟 시진을 누워 있었네."

전조가 고개를 들어 목소리의 주인공을 바라보았다. 하룻밤 새 부쩍 말라 버린 듯한 까칠한 얼굴의 황제가 약그릇을 들고 문가에 서 있었다.

"선생, 괜찮으십니까?"

도리어 걱정하는 소리에 갑자기 인종이 버럭 화를 냈다.

"괜찮지 않으면! 자네가 대신 맞고 나가떨어졌는데 그럼 내가 다치기라도 했을 것 같은가? 사람이 어찌 그리 무식한가. 적당히 피할 일이지 맨가슴으로 장풍을 막아내는 사람이 어디 있어! 자네가! 자네가, 무슨 무쇠라도 되는 줄 아는가!"

전조가 빙그레 웃었다.

"그리 말씀하시는 걸 보니 정말 괜찮으시군요."

"이정 선생님요, 밤새 내내 전 대인 옆을 지키셨어요. 죽지 말게, 죽지 말게 하면서 울기도 하시고."

아령이 약그릇을 받아들며 생글대자 인종이 펄쩍 뛰었다.

"내가 언제!"

"아, 아닌가. 그래, 맞아요. 정확히는 전 호위, 죽지 말게, 전 호위, 죽지 말게 하셨어요."

"아령!"

전조가 쿡쿡 웃었다. 그리고 부드러운 눈으로 인종을 보았다.

"고맙습니다."

"그 말은 내가 해야 될 말 아닌가!"

인종이 다시 버럭 성을 내더니 곧 우물쭈물 어렵게 중얼거렸다.

"나 때문에, 나 때문에 그리 됐는데. 미안하고…… 고맙네. 미안하고 고마워."

"이정 선생, 그리 미안하실 필요 없습니다. 당연한 일이었는걸요. 선생께서 무공을 아셨다면 제가 나서지 않아도 되었겠지만요. 무림인에게는 별 거 아닌 게 보통 사람에게는 크나큰 타격이 됩니다. 제가 조금 다쳐 선생의 목숨을 구했으니 오히려 기쁘기만 합니다."

전조는 밝게 웃었지만, 인종은 착잡하기만 했다.

전조가 자신을 대신해 장풍을 맞고 사경을 헤매던 어젯밤, 인종은 참으로 많은 생각을 했다. 이제껏 단 한 번도 인종은 자신을 지켜 주는 사람들에 대해 진지하게 생각해 본 적이 없었다. 그저 언제나 그 사람들은 주위에 있어 왔고, 위험이 닥치면 자신의 몸을 던져 황제를 구했다. 그것이 호위의 임무였고, 황제는 당연하게 그것을 받아들였다. 심지어는 전조가 자신을 호위할 때도 어전사품호위로서 당연히 해야 할 일일 뿐이라고 생각했다.

그러나 어제는 달랐다. 인종은 지금 황제도 아니었고, 전조 또한 자신의 호위가 아니었다. 그런데도 전조는 자신을 지켰다. 그저 전조라는 한 인간이 이정이라는 한 인간을 자신의 목숨을 담보로 지켜내었던 것이다. 아무런 대가 없이, 황제와 신하의 관계가 아니라 인간 대 인간의 관계로서. 그 순간 자신이 얼마나 고맙고 죄스러웠던지 전조는 모를 것이다. 정말로 너무 고맙고 너무 미안했다.

그러자 한 사람이 다른 사람을 위해 자신의 목숨을 건다는 것이 얼마나 엄청나고 어려운 일인지가 소름끼치도록 분명하게 와 닿았다. 이제껏 너무나 당연하다 생각한 그 일이 얼마나 무시무시한 희생을 바탕으로 이루어진 일인가를 아주 분명하게 느꼈던 것이다.

'내가 그렇게 황제가 되어 있었던가. 그렇게 많은 사람들을 밟고 그 희생의 발판 위에 황제라고 서 있었던가. 아무도 나를 황제로 인정하지 않는다고 한탄했지만, 나 또한 저들을 얼마나 인정하고 있었단 말인가. 목숨에, 또 목숨 하나를 놓고 볼 때 결국은 똑같은 목숨 하나인 것을. 나도 저들도 목숨은 그저 하나뿐인 것을.'

인종은 머리가 어지러웠다. 아주 많이 어지러웠다.

"뭐? 누가 죽었다고?"

"전 대인, 아녜요. 아무것도 아니니 그냥 쉬세요."

"아령, 사실대로 말하거라. 왕야께선 분명 어제 성문을 닫고 수색을 하셨을 거다. 위청운 공자가 복면인에게 상처를 입혔으니 같은 상처를 입은 사람을 찾아내면 범인은 잡는 거고. 그런데, 그 복면인이 죽었다고?"

"그 사람이 그 사람인 줄은 몰라요. 그냥 동문東門 근처에서 죽은 사람이 발견됐는데 팔에 상처가 있다고 들었을 뿐이에요."

"같은 얘기다. 그 사람이 곧 그 복면인이다. 아무래도 내가 가 봐야겠다."

"전 대인!"

벌떡 일어서던 전조가 갑자기 윽 낮은 신음을 내뱉으며 주저앉았다. 고통이 심한 듯 가슴을 부여잡은 전조의 손이 부르르 떨렸다. 인종이 호통을 쳤다.

"자네, 무슨 짓인가! 의원이 닷새는 꼬박이 움직이지 말고 요양하라 했네. 안 그러면 몸 속의 한기가 빠지지 않아 큰일난다고. 그 한빙장인가 뭔가 하는 것의 위력은 자네가 더 잘 알 것 아닌가."

"괜, 괜찮습니다."

"뭐가 괜찮아! 얼굴이 아예 하얗게 색깔이 빠졌는데."

전조가 그 와중에도 풋 웃었다. 인종의 표현이 걸출했던 것이다.

"선생, 색깔만 좀 빠졌지 속은 괜찮습니다. 천천히 다녀올 테니 걱정 마십시오."

"안 되네!"

"가야 합니다. 그 복면인은 이번 사건과 아주 중요한 연관을 맺고 있는 인물입니다. 비록 죽었다 하더라도 그 사인을 정확히 밝혀 단 하나의 단서라도 찾아낼 수 있다면 미궁에 빠진 군왕부의 사건을 해결할 수 있을지도 모릅니다. 이미 세 사람이나 죽었습니다. 더 많은 사람이 다치기 전에 속히 이 사건을 해결하려면 제가 가야 합니다. 보내 주십시오."

"대체 자네는."

황제가 볼멘소리를 하려다 그만 입을 다물고 말았다. 이 고지식한 사내를 말려 봤자 몸만 더 상할 게 뻔하기 때문이었다.

"알았네, 알았어. 대신 나도 함께 가지."

"그러시면 저야 고맙지요."

전조가 천천히 침대 밑으로 내려왔다. 다시 욱씬 통증이 밀려왔지만 전조는 애써 참으며 머리맡에 놓아 둔 검을 집어 들었다. 아령이 걱정스럽게 전조를 보았다.

"전 대인."

"괜찮아. 조심해서 다녀올게. 이정 선생도 함께 가 주시잖니."

"저도 가고 싶지만……."

말을 맺지 못하고 입술을 꼭꼭 깨무는 아령을 전조가 부드러운 눈으로 보았다.

"걱정 말고 어서 좌 공자께 가 보아라. 너무 오래 나와 있어 괜찮은지 모르겠구나. 공자가 뭐라시면 내 핑계를 대고."

"죄송해요."

"그런 말 하지 말고."

"조심해서 다녀오세요, 전 대인."

"녀석, 아직도 전 대인이냐. 대형이라니까."

돌아서던 아령이 전조의 말에 걸음을 멈췄다. 핑그르르, 눈물이 감도는 눈을 숙인 채 아령이 조그맣게 중얼거렸다.

"아껴두고 싶어서요."

"응?"

"그냥 아껴두고 싶어서요. 잘 다녀오세요, 전 대인."

속삭이듯 인사를 한 뒤 아령은 돌아보지 않고 그대로 타박타박 방을 나갔다. 그 모습이 왠지 애잔해 전조는 아령이 사라진 문에서 쉽게 시선을 떼지 못했다.

어디로 가고 싶었을까?

전조가 장안성 동문에 당도했을 때 상황은 거의 정리되어 있었다. 시체는 들것에 실려 막 옮겨지려던 중이었고, 군왕부 병사들이 주위에 새끼줄을 쳐 다른 사람들의 접근을 막았다. 현장에는 점점이 검붉은 피가 말라 가고 있었다.

"전 호위 오셨는가."

현장을 보고 있던 북리운천이 전조를 알아보고 다가왔다.

"왕야를 뵙습니다. 천세, 천세, 천천세."

"예의는 그만 차리게. 의원한테 큰 고비는 넘겼다 들었는데, 몸은 괜찮은가?"

"예, 왕야. 그보다 어찌 된 일입니까?"

"동문에서 순라를 돌던 병사들이 시체를 발견했네. 조금 전 위청운이 와서 시체의 상처를 확인했고, 어제 군왕부를 습격한 자객이 맞다고 하는……."

말하다 말고 북리운천이 갑자기 눈살을 찌푸렸다.

"이정 선생도 오셨는가?"

피 냄새가 싫은지 전조 뒤에 서 있던 황제가 마지못해 앞으로 나서
며 북리운천에게 예를 취했다. 북리운천이 건성으로 손을 흔들었다.
전조가 조용히 입을 열었다.

"시체를 좀 보겠습니다."

"그러시게."

전조를 앞서 가려던 북리운천이 다시 한 번 눈살을 찌푸리며 인종
을 보았다.

"선생도 시체를 보시려는가?"

"나, 나야 전 호위가 아직 몸이 성치 않으니 옆에서 부축이라도 하
려는 거지요."

떨떠름하게 대답하는 인종에게 북리운천이 곤란하다는 듯 설레설
레 머리를 저었다.

"선생은 있어 봤자 피 냄새에 머리가 지끈거린다고 투덜거리기나
할 테니 방해 말고 비켜나 있으시게."

"왕야, 이래 봬도 담력은 있는 몸이올시다."

"글쎄, 담력과는 그다지 상관이 없는 일이라서. 온통 피투성이에,
칼에 찔린 상처에서는 창자가 질질 나오고, 눈알도 댕그러니 튀어
나온 시체를 본다는 게 무슨 담력과 상관……."

북리운천이 채 말을 다 끝내기도 전에 인종이 돌아서서 왝, 구역질
을 해댔다. 가뜩이나 피 냄새에 상한 비위가 북리운천의 말에 아예
뒤집어졌던 것이다.

"저런, 아무래도 몸이 불편한 모양이니 멀찍이서 좀 쉬고 계시게,
이정 선생."

북리운천이 껄껄 웃으며 인종의 등을 치더니 곧 전조를 끌고 돌아섰다.

"왜 그렇게 놀리셨습니까? 이정 선생은 그저 절 돕고 싶어하신 건데요."

전조가 어이없다는 듯 보자 북리운천이 장난스럽게 싱긋 웃었다.

"방해가 되잖는가."

어린애 같으시기는. 속으로 쓰게 웃은 전조가 곧 꼼꼼하게 시체를 살피기 시작했다.

문득 전조의 눈이 이채를 띠며 시체의 어깨를 유심히 들여다보았다. 어깨에 아주 정교하게 세공된 용 문신이 있었던 것이다.

'푸른 용, 그것도 폭포를 거슬러 힘차게 날아오르는 비룡등폭飛龍登瀑의 형상.'

전조가 고개를 들어 북리운천을 보았다.

"왕야, 이 문신 보셨습니까?"

"응? 아, 어깨에 있는 거 말인가. 봤네."

"혹시 무슨 표식인지 아십니까?"

"글쎄, 나도 처음 보는 거라서. 다만 국경 근처에 있는 용병단 중에는 이런 문신을 한 자가 많다고 들었네. 공연히 화려한 문신을 해 자랑하려는 것이겠지. 아니면 자객들이 서로 편을 확인하기 위해 새겼는지도 모르고. 나는 크게 중요하지 않게 봤네만. 이곳은 싸움이 잦은 곳이라서 이런 자들이 많이 보이네."

"그렇습니까."

전조가 알았다는 듯 고개를 끄덕이고는 다시 시체로 눈을 돌렸다.

그리고 꼼꼼하게 머리끝부터 발끝까지 상처로 엉망이 된 몸과 그 부위, 그리고 사건이 일어난 주위까지 다 조심스럽게 살폈다. 일어서는 전조의 눈이 왠지 암울한 빛을 띠었다.

"어떤가?"

"왕야가 보신 것과 크게 다르지 않을 것 같군요. 누군가와 굉장히 치열한 싸움을 벌인 듯합니다. 어제 제가 검을 섞어 봐서 알지만 이 사람은 굉장한 고수였습니다. 그런 사람이 이렇게 온 몸에 상처를 입도록 싸웠다는 건 상대가 대단한 고수거나 여러 명과 싸웠다는 얘기가 되겠지요. 하지만 이 사람을 결정적으로 죽음으로 몰고 간 건 오직 단 하나의 상처입니다. 정확히 이마의 미심혈에 찍힌 예리한 상흔."

"그렇네. 바로……."

"우 노인과 갈 총관을 죽인 그 수법이지요."

으음, 북리운천이 낮게 숨을 내쉬었다. 전조는 물끄러미 상처 입은 자객의 시신을 내려다보았다.

'이 사람은 어디로 가고 싶었던 걸까.'

전조가 고개를 들어 병사들이 왔다갔다하는 동문을 바라보았다. 어지럽게 흩어져 있는 발자국과 핏자국은 죽은 자가 얼마나 치열하게 문을 향해 달려가고 그 때문에 벌인 싸움에서 얼마나 처참하게 상처를 입고 죽어 갔는지를 여실하게 보여 주고 있었다. 그렇게 치열하게 문을 빠져나가 대체 이 사람은 어디로 가고 싶었을까?

'성문을 빠져나가는 게 중요하긴 했겠지만, 참으로 무모하게 싸웠구나. 게다가 어젯밤 함께 왔던 동행은 어디로 간 것일까?'

"전 호위, 내 추리를 들어 보겠나?"

전조가 북리운천을 서둘러 돌아보며 가볍게 고개를 숙였다.

"고견을 들려주십시오. 경청하겠나이다."

"나는 이 자를 죽인 사람이 갈 총관을 죽인 그 범인이라고 생각하네. 또한 범인은 분명 어젯밤 군왕부를 습격한 자객들과 한 편일 것이고. 우리 군왕부를 노리는 세력이 둘이나 된다고는 생각지 않으니까. 그런데도 이 자는 바로 같은 편인 그 범인의 손에 죽었네. 그러니까 결국 결론은 하나일세."

"어떤?"

"자중지란自中之亂."

전조가 낮게 신음을 했다. 북리운천이 확신에 찬 어조로 말을 이었다.

"이 자와 범인은 어젯밤 함께 군왕부를 습격했네. 어쩌면 정보를 얻으려 온 것일지도 모르지. 그러다 위청운을 만나 일전을 벌인 것이고. 그런데 그만 공교롭게도 이 자는 싸움 도중에 상처를 입었고 상처 때문에 조만간 정체가 들통날 지경이 됐네. 그러자 범인이 진실을 은폐하고자 이 자를 죽인 것이지. 살인멸구殺人滅口, 같은 편을 죽여서라도 자신의 안전을 도모한 것이네."

"왕야……."

"틀렸는가? 허, 전 호위의 표정을 보니 내가 아주 같잖은 추리를 한 모양이군."

북리운천이 심드렁하게 내뱉자 전조가 황급히 포권을 하며 고개를 숙였다.

"그럴 리가. 훌륭하신 추리십니다. 다만, 마음에 걸리는 것이 있습니다."

"뭐가 말인가?"

"자객이 군왕부를 습격하려다 우연히 위 공자를 만난 것인지, 아니면 위 공자를 만나려고 군왕부를 습격한 것인지 말입니다."

북리운천의 몸이 눈에 띄게 흔들렸다.

"그 말은?"

"어쩌면 위청운 공자가 진짜 소왕야일지도 모릅니다. 그래서 자객들이 위 공자를 습격한 것인지도요. 그래야 가짜가 왕위를 이을 수 있으니까요."

"그런가, 그런 건가. 허허, 그래. 생각해 보면 그 아이가 가장 나를 닮았어."

북리운천이 수염을 쓰다듬으며 기쁜 얼굴이 되었다. 전조가 황급히 말을 이었다.

"왕야, 외람되지만 아직은 아닙니다. 그것은 아주 단순한 추리일 뿐 전혀 증거가 되지 못합니다. 자객들이 전혀 다른 까닭으로 위 공자를 노린 것일 수도 있고, 혹은 자객은 굳이 위청운 공자가 아니더라도 세 공자 중 하나면 상관 없을 수도 있습니다."

"그게 무슨 소린가?"

"왕야, 부디 섣부른 속단은 말아 주십시오. 이번 사건은 아주 복잡하게 얽혀 있고 한 번만 삐끗해도 진실에서 아주 멀어질 수 있습니다. 이 일을 유념해 두시는 것은 좋으나 절대 함부로 판단은 마옵소서. 잘못 하면 진짜 소왕야를 잃을 수도 있습니다."

"어렵군, 전 호위."

북리운천이 탄식했다.

"그 착한 영아를 버린 죄를 이제 받나 보이."

"왕야."

"부디 꼭 해결해 주시게. 나는 이제 전 호위만 믿겠네."

"황공합니다, 왕야."

고개를 숙이던 전조가 문득 생각났다는 듯 말했다.

"왕야, 한 가지 여쭙고 싶은 게 있습니다."

"뭔가?"

"견문이 넓으신 분이니 혹 아실지도 모르겠습니다. 무림에서 단 한 수로 상대의 급소를 찔러 절명케 하는 수법이 뭐가 있습니까?"

북리운천이 껄껄 웃었다.

"천하의 남협이 내게 그걸 묻는가. 이거, 왠지 시험당하는 기분인걸."

"황공합니다, 왕야."

"어디 보자, 먼저 소림의 탄지신통彈指神通이 있겠지. 화산파의 매화 검법에도 그런 게 있고. 백팔식 광풍쾌검狂風快劍이던가? 청진파의 일벽뇌─霹雷도 아주 빠르고 정확하지. 또 도룡파의 천룡벽력쾌天龍霹靂快에다……."

하나하나 짚어 가던 북리운천이 문득 만족스럽게 덧붙였다.

"마지막으로 우리 북리 군왕부의 만화일섬이 있겠군. 빠르기야 최고지만 북리가의 독문 절학인데다 익히기가 어려워 시전하는 사람이 별로 없는 게 흠이지. 날 빼고는 현아 정도가 아마 극성으로 만

화일섬을 시전할 수 있을 걸세. 그 애는 나처럼 강한 패검보다는
빠르고 날카로운 쾌검을 선호하거든."
전조의 손이 저도 모르게 꽈악 쥐어졌다.

피 묻은 바퀴의자

화드드득, 비둘기 떼가 날아올랐다. 먹이를 던져 주던 북리현은 잠시 손을 멈추고 하늘을 올려다보았다. 그지없이 청명하게 갠 하늘이 비둘기의 흰 빛에 가려 더욱 파랗게 눈에 들어왔다.

속절없이 좋은 날씨로구나.

중얼대는 북리현의 무릎으로 깃털 하나가 하늘거리며 떨어져 내렸다. 그 빛깔이 너무 하얗고, 가느다란 우모羽毛가 너무 여려 보여 북리현은 마음이 아팠다.

갑자기 북리현의 어깨가 흔들렸다.

"누군가?"

북리현의 신경질적인 목소리와는 대조되게 조용한 목소리가 뒤에서 들려왔다.

"전조입니다, 소왕야."

"그대는 날 엿보는 게 취미인가 보군. 비둘기뿐인 후원엔 왜 이리 자주 오는가?"

"소왕야께 여쭤 볼 게 있어서 왔습니다."

북리현이 빙그르르 바퀴의자를 돌렸다. 창백한 얼굴의 전조가 등 뒤에 바로 시립해 있었다. 왼손이 가볍게 가슴에 얹혀진 것으로 보아 아직도 통증이 심한 모양이었다. 그러나 그런 전조를 보는 북리현의 시선은 늘 그렇듯 삐딱했다.

"어젯밤 영웅이 됐다더니 얼굴을 보니 값을 꽤 비싸게 치른 모양이로군. 한빙장을 정통으로 맞아 가며 사람을 구했으니 과연 천하의 남협일세. 그 놀라운 희생에 내가 감동해 눈물이 다 났네."

"놀리지 마십시오. 희생한 것도 아니었고, 영웅이 되고자 함은 더더욱 아니었습니다. 친구를 구할 수 있었던 게 그저 다행이었지요."

"또 또 뻔한 겉치레. 자네는 그게 탈이야. 번지르르한 겉에만 너무 신경 쓰는 거."

전조가 그만 한숨을 내쉬었다. 북리현이 피식 웃으며 물었다.

"그래, 뭐가 궁금한 건가?"

"소왕야의 속마음이 궁금합니다."

"뭐?"

"아령은 소왕야가 가면을 쓰고 있다고 하더군요. 여리고 착한 속내를 부러 거칠고 차가운 가면으로 가리고 속마음을 감춘다고 말입니다."

"아, 아, 그 애는 자기가 착하니까 남도 다 그런 줄 알지. 설마 그 말을 믿나?"

"제가 처음 섬서성에 오던 날, 객잔에서 만난 노인도 같은 말을 했습니다. 소왕야가 참으로 좋으신 분이며, 세 공자가 다들 소왕야라 주장하지만 진짜 소왕야 재목은 북리현 도련님밖에 없다고요."

북리현의 몸이 가볍게 떨렸다.

"저 또한 소왕야가 그런 분이라고 믿습니다."

"하, 자네가 또 비둘기 모이를 뒤집어쓰고 싶은 게로군."

하, 낮은 신음을 내뱉으며 차갑게 비웃는 북리현을 물끄러미 바라
보던 전조가 문득 나직하게 시 한 수를 읊었다.

> 형가는 연나라 시장에서 먹고 마시며,
> 취하면 취할수록 더욱 호기로웠지.
> 점리의 거문고 소리에 맞춰 슬픈 노래 부르니,
> 곁에 사람 하나 없는 듯 자유로웠다네.

북리현이 저도 모르게 전조를 보았다. 그 눈이 격한 파랑을 일으키
며 흔들리고 있었다. 그 눈빛을 똑바로 마주한 채 전조의 침착하고
부드러운 목소리가 이어졌:

"소왕야께서 저와 처음 만나던 날 읊으셨던 시입니다. 좌사의 〈영
사〉 시 중 한 수이지요. 이정 선생께 물어서 그 시의 나머지 부분을
들었습니다. 마침 잘 기억하고 계시더군요. 마지막 행은 이렇게 끝
나지요."

> 귀족네들 스스로 귀하다지만,   貴者雖自貴
> 내가 보기에는 한낱 먼지와 같소.   視之若埃塵
> 천한 사람 하찮다 낮추지만,   賤者雖自賤

천 근의 무게처럼 한없이 무겁다오.   重之若千鈞

"……."

"그것이 소왕야의 진짜 속마음 아닙니까? 비둘기 모이를 뒤집어씌
워 저를 모욕하고 백성의 목숨이 하찮다 말하신 이가 소왕야의 꾸
며진 겉모습이라면, 좌사의 시를 읊어 백성의 목숨이 '천 근의 무
게처럼 한없이 무겁'고 소중함을 외치는 이는 소왕야가 진실로 믿
고 있는 바, 그 속마음이 아닙니까? 말해 주소서, 소왕야. 소왕야
의 진짜 마음을 말해 주소서. 정녕 백성의 목숨은 왕야에 비해 하
찮더이까? 정녕 왕야가 백성 한둘쯤 마음대로 죽여도 될 만큼 그토
록 하찮은 목숨이더이까? 아니더면! 좌사가 읊었듯 귀하다는 저 귀
족이 한낱 먼지와 같고, 백성이야말로 진실로 천 근의 무게를 지녔
나이까? 백성이야말로 진실로, 진실로! 천 근 만 근 한없이 귀하더
이까!"

"전 호위!"

북리현이 견딜 수 없다는 듯 소리를 질렀다.

"말해 주소서. 그리고 속마음을 감춘 거라면, 그 까닭을 알려 주소
서."

전조가 마지막으로 한 마디 덧붙이고 조용히 눈을 감았다. 기혈이
들끓어서 가슴에 얹고 있는 손에 저절로 힘이 갔다. 잠시 동안 전조
는 북리현의 대답을 기다리며 조용히 숨을 돌려 조식을 했다.

북리현은 복잡한 눈빛으로 전조를 바라보았다. 북리현의 눈이 수
십 번, 수백 번, 뭔가 갈등하고 또 갈등하며 바뀌고 또 바뀌었다. 바

야호로 자신이 기로에 섰음을 깨달았던 것이다. 저 반듯하고 명석한 어전사품호위의 날카로운 눈에 숨겨진 비밀 하나를 들킨 것이다. 그러므로 결정을 내려야만 한다. 그대로 가느냐, 멈추느냐.

주인의 마음을 아는 듯 비둘기들은 숨도 안 쉬고 북리현 옆에 조용히 내려앉아 있었다.

'안 된다, 안 된다. 반역은 구족을 멸하는 것이 송의 법규. 단 한 번의 잘못이더라도 나는 말할 수 없다.'

전조가 천천히 눈을 떴다. 그리고 처음 만났을 때처럼 깊이 모를 우물 같은 북리현의 검은 눈동자가 전조의 눈에 와 박혔다. 북리현이 느릿느릿 손을 들었다.

짝, 짝, 짝.

메마른 박수 소리. 그리고 냉소적인 웃음.

"근사해. 정말 근사해, 전 호위."

"소왕야."

"이거 전 호위의 말을 듣다 보니 나도 깜빡 내가 뭔가 굉장히 멋진 놈이라는 착각이 들었어. 확실히 전 호위는 관리의 소질이 있네. 그렇게 멋진 아부를 하는 걸 보면. 아무렴, 대단해."

"……."

"하지만 잘못 알았네, 전 호위."

북리현의 입술이 심술궂게 치켜올려졌다.

"내가 그 시를 읊은 건 백성이 천 근의 무게니, 어쩌니 하는 시구 때문이 아니었네. 그게 불운한 자객 형가를 노래하는 시였기 때문이지. 형가가 누군가? 그 위대한 진시황을 죽이려고 날뛰다 결국 비명횡사한, 제 분수도 모르는 천민이 아닌가. 천하의 황제를 감히 죽이려다 제 명도 다 못 살다 간 가엾은 자객이 아닌가 말일세. 그런 비루한 인간이 바로 백성이란 거네. 어리석은 백성의 우상이라는 거네. 참으로 우스운 일이지.”

전조의 손이 고통스럽게 가슴을 움켜쥐었다. 아닌가? 정녕 아닌가? 정녕 이 사람은 황족의 안이함과 거만에 빠져 있는 소인배에 불과한 것인가!

“전 호위, 백성이란 말일세, 참으로 우매하고 나약하다네. 조금만 잘해 주면 그저 감격하고, 조금만 풀어 주면 기어오르려 하지. 조금만 억눌러도 바닥까지 내려가 기고, 조금만 겁을 줘도 발바닥이라도 핥을 만큼 비겁해지지. 그런 하찮은 백성을 내가 천 근의 무게를 지녔다고 떠받들리라고 생각했나? 하, 미련하기는. 백성이야말로 한낱 먼지와 같은 하찮은 것들. 짓밟고 부리면 그것으로 족한 게야. 그러려고 세상에 나온 가여운 것들이란 말일세!”

“소왕야! 백성이란!”

전조가 말을 더 잇지 못하고 가슴을 움켜잡으며 나무에 기대어 섰다. 하얗게 질린 전조의 이마 위로 땀방울이 맺혔다. 북리현이 안 됐다는 듯 끌끌 혀를 찼다.

“저런, 저런. 괜한 수고 말게. 자네 따위가 아무리 뭐라 한들 내가 갑자기 착해질 수는 없잖은가. 난 나를 위해서라면 하찮은 백성쯤 한둘이 아니라 열 명, 백 명이 죽어 가도 눈 하나 깜빡하지 않을 테니까.”

전조가 천천히 창백한 얼굴을 들어 북리현을 보았다.

"그래서 우 노인을 죽였습니까?"

"뭐?"

"그래서 갈 총관을."

"무슨 헛소린가!"

"소왕야, 정녕 다리를 못 쓰십니까?"

"전 호위!"

북리현이 타앙! 딱딱한 의자 손잡이를 쳤다. 그러나 전조는 여전히 담담하게 말을 이었다.

"그 바퀴의자, 전에 다리를 다쳐서 그렇게 바퀴의자를 타는 사람을 본 적이 있습니다. 소왕야의 것처럼 정교하게 잘 만들어진 의자였지만 그 사람은 바퀴를 잘 다루지 못했어요. 누군가 밀어 주지 않으면 다섯 걸음도 채 굴리지 못했지요. 바퀴의자를 마치 수족처럼 편안하게 부릴 수 있는 건 무공을 지닌 고수나 가능하지요. 그것도 내공이 몹시 정후한. 하지만 소왕야는 낙마를 하면서 무공을 거의 잃었다 하지 않았습니까?"

"……."

"낙마를 할 때 우연히 멀리서 지켜보았다던 목동이 말해 주더군요. 소왕야는 마치 미친 듯이 말을 몰았다, 일부러 낙마하기를 원하는 사람처럼 쉴새없이 몰았다, 그리고 사람들의 시선에서 아득히 멀어지는 순간 소왕야가 고삐를 놓는 것 같았다, 그리고 허공에 붕 뜨더니 땅으로 내려앉았다, 그래서 꼭 소왕야가 일부러 낙마한 줄 알았다…… 라고요."

"……."

"일부러 낙마를 했다면 일부러 무공을 잃은 척할 수도 있겠지요."

"대단하군. 그래서, 다음은 뭔가?"

북리현의 갈라진 목소리가 후원을 날카롭게 울렸다.

"저는 처음에 살인자가 세 공자 중 하나일 거라고 생각했습니다. 그래서 진짜를 알고 있는 갈 총관과 우 노인을 죽이고, 어젯밤에는 진짜일지도 모르는 위청운 공자까지 죽이려 했다고요. 하지만 문득 그런 생각이 들었지요. 둘이 아니라 셋이라면, 가짜가 나머지 둘을 죽이는 것이 아니라 누군가 가짜든 진짜든 셋 모두를 죽이려는 거라면, 그러면 누가 그럴 수 있을까 하고요. 자칫 소군왕의 자리를 놓치게 된 누군가가 아예 후보 모두를 죽이려는 거라면, 그래서 무공을 되찾았음에도 일부러 그것을 숨기고 있는 거라면, 게다가 그 누군가는 벽력신검이라는 명호를 지닐 만큼 빠른 검의 달인으로서 한순간에 상대를 죽일 수 있는 극성의 만화일섬을 익힌 고수라면, 그렇다면 가장 혐의가 짙은 것이 아닐까 하고요."

"결국, 너였더냐."

갑자기 싸늘한 목소리가 뒤에서 울려 왔다.

"왕야!"

전조가 놀라 소리쳤다. 전조의 말처럼 무시무시하게 가라앉은 얼굴의 북리운천이 천천히 소나무 뒤에서 나타나고 있었던 것이다.

"네가, 네 의붓동생의 영화를 시샘해 그 충실한 갈 총관을 죽이고, 아무 죄도 없는 우 노인을 죽이고, 마침내는 동생까지 죽이려 했더냐. 네가! 네가 감히!"

"왕야, 아닙니다. 조금 전 한 말은 제가 혼자서 추측한 것일 뿐입니다. 아무 증거도 없는데 공연히 소왕야를 오해하지 마십시오.”

“확인해 보면 되지 않느냐!”

북리운천이 거칠게 전조를 밀치며 앞으로 나섰다. 그러고는 검을 빼 북리현의 다리를 겨눴다.

“담요를 걷어라.”

“왕야!”

“내 이 검으로 네 다리를 찌르리라. 네가 고통을 느끼고 조금이라도 움찔하거나, 이를 악물거나, 낮은 신음을 한 번이라도 내뱉는다면 이제껏 네가 날 속인 것으로 알리라. 그렇지 않고 다리가 마비된 것이 진짜라면 내 당장 네 앞에서 무릎 꿇고 사과라도 하겠다. 담요를 걷어라!”

호통을 치는 북리운천의 손에서 우우, 검이 울었다. 살기어린 검명劍鳴을 들으며 북리현이 부지중 꽉 잡고 있던 담요의 끝을 천천히 놓았다.

“그래요. 확인하셔야겠지요.”

북리현의 목소리는 너무 낮아서 대체 무슨 생각을 하고 있는지 알 수가 없었다.

“확인하신 뒤에 차라리 죽이시지요. 안 그러면 아버지의 이 패악무도한 아들, 의붓동생의 영화를 시샘해 힘도 없는 노인과 20년을 충성한 총관을 죽인 천하의 패륜아, 다치지도 않은 다리를 다쳤다 속이며 뒤에서 온갖 나쁜 짓은 다 하고 다니는 이 간교한 자식이, 의붓동생을 죽이는 것도 모자라 종래에는 천오백 명 군왕부 식솔 전체를 다 잡아먹을지도 모르니까요. 차라리 죽이십시오. 차라리 아버지 손으로 절 죽이십시오!"

"이, 이놈이! 네 정녕!"

북리운천의 이마에 불끈 힘줄이 솟았다. 그리고 몰아치는 분노를 이기지 못한 북리운천의 일성이 터져 나왔다.

"오냐, 죽이마. 그래, 내 오늘 너를 죽여 북리가의 명예를 지키리라!"

북리운천의 검이 그대로 아들을 향해 날아갔다. 눈앞으로 다가오는 눈부신 검날을 느끼며 북리현은 조용히 눈을 감았다.

더는 싫다, 더는. 차라리 여기서 끝을 내자. 차라리.

콰장창!

그러나 칼날은 북리현의 심장을 꿰뚫지 못했다. 검을 뽑아 북리현의 앞을 막아선 전조가 혼신의 힘을 다해 덤벼 오는 북리운천의 칼날을 고스란히 받아냈던 것이다. 하지만 내상으로 공력을 제대로 모을 수 없는 전조로서는 십 성의 힘이 담긴 북리운천의 패검을 막아낸다는 것이 애초부터 무리였다. 검을 쥔 전조의 손이 충격으로 찢어져 나가 살점이 튀었고, 내상으로 엉킨 혈맥은 검날에서 전해진 공력으로 아예 갈갈이 끊겨 나갔다. 헉, 물러서는 전조의 입에서 피 분수가 일었다.

"전 호위!"

북리운천이 화급히 검을 회수하며 전조의 이름을 불렀다. 전조가 검을 지팡이 삼아 천천히 주저앉았다. 무릎을 꿇은 채 전조의 슬픈 눈이 북리운천을 올려다보았다.

"어찌 이리, 참담한 일을 하십니까. 저분은 왕야의 아들이십니다."

"저놈은 내 아들이 아니다!"

"그러지 마십시오. 저분을 사랑해서, 저분을 아껴서, 분노하신 것 아닙니까."

"가문을 더럽히는 놈은 필요 없다!"

"왕야, 가문이 아무리 귀하다 한들 사랑하는 아들만 할 것이며, 명예가 아무리 소중하다 한들 아들의 목숨보다 더 소중하리이까. 소왕야께는 죄가 없습니다. 모든 잘못은 아무 증거도 없이 멋대로 추측한 저의 경솔함에 있습니다. 소왕야께서 울컥하는 마음에 실언을 하셨다 한들, 어찌 그 죄를 물어 소왕야를 베려 하십니까? 용서하소서. 잘못은 제게 있습니다."

고통을 사리물며 띄엄띄엄, 그러나 진정을 담아 말하는 전조의 말에는 힘이 있었다. 북리운천이 잠시 말없이 전조를 보는 사이 북리현이 갑자기 으하하하 광소를 터뜨렸다.

"피를 나눈 아버지는 날 죽이려 하는데, 괴롭히고 모욕한 친구는 나 대신 칼을 맞는구나. 천하를 다 가진 아버지는 하찮은 실언까지 다 내 잘못이라 하는데, 죄도 없는 친구는 내 죄까지 다 자기 잘못이라 하는구나. 그래, 세상이 원래 그런 것이지."

천천히 북리현이 전조를 보았다. 그리고 문득 싱긋 웃었다. 전조로서는 처음 보는, 아무 가식도 담기지 않은 아주 순수하고 깨끗한 웃음이었다. 그 웃음을 지우지 않은 채 북리현이 전조에게 손을 내밀었다. 그러더니 갑자기 와락 전조의 손에서 검을 빼앗아 들었다.

"소왕야!"

"아버지, 보소서. 이 쓸모 없는 다리가 굳었는지, 아니 굳었는지!"

그대로 날카로운 검날이 북리현의 허벅지를 뚫고 퍼억 꽂혔다. 피가 확 튀고, 역겨운 피비린내에 비둘기들이 일제히 구슬프게 울며 날아올랐다. 파드드득, 휘날리는 하얀 깃털 사이로 점점이 핏방울이 튀었다. 연황색 바퀴의자는 흘러내리는 피로 이미 시뻘겋게 변해 있었다. 보는 사람이 끔찍해 고개를 돌릴 지경이건만 정작 북리현은 이마만 살짝 찡그렸을 뿐 미동도 하지 않았다.

"고통을 느끼고 조금이라도 움찔하거나, 이를 악물거나, 낮은 신음을 한 번이라도 내뱉는다면 제가 속였음을 알겠다구요. 자아, 어때보입니까, 제가? 대체 제가 어때 보이냔 말입니다!"

"소왕야……."

울부짖는 북리현을 바라보며 전조는 그만 맥을 놓았다.

왜 이 사람들은 세상에서 하나뿐인 부자父子이면서 이토록 서로를 증오하는가. 저 깊은 눈빛의 소왕야는 어째서 저토록 무모하고, 저 강한 눈빛의 군왕은 어째서 저리 차갑기만 한가. 서로의 마음을 속이며 이 사람들은 대체 왜 이리 서로에게 상처만 주는가. 대체 왜…….

맥을 놓고 쓰러지면서도 전조는 생각을 멈출 수가 없었다.

아름다운 사람 하나

치렁치렁 칡덩굴	緜緜葛藟
황하 가의 칡덩굴.	在河之滸
끝내 형제 멀리 떠나	終遠兄弟
남을 아버지라 하네.	謂他人父
아버지라 불러도	謂他人父
돌아보니 나 혼자로구나.	亦莫我顧
치렁치렁 칡덩굴	緜緜葛藟
황하 가의 칡덩굴.	在河之涘
끝내 형제 멀리 떠나	終遠兄弟
남을 어머니라 하네.	謂他人母
어머니라 불러도	謂他人母
또한 나 홀로 서 있구나.[19]	亦莫我有

---

19) 《시경》 국풍편 중 '왕풍王風'에 나오는 〈갈류(葛藟: 칡덩굴)〉라는 시.

"어머니……."

인종은 전조의 머리에 놓인 물수건을 갈아 주려다 말고 전조의 속삭임에 손을 멈췄다. 혼절한 와중에도 전조는 가끔씩 그렇게 녹아 내릴 듯한 목소리로 어머니를 찾았다. 전조가 고아임을 아는 인종으로서는 왠지 그 소리에 마음이 아팠다. 열에 들뜬 전조의 이마에 조심스럽게 찬 물수건을 놓아 주다가 인종은 문득 웃음이 나왔다.

'천하의 황제가…….'

당금 천하의 황제가 자신의 호위 옆에 붙어 앉아 물수건을 갈고, 약을 달이고, 땀을 닦아 주고 있다니. 천하의 누가 이 일을 믿을 것인가. 황제 자신도 믿기 힘든 것을. 그런데도 인종은 자신이 오히려 이 일을 즐기고 있음을 알았다. 언제나 반듯하고 흐트러짐 없는 모습만 보이던 자신의 호위가 이토록 약하고 힘든 모습으로 제 보살핌을 온전히 받고 있다는 사실이 한편 신기하고 한편 마음 뿌듯하였다.

인종은 가만히 전조의 얼굴을 들여다보았다. 이렇게 가까이, 오래도록 전조를 본 적이 없는 것 같았다. 반듯한 이마, 거듭된 부상으로 조금 마르긴 했지만 단아한 얼굴선, 한 치 어긋남이 없이 단정한 콧날, 강직한 느낌을 주는 턱까지 인종은 지치지도 않고 들여다보았다. 잘생겼다기보다는 깨끗하고 단정한 느낌을 주는 얼굴이었다. 좌수백처럼 아름답고 화려한 얼굴은 아니지만 훨씬 더 사람의 마음을 끄는 깊이가 있었다.

사람이 사람을 인정한다는 게 과연 무엇인가, 문득 인종은 생각했다. 양양 왕의 반란 이후로 인피면구라는 극한의 방법을 동원하면서까지 인정받으려 했던 황제다움, 혹은 조정이라는 인간다움이 과연 무슨 의미가 있는 것일까.

자신은 이제껏 전조를 인정해 왔다고 생각했다. 그러나 여기 한없이 약한 모습으로 누워 있는 전조를 보자니 과연 그랬던가 의문이 들었다. 솔직히 황제에게 전조는 사품호위라는 벼슬을 하사받은 관리이자 충직한 신하, 그 이상도 이하도 아니었던 것이다. 충직하여 언제나 자신을 위해 목숨을 바칠 수 있는 전조지만, 그렇다고 그 목숨에 미안해하거나 빚진 기분이 들 까닭은 없었다. 전조가 아니더라도 어전에는 사품호위가 넘쳐났고 전조가 인종을 대신해 죽기라도 한다면 대단히 애석하기야 하겠지만 곧 잊어버릴 것이었다. 황제가 인정한 것은 '전조'가 아니라 '전조라는 이름을 가진 호위'였던 것이다. 그것이 '관우라는 이름을 가진 호위'나 '장비라는 이름을 가진 호위'로 바뀐다고 해서 달라질 것은 없었다.

그러나 지금 여기 창백한 낯빛으로 누워 있는 전조는, 호위든 신하든 상관 없이 온전히 그냥 전조로서 의미가 있었다. 전조가 깨어나길 바라고 건강하길 바라는 것은 충직한 신하여서도 아니요, 자신을 대신해 장풍을 맞아서도 아니요, 다만 그저 전조였기 때문이었다. 전조의 고통과 슬픔에 반응하여 움직이는 자신의 마음이 전조를 인정하고 걱정하고 있기 때문이었다.

'사람을 인정한다는 게 이런 것인가. 그냥 있는 그대로 받아들이는 것. 잘났든 못났든 지위가 있든 없든 그 사람 있는 그대로. 그렇다면 나는 대체, 지금껏 무슨 욕심을 부렸던가.'

황제는 길게 한숨을 내쉬었다.

"선생."

가냘픈 목소리에 인종은 퍼뜩 정신이 들었다.

"전 호위, 깼는가."

반가운 마음에 와락 전조의 손을 쥔 인종이 곧 깜짝 놀라 손을 풀었다. 북리운천의 패검을 받아낼 때 전조의 손아귀가 찢어졌음을 잠깐 잊고 있었던 것이다. 붕대가 감긴 전조의 손이 움찔 떨렸다.

"미, 미안하네."

"아닙니다. 아프지 않아요. 그보다, 소왕야는 어떻게 됐습니까?"

인종이 어이없는 얼굴로 휘휘 고개를 저었다.

"자네가 지금 그 망나니 걱정을 하고 있을 땐가? 자네 몸이나 돌보시게."

"저는 괜찮습니다. 무림인이 이 정도 다치는 거야 흔한 일인 걸요. 소왕야의 다리는 괜찮은 겁니까?"

"마비된 다리가 아프기라도 할까 봐 걱정하는가. 군왕부 명의가 수염이 날리도록 달려와 깨끗이 봉합하고 치료했네. 죽을 뻔한 건 소왕야가 아니라 자네라구!"

"왕야는…… 어쩌고 계십니까?"

"이 답답한 친구야, 그 두 부자는 걱정할 필요가 없어. 제멋에 겨워 물고 뜯고 싸우는 부자를 자네가 왜 몸 다치고 마음 다쳐 가며 걱정을 해. 내 일찍부터 북리운천, 그자가 무식한 무부武夫인 줄은 알았지만, 핫!"

인종은 뱉어내는 제 말에 자기가 놀라 얼른 입을 다물었다. 잠시 황제 같은 어투가 튀어나왔던 것이다. 전조가 눈을 둥글게 뜨고 보았지만, 이정 선생이 엉뚱한 말을 자주 하는데다 북리운천과 막역한 사이임을 아는지라 곧 그러려니 하는 표정으로 살짝 웃어 보였다. 공연히 겸연쩍어 인종이 벅벅 머리를 긁는데 전조가 속삭이듯 말했다.

"부자父子란 어떤 걸까요?"

목소리에 엷은 슬픔이 배어 있어서 인종은 새삼 다시 전조를 보았다.

"아버지와 아들 사이란 어떤 걸까요. 저렇게 겉으로는 피 흘리며 싸워도 사실 속으로는 걱정하고 아끼는 거, 그런 게 아버지와 아들이겠지요."

"전 호위."

전조가 후후 웃었다. 밝지만 어딘가 슬픈 웃음이었다.

"아마 제가 좀 부러웠던가 봅니다. 저렇게 싸워도 왕야와 소왕야는 끈끈한 끈으로 묶여 있겠구나 싶어서. 그래도 천지에 아버지가 있고 아들이 있겠구나 싶어서."

"……."

"선생, 가끔씩 제 부모가 누구일까 생각합니다. 얼마나 가난하고 살기가 힘들었기에 우마차가 지나다니는 한길에 아이를 버렸을까. 얼마나 정을 끊어내고 싶었으면 아이를 감싼 베 보자기에 그림 한 점, 표식 하나 남겨 놓지 않고 버렸을까. 얼마나 무정했으면 이제는 너무나 오랜 세월이 지나 얼굴도 못 알아보고 알아볼 표식도 없는데, 우연히 길에서 만나도 천지에 하나뿐인 아버지와 아들이 소 닭 보듯 무심하게 스쳐 갈 터인데, 어찌 그런 생각 한번 없이 냉정하게 버리고 떠났을까. 돌아서는 그 발길에 아무런 미련이 없었을까……."

"전 호위."

문득 전조가 머리를 흔들며 손가락으로 이마를 짚었다.

"이정 선생, 죄송합니다. 이런 생각은 상무관에 들어간 뒤로는 한 번도 하지 않았는데 제가 잠시 어찌 됐나 봅니다."

어머니…….

정신을 놓은 고통 속에 그렇게 간절히 불렀으면서 생각을 한 번도 하지 않았다니. 황제는 속으로만 고통을 삭이고 있는 전조가 마냥 안쓰러웠다. 그리고 그 고통을 조금이라도 덜어 주고 싶었다.

"전 호위, 부모란 말일세, 자식에게 늘 미안하다네."

전조가 천천히 인종을 바라보았다.

"자식은 부모가 죽은 뒤에야 그 사랑을 깨닫고 절절해지지만, 부모는 살아 있는 동안 내내, 그리고 죽어서도 아린 생인손 보듯 자식을 대하지. 자식 때문에 아프고, 속상하고, 힘들어도 결국 그 애는 부모에겐 보물이네. 그런 자식을 버릴 때 그 어느 무정한 어미 아비인들 피눈물을 흘리지 않았을까. 돌아서는 그 발길에 어찌 천 근, 만 근 슬픔이 담기지 않았을까. 그런데도 버렸다면, 그 죄 많은 어미 아비의 가슴이 얼마나 찢어졌을지 나는 알 것 같으이."

"……."

"전 호위, 자네에게 어찌 부모가 없다 하는가? 자네의 뼈와 살, 이렇게 잘 자라 남을 위해 주는 남협이라는 몸의 바탕이 누구에게서 왔는가. 부모가 자네를 길러 주지 않았다 한들 그 몸은 분명 부모에게서 나온 것이네. 자네의 현명함, 자네의 따뜻함, 자네의 속 깊음을 볼 때마다 나는 자네의 부모가 얼마나 좋은 분일지 생각한다네. 어떤 사연이 있어 자식을 버렸는지는 모르겠지만 얼마나 다정한 분일지 능히 짐작할 수 있다네. 자네는 참으로 좋은 사람일세. 그것만으로도 나는 자네의 부모가 고맙네. 세상에 이토록 아름다운 사람 하나 보내 주었으니 자네의 부모가 정말 고맙단 말일세."

"이정 선생."

"자네, 우는가?"

"선생……."

전조의 창백한 뺨을 타고 눈물이 흘러내렸다.

세상에 이토록 아름다운 사람 하나 보내 주었으니, 나는 자네의 부모가 고맙네.

그 한 마디에 중원에서 가장 강한 사내, 남협이라 불리는 상무관 출신의 최고 검객이 두들겨 맞은 아이처럼 울고 있는 것이다.

세상에 이토록 아름다운 사람 하나, 그렇게 울고 있었다.

길에는 얼어 죽은 뼈가 있다

　맛깔스러운 채소에 찹쌀을 묻혀 튀겨낸 춘권春捲, 밀가루 부침개에 달걀과 파를 섞어 만든 전병煎餠, 오리의 혀를 꽃 모양으로 둥글게 늘어놓아 한껏 모양을 낸 백화압설百花鴨舌, 여덟 가지 재료가 섞인 팔보채八寶菜에 열 가지 재료가 섞인 십경十景 요리까지 눈앞에 펼쳐진 산해진미에 전조는 잠시 어리둥절했다. 더구나 그것들은 먹기 좋고 운반하기 좋게 크기가 같은 채반에 나란히 담겨 있었다.
　"이, 이게 다 뭐냐? 아령."
　"도시락요."
　"도시락?"
　"소풍 가요, 전 대인."
　전조가 어이없는 얼굴로 아령을 보았다. 늘 좌수백 옆구리에 붙어 다니느라고 얼굴 보기도 힘든 아령이 느닷없이 이 많은 음식을 해 가지고 나타나 소풍을 가자니.
　"그거 정말 좋은 생각이로군."
　인종이 맛깔스럽게 놓인 압설을 하나 집어먹으며 맞장구를 쳤다.

장식이 유난히 아름다운 백화압설이나, 사슴 힘줄로 만든 매화녹근 梅花鹿筋 같은 궁중요리를 먹어 본 게 언제인가 싶었다. 군왕부의 음식이 나쁘다는 뜻은 아니지만 매 끼니마다 최고의 숙수(熟手 ; 요리사)가 솜씨를 다해 내놓는 눈부신 황궁의 식탁만큼은 못 되었던 것이다. 오랜만에 먹는 압설이 혀에서 녹았다. 황궁에 돌아가면 줄줄이 차려 놓고 양껏 먹어야겠다고 생각하던 인종이 갑자기 쓰게 웃었다.

'젠장. 왜 갑자기 그나마 딱딱한 건량마저도 없어 굶는 백성이 있다는 전 호위의 말이 떠오르는 거야! 이거야, 황궁에 돌아가도 배 터지게 먹는 건 글렀군.'

아령이 전조의 팔을 잡으며 생글댔다.

"소왕야가 보내 주신 거예요. 좌 공자님께 부탁해 저도 함께 가게 해 주셨구요."

"소왕야가?"

"지난번 일이 많이 미안하셨던가 봐요. 전 대인 몸이 성치 않다고 마차까지 내주셨어요. 가실 거죠?"

"아령, 아직 살인범을 잡기는커녕 단서조차 하나 못 찾고 있다. 이런 때에 어찌 나만 좋자고 소풍을 갈 수가……."

전조가 낯빛이 흐려지는 아령을 보고 그만 입을 다물었다. 전조 자신은 소풍 따위 얼마든지 갈 수 있었다. 하지만 아령은 모처럼 북리현이 시간을 빼 주지 않는 바에야 늘 좌수백에게 묶여 있는 아이였다. 저리 좋아하는 얼굴을 흐리게 하고 싶지가 않았던 것이다.

"그래, 좋은 생각이다. 함께 가자꾸나."

아령이 반짝, 기쁜 빛을 발했다. 황제가 옆에 있다가 혼자 투덜거렸다.

"아령, 저 일벌레가 네 말은 아주 잘 듣는구나. 비결이 뭐냐?"

아령은 그저 빙긋 웃기만 했다.

마차는 경치 좋은 곳만 골라 달리고 있었다. 무뚝뚝한 얼굴을 한 마부는 속내는 상냥한지 아름다운 경치가 나올 때마다 마차를 멈추고 구경을 시켜 주었다. 장안을 상징하는 칠 층 높이의 웅장한 대안탑大雁塔부터, 당 고종이 어머니를 위해 지었다는 자은사慈恩寺, 푸른 눈의 서역인을 볼 수 있는 청진사淸眞寺, 아름다운 모란꽃 정원 침향정沈香亭까지 처처에 절경이 널려 있었다. 수사에만 바빴던 전조나, 자기 생각에 골몰해 있던 황제나, 늘 하인 노릇에 바빴던 아령이나 모두 다 처음 보는 구경에 넋을 잃었다. 전조가 내심 북리현에게 고마워하고 있을 때 마차는 어느덧 성을 빠져 나와 황톳빛 대로를 달리고 있었다.

"전 대인, 지금 마부 아저씨가 어디로 가는지 아세요?"

"응? 글쎄."

생글거리며 묻는 아령의 말에 전조가 고개를 갸웃했다.

"미인을 만나러 간답니다."

"미인?"

"천하의 시인 이백이 '활짝 핀 모란'에 비유했던 아주 아름다운 여인요."

"양귀비 말이냐?"

어리둥절해하는 전조 옆에서 인종이 끼어들자 전조가 더 어리둥절한 표정이 되었다.

"선생, 양귀비를 만나다니요. 이미 몇백 년 전 안녹산의 난 때에 죽은 여인 아닙니까?"

아령이 쿡 웃음을 터뜨렸고 황제도 그만 너털웃음을 지었다.

"사람 참, 순진한 건가. 모자란 건가. 아무럼 귀신을 만나러 가자고 했을까."

"그럼?"

"보아하니 화청지華淸池에 가고 있는 모양이군."

"맞아요, 선생님."

아령이 고개를 끄덕였다.

화청지는 섬서성 장안의 북동쪽에 있는 온천 지대 이름이었다. 주변 산세가 아름다운데다 물이 풍부하고 따뜻해 예로부터 많은 황제들이 이곳에 겨울 별장을 세워 두고 즐겨 찾는 곳이기도 했다. 진시황은 이곳 온천을 이용하려고 새로이 길까지 닦을 정도였다. 당 현종이 천하의 미인 양귀비를 위해 4문 10전 4루 2각의 으리으리한 화청궁華淸宮을 지은 뒤로는 그 이름이 더욱 유명해졌다. 지금 마차는 바로 그 양귀비의 전설이 남아 있는 화청지로 가고 있었던 것이다.

"참 아름다운 곳이지. 화청궁도 볼 만하고. 연못가에 버드나무 우거지고, 고풍스러운 정자와 회랑을 지나면 기분을 상쾌하게 하는 뜨겁고 향긋한 구룡탕九龍湯이 있었지. 양귀비 같은 미인이 옆에 없는 게 다만 애석할 따름이었어."

"에? 선생님이 그걸 어떻게 아세요? 화청궁 안에 들어가 보신 적이 있으세요? 거긴 폐하나 황족만이 들어갈 수 있다고 들었는데."

아령이 깜짝 놀라 묻자 인종이 뜨끔해서 손을 내저었다.

"허허, 말이 그렇다는 얘기지. 나도 풍문으로만 들었는데 너무 실
감나게 얘길 했나 보군."

너털거리며 얼버무리는 황제를 갸웃해서 보던 아령이 곧 다른 생
각에 잠겨 천천히 창 밖을 내다보았다.

아득한 붉은 구릉이 멀리까지 이어져 있었다. 눈부시게 맑은 오후
였다. 푸른 초목은 마냥 싱그러웠고, 그 위로 햇살은 찬란한 금빛으
로 부서져 내리고 있었다. 세상이 너무 빛나고 아름다워 아령은 문득
마음이 아팠다.

"선생님, 황제 폐하가 된다는 건 어떤 걸까요?"

속삭이는 아령의 말에 인종이 기겁을 했다.

"어, 어떻다니?"

"그냥요. 세상에서 가장 높은 분이시잖아요. 뭐든지 다 할 수 있
고, 뭐든지 다 가질 수 있고, 그런 분은 무슨 생각을 하며 사실까
궁금해서요."

"뭐, 비슷, 비슷하겠지. 화, 황제도 사람인데."

아령이 이번에는 전조를 보았다.

"전 대인은 폐하를 가까이서 보셨다고 하셨죠? 어떤 분이세요?"

전조가 잠시 말없이 아령을 보았다. 그 옆에서 인종은 어떤 대답이
나올까 생각하며 괜히 긴장하고 있었다. 이내 전조가 천천히 입을 열
었다.

"나는 잘 모르겠구나. 폐하는 그냥 폐하시지. 그분을 내가 어찌 판
단할 수 있겠니. 다만……."

"다만?"

"아니다. 할 만한 얘기가 못 된다."

고개를 젓는 전조를 보며 아령이 다시 천천히 창 밖을 보았다.

멀리 화청궁이 세워진 여산驪山[20]이 우뚝 보이고, 그 밑으로 아름
다운 화청궁의 그림자가 아른거렸다. 희대의 미녀 양귀비와, 며느리
였던 양귀비를 자신의 비妃로 삼아 열락을 누렸던 당나라 황제 현종.
두 사람은 저 화려하고 웅장한 궁전 속에서 무슨 생각을 하며 밤을
지새웠을까.

문득 아령은 저 멀리서 화청궁을 향해 싯누런 먼지바람을 일으키
며 달려가는 말 한 필을 보았다. 아니, 보았다고 느꼈다. 아령의 눈앞
에 불현듯 오래 전의 일이, 현종과 양귀비가 살아 있을 때의 일이 환
상처럼 펼쳐지고 있었던 것이다.

말을 탄 병사는 채찍까지 휘두르며 화청궁을 향해 빠르게 질주하
고 있었다. 병사의 손에는 먼지를 타지 않도록 뚜껑을 잘 덮은 커다
란 바구니가 들려 있는데, 바구니에서는 그지없이 달콤하고 향긋한
과일 냄새가 풍겼다. 그리고 저 멀리 화청궁에 사는 아름다운 미녀
양귀비는 달려오는 말을 보며 해사하게 웃고 있었다. 아니, 말이 아
니라 말을 탄 병사의 손에 들린 과일 바구니를 보며 기쁘게 웃고 있
었다.

아령이 나직하게 읊조렸다.

장안에서 바라보면 언덕에 수를 놓듯   長安廻望繡成堆
산마루 대문들이 차례로 열린다.   山頂千門次第開

먼지 내며 달려오는 말을 보고 웃는 양귀비   一騎紅塵妃子笑
그 누가 알았으랴, '여지' 가져오는 길임을.   無人知是荔枝來

아령의 속삭임에 인종이 놀랍다는 듯 말했다.

"네가 지금 두번천杜樊川[21]의 시 〈화청궁을 지나며過華淸宮〉를 읊
은 것이냐?"

아령이 인종을 보더니 조금 씁쓸하게 웃었다.

"그냥 갑자기 생각이 나서요. 화청지에 간다니까."

"네가 문리를 터득한 것은 알고 있다만, 가끔씩 나를 정말 놀래키
는구나. 어린 나이에 학문의 깊이가 예사롭지가 않아."

"그것밖에는 할 줄 아는 게 아무것도 없는 걸요. 전 대인처럼 강하
지도 못하고, 힘도 약하고. 눈치가 빠르지도 않고."

"여지가 무엇이냐?"

---

20) 여산驪山 : 섬서성 서안부에 있는 산. 수려한 풍광에 활처럼 휘어진 능선 아래로 질 좋
은 온천을 품고 있어 예로부터 여러 황제들의 휴양지로 사랑을 받던 산이다. 화청지가
바로 이 산 자락에 자리잡고 있다. 진시황은 이곳의 온천을 이용하려고 각도(閣道 : 복도
로 이어진 길)를 만들었고, 당 태종은 온천궁을 지었으며, 현종은 양귀비를 위해 별궁
(화청궁)을 더욱 넓히고 화려하게 고쳤다. 《신당서新唐書》 '후비전 양귀비 조'는 화청
궁 가는 길에 금비녀와 구슬 같은 진귀한 금은보화가 가득 떨어져 있고 향기로운 냄새
가 수십 리에 진동했다고 그 호화로움을 기록하고 있다.

21) 두번천(杜樊川 : 803~852) : 당나라 때 시인 두목杜牧을 이른다. 번천은 그의 호이다.
중국 경조부 만년현, 곧 섬서성 서안 출신이며, 강직한 성품을 지녔다고 한다. 비슷한
시기의 시인 이상은李商隱과 더불어 소이두(小李杜 : 작은 이백과 두보)로 불릴 만큼 시
에 뛰어난 재능을 보였다. 더욱이 〈화청궁을 지나며〉나 〈적벽赤壁〉처럼 사적지를 글감
으로 삼아 읊은 절구는 필치가 기발하면서도 힘이 넘치는 것으로 정평이 나 있다.

자꾸 쓸쓸하게 가라앉는 아령을 막으려는 듯 이제껏 조용히 있던 전조가 물었다.

"남방에서 나는 과일이라고 알고 있어요. 아주 맛이 있어서 양귀비가 좋아했대요. 그래서 여지를 갖고 오는 파발마를 보면 화청궁에 있던 양귀비가 웃으며 좋아했대요."

"기막힌 과일이지. 남방의 성이나 안남 같은 따뜻한 곳에서 자라는 과일인데 껍질은 우툴두툴 거북이 등처럼 생겼지만 안에는 아주 말간 속살이 들어 있다네. 그거 한 입 베어 먹으면 입안에 꿀이 흐르듯 황홀해지지. 오죽하면 남방 사람들이 여지를 '과일의 왕'이라고 부를까. 정말이지 그 맛이란……."

황제는 얘기하다 말고 히뜩 말을 멈췄다. 전조와 아령이 놀란 얼굴로 자기를 보고 있었던 것이다.

"그 귀한 여지를 먹어 보셨어요?"

"선생의 견문은 정말 놀랍군요. 남방의 과일까지 아시다니."

"아, 그, 그거야 뭐, 어쩌다 보니. 내가 원체 여행을 좋아해서."

황제는 너털웃음을 지으며 열심히 무마했다. 그러나 속으로는 끙끙 앓는 소리가 절로 났다.

'젠장, 대체 천하의 황제가! 온천 한번 했기로서니, 남방의 과일 한번 먹었기로서니, 이렇게나 미안한 감정을 느껴야 해? 이제는 궁중에 돌아가도 압설 한번 맘대로 못 먹게 됐는데, 그런데 왜 내가 전 호위 자네와 아령 저 꼬맹이에게 이렇게 미안해지는 거냐구, 왜!'

그러나 황제의 겉은 평온하게 다른 말을 하고 있었다.

"어쨌든 중요한 건 그 여지가 맛있는 만큼 아주 상하기가 쉬운 과일이라는 거네. 오죽했으면 당나라 시인 백거이가 《여지일서》라는 책까지 써서 말했겠는가. '여지는 하루면 색이 변하고, 이틀이면 향이 변하고, 사흘이면 맛이 변한다. 나흘, 닷새가 지나면 죽어도 제 맛이 안 난다.'라고 말일세. 그러니 어쨌겠는가. 사흘이 지나기 전에, 아니, 되도록이면 일 각이라도 빠르게 여지를 옮겨 와야 양귀비가 기뻐하니 현종은 무리한 수를 쓸 수밖에. 결국 나라의 화급한 일에만 쓰는 파발마를 그 여지를 가져오는 일에 쓰고 말았다는 거야. 파발마를 탄 병사는 과일이 조금이라도 싱싱할 때 양귀비에게 바치려고 죽을힘을 다해 먼지 바람 일으키며 화청궁으로 달려갔겠지. 그러느라 사람도 여럿 죽고, 말도 여럿 죽었다더군. 그 먼 남방에서 화청궁까지 사흘 안에 닿으려면 오죽 급했을까……."

장안에서 바라보면 언덕에 수를 놓듯
산마루 대문들이 차례로 열린다.
먼지 내며 달려오는 말을 보고 웃는 양귀비.
그 누가 알았으랴, '여지' 가져오는 길임을.

"현종이 말년에 쫓겨날 수밖에 없는 이유가 있었군요. 그렇듯 사치를 부리다니."

전조가 한숨을 내쉬자 인종은 다시 뜨끔했다. 전조가 아령을 보며 말했다.

"그러고 보니 아령, 더 오래 전 시인 두보杜甫 [22]도 여기 화청궁을 지난 적이 있지 않느냐? 제목이 잘 생각이 안 난다만 두보가 여기서 고향을 찾아가며 지은 아주 길고 절절한 시가 있었지, 아마."

"〈자경부봉선현영회오백자自京赴奉先縣詠懷五百字〉를 말씀하시는 거군요. 그래요, 전 대인. 아주 슬픈 시지요.".

아령의 눈에 그렁그렁 눈물이 고였다. 전조가 놀라 아령을 바라보았다.

"아령? 왜, 왜 그러느냐?"

"아주 슬픈 시잖아요. 그 시에 보면 차디찬 겨울 밤에 두보는 장안을 떠나 봉선현에 있는 가족을 만나러 가지요. 그 해는 가을에 큰 비가 내려 추수를 거의 못한 터라 곳곳에 굶어 죽은 사람 천지이고, 자식을 팔아 곡식을 사는 사람까지 있었다지요. 두보도 너무 가난해 가족을 고향이 가까운 봉선현에 구걸을 보내 놓고는, 그 겨울 밤에 찾으러 가는 거구요. 그리고 그때, 여기 화청궁을 지나게 되지요."

가난한 시인은 화청궁을 지나는 심정을 이렇게 노래한다.

해는 저물어 온갖 풀들 시들고   歲暮百草零

---

22) 두보(杜甫 : 712~770) : 이백李白과 더불어 이두李杜라고 일컬어지는 중국 최고의 시인. 흔히 시성詩聖이라 불리는 이 위대한 시인에 대해서는 굳이 자세한 설명이 필요없지만, 곧이어 나올 〈자경부봉선현영회오백자(自京赴奉先縣詠懷五百字 : 경성에서 봉선현으로 가며 마음을 읊은 오백 자)〉라는 시에서도 알 수 있듯이 두보는 평생을 방랑하며 병약한 몸으로 가난과 맞서는 불우한 삶을 살았다. 그러나 바로 그 속에서 뛰어난 사실감과 감동을 길어냈으니, 두보의 시를 성립시킨 가장 큰 핵심은 곧 인간에 대한 위대한 성실이었던 것이다.

질풍은 높은 산을 찢누나.   疾風高岡裂

날씨는 몹시 흐리고 어둑한데   天衢陰崢嶸

나그네는 한밤중에 길을 떠난다.   客子中夜發

서릿발 매서워 허리띠 끊어지건만   霜嚴衣帶斷

곱은 손가락으로는 끈조차 맬 수 없다.   指直不能結

첫 새벽에야 여산(화청궁)을 지나는데   凌晨過驪山

천자의 어탑이 저 높은 산에 있구나.   御榻在嵽嵲

황제는 조금 서늘한 심정으로 아령의 말을 듣고 있었다. 두보의 시는 인종도 읽은 것이었다. 또한 인종은 개인적으로 두보의 시를 좋아하는 편이기도 했다. 하지만 지금 아령이 말하는 것처럼 저토록 절절한 느낌으로 그 시를 읽은 적은 결코 없었다.

"아름다운 화청궁, 웅장한 화청궁. 그 추운 겨울에도 뜨거운 온천물이 펄펄 솟아오르는 화려한 화청궁에서는 등불 훤하게 밝힌 채 밤새 음악 소리가 끊이지 않았고 술과 음식이 넘쳐났다죠. 현종과 양귀비가 고통받는 백성들은 아랑곳 않고 열락을 즐기고 있었던 거예요. 두보는 바로 거기를 지나갔어요."

옥돌 온천에서는 더운 기운 피어오르고   瑤池氣鬱律

우림군(호위대)의 창은 부딪쳐 웅성거린다.   羽林相摩戛

임금과 신하가 어우러져 한껏 즐기고   君臣留歡娛

울려 퍼지는 풍악 소리 요란도 하여라.   樂動殷膠葛

손님은 담비 가죽옷으로 몸을 덥히고   煖客貂鼠裘

구성진 피리 소리 맑은 비파 따른다.	悲管逐淸瑟
낙타 발굽으로 끓인 탕을 권하고	勸客駝蹄羹
지지러질듯 향긋한 굴 켜켜이 쌓여 있구나.	霜橙壓香橘

"담비 가죽 옷에 낙타 발굽 탕은커녕 뜨거운 온천에 발목 한번 적시지 못한 채 꽁꽁 언 몸으로 여산을 지나는 두보의 마음은 서글프기 짝이 없었지요."

목욕을 허락 받은 것은 긴 갓끈을 한 고관	賜浴皆長纓
짧은 갈옷은 잔치에 끼지도 못한다.	與宴非短褐
조정에서 나눠 주는 비단도	彤庭所分帛
본래 가난한 여인이 짠 것이지만	本自寒女出
그 지아비를 닦달하고 채찍으로 후려쳐	鞭撻其夫家
빼앗듯이 긁어모아 대궐에 바친 게 아니더냐.	聚斂貢城闕
부귀와 가난이 지척에서 다르니	榮枯咫尺異
이 서글픔 어찌 다 말로 하랴.	惆恨難再述

"그렇게 몸과 마음으로 추위를 견디며 힘겹게 두보가 봉선현에 닿았을 때 뜻밖의 소식을 듣게 되지요. 자신의 아이가, 굶어 죽었다는 것을."

붉은 문에는 술과 고기 넘쳐나는데	朱門酒肉臭
길에는 얼어 죽은 뼈가 있다.	路有凍死骨

"붉은 문에는 술과 고기 넘쳐나는데 길에는 얼어 죽은 뼈가 있다."

"아령."

주르르, 눈물이 아령의 뺨을 타고 흘러내렸다. 그리고 갑자기 아령이 통곡하듯 애달프게 소리쳤다.

"전 대인, 전 대인! 어머니도, 어머니도 그러셨어요. 그렇게 가셨어요. 굶주려서 그렇게."

전조가 놀라 아령을 보았다.

"추운 겨울이었어요. 구걸을 갔다 오니, 문짝이 뜯겨 나가 찬바람이 숭숭거리는 폐가에서 어머니가 맨발인 채로 혼자 조용히 웃으면서, 나흘이나 굶은 어머니가 혼자 빙그레 웃으면서, 제게 주실 만두 하나 가슴에 품고 그냥 웃으면서……. 나흘이나 굶었는데 그 만두 하나 안 먹고 그렇게 가셨어요, 그렇게!"

문을 열자 통곡 소리 들리니　　　　　　　　入門聞號咷

어린 아들 굶주려 벌써 죽었구나.　　　　　　幼子飢已卒

가을 벼도 익었는데　　　　　　　　　　　　豈知秋禾登

가난하여 이토록 참혹한 일 닥칠 줄이야.　　貧竄有倉卒

"가을 벼도 익었는데, 가을 벼도 익었는데……."

전조가 흐느끼며 읊조리는 아령을 어쩔 바를 모르고 품에 안았다. 도저히 애처로워 견딜 수가 없었던 것이다.

"전 대인, 그 시는 너무 슬퍼요. 그 시는 너무 슬퍼."

"미안하다, 아령. 미안해."

"너무 슬퍼……."

전조의 품에 안긴 아령은 쉴새없이 눈물을 흘렸다. 보고 있던 황제의 가슴에서 울컥 뜨거운 것이 치밀어올랐다.

"내가 결코 좌시하지 않으리라!"

황제는 쩌렁쩌렁 소리를 치고 있었다.

"송나라 천하에 더는 굶어 죽는 백성이 없도록 하겠다. 전 군현에 내 뜻을 알려 모든 벼슬아치들이 백성의 안위와 평안을 제 몸처럼 살피도록 하겠다. 어찌 굶어 죽는 백성을 도외시하고 감히 벼슬아치라 할 수 있으랴! 이제부터 송의 신하라면 누구나 다 백성들의 어려운 형편을 헤아려 편안히 안돈케 하는 정책을 내놓토록 하겠다. 그래서 그 중에서 가장 빼어난 것을 국책으로 정하겠다! 내가 요순의 태평책을 이 땅에 펴리라. 송의 천하를 다시는 눈물로 적시지 않겠단 말이다!"

그렇게 온 땅이 울리도록 쩌렁쩌렁 소리를 치던 황제는, 불현듯 자신이 처지를 잊고 잠시 흥분했음을 깨달았다. 전조와 아령이 또다시 놀란 얼굴로 자신을 보고 있었던 것이다.

잠깐 동안 숨막히는 침묵이 흘렀다. 황제가 더듬더듬 입을 열었다.

"에, 그러니까…… 만약 이 자리에 황제가 계시다면, 당연히! 이리 말하지 않았을까 싶다는 거지. 아무렴 분명 그리 말하셨을 게야. 요순의 태평책! 그것이야말로 모든 군주가 바라는 꿈이니까. 이래 뵈도 내가 경성에서 여러 왕부와 고관들 집을 들락날락거리며 다들은 풍월이 있어서 그러는 거란다."

그리고 황제는 안타까운 표정으로 덧붙였다.

"그러니까 제발 그만 울어라, 아령아. 네 눈물이 분명 저 멀리 황궁에까지 전해졌을 게야. 아니 그런가? 전 호위."

동의를 구하듯 눈을 찡긋거리는 황제를 보고 전조가 그만 후후 웃었다. 이정 선생의 엉뚱한 행동을 아령의 눈물을 그치게 하려는 수단이라 생각한 것이다. 아마도, 평소의 전조라면 조금은 이상하게 생각했을지도 모른다. 그러나 아령의 서러움을 어떻게든 위로하고 싶은 마음이 앞서 전조는 인종의 말을 대수롭지 않게 넘기고 있었다.

"봐라, 아령. 이정 선생이 널 걱정해 저렇게 엉뚱하게 위로를 해 주시잖니. 그만 울어라."

그리고 전조는 손을 내밀어 부드럽게 아령의 눈물을 닦아 주었다. 따뜻하고 다정한 눈동자가 아주 가까이서 자신의 얼굴을 들여다보고 있음을 느낀 아령이 갑자기 당황했다. 그리고 전조의 품에 너무 깊이 안겨 있는 것이 민망한 듯 서둘러 몸을 뺐다.

"저, 전 대인, 이제 괜찮아요."

"괜찮아. 너 하나쯤 기대 운다고 무너지는 남협이 아니다."

전조가 싱긋 웃었지만 아령은 왠지 더 당황해서 얼굴이 빨개졌다. 그리고 급히 창 밖으로 시선을 돌렸다.

"저, 전 대인, 이정 선생님. 화청지에 다 왔어요. 우와, 배고프다. 빨리 밥 먹어요."

갑자기 어리광을 부리는 듯한 아령의 목소리에 전조와 황제가 약속이라도 한 듯 서로 마주 보았다. 그리고 살짝 고개를 끄덕였다. 자신들의 착하고 어린 친구가 슬픔을 얼른 수습하고 다시 쾌활해진 것이 다행이라는 듯.

무뚝뚝한 마부가 마차를 세운 곳은 화청궁이 마주 보이는 여산의 작고 아름다운 숲이었다. 초록빛이 싱그러운 숲에는 어디선가 소리 고운 산새가 울고 있었다. 아령은 이제는 평온해진 듯 웃으며 음식을 차리고 있었고, 인종은 그 옆에 서서 마냥 즐거워했다. 전조도 두 사람을 보며 마음이 편안해졌다. 그때였다.

반짝.

햇살을 받아 뭔가 반짝 빛나는 것을 보고 전조는 무심코 몸을 일으켰다.

"전 대인, 곧 점심 먹을 텐데 어디 가세요?"

"음? 아, 잠깐만. 곧 갔다 오마."

전조는 천천히 발 밑을 살피며 걸었다. 중국 대륙의 대부분이 그렇듯 섬서의 땅도 황하를 닮아 붉은 황톳빛이었다. 하지만 이곳 화청지는 주위에 온천이 많아서인지 흙 빛깔이 달랐다. 화산재나 용암이 많이 섞인 온천 근처의 땅은 그냥 황토와는 달리 검붉거나 잿빛 따위로 여러 가지 빛깔을 띠기 마련이었다. 화청지도 예외는 아니었다.

전조는 물론 거기까지 생각한 것은 아니지만 남다른 땅 빛깔에 자꾸만 신경이 쓰였다. 얼마를 걸었을까, 전조는 아주 호젓한 공터에 와 있었다. 소나무가 주위를 빽빽하게 두르고 있어서 공터는 꽤 넓은 편인데도 겉에서는 전혀 눈에 띄지 않았다.

'병사 일만 명쯤은 너끈히 숨어 있을 지세군.'

자기도 모르게 떠오른 생각에 전조는 머리를 저었다. 그때 다시 반짝, 무언가가 빛났다.

"여기서 뭐합니까?"

느닷없이 들린 소리에 전조가 놀라 뒤돌아보았다. 무뚝뚝한 얼굴의 마부가 그만큼이나 무뚝뚝한 목소리로 묻고 있었다.

"선생과 아이가 찾는군요. 밥 안 먹습니까?"

"아, 네. 가지요."

갑자기 전조가 우뚝 멈추며 검을 빼들었다. 마부가 뜻밖의 행동에 놀라 황급히 물러서자, 전조가 그 옆에 있는 바위를 공력을 주입해 검날로 슬쩍 비껴 쳤다. 파층층, 마치 껍질이 벗겨지듯 바위가 균열을 일으키며 얇은 비늘 조각 같은 파편이 사방으로 튀었다. 마부가 어처구니없다는 듯 혀를 찼다.

"나참, 진주석眞珠石[23] 처음 봅니까. 사람 놀라게시리."

"진주석?"

"화청지 근처에는 이런 바위가 많아요. 온천에 흔한 바위니까. 바위가 진주처럼 윤기가 나니까 그런 이름이 붙여졌지요."

"진주석……."

전조가 천천히 무릎을 꿇고 부서진 파편을 하나 집어 들었다. 물고기 비늘 같은 얇은 돌 조각이 전조의 손바닥에서 유난히 반짝, 빛을 발했다.

---

23) 진주석眞珠石 : 진주암이라고 불리기도 한다. 진주석은 마그마가 빠르게 굳어서 생겨난 돌로, 유리 같은 성질을 가지고 있다. 겉모양을 보면 조각조각 틈이 나 있고, 동심원 모양을 하고 있어서 빛을 받으면 진주처럼 반짝인다. 주로 회색, 흑색, 암갈색을 띤다.

오직 한 명뿐인데

"마차까지 타고 어디를 다녀오는가?"

엄한 목소리에 전조가 걸음을 멈췄다. 따라 들어오던 인종과 아령도 주춤 멈춰 섰다. 북리운천이 낭하에 선 채 화난 얼굴로 일행을 보고 있었던 것이다.

"왕야를 뵙습……."

"그만 두게! 내 성내를 순시하다 자네들을 보았네. 지금 때가 어느 땐데 음식까지 싸들고 밖으로 놀러 다니는가. 하도 어처구니가 없어서 내 할 말을 다 잃었네."

"죄송합니다, 왕야."

"자네는 사품호위 신분으로 부끄럽지도 않은가. 할 일은 팽개치고 이렇게 놀러만 다녀도 되냔 말일세! 개봉부에 있는 포증이 참으로 좋아하겠네. 믿고 맡긴 부하가 일은 안 하고 마차 타고 유람을 하고 있으니 그 아니 좋겠나."

포증 얘기가 나오자 전조의 낯빛이 눈에 띄게 흐려졌지만, 가만히 입술을 사리문 채 묵묵히 북리운천의 질책을 듣고만 있었다. 인종이 참다 못해 앞으로 나섰다.

"왕야, 전 호위가 뭘 어쨌다고 그러시오? 저 다친 몸을 이끌고 이제 껏 하루도 쉰 적이 없고 그나마 오늘도 소왕야가……."

전조가 갑자기 팔을 뻗어 인종의 말을 막았다. 인종이 이해할 수 없다는 눈빛으로 전조를 보았지만 전조는 고개를 숙인 채 아무 말도 하지 않았다.

"현아가 뭘 어쨌다고?"

"아닙니다, 왕야. 제가 잠시 제 책임을 잊고 방종하였습니다. 햇빛 이 너무 좋아 그만 이정 선생까지 청해 자은사와 침향정 같은 명소 를 돌아다녔습니다. 잘못하였나이다."

"성 밖까지 나가는 걸 내가 봤건만!"

"황톳길을 달리다 시원한 나무 그늘을 발견해 점심을 먹었나이다. 곧 돌아온다고 왔으나, 하찮은 저의 즐거움을 위해 직무를 소홀히 하였으니 어찌 감히 용서를 청하겠습니까. 벌을 내리시면 달게 받 겠습니다. 벌을 내려 주소서."

"전 호위!"

인종이 놀라 손을 잡았지만 전조는 미동도 하지 않았다.

"스스로 알아서 근신하게."

북리운천이 차가운 목소리로 내뱉고는 돌아섰다. 그 뒤에 대고 전 조가 조용히 포권하는데 북리운천이 우뚝 멈춰 섰다.

"전 호위."

"예, 왕야."

"예정대로라면 내일 모레가 현아의 관례일이네."

전조의 몸이 멈칫 굳었다.

"눈부시게 멋진 소군왕이 탄생하는 날이 될 줄 알았는데, 병신이 된 아들의 생뚱맞은 생일이 되고 말겠구먼. 그 생각에 내가 잠시 흥분하였네. ……미안허이."

"아닙니다, 왕야. 제가 거듭 죄송할 뿐이지요."

"그 아이의 관례일 전에 사건을 해결할 수 있겠나?"

"왕야."

"그래도 못난 자식놈 생일이라고 범중엄 안무사를 비롯해 서부 요충지 여러 장군들이 축하해 주러 온다는구먼. 그때, 다음 대代 소왕야의 모습을 보여 주고 싶군. 셋 중 누가 됐든 북리 왕부에 후계자가 건재하고 있음을 보여 줄 필요가 있으니까 말일세."

"……."

"해결하게. 자네를 믿겠네."

북리운천이 등을 돌린 그대로 뚜벅뚜벅 걸어 나갔다. 그 뒷모습을 보는 전조의 눈빛이 흔들렸다.

'소왕야의…… 생일날입니까, 왕야.'

달은 기울어 있었다. 만월의 찬란함과는 달리 가파랗게 기울어진 달은 어딘가 처연한 아름다움을 품고 있었다. 들창으로 스며드는 달빛을 보던 전조는 천천히 자리에서 일어나 탁자에 앉았다.

탁자에는 낮에 화청지에서 가져온 진주석 파편이 놓여 있었다. 달빛에서 보니 파편은 돌 조각이라기보다는 영락없이 물고기 비늘로 보였다. 얇고 투명하고 반짝이는 물고기의 비늘.

'실수를 하였구나. 직접 검시를 하지 않았다고 어찌 그리 허방을 짚었더냐. 물고기 비늘이 신발에 묻을 정도의 생선 상자였다면 분명 비린내가 진하게 배어 있을 터. 그러나 검시서에는 그런 말이 없었다. 따라서 생선 상자가 아니라 그냥 보통 상자. 그리고 아마도 신발에 붙어 있던 것도 비늘이 아니라 이 진주석 조각. 그것도 모르고 엉뚱한 곳만 헤맸으니……. 어리석구나, 전조. 그러고도 수사를 한다 할 수 있느냐.'

전조가 한숨을 내쉬었다.

'그러나 무엇보다 걸리는 것은 진주석이 널려 있던 그 숲. 군사 일만 명은 너끈히 숨어 있을 만한 지세.'

뭔가 잡힐 듯 잡히지 않는 단서에 전조는 마음이 답답했다. 바람이라도 쐴까 하여 문을 열고 나서던 전조가 우뚝 멈춰 섰다.

"소왕야!"

푸른 달빛 아래 북리현의 그림자가 길게 낭하에 드리워져 있었다. 피에 절었던 연황색 바퀴의자는 다시 말끔하게 닦여 윤기가 났다.

"역시, 아직 자지 않았군."

"소왕야께서 여긴 어인 일로?"

"술 한 잔 하자 왔네. 마시겠는가?"

"……."

"싫으신가?"

"아닙니다. 찾아 주셔서 오히려 기쁩니다. 누추하지만 제 방으로 들어가시겠습니까?"

"아니, 후원으로 가세. 시끄러운 비둘기 친구들도 다 잘 테고, 바람이랑 달빛도 좋겠고."

"예, 그러지요."

북리현이 몸을 돌려 천천히 바퀴의자를 밀었다. 옆에서 조용히 따라가던 전조가 한 걸음 뒤로 물러서더니 바퀴의자의 손잡이를 잡았다.

"제가 밀어 드리겠습니다."

북리현이 전조를 보았다.

"죄송합니다. 소왕야께서 너무 태연하셔서 힘들게 의자를 굴리고 있다고는 생각하지 못했습니다. 손에 물집이 잡히셨군요."

"남 얘기할 때가 아닌 듯싶은데. 자네는 손이 찢어진 게 아니었던가? 엊그제까지도 붕대를 감고 있었으면서."

"제가 밀어 드려도 되겠습니까?"

북리현이 물끄러미 전조를 보더니 천천히 손을 떼고 등받이에 깊이 몸을 묻었다.

"고맙네."

전조가 부드럽게 바퀴의자를 밀기 시작했다. 그 손길이 편하게 느껴졌던지 눈까지 감고 의자에 머리를 기대고 있던 북리현이 갑자기 피식 웃었다.

"자네 참 이상한 사람이야. 아는가? 이 커다란 북리가에서 내 바퀴의자를 밀어 주겠다고 나선 사람은 자네뿐이라는 걸. 내가 건드릴 수도 없을 만큼 날카로워져 있기도 했지만, 세 공자가 나타난 뒤로는 더욱 아무도 신경을 쓰지 않았지. 뭐, 나라도 그럴 거야. 쓸모 없는 다리병신보다야 떠오르는 새 별에게 아부해 두는 게 훨씬 이

득이니까."

"그런 말씀 마십시오. 소왕야는……."

"병신이긴 해도 괜찮은 사람이다, 뭐 그런 얘기를 하려고?"

"……."

"그거야말로 입에 발린 소리지. 나는 망나니야. 오죽하면 아버지가
다 죽이려 할까."

"소왕야!"

"전 호위, 나는 입에 발린 위로는 필요 없네. 자네가 날 정말 생각
한다면, 정말 생각한다면 말일세."

전조가 긴장해서 북리현을 바라보았다. 북리현의 얼굴에 어딘가
비장함이 감돌았던 것이다.

"설혹 내 가슴에 칼을 꽂는 일이 생기더라도 주저하지 말아 주게."

"소왕야!"

"알겠나? 한 점 의혹도, 동정심도 없이 내 가슴에 칼을 꽂게. 내가
진정 그것을 바란다네."

"대체 그게 무슨?"

전조가 당혹해하자 북리현이 다시 히죽 평상시처럼 웃었다. 그리
고 가만히 바퀴의자에서 전조의 손을 떼어냈다.

"여기서부터는 내가 밀지. 자네는 가서 아령이나 불러 오게. 분명
자지 않고 쓸데없이 책나부랭이나 읽고 있을 테니까. 우리 둘만 마
시는 건 재미가 없잖은가. 내가 먼저 가서 근사하게 술상을 차려
놓겠네."

웃으며 의자를 밀고 후원으로 사라지는 북리현을 바라보면서 전조

는 알 수 없는 불안감이 들었다. 속내를 알 수 없는 사람. 무언가 아슬아슬한 낭떠러지 끝에 서 있는 듯 불안해 보이는 사람. 조금 전 그 말은 대체 무슨 뜻일까.

그러나 곧 전조는 정신을 차리고 별채 쪽으로 걷기 시작했다.

'아령의 방이 좌 공자 방 옆이던가?'

방향을 찾아 걷던 전조가 불현듯 걸음을 멈췄다. 은은히 황촉을 밝힌 방 너머로 억눌린 비명 소리가 들려왔던 것이다.

"안 돼요! 제발, 제발, 이러지 마세요, 좌 공자!"

'아령?'

전조가 그대로 한달음에 달려 방문을 걷어찼을 때, 눈앞에 벌어진 광경에 전조는 그만 아찔했다.

방 안은 태풍이라도 맞은 듯 엉망으로 흐트러져 있었다. 그리고 번들거리는 눈빛을 한 좌수백이 난폭하게 아령의 손목을 잡아 구석으로 내동댕이치고 있었다. 그대로 벽에 머리를 찧는 아령의 입가에 주르르 피가 흘렀다. 몸싸움이라도 있었는지 아령의 옷은 엉망으로 찢겨 있고, 뺨을 맞은 듯 얼굴에는 새빨간 손자국까지 나 있었다. 찢어진 옷깃을 오무려 움켜쥐는 아령의 손을 좌수백이 거칠게 잡아당기는 찰나였다.

"무슨 일입니까! 좌 공자."

느닷없이 들린 전조의 성난 음성에 좌수백이 움찔했다. 천천히 돌아서는 좌수백의 눈에 순간 당혹감이 흘렀다.

"저, 전 호위, 이건······."

"아령에게 무슨 짓을 한 겁니까?"

전조의 눈이 파랗게 빛을 발하자 좌수백이 움찔 물러섰다. 평소 화를 잘 내지 않는 사람이 분노하면 더 무서워 보이기 마련이다. 전조의 성난 눈빛에 좌수백이 계속 움찔움찔 물러서는데 갑자기 아령이 소리쳤다.

"아녜요! 전 대인. 도련님은 아무 잘못 없으세요."

"아령."

"제가 잘못을 했어요. 제가 잘못을 해서 벌을 받고 있었어요. 그러니까, 그러니까……."

채 말을 맺지 못하고 아령이 눈물을 흘렸다. 형편없이 부은 뺨에, 입가에 피까지 맺혀 있는 아령이 전조는 너무 애처로웠다.

"흥, 들으셨소? 내 하인의 잘못을 치죄하고 있었을 뿐이오. 전 호위야말로 야밤에 여기까지 웬일이오?"

갑자기 당당해진 좌수백의 목소리가 전조의 귀를 때렸다. 분노를 간신히 참으며 전조가 낮은 목소리로 대답했다.

"소왕야가 술자리를 청하셔서 아령을 부르러 왔습니다."

"흥, 그 병신 소왕야가 한밤중에 별 괴상한 짓거리를 다 하는군."

"좌 공자! 그분은 좌 공자의 형님이 되실지도 모르는 분입니다. 어찌 그런 말을!"

"전 호위! 그대야말로 버릇이 없구려. 한밤중에 남의 방에 쳐들어와서 무슨 행패요. 내가 부리는 하인의 잘못을 좀 거칠게 다스리고 있었다 한들, 감히 그대가 지금 그걸 따지겠단 말이오?"

전조가 솟구치는 분노를 억누르며 대답했다.

"아닙니다. 죄송합니다. 괜찮으시다면 아령을 데려가겠습니다."

"괜찮지 않소. 저 아이는 아직 충분히 벌을 받지 않았으니 전 호위
는 혼자 가 보시오."

"좌 공자!"

"가 보라 하지 않았소!"

질끈, 입술을 깨문 전조가 천천히 숨을 내쉬며 말했다.

"무슨 일인지, 제가 대신 받으면 안 되겠습니까?"

"뭐?"

"무슨 벌인지 제가 대신 받을 터이니 아령은 그만 용서해 주시지
요."

"전 대인!"

아령이 놀라 전조의 옷깃을 잡았지만 전조는 멈추지 않았다.

"때리시면 맞겠고, 분이 풀릴 때까지 화풀이를 하셔도 좋습니다.
채찍이라도 기꺼이 맞을 터이니 아령은 그만 용서하시지요. 충분
히 다쳤습니다. 충분히 다쳤으니 차라리 제게 화를 푸십시오."

"전 대인, 그러지 말아요. 그러지 말아요, 제발."

아령의 눈물이 다시 뚝뚝 전조의 손등으로 떨어졌다. 그 여린 손목
에 나 있는 붉은 흉터가 떠올라 전조는 마음이 아팠다. 갑자기 좌수
백이 킥킥킥 거슬리게 웃었다.

"아주 대단한 정의감이군. 채찍이라도 기꺼이 맞겠다?"

"……."

"기억하겠소, 전 호위. 내 오늘은 그냥 물러나 드리지. 하지만 잊
지 마시오. 그대는 오늘 내게 빚졌소."

좌수백이 여전히 킥킥거리며 방을 나갔다. 좌수백이 나간 뒤에도

방 안에는 여전히 끈적한 웃음소리가 남아 있는 듯했다.

전조가 가만히 한숨을 내쉬었다. 그리고 억지로 웃는 낯을 하며 아령을 돌아보았다.

"상처는 괜찮니? 어디 많이……."

전조가 문득 말을 끊었다. 아령의 가슴에 하얀 붕대가 감긴 것을 본 것이다.

"아령, 다쳤느냐? 얼마나 다쳤길래 붕대까지."

"아녜요, 전 대인."

아령이 화들짝 놀라 몸을 돌렸다. 그리고 걱정스레 어깨에 와 닿는 전조의 팔을 뿌리치며 옷깃을 여몄다.

"나가 계세요. 대충 치우고 나갈게요."

"왜 갑자기 내외를 하고 그러느냐? 그리고, 정말 다친 게 아니냐?"

"예. 방이 지저분해 창피해서 그래요. 나가 계세요. 제가 불편해요."

잠시 아령을 보던 전조가 손을 뻗어 아령의 흐트러진 머리칼을 부드럽게 올려 주고는 일어섰다.

"기다리마."

"전 대인."

돌아서는 전조를 아령이 불러 세웠다.

"응?"

"왜 저 같은 애한테 잘해 주세요? 전 대인은 폐하의 사품호위시잖아요. 왜 저 같은 애 때문에 자청해서 매까지 맞으려 하세요? 제가 뭐라고요. 저 같은 게 뭐라고……."

전조가 천천히 아령을 돌아보았다. 슬픈 눈빛으로 자신을 보는 아령의 눈만큼이나 전조의 눈도 슬퍼 보였다.

"그런 말은 하는 게 아니다, 아령. 사람은 누구나 다 소중해. 귀한 사람, 천한 사람이 따로 있는 게 아니다. 내가 너보다 귀하다고 누가 그러더냐? 네가 나보다 천하다고 또 누가 그러고? 그렇게 따지면 나는 너보다 높을지언정 좌 공자보다는 천하고, 좌 공자는 나보다 귀할지언정 왕야보다 천하고, 왕야 또한 아무리 높다 한들 폐하보다 천하겠지. 모두 다 자기보다 높은 사람에게는 천하고 자기보다 낮은 사람에게는 귀하겠구나. 그런 억지가 어디 있느냐. 그저 사람 한 명, 또 사람 한 명이 있을 뿐이다. 그렇게 세상에서 오직 한 명뿐인 사람들인데, 어찌 그 사람들 하나하나가 다 소중하지 않겠느냐."

"전 대인."

"너는 옛날의 나를 생각나게 한다. 나도 너와 같았다. 세상에서 가장 쓸모 없고 가장 하찮은 사람이 나인 것 같았지. 네게는 어머니라도 있었지만, 나는 부모 모두에게서 버림받은 아이였으니까."

"전 대인……."

"오래도록 나는, 어쩌면 지금까지도, 내가 참으로 아무것도 아니고 가치 없다 생각했다. 오죽하면 부모까지 날 버렸으랴 싶었지. 하지만, 얼마 전 이정 선생이 말해 주었다. 분에 넘치게도 나를 아름다운 사람이라 칭하며, 그래도 세상에 아름다운 사람 하나 살게 해 주었으니 내 부모님이 고맙다고. 버렸어도 고맙다고……. 나도 그 말을 네게 하고 싶구나, 아령. 너는 좋은 아이다. 그래서 나는 네게 고맙다. 그 힘들고 어려운 생활 속에서도 이렇듯 착하고 아름답게 자라 주었으니 나는 네가 참으로 고맙다, 아령."

아령의 상처 입은 뺨에 눈물이 흘러내렸다.

이렇듯 착하고 아름답게 자라 주었으니 나는 네가 참으로 고맙다, 그 한 마디가 또다시 아름답고 착한 사람 하나를 울리고 있었다.

천자의 나라

전조와 아령이 후원에 갔을 때 탁자에는 야채볶음과 죽엽청이 조촐하게 차려져 있었다. 그리고 막 북리현과 인종이 호기롭게 잔을 부딪치고 있었다.

"이정 선생."

전조가 뜻밖이라는 듯 인종을 부르자 인종이 돌아보며 손을 흔들었다. 북리현이 빙긋 웃었다.

"내가 오시라 하였네. 학식이 높은 문사라시니 함께 이야기를 나누며 경륜을 좀 높여 볼까 하고."

"예에."

전조가 고개를 끄덕이며 의자에 앉자 인종이 싱글거리며 말을 걸었다.

"안 그래도 지금 막 소왕야에게서 재미있는 얘기를 듣고 있던 참이네."

"어떤?"

"호수천好水川 전투[24]에 관한 것 말일세."

전조가 퍼뜩 북리현을 돌아보았다. 북리현은 담담한 얼굴로 술잔을 내려놓고 있었다.

'다르다. 평소의 소왕야가 아니다.'

전조의 가슴이 다시 불안감으로 뛰었다. 정체를 알 수 없는 이 불안감은 북리현이 평소와 다르게 지나치게 단정하고 진지하기 때문에 느껴지는 것이었다. 어쩌면 이제껏 북리현이라는 인간이 감추고 있던 진짜 속마음, 진짜 내면이 드디어 모습을 드러내는 것일지도 몰랐다.

"호수천 전투라면, 재작년 봄에 서하와 벌인 전투를 말씀하시는 겁니까?"

"전 호위는 잘 알고 있는 모양이군. 나도 한기에게 보고는 받았지만 상세한 것은 듣질 못해서."

"예?"

전조가 되묻자 인종이 순간 말을 더듬었다.

"아, 그러니까, 에, 그 전투가 서하 경략사 한기가 지휘를 했다는 얘기를 하려고……."

"정확히는 한기 경략사의 명령을 따라 임복 장군이 지휘를 했지요. 경략사께서 잠깐 사람 선정에 실수를 했다는 생각이 들지만."

북리현이 조용히 인종의 말을 고쳐 주었다. 전조가 물끄러미 북리

---

24) 호수천好水川 전투: 1041년 송나라와 서하가 영하성 융덕의 북쪽에 있는 호수천에서 벌인 전투. 이때 서하군은 송나라 변경인 회원성까지 밀고 들어왔다가 다시 퇴각해 호수천으로 송군을 유인해서는 여지없이 참패시켰다.

현을 보았다. 여전히 단정한 얼굴의 북리현이 피하지 않고 전조의 눈빛을 마주 받았다.

"전 호위는 호수천 전투에 대해서도 잘 아는 모양인데 대신 애기하겠나?"

"아닙니다. 가까이서 보신 분이 계신데 제가 어찌."

"나도 소왕야에게 듣고 싶소. 그러니까 조금 전 서하군과 우리 송군이 장가보 남쪽에서 교전하는 대목까지 얘길 했는데……."

인종이 끼어들자 북리현이 이번에는 똑바로 인종을 쳐다보았다. 순수하게 호기심을 담고 있는 인종의 눈을 보며 북리현이 담담히 입을 열었다.

"치열한 교전이었지요. 그러다 서하가 못 견딘 듯 퇴각을 하자 임복 장군은 기세를 몰아 쫓아가기 시작했고. 무려 사흘 낮 사흘 밤을 식음을 전폐한 채로 말입니다. 그리고 마침내 호수천 변에 다다랐지요."

"흐음."

"이튿날에는 임복 장군에 이어 우리 군의 선봉이었던 상역 장군의 부대도 합류해서 부대는 더욱 기세를 올리며 서쪽으로 진군하기 시작했지요. 그래서 선발대가 양목융성을 겨우 5리 남겨 놓은 지점에 이르기까지, 송군은 자신들이 포위된 것을 몰랐던 겁니다."

"포위? 아니, 우리 군이 이기고 있었던 거 아니었소?"

"아닙니다, 선생. 서하군은 진 것이 아니라 지는 척 속이면서 송군을 자기네 땅으로 유인했던 겁니다. 송군이 서하군이 매복해 있는 것을 알았을 때는 이미 진퇴유곡, 꼼짝없이 함정에 빠진 뒤였지요.

거기다 서하군에는 서하 최고의 전술가라는 이사공李思恭이 함께 있었습니다."

"이사공이라니? 그런 이름은 들어본 적이 없는데."

"이사공은 서하 황제 이원호의 배다른 왕제王弟입니다. 그림과 법률, 불교 경전에 조예가 깊은 형 이원호와는 달리 이사공은 타고난 무골로 겨우 스물둘의 나이에 서하 최고의 고수에 오른 사람이지요. 서하에서는 이사공을 '서하제일검'이라 부른다더군요. 비록 직접 지휘군장이나 대장군으로 나서지 않아서 이름이 알려지지는 않았지만, 이사공은 서하군의 막후 참모로 호수천 전투를 승리로 이끈 맹장입니다."

"그런……."

인종이 혀를 찼다. 인종은 호수천 전투를 그냥 서하군이 변경인 회원성까지 밀고 들어왔다가 다시 호수천으로 밀려가 거기서 분전, 결국 송군이 참패한 전투로만 알고 있었다. 아무리 황제더라도 인종이 받아 볼 수 있는 보고란 결국 전쟁의 개요일 뿐이고, 막후에서 벌어지는 일은 결코 알 수 없었던 것이다.

"이사공이 어떤 계략을 썼는지 들어 보겠습니까, 이정 선생?"

"아, 물론이오."

"저기 있는 제 친구들을 썼지요."

"응? 비둘기?"

인종이 눈을 휘둥그레 떴다. 느닷없이 비둘기라니.

"얘기를 더 들어 보십시오. 송군이 함정에 빠진 것을 깨닫고 서둘러 골짜기를 빠져 나오려던 때였습니다. 우연히 길에 커다란 상자가 밀봉되어 있는 것을 발견했지요. 상자 안에는 무엇이 들어 있는지 모르지만 계속 부스럭부스럭 소리가 났답니다. 그 와중에도 송군은 호기심을 참을 수가 없었지요. 결국 상자를 여는 순간 수백 마리의 비둘기가 일제히 상자를 빠져 나와 하늘 높이 날아올랐답니다."

"허, 저런."

"비둘기 다리에는 각각 작은 피리가 달려 있었습니다. 비둘기들이 송군을 떠나지 않고 머리 위에서 빙빙 돌자 바람에 피리가 울려 멀리까지 소리가 났지요. 서하군은 그 피리 소리를 듣고 송군의 퇴각로를 쉽게 알아채 공격을 시작했고요. 서하의 초원을 질주하던 그 유명한 기병대가 우왕좌왕하는 송군을 여지없이 격파하기 시작한 것이지요."

"저, 저런."

북리현이 말을 멈추고 살짝 뒤에 있는 비둘기 둥지를 돌아보았다.

"제가 기르는 비둘기 중에 그때 호수천에서 활약했던 비둘기가 있지 않나 싶습니다. 지금도 저놈들은 하늘로 날려 주면 약속한 듯 서쪽으로 날아갑니다. 특히 가운데 둥지에서 자는 놈들은 곧장 서하 변경의 적청군 진영으로 날아가지요. 예전에 전서구傳書鳩로 잠시 훈련시킨 일이 있는데 그때 습관을 아직까지 잊지 않고 있는 것 같습니다."

"비둘기야 원래 영리한 새니까 말이오. 그렇지만 호수천 전투에서는 이적 행위를 했으니 좀 괘씸한 걸."

"선생, 비둘기는 비둘기일 뿐, 부리는 사람이 누구냐에 따라 적도 되고 아군도 되고 그러는 겁니다. 어찌 말 못 하는 비둘기를 탓하겠습니까."

"내가 잠시 잊었소. 소왕야가 비둘기 왕자라는 걸."

황제의 농담에 북리현이 하하 소리를 내어 웃었다. 그 웃음이 너무 밝아 전조는 오히려 불안해졌다. 그러나 곧 북리현은 정색을 하고 다시 말을 이어 갔다.

"이사공의 계략은 그뿐만이 아니었지요. 서하 기병에게 짓밟힌 송군은 간신히 정신을 차려 좌우 골짜기로 올라가기 시작했습니다. 되도록 높은 고지를 점령해 전세를 만회하려는 생각이었던 거지요. 하지만 송군이 산으로 올라가는 순간 서하 진지에서 두 길이 넘는 커다란 깃발이 올라가더랍니다. 그리고 깃발을 왼쪽으로 흔들자 왼쪽 산에서 서하 복병이 와르르르, 오른쪽으로 흔들자 오른쪽에서 복병이 와르르르 쏟아져 나왔다지요. 송군은 정신을 차릴 수가 없었습니다. 서하군은 좌우로 복병을 적절히 지휘해 번갈아 공격함으로써 상대를 모조리 섬멸하는 작전을 펼쳤던 것이지요. 결국 송군은 처참한 패배를 하고 말았습니다."

인종이 저도 모르게 신음을 했다. 호수천 전투가 삼천구三川口 전투[25], 정천定川 전투[26]와 더불어 송군의 패배를 연달아 부추겼던 결

---

25) 삼천구三川口 전투: 1040년 섬서성 연안 서북쪽에 있는 삼천구에서 벌어진 전투. 이 전투에서 송군은 수장이 잡히고 병사들은 거의 전멸하는 참패를 당했다.
26) 정천定川 전투: 1042년 영하성 고원 서북쪽 정천에서 벌어진 전투. 역시 송군이 서하군에게 참패했다. 이 전투에서 송군은, 장군 갈회민葛懷敏을 비롯, 모든 병사가 전몰하는 커다란 타격을 입었다.

정적인 전투인 것을 알기는 했지만 이 정도일 줄은 몰랐던 것이다. 그렇게 공격을 당했다면 병사가 조금이나마 살아 돌아왔다는 게 기적일 지경이었다. 실제로 호수천 전투에 참여했던 수십 명의 장군 중에서 돌아온 사람은 단 한 명뿐이었으며, 그나마도 서하군이 철수한 뒤에야 어둠을 틈타 겨우 도망쳐 왔던 것이다. 또한 전군을 지휘했던 대장군 임복은 패전 장수가 되어 전장에서 수십 발의 화살을 맞고 피투성이로 처절하게 죽어 갔다. 생각이 거기에 미치자 인종은 마음이 지끈 무거워졌다.

"어떻게 생각하십니까? 이정 선생."

"응? 뭘 말이오?"

"선생은 시, 서, 사, 부, 온갖 시문과 경학, 고전에도 능하다고 들었습니다. 그토록 학문이 높은 선생이시니 이 호수천 전투를 분석해 보실 수도 있을 터인데, 우리 송군의 패전 원인이 뭐라고 생각하십니까?"

인종은 의아해져서 강렬한 눈빛을 뿜고 있는 북리현을 쳐다보았다. 북리현의 눈은 확신에 차서 어떤 대답을 원하고 있었다. 황제가 잠깐 머쓱하게 수염을 쓰다듬었다.

"책만 읽은 글방 서생이 어찌 칼과 창이 난무하는 전투에 대해 왈가왈부할 수 있겠소. 다만 《손자》에 이르기를 '지피지기면 백전백승'이라 했으니 송군이 자신의 전력을 제대로 파악하고 서하군의 전력 또한 정확히 파악했다면 그토록 큰 참패를 당하지는 않았을 거라는 생각이 드는구려."

북리현이 피식 웃었다. 그럴 줄 알았다는 듯 미묘한 비웃음이 담겨 있었다.

"지극히 원론적인 얘기로군요. 문사의 한계라는 게 그런 거겠지만. 전 호위는 어떻소?"

질문이 자신에게 날아오자 전조가 가만히 북리현을 보았다.

"전 호위도 지피지기면 백전백승 따위의 고사 나부랭이나 들썩거리고 있겠소?"

"……이정 선생의 말은 틀리지 않습니다. 우리 송군이 자신과 적의 전력을 정확히 파악했다면 그토록 커다란 참패는 당하지 않았겠지요. 다만……."

"다만?"

북리현의 눈이 반짝 빛났다.

"임복 장군은 몇 가지 무리수를 두었다고 생각됩니다. 아무리 기세가 충천했다 한들 무려 사흘 낮 사흘 밤을 쉬지도 않고 끼니까지 굶어 가며 적군을 추격하다니, 스스로 힘을 소진한 것과 같지요. 군대란 결국 병사 한 사람 한 사람이 모여 이루어지는 것. 병사가 지치면 군대도 힘을 쓸 수 없고, 병사가 힘이 나면 군대도 강해집니다. 그러나 임복 장군은 승전의 기쁨에 취해 굶주리는 병사의 어려움을 보지 못했으니, 서하군에게 포위되기도 전에 벌써 반은 지고 들어간 것과 같다고 할 수 있습니다."

북리현이 빙그레 웃었다. 전조라는 이 사내, 판단이 정확하면서도 따뜻하다. 진정 강하다 상찬받을 만한 사람.

"또한 골짜기에 포위되었을 때도 신속한 대응보다는 갈팡질팡하는 모습을 보여 주었다 생각됩니다. 그 급한 회군 도중에 아무리 밀봉

된 상자가 있다 한들 어찌 관심을 둘 것이며, 더 나아가 적진 한가운데에 떨어져 있는 물건을 어찌 열어 볼 생각을 할 수 있겠습니까? 서하군이 파 놓은 함정에 일부러 뛰어들 생각이 아니었다면요. 서하군이 두 길이 넘는 깃발로 번갈아 공격을 할 때에도 송군이 침착했더라면 오히려 반격의 기회로 삼을 수도 있었을 겁니다. 그러나 복병이 있는 것에만 놀라 송군은 제대로 공격을 하지 못했지요. 결국 병사는 지치고, 수뇌부는 흔들리고, 적은 모든 준비를 갖췄으니 어찌 승전을 바랄 수 있었겠습니까."

북리현이 고개를 끄덕이며 인종을 보았다.

"어떻소이까? 이정 선생. 전 호위의 말이 맞습니까?"

인종이 엷게 웃었다. 아무래도 이 사람이 나를 시험하고 있지 싶어, 하는 생각이 잠깐 인종을 스쳐 갔다.

"훌륭하오. 확실히 무인의 눈은 다르구려. 내 그래서 처음부터 말하지 않았소. 글방 서생이 어찌 피가 튀는 전장을 말하겠느냐고."

"하지만 그 서생들로 하여금 전장을 이끌게 하는 게 바로 이 송의 썩어빠진 국법이란 거요!"

갑자기 북리현의 목소리가 쩌렁 높아졌다. 전조가 놀라 북리현을 보았다.

"소왕야, 지금 썩어빠진 국법이라 하였소?"

인종이 어이없다는 듯 되물었지만 북리현은 거침이 없었다.

"이정 선생, 선생은 학식이 높은 문사면서도 방금 전에 전 호위가 한눈에 알아본 전세를 알지 못했소. 싸움에 임하여서 책만 파고 글만 읽은 탁상공론이 얼마나 무용한지 잘 보여 주는 처사지요. 싸움은 군대가 하고, 병사를 다스리는 것은 전술을 아는 무인이 해야만 하오. 하지만 문치文治에 빠진 작금의 송은, 실력 있는 무인보다 과거 시험에서 글 몇 줄 화려하게 내깔긴 백면서생을 군의 최고 책임자로 임명해 스스로 자멸의 길로 걸어가고 있지 않소? 대체 무슨 근거로 문이 무보다 낫다 하겠소. 당장 군이 없으면 이 기름진 중원이 통째로 서하와 요의 군대에 짓밟힐 터인데. 문도 무도 모두 소중하건만, 어찌 무부武夫는 천박하고 문사文士는 존귀하다 터무니없는 선을 긋고 무관을 핍박하는 것이오! 심지어는 천하의 우리 북리 군왕부도 툭하면 도성에서 왔다는 유약한 관리에게 사사건건 간섭을 당하는 판국이니, 작금의 이 사태가 진정 썩은 문치주의의 소치가 아니란 말이오?"

"소왕야!"

전조가 극으로 치닫는 북리현을 멈춰 세웠다.

"조금만 자중하소서. 초대 태조 폐하 이후로 황제들께서 대대로 문을 숭상한 것은 사실이나, 그렇다고 어찌 썩었다 말씀하십니까. 송은 아직 굳건한 나라입니다."

그러나 부드럽게 제어하는 전조와는 달리 인종은 분노를 느끼고 있었다.

"어이가 없구려, 소왕야. 초대 황제께서 문치를 표방하심은 그분 스스로가 혼란했던 5대 10국 시대를 살아 왔기 때문이었소. 당나라가 멸망한 뒤 얼마나 많은 군웅들이 스스로를 왕입네 칭하며 앞다투어 나서서 천하를 혼란시켜 왔는지 소왕야도 아시잖소? 그러므로 태조께서 그 모든 혼란을 딛고 천하를 통일한 뒤 가장 먼저 한 일은, 지방에 할거하는 세력을 모두 하나로 모아 황권을 강화하는 일일 수밖에 없었소. 그러지 않으면 천하가 다시 혼란에 빠질 테니까. 그래서 지방의 병권을 회수하고 황제가 직접 명한 관리를 보내 안돈시킨 것인데, 그렇듯 천하의 평화를 위해 지방의 유해한 무력을 약화시킨 것이 어찌 썩었다 소리를 들을 만큼 나쁜 정치란 말이오!"

흥분하는 인종을 보며 북리현의 얼굴에 빙그레 웃음이 떠올랐다.

"말씀은 참 잘도 하십니다, 선생."

"소왕아!"

싸늘한 북리현의 말에 인종의 목소리가 노기를 띠고 터져 나왔다. 그러나 북리현은 어느새 말투까지 다시 깍듯해져 있었다.

"말씀뿐이지요, 선생 같은 문사는. 말로는 모든 것을 다 할 듯지만 실제로는 아무것도 못 하지요. 자기만 거기 없으면 전쟁도 장난으로 생각하니까."

"소왕아!"

"그렇지 않다면! 어찌 선대의 황제들께선 재미삼아 지도를 펼쳐 놓고 붓으로 진영을 그려 가며 전쟁놀이를 즐길 수 있었단 말입니까!"

인종의 몸이 굳었다. 북리현이 말하는 '전쟁놀이'가 무엇인지 알수 있었기 때문이다. 또한 그것의 폐해도.

송 태조 조광윤은 그 자신이 절도사 출신으로 뛰어난 무장이었다. 그러나 태종을 이어 진종, 그리고 인종 자신에 이르면 무공은커녕 깊은 궁궐에서 귀하게 자란 귀공자에 불과했다. 그런데도 선대의 황제들은 작전 지도를 펼쳐 놓고 병법의 틀에 맞춰 붓으로 군진의 움직임을 그려 보는 일을 좋아했다. 그냥 그려 보는 거야 상관 없지만 문제는 자신이 그린 작전 지도에 따라 군대를 움직여 싸우게 했다는 것이다. 말하자면 자신이 내키는 대로 그린 작전 지도로 군대를 '원격 조종' 했다고 할까. 그러다 보니 전혀 상황에 맞지 않는 전투를 벌이는 송군은 속속 패할 수밖에 없었다.

훗날 신종 때에 이르러 송·요 전투를 81차에 달해 의논했으나 겨우 두 번밖에는 승리하지 못했다는, 그나마 그 두 번도 작전 지도에 따른 것이 아니라 임기응변으로 싸웠기에 이겼다는 웃지 못할 기록이 전해지는 것도 그 때문이다.

"전쟁을 압니까? 선생. 전쟁은 목숨입니다. 그 목숨의 죽음입니다. 이기면 목숨을 보전하는 것이고, 지면 그 목숨 버리는 것이지요. 그렇게 세상에 단 하나뿐인 목숨을 걸고 싸우는 거란 말입니다. 그런데 그 귀한 목숨을 한둘도 아니고, 수천 수만을 지휘하면서! 전쟁터에 나와 보지도 않고 편안한 궁궐에 처박혀 기분에 따라 쓱쓱 그린 그림 쪼가리에 맞춰 싸우라니, 세상에 그런 무참한 경우가 어디 있단 말입니까! 그 많은 사람들의 목숨을 담보로 끔찍한 전쟁놀이를 즐기는 그따위 소인배가 정녕 황제란 말입니까!"

"소왕야! 제발! 자중하소서."

다시 자신의 말을 막는 전조를 북리현이 노려보았다.

"전 호위! 그대가 말해 보게. 우리의 위대한 황제께서 어느 날 재미로 작전 지도를 그리셨네. 그리고 거기에 맞춰 싸우라고 명령을 내리셨다네. 이제 그 명령에 따라 자네는 수많은 병사를 죽음의 전장으로 내몰아야 하네. 어찌 할 것인가? 억지 작전 지도에 맞춰 병사들을 사지로 내몰 것인가, 황명을 거역하고 소신대로 싸워 이길 것인가? 말해 보게. 황명을 따라 병사들을 죽일 것인가, 황명을 거역하고 병사들을 구할 것인가!"

"소왕야, 저는……."

"말해 보게!"

"……."

"말해 보게, 충직한 어전호위."

"제게는…… 사람의 목숨을 감당할 만한 능력이 없습니다. 폐하의 명령이 지엄하다 하나 만약에 그 명령으로 무고한 사람이 단 하나라도 죽게 된다면, 그 목숨의 무게를 어찌 감당하리이까. 하물며 수만의 목숨이라면, 저는, 소왕야, 저는……."

차마 말을 맺지 못하는 전조를 보며 북리현이 싸늘하게 결론을 내렸다.

"아마도 항명을 하겠지."

황제가 퍼뜩 전조를 보았다. 전조는 입술을 깨문 채 아무 말이 없었다. 그러나 조용히 고개를 떨구고 있는 전조의 얼굴에는 착잡한 수긍의 뜻이 담겨 있었다. 인종은 가슴 한구석이 서늘해졌다. 이 충직한 호위가 항명을 한다?

"그러고는 황제를 찾아가 스스로 죄를 청하겠지. 수만의 목숨 대신 자신의 목숨을 내걸고 기꺼이 죽어 가겠지. 자네는 그런 사람이니까. 허나, 그게 옳은 일일까? 장난으로 수만의 백성을 죽음으로 내모는 황제를 위해, 그 황제에게 한낱 붓 한 자루의 가치도 없이 짓밟히는 백성들을 외면한 채 그렇게 홀로 죽어 가는 게 정녕 옳은 일인가 말일세! 천자도 한 목숨이요, 백성도 한 목숨. 그런데 자네는 한 목숨 천자를 위해 수천 목숨 백성을 도외시하려 하니 정녕 그것이 옳은 판단인가? 차라리 천자 한 명을 갈아치워 수천 수만의 백성을 평화로이 살게 함이 훨씬 더 좋은 판단 아닌가!"

"소왕야!"

"그런 천자는 갈아치우는 것이 정의가 아닌가 말일세!"

이글이글 타오르는 북리현의 눈을 보며 전조는 아득함을 느꼈다. 역천逆天. 지금 북리현은 명백히 역천을 얘기하고 있는 것이다. 그것도 어전사품호위인 자신 앞에서.

인종이 끄응 신음을 내뱉었다.

"소왕야, 참으로 무서운 얘기를 하는구려. 지금 소왕야가 하는 말이 얼마나 엄청난 것인지 설마 모른다 하겠소?"

"상관 없습니다, 선생. 설혹 이 자리에 황제 폐하가 현신하신다 하셔도 같은 얘기를 할 겁니다."

"그럴 만큼 황제는 소왕야에게 가치가 없소? 솔직히 나는 당금의 황제께서 비록 순 임금처럼 현군은 아니라 하나, 태후께서 돌아가시고 친정을 시작한 이래 별다른 실정 없이 우리 송을 잘 이끌어 왔다 생각하오. 선대 황제들처럼 전쟁놀이를 하신 적도 없고, 간신에게 휘둘려 충신을 죽인 적도 없소. 그런데도 이토록 험혹한 말을 들을 만큼 황제께서 잘못하고 계신 거요?"

열을 다해 말하는 인종을 물끄러미 들여다보던 북리현이 피식 웃었다.

"그 말씀 들으니 안심이군요."

"허! 대체 그게 무슨 뜻이오?"

조금 가라앉은 북리현이 이제는 차분히 말을 이어나갔다.

"실정을 하지 않았다 하여, 잘못을 저지르지 않았다 하여, 황제의 책무를 다했다 할 수는 없지요. 현군은, 본디 처음부터 태어나는 것이 아니라 몸소 실천해 스스로 이루는 것입니다. 순 임금이 현군이신 까닭은 그분의 태생 때문이 아니라 그분의 따뜻한 행위에 있지 않습니까? 자신을 죽이려는 계모와 이복동생을 오히려 끌어안고 효를 다한 순 임금은 그와 똑같은 마음으로 백성을 다스렸습니다. 요 임금이 죽은 뒤 요의 아들 단주丹朱가 왕위에 오르려 하였으나 천하의 인심이 인자한 순에게 쏠려 결국 순이 황제의 자리에 오를 수밖에 없었던 것도 그와 같은 이치지요. 백성은 자신들을 어버이처럼 보살피는 임금을 원합니다. 저는 당금 황제께서도 그런 순 임금의 인仁을 따르는 통치자가 되기를 바랍니다."

인종이 그만 웃고 말았다. 조금 전의 노도 같은 분노는 어디 가고 지금 눈앞의 이 소공자는 그지없이 침착한 얼굴로 치자治者의 도를 논하고 있지 않은가. 하지만 황제도 순순히 그 말에 맞장구를 치고 싶어졌다. 왠지 이 예측불허의 소공자가 그리 밉지 않았던 것이다. 게다가 치자의 도를 논하는 데 있어서 황제만 한 적임자가 또 어디 있겠는가.

"그것은 자명한 이치요. 대학자이신 공자께서도 말씀하지 않으셨소. '군자는 근본을 힘쓸 것이니 근본이 서면 도가 생길 것이며, 효도와 공손은 그 어진 것을 하는 근본이다.' 라고 말이오. 순 임금은 바로 그 근본을 지킨 진실로 어진 황제셨소. 그러나 무릇 군주란, 따뜻함이나 인의로만 백성을 다스릴 수는 없소. 군주에게는 군주만이 가질 수 있는 위엄과 엄격함이 따라야만 하는 것이오."

"선생, 군주의 위엄이라는 게 결국 어디서 나오는 것이겠습니까? 공자께선 또한 '임금이 신하 부리는 데 예로써 하며, 신하가 임금 섬기기를 충성으로 한다.' 하지 않았습니까. 신하에게 충성을 바란다면 임금이 먼저 예를 보여야 합니다. 설마 그런 노력도 없이 입고 있는 곤룡포와 면류관만으로 황제의 존엄을 세운다 하지는 않겠지요?"

인종의 입가에 쓰디쓴 웃음이 스쳐 갔다. 그것이야말로 지금 자신이 묻고 싶은 게 아니던가.

"소왕아, 곤룡포와 면류관만으로 황제가 된다면 그야말로 허수아비 황제겠지요. 나 또한 그런 황제는 바라지 않소. 무릇 황제라 하면 말이오."

"달빛 아래 술 한 잔 마시는 낭만은 아시는 분이겠지요."

갑자기 해맑은 목소리가 황제의 말끝을 부드럽게 잡아챘다. 아령이었다. 황제가 고개를 돌려 아령을 보았다. 그리고 적당히 하라는 듯 웃고 있는 아령을 보고는 고개를 끄덕였다. 불쑥 튀어나온 듯했지만 사실은 아령의 적절한 한 마디가 지나치게 무거워지려던 분위기를 산뜻하게 바꿔 주었던 것이다.

"옳거니, 금언이로고. 소왕아, 너무하셨소. 술이나 한잔 하자더니 날 두고 아예 고문을 하지 않으셨소. 썩어빠진 문사라는 둥, 전쟁놀이를 즐기는 소인배라는 둥."

북리현도 빙그레 웃으며 말했다.

"그 말은 황공하나 선생이 아니라 폐하께 한 말이었습니다, 이정 선생."

"하, 하여튼 말이오."

헛기침을 한 인종이 무마하려는 듯 얼른 아령을 보았다.

"그런데 아령, 너 또한 공맹을 아는 아이니 치도에 대해 할 말이 있지 않느냐?"

"예?"

"네가 생각하는 치도는 무엇일지 궁금하구나. 이제 네 말대로 잠시 달빛 아래 술 한 잔 마시는 낭만을 즐길 터이니 그 동안 네 생각을 말해 보려무나."

아령이 희미하게 웃더니 고개를 저었다.

"아니에요. 저 같은 게 무슨 통치의 도리를 알겠어요."

"겸양하지 말고. 네 학문이야 나도 인정하는 거잖느냐."

"선생님, 정말이에요. 저는 그런 거 몰라요."

"아령."

"저는 정말로 모르겠어요. 소왕야와 선생님은 높은 분들이라서 그리 쉽게 다스리는 도를 말씀하시는지 모르겠지만, 저는 왜 그렇게 다스림의 도를 두고 왈가왈부 많은 얘기를 나누시는지 잘 모르겠어요. 다스리는 도란 결국 다스리는 사람이 아니라 그 다스림을 받는 사람을 위해 있어야 하는 게 아닌가요? 치도는 이렇다 저렇다 말하는 사람을 위해서가 아니라 치도가 뭔지도 모르는 채 그저 하루하루를 살아가는 평범한 백성들을 위해 있는 게 아니냐구요. 도를 말하기 전에 먼저 그 도를 받게 될 백성을 헤아림이 순서라고 생각하지만, 두 분은 백성이 무엇인지 말하기 전에 그저 그 백성을 다스리는 도에 대해서만 말씀하시잖아요. 그래서 전 정말 모르겠어요."

인종의 몸이 굳었고, 북리현은 갑자기 이마를 치며 웃었다.

"하하. 이거야, 한 방 먹었군. 확실하다, 아령. 그래, 그런 거지. 우리들의 공염불이 어찌 너의 진솔함을 따르랴. 네가 똑똑한 건 성현의 시구를 줄줄이 외울 수 있는 그 머리 때문이 아니라 그 시구를 진정한 네 것으로 받아들여 느끼는 그 마음 때문이다. 부끄럽구나, 아령. 네게 참으로 부끄러워."

"소왕야."

북리현이 웃으며 아령의 손을 잡았다. 그리고 부드럽게 아령의 손목에 나 있는 상처를 쓰다듬었다.

"선생, 기억하세요. 이 아이의 말을. 이 아이의 손목에 있는 아픔의 흔적을. 우리가 편안히 방안에 앉아 치도를 논할 때 저 척박한 서하 땅에서 하나뿐인 목숨을 걸고 싸우는 이들을, 문치에 치우쳐 군대의 힘을 약하게 한 통치자 대신 요나라에 물게 된 삼십만의 세폐를 갚고자 허리가 휘는 가엾은 백성들을, 천박한 무부라 하여 유약한 백면서생에게 굴욕을 당하고도 참는 우리 북리 군왕부의 착하고 용감한 병사들을…… 선생, 기억해 주시겠지요?"

"소왕야가 무슨 말을 하는지 모르겠지만, 당연히 기억하오. 내 어찌 그것을 잊겠소?"

"고맙습니다, 선생."

북리현이 잡고 있던 아령의 손을 놓았다. 그때 자신의 손을 놓는 북리현의 손길에 부드럽고 따뜻하다는 느낌말고도 어떤 결연한 단호함이 섞여 있다고 아령은 느꼈다. 그러나 북리현은 조용히 황금빛 죽엽청을 홀떡 들이킬 뿐이었다.

황제가 불현듯 한숨을 내쉬면서 나직하게 중얼거렸다.

"천자는 하늘의 아들. 그러므로 곧 이 땅의 백성. 그러므로 진실로 저 하늘이 보시기에는 황제도, 백성도 모두 다 똑같은 하늘의 자식일 것."

이제껏 말없이 술잔에 비친 달빛만 바라보고 있던 전조가 천천히 황제를 보았다. 까마득히 잊었다 생각했는데 이정 선생은 너무나 분명하게 자신이 했던 말을 기억하고 있었던 것이다.

"처음 그 말을 들었을 때는 참으로 위험한 얘기라고 생각했네. 지금도 크게 달라지지는 않았지만 그래도 조금은 그 위험에 빠지고 싶다는 생각이 드는군. 전 호위 자네나, 소왕야나, 그리고 저 아이 아령이나 내게 참으로 다른 세상을 보여 주는군. 이제 그대가 말해 보게. 자네에게 천자란 무엇인가? 또한 치도란 무엇이고?"

"이정 선생."

"자네의 말을 똑똑히 기억하네. 하늘은 세상을 다스리지 않는다, 그저 나무가 자라 열매를 맺고 강물이 흘러 바다를 이루듯 자연스러운 천리를 따라갈 뿐이다. 그러면 그 천리란 또 무엇인가. 천리란, 아버지가 자식을 사랑하듯 황제가 백성을 사랑하는 것. 물이 높은 데서 낮은 데로 흐르듯 강한 자가 약한 자를 지켜 주는 것. 봄의 꽃, 여름의 비, 가을의 낙엽, 겨울의 눈, 그 모두가 소중하고 아름답듯 꽃, 비, 낙엽, 눈같이 가지각색 저마다 다 다른 사람들 모두를 똑같이 소중히 여기고 인정하는 것."

"……."

"그러므로 진실로 저 하늘이 보시기에는 황제도, 백성도 모두 다 똑같은 하늘의 자식, 천자일 것이라고."

잠시 침묵이 달빛처럼 후원에 내려앉았다. 위엄 있게 눈을 빛내며 앉아 있는 황제도, 그 눈빛을 받으며 조용히 침묵하고 있는 전조도, 그런 두 사람을 깊은 우물 같은 눈동자로 보고 있는 북리현도, 꿈꾸듯 투명한 눈빛으로 모두를 바라보는 아령도 이 순간의 침묵이 버겁지는 않았다. 생각의 깊은 기류가 모두를 감싸고 있었다. 그것은 조금은 신비롭고 조금은 행복한 아주 드문 합치의 순간이었다.

"무엇이 옳은지, 무엇이 그른지, 때로 저는 잘 모르겠더이다, 선생."

마침내 전조가 아주 조용히, 그러나 보고 있는 모두의 마음을 움직일 만큼 호소력 있는 목소리로 말을 꺼냈다.

"선생이나, 소왕야, 아령처럼 성현의 글을 읽고 그 글을 인용하는 법을 저는 익히지 못했습니다. 저는 그저 평범하고 단순한 무인. 제가 익힌 것은 그저 한 자루의 검. 베면 잘리고, 내리치면 꽂히는 지극히 정직하고 투박한 이 한 자루의 검. 그러나 이 검은 살인자의 손에 들리면 살검이 되고, 협객의 손에 들리면 활검이 되더이다. 검이 아니라 검을 든 사람의 마음이 살검도 만들고 활검도 만듭니다. 천자 또한 마찬가지가 아니더이까. 자신을 위해 남을 죽이는 살검처럼 황제가 자신을 위해 백성을 억누른다면 폭군이 될 것이요, 자신보다 남을 위하는 활검처럼 황제가 자신의 안위보다 백성의 평안을 먼저 생각한다면 현군이 되겠지요. 황제는 검을 든 자, 그러므로 힘을 갖고 있는 사람. 따라서 그 검을 누구를 위해 쓰느냐에 따라 활검도, 살검도, 폭군도, 현군도 될 수 있다고 생각합니다."

인종이 으음, 낮은 신음 소리를 냈다. 언제나 전조의 말은 가슴에 꽂히는 비수와 같았다.

"그러나 저는, 바라건대 진실로, 그 검조차 없기를 소원합니다. 아무리 활검이라 한들 검은 곧 검. 강즉정, 강자가 정의인 세상에서 언제 살검으로 변해 피바람을 일으킬지 모르는 무서운 무기. 그러므로 그 검조차 없어지기를, 그 검이 녹아 땅을 일구는 호미와 낫이 만들어지는 평화로운 세상이 되기를 진실로 저는 바랍니다. 천자 또한 마찬가지. 아무리 현군이더라도 그분조차 잊혀지기를, 그래서 황제의 이름조차 모르는 채 농부들은 즐거이 땅 일구고 씨 뿌리고, 어부들은 즐거이 그물 던지고, 아낙은 길쌈하고 사내는 장작 패고, 귀천이 따로 없이 모두 그렇게 다, 황제든 귀족이든 백성이든 천민이든 다, 똑같은 하늘의 자식으로 평화로이 살기를 진심으로 저는 바랍니다."

"전 호위……."

흔들리는 눈빛의 인종을 보며 북리현이 빙그레 웃었다.

'삐뚤어진 나보다도 충직한 당신이 더 역천의 꿈을 안고 사는군. 그래, 당신 때문에라도 오늘의 뼈아픈 결정, 결코 후회하지 않기를.'

전조가 다시 조용히 말을 잇고 있었다.

"그러므로 선생, 저는 이 세상이 진정으로 천자의 세상이 되기를 바랍니다. 강자의 세상도 법의 세상도 아닌, 그렇다고 약자의 세상이나 정리의 세상도 아닌, 강자도 약자도 따로 없고 법도 정리도 따로 없는, 모두가 다 똑같은 '하늘의 자식[天子]'으로 저 하늘이 내려 주는 햇빛과 바람, 빗물과 솜눈을 함께 받으며 평화로이 행복하게 사는 그런 세상이 되기를 진정으로 바라는 것입니다. 그것이 제가 꿈꾸는 세상입니다. 제가 꿈꾸는 '천자의 나라'입니다."

그때, 인종의 마음에 어떤 거대한 파도가 밀려왔다 사라졌는지 설명하는 것은 무의미하리라. 그러나 비둘기가 잠들어 있는 머나먼 섬서 땅 군왕부의 뜨락 한 귀퉁이에서 거침없는 소왕족, 정직한 무인, 착하고 어린 백성이 대송 최고의 황제와 나눈 이 한밤중의 이야기는 두고두고 인종의 가슴에 새겨졌다. 그리고 이것은 훗날 역사에도 기록될 만큼 획기적인 변화를 몰고 오는 인종 치세의 아주 작은 시작이기도 했다.

기울어 가는 푸르스름한 달빛이 가슴 시린 정감을 품은 채 네 사람의 머리 위에서 빛나고 있었다.

온 하늘에 꽃비 가득 차고

'내일이 소왕야의 생일이로구나.'

잠에서 깨어난 전조는 가장 먼저 그 생각이 떠올랐다. 그러나 북리현에게는 내일이 그다지 기쁜 날은 되지 못할 것이다. 북리운천은 잔인하게도 다리 다친 북리현의 생일을 새로운 소왕야를 소개하는 날로 바꾸려 하고 있으니까. 그리고 바로 자신이 그 일을 해결해야 하는 것이다. 분명 녹록한 일은 아니었다.

전조가 옷매무새를 단정히 하고 방을 나왔을 때 마침 종종거리며 바삐 마당을 지나는 아령이 보였다.

"아령."

아령이 돌아보고 활짝 웃었다.

"전 대인, 안녕히 주무셨어요?"

"음. 너는 어떠냐? 잘 잤니?"

"예, 그럼요."

밝게 웃는 아령은 어젯밤 좌수백과 있었던 일은 까마득하게 잊은 듯 보였다.

"아침 일찍 어디 가느냐?"

"도련님 심부름으로 성 밖 동보촌에요. 동보촌에서 나는 동보차를 드시고 싶다셔서요."

"그럼 같이 가자꾸나. 마침 나도 성 밖으로 가야 하니까."

"정말요?"

아령이 기쁜지 눈을 빛냈다. 피식 웃던 전조가 문득 정색을 하고 아령을 보았다.

"아령."

"예?"

"너는 왜 좌 공자에게 묶여 있느냐?"

아령이 놀란 듯 전조를 보았다.

"너는 영리하고 착한 아이다. 굳이 좌 공자가 아니더라도 얼마든지 일이 있을 텐데 왜 하필 좌 공자처럼⋯⋯."

성질이 고약한 주인에게 묶여 있느냐, 라고까지는 말하지 못하는 전조였다. 그러나 뒷말을 짐작하고도 남을 만큼 영리한 아령 또한 짐짓 모르는 척하고 있었다.

"어차피 누가 주인이든 하인 노릇이란 다 같아요, 전 대인. 좌 공자 님도 그렇게 나쁜 분은 아니고요."

"여자가 남자 옆에 붙어 있다면 그 남자를 흠모하는 것일 수도 있지."

갑자기 걸걸한 목소리가 아령의 말을 방해하며 울려 왔다. 아침부터 검술 연습을 한 듯 여전히 웃통을 벗은 위청운이 훌떡 두 사람 앞으로 내려앉았다.

"특히나 좌수백처럼 그럴듯한 용모라면. 여자들은 대개 그런 얼굴에 반하니까. 물론 아무리 예쁘장해도 너야 꽃다운 처녀가 아니라 꼬맹이 소동에 불과하겠지만."

위청운이 슬쩍 아령의 턱을 들어올려 얼굴을 빤히 들여다보며 껄껄 웃었다. 당황한 듯 얼굴을 붉히며 물러서는 아령을 전조가 감싸듯 가로막으며 가볍게 포권을 했다.

"위 공자를 뵙는군요."

위청운이 웃음을 지우지 않은 채 들고 있던 칼을 한번 휙 돌렸다.

"전 호위는 여전히 암탉이 병아리 품듯 저 아이를 지키는군. 그러다 뒷통수 맞는 일이 있소, 전 호위. 저 순진한 얼굴로 저 아이가 가짜 왕야를 만들려는 것을 정말 모르겠소?"

"공자께서 걱정하실 일이 아닙니다. 진실이 밝혀지기 전까지는 제게는 세 분 공자 모두가 똑같습니다. 허니, 함부로 가짜다 진짜다 험구하지 말아 주십시오."

"아아, 고지식한 관리야. 그대는 설혹 자기가 죽더라도 내가 진짜 소왕야라 믿는다면 사실을 밝히겠지? 내가 그대를 죽인다고 날뛰어도 내가 소왕야라 믿는다면 사실을 밝히지 않겠냔 말이오. 아니 그렇소? 전 호위."

"위 공자가 진짜 소왕야시라면 사실을 밝히지 않을 까닭이 없습니다. 공자께서 아무리 제게 좋지 않은 마음을 품고 계신다 하더라도."

"그래서 밝혀 놓고 그대가 죽으면, 그런데 사실 내가 진짜가 아니면, 그때는 어쩌시겠소?"

"예?"

뜻밖이라는 듯 놀라는 전조를 보며 위청운이 다시 껄껄 웃음을 터뜨렸다.

"흔한 말이지만, 사실이 진실은 아니오. 진짜 진실이 무엇인지 그대가 찾기를 바라오, 전 호위."

횡횡 검을 휘두르며 사라지는 위청운을 보며 전조가 설레설레 고개를 저었다. 이 북리 왕부 사람들은 어떻게 된 게 하나같이 가슴 속에 뭔가를 감추고 산다. 저 편안하고 패기만 부릴 것 같은 위청운조차도. 사실이 진실은 아니라니, 대체 무슨 뜻으로 한 말일까.

"어, 전 호위, 어디 가는가?"

방 앞에서 늘어지게 기지개를 펴던 인종이 전조와 아령을 보고는 마구 손을 흔들었다.

저 사람 좋고 엉뚱한 문사도 무언가를 감추고 있을까.

잠깐 스치는 생각에 전조는 얼른 고개를 저었다. 그럴 리가 없다고, 좀 별나기는 하지만 이정 선생은 좋은 사람이라고 전조는 믿고 있었다.

"성 밖에 갑니다. 아령은 심부름이 있고 저는 좀 돌아볼 곳이 있어서요."

"나도 가세, 나도. 어찌 나만 빼놓고 가려는가."

"아닙니다, 선생. 이번엔 나들이가 아니라 수사 때문에."

"아, 글쎄. 같이 갈 테니 그리 알고 잠시 기다리게. 내 금방 준비하고 나옴세."

재빨리 방 안으로 사라지는 인종을 보며 전조가 쓰게 웃었다. 혼자 조용히 돌아보려 했건만 어느새 다시 세 사람으로 일행이 늘어나 버린 것이다.

　전조는 동보촌 입구에서 두 사람과 헤어졌다. 인종은 아령과 함께 동보촌 구경을 하기로 했고, 마침 전조가 가 보려는 화청지도 동보촌과 그리 멀지 않아서 세 사람은 각자 볼 일을 본 다음에 갈림길에 있는 회화나무 아래에서 다시 만나기로 한 것이다.

　멀리 울창한 소나무 숲을 본 전조는 훌떡 몸을 띄웠다. 비연신표飛燕神漂라는 절세의 경공술을 발휘해 그야말로 날랜 제비처럼 날아 눈 깜짝 할 사이에 소나무 가지 하나에 표표히 내려선 것이다. 누가 옆에서 지켜봤다 한들 그냥 뭔가 휙 지나갔으려니 하고 지나치고 말았으리라. 가지 끝에 조용히 웅크린 채 전조는 한동안 소나무 숲과 그 안에 만들어진 천연의 요새 같은 너른 공터를 지켜만 보았다.

　전조가 움직인 것은 그 뒤로 족히 반 시진은 지난 뒤였다. 전조는 다시 바람처럼 공터 한쪽에 내려앉고 있었다.

　'이곳 풀만 짓이겨지고 누렇게 죽어 있다. 분명 많은 사람들이 여기를 지났다는 증거. 여기에 무엇이 있길래?

　다시 세심하게 살피던 전조는 문득 멈춰 서서 검을 옆으로 눕혀 잡고 팔을 쭉 뻗었다. 가로누운 검날의 끝과 검집의 끝이 정확히 아름드리 소나무에 닿았다. 왼쪽으로 세 걸음 옮긴 전조가 다시 검을 눕혀 팔을 뻗자 분명 자리를 옮겼음에도 좀 전과 똑같은 소나무가 검선劍先과 검미劍尾로 정확히 들어왔다. 오른쪽으로 옮겨 봐도 마찬가지였다. 뒤로 물러나도 소나무는 정확히 똑같은 크기, 똑같은 방향, 똑같은 형태로 전조의 검에 닿았다.

'근처에 이상한 절진絶陣이 펼쳐져 있군. 게다가 이건 바위나 재목을 이용해 인위로 만든 진이 아니다. 마치 이 숲, 이 산세, 이 하늘, 이 땅. 이곳의 자연 전체를 그대로 진의 축으로 삼은 듯한 천래의 절진. 마치 수백 년 전부터 숲과 함께 진도 자란 듯 자연스럽고 유장한 진세. 설마……'

전조가 저 너머 으리으리한 화청궁으로 시선을 돌렸다. 이제 보니 자신이 서 있는 숲에서 화청궁은 정확히 서남쪽의 장안성과 함께 품品자 형을 이루는 형태로 세워져 있었던 것이다.

'삼백 년 전, 당 현종은 양귀비를 위해 화청궁을 세웠다. 장안성은 또한 옛날 당의 수도. 장안성, 화청궁, 그리고 이 소나무 숲. 수도와 별궁, 거기에 숲이라.'

전조가 다시 한 번 검을 들어 소나무를 기준으로 삼더니 눈을 감았다.

'해 보자. 화청궁은 4문 10전 4루 2각으로 이루어진 궁궐. 중앙에 위치하면서 서남쪽에 장안성을, 동남쪽에 솔숲을 두었다. 그렇다면 서로 4보, 남으로 10보, 동으로 4보, 다시 남으로 2보.'

눈을 감은 채 천천히 걸음을 옮기는 전조의 이마에 땀이 맺혔다. 발걸음을 옮길 때마다 살을 에는 듯한 엄청난 중압감이 밀려왔던 것이다. 아직 한빙장과 북리운천의 검에 입은 내상이 다 낫지 않은지라 속에서 기혈이 제멋대로 들끓었다. 그러나 전조는 이를 사리문 채 고통을 참으며 끝까지 천천히 걸음을 옮기고 있었다. 그리고 한순간 중압감이 눈 녹듯 사라지며 따뜻한 바람이 뺨에 와 닿았다. 천천히 전조가 눈을 떴다.

'역시 화청궁이 세워질 때 수도와 별궁을 잇는 비밀 요새가 함께 만들어졌군.'

눈을 뜬 전조 앞에는 엉성한 목책으로 가려 놓기는 했지만 지하로 통하는 커다란 동혈洞穴이 입을 쫙 벌리고 있었다. 그 동혈이 바로 비밀 요새로 들어가는 입구였던 것이다. 삼백 년의 세월이 가려 놓은 요새의 입구는 누군가의 공력으로 산산이 파괴돼 있었고, 엉성한 목책이 간신히 입구를 가리고 있었다. 한눈에도 예사롭지 않은 규모를 자랑하는 동굴이었다. 그러나 누가 절진을 뚫고 찾아오리라고는 생각하지 못했는지 입구에는 지키는 사람조차 없었다.

전조는 숨을 죽인 채 천천히 동혈 안으로 들어갔다. 아마도 양귀비가 안녹산의 난으로 비참한 최후를 맞은 뒤에 현종은 이 비밀 요새를 봉밀했던 모양이다. 수백 년이 지나도록 사람의 손길이 닿지 않은 듯 지하 요새로 들어가는 계단은 음습하고 군데군데 허물어져 있었다. 긴 계단을 지나자 갑자기 널찍한 공터가 나왔다. 그리고…….

'서하 병사!'

전조는 가뜩이나 조심스럽게 움직이던 몸을 더욱 조심스럽게 벽으로 밀착시켰다. 지금 자신의 눈앞에 보이는 것이 진짜인가 거듭 확인하면서.

천장에 박아 놓은 거대한 야명주 빛으로 안은 대낮처럼 밝았다. 그리고 그 안에서 일사불란하게 움직이고 있는 병사들은 분명 송나라 복장은 하였으되 알 수 없는 서하말을 지껄이고 있는 서하 병사였던 것이다.

전조의 입안이 바짝 말라 왔다. 비로소 갈 총관이 죽게 된 까닭이 드러나고 있었다.

'병사 일만을 너끈히 숨길 지세. 물고기 비늘 같은 진주석 파편. 그리고 이 비밀 요새. 갈 총관, 그대가 본 것이 이것이었소? 그 때문에 그대는 죽음을 당해 군왕부의 숲까지 옮겨진 것이오?'

갑자기 서하 병사가 전조가 있는 쪽을 향하며 큰소리로 뭐라고 떠들었다. 전조는 들켰나 싶어 벽 그림자로 더욱 몸을 숨겼지만, 다행히 병사들은 전조를 보지 못한 듯 자기들끼리 뭐라뭐라 쑥덕이며 그 곁을 스쳐 갔다. 천천히 전조는 뒷걸음질을 쳐 날 듯이 동혈을 빠져나왔다.

약속 장소인 동보촌의 갈림길로 달려가면서 전조는 빠르게 머리를 굴리고 있었다.

'알려야 한다. 그러나, 어디에? 지금은 아무도 믿을 수가 없다. 삼백 년 동안이나 봉밀돼 있던 화청궁의 비밀 요새를 서하인들이 알리가 없으니 분명 우리 쪽에 내통자가 있다는 뜻. 대체 누구일까? 북리 군왕부? 소왕야? 아니면 다른 장군부? 소왕야가 말한 역천이 이것이었던가? 하지만 저 요새에 있는 병사들은 기껏해야 천을 넘지 않았다. 만 명이라면 몰라도 저 적은 인원으로 대체 무슨 역천을 도모할 수 있다는 거지? 소왕야는 대체……'

전조의 생각은 여기서 끊겼다. 갑자기 낯익은 사람의 비명 소리가 들렸던 것이다.

아령과 인종은 천천히 회화나무로 뒷걸음질치고 있었다. 동보촌에서 차를 산 뒤 전조와 약속한 대로 갈림길에 있는 회화나무를 찾아왔는데 느닷없이 복면한 괴인이, 그것도 다섯이나 한꺼번에 나타났던 것이다. 그 가운데 체격이 좋은 괴한 하나가 칼을 빙빙 돌리며 다가오고 있었다.

"누, 누구예요? 저리 가세요!"

아령이 인종 앞을 막아서며 소리쳤다. 자연스럽게 뒤쪽으로 물러난 인종은 갑자기 자신이 만인의 보호를 받아야 할 황제가 아닌데도 너무나 자연스럽게 아령을 앞세워 물러났음을 깨닫고는 그만 벌컥 화가 났다. 열다섯 살짜리 어린 소년을 자기 대신 칼날 앞에 세우다니.

"아령아, 비켜라. 네 어찌 혼자 위험을 맞으려는 거냐? 이건 어른들의 일이다."

아령은 느닷없이 위엄에 찬 인종의 목소리가 들리자 조금 당황하였다. 전조도 없는 지금 자신이라도 이정 선생을 지켜야겠다는 생각에 무턱대고 앞으로 나서기는 했지만 사실 아무 방법도 없이 막막하기만 한 아령이었다. 그런데 자기와 마찬가지로 막막한 인종이 갑자기 앞으로 나서니 놀랍기도 하고 걱정되기도 했던 것이다.

"너는 누구냐! 왜 우리를 해치려 하는 거냐?"

쩌렁쩌렁 울리는 황제의 목소리에 오히려 복면인이 좀 놀라는 눈치였다. 아무 힘도 없는 서생이 무기를 든 괴한들 앞에서 이만큼 당당하기는 쉽지 않았던 것이다. 그러나 곧 복면인은 킬킬킬 비웃음을 지으며 쏘아붙였다.

"알지 않아야 될 걸 알았다고 생각해라. 그게 조금은 덜 억울할 것이다. 가라!"

날카로운 검날이 그대로 인종의 가슴을 향해 쏘아져 왔다. 인종은 아령을 잡아당겨 자신 뒤로 던져 놓고는, 스스로의 행동에 스스로가 놀라면서, 죽을 때 죽더라도 황제처럼 당당하겠노라 가슴을 활짝 펴고 눈을 질끈 감아 버렸다.

채앵!

"괜찮으십니까?"

칼과 칼이 부딪는 요란한 쇳소리와 함께 너무나 반가운 목소리가 들려오자 인종은 그만 찔끔 눈물이 날 것 같았다.

"전 호위!"

"물러나 계십시오. 늦어서 죄송합니다."

전조가 부드럽게 손을 저어 보이고는 곧 태산 같은 기도를 흩뿌리며 복면인에게 돌아섰다. 복면인이 주춤 뒤로 물러서더니 곧 뒷전에 서 있는 네 명에게 합류했다.

"누구냐? 왜 아무 상관도 없는 사람들을 습격한 거지?"

전조의 목소리가 그리 높지도 않으면서 가슴이 서늘할 만큼 예리하게 상대를 파고들었다. 복면인 중 가운데 있던 사람에게서 웅웅 울리는 대답이 들려왔다.

"알지 않아야 될 것을 알게 된 죄."

전조가 멈칫했다.

'알지 않아야 될 것? 설마 화청지의 비밀 요새를? 이들, 서하의 편인가? 게다가 지금 육합전성(六合傳聲 ; 동서남북, 상하 여섯 방향에서 소리가 전해지는 전음술로 시전하는 사람을 숨기는 수법)을 써 목소리를 숨겼

다. 내가 알 만한 사람들인가?'

전조의 생각은 그리 오래 가지 않았다. 다섯 개의 검날이 일사불란하게 전조의 사혈을 노리며 달려왔던 것이다. 전조는 팔방보법을 밟아 지그재그로 몸을 돌리면서 네 개의 검날을 피했다. 마지막 검만 가볍게 받아치던 전조는 갑자기 그 검이 쳐낸 그대로 빙 돌아 다시 날아오자 흠칫 놀라며 금리도천파金鯉倒千波 수법을 써서 파도를 넘는 물고기처럼 탄력 있게 몸을 틀어 피했다. 피하기는 했지만 조금 당황스러웠던 것이 복면인의 초식이 꼭 검이 아니라 조爪나 퇴槌를 쓰는 듯 괴이하기 짝이 없었던 것이다. 그뿐 아니라 나머지 넷도 보통 검으로는 쓰지 않는 야릇한 공격을 퍼붓고 있었다.

'갇혔군.'

전조가 낭패한 표정을 지었다. 이리저리 피하기만 하다 보니 어느새 다섯 명이 자신을 빙 둘러 진식을 형성했던 것이다. 무당파의 오행검진과 비슷했지만 복면인들의 위치는 오행의 순리를 벗어나 들쭉날쭉한 것이 뭔가 복면인들만의 독보적인 진인 모양이었다.

전조의 낯빛이 조금 긴장되었다. 조금 전 검을 부딪쳤을 때 복면인들 가운데 한 명이 대단한 내공을 지녔음을 알았던 것이다. 나머지 넷은 무공이나 검술의 운용에 있어 그 한 명을 따르지 못했고, 아무리 진의 힘을 빌려도 전조의 상대가 되지 않았다. 그러나 중보에 위치한 한 명은 검진의 중추로서 진의 힘을 몇 배나 증가시키며 전조를 꽤나 괴롭힐 만한 실력을 갖추고 있었다.

'아직 내상도 낫지 않았고 아령과 이정 선생까지 있다. 시간을 끌어서는 불리해.'

결심한 전조가 그대로 몸을 떠올려 중보에 있는 사람을 찔러 갔다. 상대가 가볍게 검을 튕겨 내자 탄력을 받은 전조의 검이 그대로 동남쪽 사람을 향해 날아갔다. 베었다, 생각하는 순간 전조는 흠칫 놀라 뒤로 물러섰다. 분명 동남쪽을 향해 검을 찔렀건만 마치 처음부터 아예 사람이 없던 듯 검이 허공을 그었던 것이다. 그 대신 같은 사람이 술방戌方, 곧 서북 방위에서 나타났다.

'이상한 반응을 갖고 있는 진이다. 방향이 마구 뒤틀려 있어.'

등을 파고드는 서늘한 살기에 전조는 황급히 몸을 돌려 검을 내리그었다. 상대의 검이 밑으로 툭 떨어지는가 싶더니 어느새 위에서 다시 천참마天斬魔로 전조를 공격하고 있었다. 전조는 연자천렴燕子穿簾 수법을 써 검을 뚫고 날랜 새처럼 위로 솟구쳤지만 텅 비어 있다고 생각한 허공에서 다시 날카로운 검이 날아왔다. 재빨리 몸을 틀어 다시 땅으로 내려선 전조의 몸놀림이 원체 빨랐던지라 허공의 검은 전조를 베지 못했지만 전조로서는 보통 곤혹스러운 게 아니었다. 진 안에서는 도대체 제대로 된 방위를 짚어낼 수가 없었던 것이다. 그러다 보니 천하의 전조라도 진을 파훼하기는커녕 날아오는 검날을 막는 데에만 급급해질 수밖에 없었다.

"선생님, 저희가 전 대인을 도와 주어야 해요."

안타깝게 전조를 보고 있던 아령이 인종의 소매를 잡았다.

"뭐? 우리가 어떻게?"

"저 진을 깨뜨리면 돼요."

"진을 깨뜨리다니? 무슨 재주로?"

아령이 나뭇가지를 주어다 바닥에 무언가 열심히 그리기 시작했다. 인종이 놀란 듯 아령을 보았다. 아령은 지금 바로 눈앞에서 펼쳐지는 진을 그리고 있었던 것이다.

"군왕부 서재에 진법과 관련된 책이 많아서 몇 권 본 게 있어요. 그 기억을 되살리면 어떻게 될 거 같아요. 지금 저 진은 오행을 중심으로 하고 있지만 구궁九宮과 팔문八門의 이치도 섞여 있어요."

"구궁과 팔문이라고? 그건 음양사들이 점을 칠 때 흔히 쓰는 것들이 아니더냐? 구궁은 중심이 되는 아홉 방위를 말하는 것이고, 팔문은 그걸 바탕으로 길흉을 점치는 여덟 가지 문을 말하는 것이고."

"선생님, 팔문을 정확히 기억하세요?"

"당연하지. 이 모든 원리들은 궁극적으로 주역周易과 통하느니. 학문을 익힌 이로서 어찌 모르겠느냐. 어디 보자, 그러니까 팔문이라 하면 휴문休門, 생문生門, 상문傷門, 두문杜門, 경문景門, 사문死門, 경문驚門, 개문開門이 아니더냐?"

"팔문은 또한 오행과 상치하지요? 나무, 불, 흙, 쇠, 물, 그렇게 다섯 가지 오행의 기운과요."

"그렇지. 휴문은 흙의 기운을 갖고 있고, 생문은 나무 기운, 두문은 불의 기운……. 곧 휴문, 생문, 상문, 두문, 경문, 사문, 경문, 개문이 그대로 토, 목, 목, 화, 토, 금, 금, 수의 오행과 상치하지."

아령은 땅에 그린 진에 빠르게 인종의 말을 대치해 보고 있었다.

"팔문을 진법에 응용하면 변화가 무궁무진하다고 들었어요. 자칫 사람이 이 팔문 진법에 잘못 들어가면, 들어간 문에 따라 죽기도 하고 살기도 한다지요. 사문으로 들어가면 죽어 나오고, 경문驚門

으로 들어가면 놀라서 미쳐 나오고, 험한 기운을 만나 상처를 입고 나오는 건 상문으로 들어갔기 때문이라고요. 그러니까 오로지 생문으로 들어가야만 살아 나온다고……."

아령의 눈이 갑자기 똥그래졌다.

"왜, 왜 그러느냐?"

"이상해요, 이상해. 분명 사문인 곳이 갑자기 생문이 되고, 생문은 또 갑자기 휴문이 되어 버렸어요."

"대체 그게 무슨 소리냐?"

"선생님, 조금 전 팔문이 오행과 어떻게 상치된다 그러셨죠?"

"그러니까 토, 목, 목, 화, 토, 금, 금, 수……."

"그러면 가운데 위치한 두문이 화火, 불의 기운을 갖고 있는 거군요. 오행 중에서도 특히 불은 변화를 주관하는 기운! 선생님, 이제야 알았어요. 한가운데 있는 두문이 불의 기운을 빌려 모든 진의 변화를 일으키는 거예요. 두문에 선 사람이 대단한 내공으로 생문과 사문의 위치를, 아니, 모든 문의 위치를 자기 마음대로 바꾸고 있는 거예요. 그것도 수시로."

"그, 그럼 어떻게 되는 것이냐?"

"전 대인의 눈이 속고 있는 것과 같아요. 저 안에서는 올바른 방향을 잡을 수가 없어요. 전 대인이 아무리 고강해도 이렇게 되면 눈을 가리고 싸우는 것과 같아요. 하지만, 밖에서 바뀌어진 진의 방향을 알고 있는 사람이 알려 준다면 충분히 반격이 가능하지요."

갑자기 아령이 앞으로 나서며 소리를 질렀다.

"전 대인, 곤방(坤方 : 남서쪽)을 밟고 간방(艮方 : 북동쪽)을 치세요! 그 다음에는 건좌손향乾坐巽向, 건방을 밟고 손향을 노려요!"

"아령?"

검을 방패처럼 빙빙 돌려 한꺼번에 날아오는 세 개의 검날을 쳐낸 전조가 아령의 목소리에 퍼뜩 몸을 돌려 곤을 밟았다. 순간 아령의 말처럼 간향, 곧 북동쪽 허점이 눈에 들어왔다.

전조가 곧바로 북동쪽에 선 사내의 검을 베었다. 그리고 번개같이 검을 회수해 건괘를 밟고 손향을 치니 순식간에 진이 흔들리기 시작했다.

"전 대인, 팔문의 위치가 두문을 중심으로 완전히 뒤섞여 있어요. 두문이 화火로서 모든 진의 변화를 맡고 스스로 생문을 만들어내요. 그래서 안에서는 방위를 전혀 볼 수가 없는 거예요. 제가 밖에서 방위를 불러 드릴게요. 절 믿으시면, 그대로 공격하세요."

'저 녀석, 어떻게 진의 파훼법을⋯⋯.'

급박한 순간에도 전조의 입가에 미소가 떠올랐다. 그리고 마음이 가벼워진 전조는 그대로 몸을 띄워 아령의 말을 따라갔다.

그러자 순식간에 상황은 역전되었다. 전조의 방향 감각을 잃게 했던 이상한 진의 도움이 없는 이상 다섯 사람은 전조의 상대가 되지 않았던 것이다. 누군가 으득, 이를 가는 소리가 들렸다.

"빌어먹을 꼬맹이, 죽어라!"

순간 전조가 눈을 휘둥그레 떴다. 아령과 가까이 있던 왼쪽의 복면인이 품에서 수십 개의 작은 암기를 꺼내 아령을 향해 뿌렸던 것이다. 만천화우滿天花雨, '온 하늘에 꽃비가 가득 찬다.'는 초식의 이름처럼 온 하늘에 암기가 가득 차며 아령에게 날아갔다.

"안 돼!"

전조가 순간적으로 이형환위(以形換位;몸을 날려 한순간에 위치를 마음대로 바꾸는 경신술)로 방위를 벗어나 암기를 향해 몸을 날렸다. 동심원을 그리며 빛나게 뻗어 간 전조의 검이 후드득, 암기들을 허공으로 튕겨냈고 애꿎게 암기를 맞은 회화나무가 막 봉우리를 맺기 시작한 작고 하얀 꽃들을 후드득 떨구어냈다. 눈처럼 떨어지는 희디흰 회화꽃을 맞으며 아령이 주저앉았다. 아령의 어깨에 파앗, 핏물이 튀었다. 암기 하나가 기어코 아령을 맞추고 만 것이다.

"아령!"

"손괘를 밟고 자방(子方;정북쪽)을 치세요! 그리고 구궁의 한가운데를 노리면 돼요! 전 대인, 그 진부터 파훼하세요!"

아령의 비명 같은 소리가 전조의 귀를 울렸다. 질끈 입술을 깨문 전조가 아령에게 달려가는 대신 검기를 끌어모아 거침없이 구궁을 찔러 갔다. 검강의 위맹함에 아령의 파훼식이 더해지자 다섯 복면인의 합벽진은 더는 힘을 쓰지 못했다. 전조의 검이 왼쪽 복면인의 팔과 오른쪽 복면인의 어깨를 베고 가운데 복면인의 태양혈太陽穴을 노리며 똑바로 날아들자 갑자기 복면인이 몸을 돌리며 소리를 쳤다.

"그만 가자!"

그 한 마디로 순식간에 다섯 복면인이 사라지자 전조가 더는 쫓지 않고 황급히 아령 곁에 내려앉았다. 아령이 힘없이 중얼거렸다.

"전 대인, 괜찮으세요?"

"말하지 마라."

전조가 신중하게 아령의 어깨를 보더니 곧 약간의 내력을 집어넣어 빠르게 암기를 뽑아냈다. 욱, 아령이 신음을 내뱉으며 앞으로 고꾸라지자 전조가 잡으며 몇 군데 혈도를 서둘러 짚었다. 불가사리 모양의 암기는 빙빙 돌면서 살 속에 아주 깊이 박히는 데다 끝에 독까지 발라져 있었던 것이다.

"전 호위, 아령은 괜찮은가?"

"상처도 상처지만 암기에 독이 있습니다. 속히 치료해야 합니다."

"뭐? 독?"

인종의 눈이 휘둥그레졌다. 암기를 살펴보는 전조의 낯빛이 몹시 어두워졌다.

"학정홍鶴頂紅!"

"학정홍?"

"학의 벼슬에서 뽑아낸 독으로 독성이 아주 강한 맹독이지요. 어찌 사람을 향해 이런 독을! 속히 치료하지 않으면 아령이 큰일납니다. 여기는 너무 위험하니 가까운 동굴이라도 찾아가 독을 빼야……."

갑자기 아령이 전조의 옷깃을 잡았다.

"아령?"

"안 돼요. 전 대인, 그러면……."

"뭐?"

"안 돼요, 그러면. 그냥 내버려……."

힘없이 중얼대던 아령이 그대로 혼절했다. 아령을 안은 채 전조가 벌떡 일어섰다.

마침 다행하게도 가까운 곳에 사람의 눈에 띄지 않는 동굴이 있었다. 전조와 인종은 서둘러 안으로 들어가 바닥에 아령을 눕혔다. 혈도를 짚어 피가 흐르는 것을 막았지만 아령의 낯빛은 눈에 띄게 창백해져 있었다. 걱정으로 서둘러 아령의 웃옷을 벗겨 가던 전조가 갑자기 어, 놀라며 손을 뗐다.

"왜 그러나? 전 호위. 아령에게 무슨 일이."

가슴이 덜컹 내려앉아 묻던 황제도 갑자기 어, 놀라며 머리를 쳤다.

"뭐, 뭔가. 이 녀석, 여자였나?"

황제의 말처럼 웃옷이 벗겨진 아령의 몸은 완연히 아름다운 여체였다. 가슴에 칭칭 붕대를 동여매긴 했지만 둥글고 고운 어깨선과 봉긋한 가슴, 매끄러운 살결은 아령이 결코 열다섯 살 소년이 아니라 다 자란 처녀의 몸임을 여실히 드러내고 있었던 것이다.

"기막히군. 어떻게 이런 일이."

혀를 끌끌 차는 인종 옆에서 전조가 하아, 낮은 신음을 내뱉었다. 당혹스럽고 놀라워서 잠시 머리까지 아찔할 지경이었다. 그러나 곧 정신을 차린 전조가 아령을 안아 올려 똑바로 앉혔다.

"저, 전 호위, 어쩌려고?"

"상처부터 치료해야지요. 잠시 잡아 주십시오."

"내, 내가?"

인종이 허둥지둥 당황하면서 아령을 잡고 있는 동안, 전조는 입으로 상처에서 독을 빨아내기 시작했다. 비릿한 학정홍의 독물을 빨아낼 때마다 독향과는 다른 향긋한 회화꽃 냄새가 전조의 코를 간지럽게 했다. 튕겨 나간 암기에 맞아 아령의 어깨와 머리칼에 떨어졌던 나비 같은 하얀 회화꽃이 그대로 남아 있었던 것이다.

독이 다 빨렸다 싶자 전조는 곧 자기도 가부좌를 틀고 오른손을 아령의 등에 대고 내공을 운용하기 시작했다. 내가요상술(內家療傷術; 내공을 이용해 상처를 치료하는 기술)로 남은 독기를 빼내려는 것이다. 아직 내상이 완전히 낫지 않은 전조로서는 버거운 일이었지만 그런 것을 따질 때가 아니었다.

아령은 따뜻한 기운이 몸에 퍼지자 천천히 정신을 차렸다. 눈앞에 걱정스러운 얼굴을 하고 있는 인종이 보였다. 인종은 아령과 눈이 마주치자 조금 당황하는 듯싶었지만 곧 늘 하듯 선선한 웃음을 지어 보였다. 그리고 전조가 뒤에 있다는 듯 손가락으로 가볍게 등 뒤를 가리켰다. 순간 아령은 퍼뜩 정신이 들었다. 자신은 지금 옷을 벗고 있고 전조는 등 뒤에서 치료를? 전조가 옷을 벗은 자신을 치료하고 있단 말인가? 그렇다면 자신의 벗은 몸을 고스란히 보았다는 뜻이 아닌가? 여자……인 몸을.

"움직이지 마라."

전조의 나직한 목소리가 뒤에서 들렸다. 그러나 당황한 아령의 몸이 저절로 파르르 떨리자 내공을 주입하고 있던 전조의 몸으로 강한 반탄력이 밀려왔다. 윽, 입술을 깨물며 고개를 내젓는 전조의 입으로 주르르 피가 흘렀다. 보고 있던 인종의 눈이 화들짝 커졌다. 전조는 놀라는 인종에게 아무 말도 말라는 듯 재빨리 손을 저어 보였다.

'전 호위.'

아령은 전조를 볼 수 없고, 전조 또한 아령의 등밖에 볼 수 없다. 모든 것을 볼 수 있는 것은 앞에 앉은 인종뿐이었다.

"치료부터 하자. 사연은 그 다음에 듣겠다. 널, 믿는다."

나직한 소리와 함께 다시 따뜻한 기운이 아령의 몸으로 스며들었다. 그리고 따뜻하고 더없이 부드러운 기운이 아령의 몸 구석구석을 돌며 탁한 독기를 몰아내기 시작했다. 아령은 자신의 등을 짚고 있는 손의 따뜻한 감촉에 그만 눈물이 핑 돌았다. 그리고 널 믿는다, 혼란스러운 와중에도 그 말부터 먼저 해 준 전조의 마음에 그만 더욱 눈물이 났다.

인종은 조용히 눈물을 흘리고 있는 아령과, 자신의 상처도 아랑곳 않은 채 열심히 치료를 하고 있는 전조를 번갈아 보다가 천천히 아령을 잡고 있는 손을 뗐다. 정신을 차린 아령은 더는 잡고 있을 필요가 없었고 아무래도 둘만 남겨 두는 게 옳을 것 같았기 때문이었다. 슬그머니 인종이 동굴 밖으로 나가는 동안에도 두 사람은 그렇게 함께 있었다.

전조는 눈을 감고 천천히 운기조식을 했다. 아령의 몸에 더는 독기가 남아 있지 않음을 확인한 뒤에 손을 떼고 바로 조식에 들어갔던 것이다. 옆에서 사라락사라락 옷을 걸치는 소리가 났다. 그래도 눈을 뜨지 않고 전조는 계속 운공을 했다. 대주천大周天, 소주천小周天, 진기를 대체 몇 번을 다시 돌리고 있는지 모르겠건만 그래도 전조는 눈을 뜨지 못했다. 전조가 눈을 뜬 것은 뭔가 시원한 것이 아까 복면인들과 싸울 때 생긴 상처를 부드럽게 닦아 주는 걸 느낀 뒤였다.

"아령."

아령이 동굴 바닥에 고인 차가운 물에 옷깃을 적셔 전조의 상처를 닦고 있었다. 전과 크게 다를 바 없는 섬세한 손길이었지만 분명 그 손길이 주는 의미는 크게 달랐다.

"묻지 마세요."

상처를 닦아 가는 아령의 크고 맑은 눈에 눈물이 고이고 있었다.

"열 살 때 어머니를 여의고 혼자 살았어요. 그게 어떤 건지…… 전 대인도 잘 아시잖아요. 살 수밖에 없어서, 살아야 하니까 남장을 했어요. 그뿐이에요. 열아홉 처녀보다는 열다섯 소년이 훨씬 살기 편하다는 거 아시죠? 몸을 파는 청루로 가지 않을 바에는."

눈물이 조용히 아령의 뺨을 타고 흘러내렸다. 버릇처럼 울고 있는 아령을 안아 주려 뻗어 가던 전조의 손이 중간에서 우뚝 멈췄다.

이제 더는 전처럼 편하게 안아 줄 수 없겠구나.

뻗은 손을 거두며 전조는 있는 힘껏 주먹을 쥐었다. 손가락이 아프게 손바닥을 파고들었다.

"그래. 묻지 않으마. 네가 싫어하는데, 네가 힘들어하는데 내 어찌 알려 하겠니."

"전 대인."

"그래도 힘들 땐 전처럼 날 찾아다오. 너는 여전히 내겐…… 소중한 친구다."

아령이 눈물을 감추려는 듯 고개를 숙였다. 흐느끼는지 어깨가 조용히 흔들렸다. 저 작은 어깨에 얼마나 많은 시름과 눈물을 감추고 살았을까. 전조는 마음이 아팠다.

문득 아령에게서 향긋한 회화꽃 냄새가 풍겨 왔다. 전조가 가만히 손을 뻗어 아령의 머리칼에 내려앉은 회화꽃을 부드럽게 떼어 냈다.

하얀 나비 같은 조그만 꽃송이가 더없이 정결했다.

"혼자 꽃비를 맞았구나. 아주 예쁜데."

아령을 안아 위로할 수 없게 된 전조가 새로운 위로 방법을 찾은 듯 꽃송이를 계속 떼어내 아령의 무릎에 놓아 주었다. 보는 아령의 얼굴에도 엷게 웃음이 번졌다.

"회화꽃이네요. 언제 이렇게 떨어졌대요."

"그러게나 말이다. 만천화우가 진짜로 꽃비를 내리는 초식인 줄은 몰랐는걸."

"만천화우, 온 하늘에 꽃비가 내린다. 정말 암기를 뿌리는 수법으로는 너무 아까운 이름이네요. 차라리 만천검영滿天劍影, 온 하늘에 검 그림자가 가득하다. 그게 훨씬 나았을 텐데."

"하지만 그 말도 멋진 걸. 만천검영, 온 하늘에 검 그림자가 가득하다라니. 정말 재주꾼이구나, 아령."

전조가 맘에 든다는 듯 유쾌하게 웃자 아령이 가만히 그런 전조를 보았다. 조금 쑥스러운 듯 전조가 웃음을 멈추며 헛기침을 하자 아령이 곱게 웃었다.

"노란 색 좋아하세요? 전 대인."

"응?"

"회화꽃요, 쓸모가 많은 꽃이에요. 이 꽃을 한 아름 따다가 물이 담긴 항아리에 넣어 두면요, 다음 날 항아리에 온통 노란 물이 들어 있어요. 회화꽃에서 색깔이 빠져 나온 거죠. 그 물로 옷감을 염색하면 아주 예쁜 꽃노랑, 폐하의 금포 부럽지 않은 아주 예쁜 꽃노랑 저고리가 만들어져요. 어머니는 회화꽃으로 물들인 옷을 참 좋아하셨어요. 그 꽃으로 물들인 옷을 입으면 하늘을 나는 선녀 같대요. 고와라, 회화꽃이 벌써 이렇게 활짝 피었네.”

먼 기억을 떠올리는지 꿈꾸는 듯한 아령의 눈동자를 바라보며 전조는 잔잔히 웃었다. 이제 보니 정말로 아령은 여자 같았다. 그것도 눈이 부시게 아름다운. 저렇게 예쁘고 선이 고운 아령을 어떻게 이제껏 가냘픈 몸매의 소년으로만 생각했는지 오히려 이상할 지경이었다. 아무리 봐도 저렇게 고운 여자이건만.

순간 전조의 머리로 위청운의 빈정대는 목소리가 떠올랐다. 왜 좌수백에게 묶여 있냐고 물었을 때 위청운이 불쑥 끼어들며 했던 말.

─여자가 남자 옆에 붙어 있다면 그 남자를 흠모하는 것일 수도 있지. 특히나 좌수백처럼 그럴듯한 용모라면. 여자들은 대개 그런 얼굴에 반하니까.

무언가가 찌르르 전조의 가슴을 꿰뚫고 지나갔다.

‘위청운은 어쩌면 아령이 여자라는 것을 일찌감치 눈치채고 있었던 건지도 모른다. 그래서 그런 말을……’

전조는 당황하며 자기도 모르게 머리를 저었다. 그러나 붓으로 그린 듯 화사한 좌수백의 얼굴이 떠오르는 것까지 막을 수는 없었다. 더없이 화려하고 잘생긴 좌수백의 얼굴. 그런 좌수백에게 이상하리만큼 묶여 있는 아령. 좌수백, 어쩌면 군왕부의 소왕야가 될지도 모르는 자. 여자가 남자 옆에 붙어 있다면, 그 남자를 흠모하는 것일 수도 있다. 그 말이 자꾸 쿡쿡 전조의 가슴을 쑤시기 시작했다.

그리고 다시없이 침착한 전조였건만, 그 순간 전조는 자신의 들끓는 마음을 감추지 못하고 말했다.

"좌 공자를…… 좋아하느냐?"

회화꽃을 만지던 아령의 손이 뚝 멈췄다. 조금 떨리는 전조의 목소리가 이어졌다.

"그러니까 어젯밤 좌 공자에게 벌을 받고 있던 게 아니라, 사실은 좌 공자가 너를……."

"전 대인."

"너를……."

'범하려던 거였니?' 라고는 물론 전조는 물을 수가 없었다. 그러기에는 지나치게 단정한 사람이었던 것이다. 말끝을 흐린 전조가 간신히 한 말은 이것이었다.

"내가 그때 방해를 했던 것이냐?"

아령의 손이 무릎 위의 회화꽃을 아스라져라 꽈악 쥐었다. 얼마나 세게 쥐었는지 하얀 손등에 푸른 실핏줄이 파르르 돋았다. 천천히 전조를 쳐다보는 아령의 눈에 의미 모를 깊은 슬픔이 담기고 있었다. 전조가 가만히 아령을 외면했다.

"미안하다. 언젠가 대형이라는 말을 아끼겠다는 게, 그러니까 거리를 두겠다는 뜻이었다면, 미안하다. 미안해."

대체 뭘 사과하는지도 모르는 채 전조는 계속 미안하다는 말을 되뇌고 있었다.

인종은 동굴 밖에 있는 너럭바위에 앉아 아득한 산세를 구경하고 있었다. 자신이 다스리고 있는 대송大宋의 산하. 눈 아래 펼쳐진 평화롭고 아름다운 산하가 오늘은 유난히 더 마음에 와 닿았다.

타박거리는 발소리에 인종이 천천히 뒤를 돌아보았다. 전조가 조용히 동굴에서 걸어 나오고 있었다.

"아령은?"

"조금 더 쉬라 일렀습니다. 독상이 그리 쉽게 회복되지는 않으니까요."

"얼굴빛이 별로 안 좋군. 싸웠나?"

"아닙니다. 싸우긴요."

전조가 낯을 붉히며 인종 옆에 앉았다. 인종이 빙그레 웃었다.

"전 호위, 사람이 나이를 허투루 먹는 것이 아니네. 저 아이가 여자인 게 놀랍기는 하지만 자네 말대로 '사연'이 있지 않았겠나. 그런 얼굴을 하고 있으니 내가 되려 민망하이."

"선생, 아령은 아무 말도 하지 않았습니다. 그냥 살기가 힘들어서 남장을 했다더군요. 충분히 그럴 만한 일이라, 예, 그럴 만한 일이라 더 묻지 않았습니다. 아령처럼 재주가 남다른 아이는 사람들 눈에 띄는 게 오히려 더 힘든 일이었을 테니까요."

"그래. 놀라운 아이야. 아까 아령이 진의 파훼법을 알아내는 걸 보고 나도 많이 놀랐네. 정작 나잇살이나 먹고 글줄이나 읽었다는 나도 놀라서 몸이 굳어 있는데, 나이 어린 처녀가 침착하게 진을 살펴 파훼법을 알아내다니. 참, 범상치 않은 아이야."

전조의 낯빛이 흐려졌다. 그러고 보니 아령의 치료에 정신이 없어서 좀 전의 습격과 화청지에서 보았던 것을 잊고 있었던 것이다.

"선생, 혹시 그 복면인들을 전에 본 적이 있습니까?"

"내가 그런 불한당들을 어찌 알겠나. 알지 않아야 될 것을 알았다 생각하면 덜 억울할 거라며 다짜고짜 칼을 빼든 놈들인데."

"알지 않아야 될 것을 알았다고요……."

"그게 대체 무슨 소린가?"

"아마 화청지에서 제가 본 것을 말하는 걸 겁니다."

"그건 또 무언데?"

전조가 설레설레 고개를 저었다. 닭 모가지 하나 비틀지 못하는 문사에게 너무 위험한 일을 알려 줄 수는 없는 것이다. 이 일은 자신이 혼자 해결해야만 했다. 전조가 곧 검을 잡고 일어섰다.

"선생과 아령은 여기 계십시오. 혹시 놈들이 또 습격해 올지 모르니까 제가 올 때까지 안에 꼭 숨어 계세요. 혹여 많이 늦더라도 걱정 마시고."

"그게 무슨 소린가. 내일이 소왕야의 생일인데 여기에 처박혀 있으라고? 범중엄 안무사도 온다고 해서 내가 아주 기대를 하고 있는데."

무언가가 쾅! 전조의 머리를 치고 갔다. 그렇다. 범중엄 안무사! 그리고 안무사를 습격한 자객들에 대해서 적청이 했던 말.

—내가 직접 검을 맞대고 싸웠으니 잘 알고 있네. 다섯 녀석이 일사불란하게 진용을 짜 덤벼드는 품이 훈련이 아주 잘 된 놈들 같았어. 오행검진과 비슷한 진세인데 위력이 아주 막강했지.

다섯 명. 오행검진. 너무나 잘 맞아떨어지는 우연이었다. 아니, 우연이 아니라 만약에…….

'만약에 그 복면인들이 범중엄 안무사를 노린 다섯 자객과 같은 인물들이라면? 그렇다면 화청지의 서하군과 한 패임이 분명하다. 분명 서하의 사주를 받아 안무사를 습격했던 것. 그렇다면 결국 서하군이 노리는 것은 범중엄 안무사인가? 아니, 아니다. 안무사 한 명만을 노린다면 천 명이나 되는 병사가 위험을 무릅쓰고 적진 한가운데에 있는 요새까지 올 필요가 없다. 그 다섯 자객만으로도 충분하다. 그렇다면 대체 뭘 노리고?'

순간 북리운천의 말이 전조의 뇌리를 스쳤다.

─전 호위, 예정대로라면 내일 모레가 현아의 관례일이네. 그래도 못난 놈 생일이라고 범중엄 안무사를 비롯해 서부 요충지의 여러 장군들이 축하를 해 주러 온다는구먼. 그때, 다음 대代 소군왕의 모습을 보여 주고 싶군.

전조가 헉, 숨을 내쉬었다. 드디어 서하군이 뭘 노리는지 깨달은 것이다. 드디어 그토록 엉켜 있던 실타래가 풀리기 시작한 것이다.

'천 명의 서하군이 노리는 것은 바로 범중엄 안무사를 비롯한 서부 요충지의 모든 장군들. 소왕야의 생일을 축하하러 오는 만큼 모두들 무장도 하지 않을 것이며 수행 병사도 거의 없을 것이다. 천 명이면 너끈히 모두를 죽일 수 있으리라. 게다가 변경 각지에 흩어져 있는 장군들이 소왕야의 생일이 아니면 언제 이렇게 한 자리에 모이겠는가. 장군들이 모두 죽는다면 일제히 지휘자를 잃은 우리 송군은 완전 초토화. 싸워 보지도 못하고 지고 말 것이다. 그야말로 천 명으로 만 명의 효과를 볼 수 있는 일당백一當百, 아니 천당만千當萬의 무서운 계략.'

전조가 소름이 끼치는 것을 참으며 왈칵 검을 움켜쥐었다.

"저, 전 호위?"

"고맙습니다, 선생. 선생이 아니었으면 중요한 걸 놓칠 뻔했습니다. 저는 가야 하니 부디 동굴에 꼭꼭 숨어 계십시오. 절대, 누구도, 믿지 마시고 아령과 함께 숨어 계셔야 합니다."

"전 호위!"

"용서하십시오. 지금은 아무 말씀도 못 드립니다. 다만, 절 믿어 주십시오."

굳은 얼굴로 전조가 포권을 하고 사라지자 인종은 왠지 한숨이 나왔다.

'자네를 믿네만 어쩐지 불안한 느낌이 드는군. 전 호위, 부디 무사하시게.'

벌을 받으십시오

전조는 날 듯이 산을 내려와 군왕부로 달려가고 있었다. 어떻게든 내일 안무사와 장군들이 오는 것을 막고 화청지의 서하군을 무찔러야 했다. 그러려면 가장 시급한 것은 사실을 알리는 일이었지만 누가 내통자인지 모르는 이상, 섣불리 사실을 밝히는 건 타초경사打草驚蛇의 누를 범하는 일일 수 있었다. 전조가 믿을 수 있는 것은 오로지 범중엄과 적청뿐이었다. 그리고 오늘도 벌써 해가 가웃 기우는 때에 그 둘에게 늦지 않게 사실을 알릴 수 있는 방법은 단 한 가지뿐이었다.

전조는 은밀하게 신법을 써 자신의 방으로 스며들어갔다. 그리고 간략한 경위를 적은 밀지를 세 통 작성한 뒤 곧장 후원으로 향했다.

후원은 텅 비어 있었다. 북리현이 바퀴의자에 앉아 자주 비둘기에게 먹이를 던져 주곤 하던 자리에는 뎅그러니 빈 그릇만 놓여 있었다. 낯선 사람이 나타났다고 생각했는지 비둘기들이 구구구구 구슬프게 울어댔다. 전조는 망설임 없이 가운데 둥지의 비둘기를 잡아 다리에 밀지를 묶었다. 그리고 하늘 높이 비둘기를 날려 보냈다.

후드득 날아오른 비둘기는 잠시 망설이듯 전조의 머리 위에서 맴

돌더니 곧 날개를 활짝 펴고 힘차게 서쪽으로 날아갔다.

─제가 기르는 비둘기 중에 그때 호수천에서 활약했던 비둘기가 있지 않나 싶습니다. 지금도 저놈들은 하늘로 날려 주면 약속한 듯 서쪽으로 날아갑니다. …… 특히 가운데 둥지에서 자는 놈들은 곧장 서하 변경의 적청군 진영으로 날아가지요.

마지막 밀지를 묶은 비둘기가 서쪽 하늘로 사라지자 전조는 안도의 한숨을 내쉬었다. 비둘기는 파발마보다도 빠르게 적청에게 밀지를 전해 줄 것이다. 설혹 중간에 무슨 일이 생기더라도 적어도 세 마리 중 한 마리는 닿을 터이니 크게 어긋나지 않는다면 이 무서운 음모를 막을 수 있을 것이다. 이제는 시간을 버는 일뿐.

"여기서 뭐하는 겐가?"

갑자기 날카로운 목소리가 전조의 귀를 울렸다. 흠칫 놀라 뒤돌아본 전조가 곧 공손히 포권을 했다.

"왕야를 뵙습니다. 천세, 천세, 천천세."

"자네가 나가는 것은 봤어도 들어오는 것은 못 봤는데 어느 결에 후원에 숨어들었나?"

북리운천의 목소리가 차갑기 그지없었다.

"숨어들다니요, 왕야. 수사 때문에 잠시 성 밖에 다녀오는 길입니다. 하찮은 제가 들고남을 왕야께서 유심히 살펴보지는 않으셨을 터이니 미처 제가 들어옴을 보지 못하셨겠지요."

정중하지만 설득력 있는 전조의 대답에 북리운천이 끄응, 숨을 토했다.

"그래, 수사에 진전은 있었나?"

"죄송합니다. 아직."

"내일이 현아의 생일이네! 그런데 아직도인가!"

울컥 핏대를 올리는 북리운천을 보며 전조는 생각했다. 서부의 열혈지왕이 저리 핏대를 올림은 그저 단순히 아들을 찾지 못한 초조감 때문일까, 아니면……

"전 호위!"

퍼뜩 정신을 차린 전조가 얼른 고개를 숙였다.

"예, 예, 왕야."

그리고 마침 떠오른 생각 하나가 전조를 난처한 상황에서 구해 주었다.

"안 그래도 마침 그 때문에 여쭙고 싶은 게 있었습니다."

"뭔가?"

"언젠가 왕야께서 말씀하시길, 소왕야께서 의붓동생을 시기해 갈 총관에게 동생을 찾지 말라며 황금 시조상을 뇌물로 주었다 하셨습니다."

북리운천의 얼굴에 쓸쓸함이 스쳐 갔다.

"말해 뭐하나. 부끄러운 일이지."

"그 시조상을 볼 수 있을까요?"

"뭐?"

"잠깐이라도 갈 총관 손에 있었던 물건이니 혹여 갈 총관이 단서를 남기지 않았을까 싶어서요."

"소용 없네. 단서를 남길 거였으면 내게 직접 말했겠지."

"그래도 한번 보여 주십시오. 그저 혹시나 해서입니다. 돌다리도 두들겨 보고 건너는 것이 수사의 첫 번째 원칙이니까요."

북리운천이 잠시 전조를 보더니 곧 고개를 끄덕였다.

"알았네, 따라오게. 보여 주지."

돌아서던 북리운천이 문득 생각났다는 듯 물었다.

"그런데 이정 선생은 어디 갔는가? 자네랑 함께 나가는 거 같던데."

"선생께선…… 동보촌에 계십니다. 좌 공자의 시동인 아령과 함께 동보차를 사러 가셨는데 그만 발을 헛디뎌 심하게 다리를 삐셨어요. 너무 심하게 삐신지라 움직일 수가 없어 제가 동보촌에서 하룻밤 묵으시라 청하였습니다. 내일 붓기가 좀 빠진 다음에 오시라고요."

"그런 일이. 사람을 보내 모셔 와야겠군."

"아닙니다. 지금은 너무 늦었고 곁에 아령이 지키고 있으니 큰 불편은 없으실 겁니다. 선생께서도 너무 걱정 말라고 전해 달라 하셨습니다. 죄송합니다, 왕야. 바로 여쭤야 하는데 제가 잠시 다망하였습니다."

고개를 숙이는 전조를 빤히 내려다보던 북리운천이 곧 괜찮다는 듯 손을 흔들었다.

"됐네. 시조상이나 보러 가세."

앞서 가는 북리운천을 따라가며 전조는 안도의 한숨을 내쉬었다.

다행이다. 이 정도면 이정 선생과 아령은 하룻밤 정도는 안전할 것이다. 미끼는 자신으로도 충분했다. 두 사람까지 위험에 빠뜨릴 필요는 없는 것이다.

미끼라는 말 때문이었을까, 후원을 빠져 나가는 전조의 어깨가 막 저무는 노을을 받아 핏빛으로 물들고 있었다. 유난히 선명한 붉은 핏빛으로.

"선생님, 전 대인은 정말 괜찮은 건가요? 여기서 꼼짝 말라 했다면 분명 뭔가 큰 일이 생긴 걸 텐데요."

"글쎄다. 전 호위를 믿어 보는 수밖에 없지 않겠느냐? 강한 사람이니 말이다."

해시가 훌떡 넘은 시간이었다. 전조는 탁자 위에 놓인 황금 시조상을 들여다보고 있었다. 그러나 사실 시조상을 보는 건 건성이고 신경은 온통 밖을 향해 있었다.

'저들은 내가 화청지를 의심하고 있다는 것을 알고 있다. 하지만 요새를 발견한 것도, 적 대형에게 밀지를 띄운 것도 아직은 모를 것이다. 그래서 지금쯤 내가 어디까지 알아냈는지 촉각을 곤두세우고 있으리라. 내가 아무 일도 없다는 듯 군왕부로 돌아왔으니 잠깐은 안심하겠지만, 상대는 일천으로 일만의 계를 세울 수 있을 만큼 치밀한 자. 내일의 거사를 위해서도 결코 경계를 늦추지 않으리라. 그러니까……'

전조가 질끈 입술을 깨물었다.

'내통자를 찾아야 한다. 그게 누구든, 분명 군왕부 안에 있을 것이다. 애초부터 이 계획은 군왕부를 빼고는 생각할 수 없는 것. 내부의 적을 찾지 못하면 적 대형이 서하군을 무찔러도 여전히 불씨는 남는다. 무리가 되더라도 모험을 해 볼밖에.'

전조가 천천히 검을 들었다.

거궐巨闕. 황제가 친히 하사한 절세의 보검.

그 검이 주인의 결심을 읽기라도 한 듯 우웅웅, 미세한 음향을 내며 울었다.

"괜찮아. 네게 피를 묻히는 건 나도 싫으니까. 응, 괜찮을 거다."

달래듯 검에게 속삭인 전조가 천천히 문을 열고 밖으로 나왔다.

여월 대로 여윈, 이제는 칼날처럼 날카롭게 윤곽만 남아 있는 초승달이 아득한 암천에 걸려 있었다. 그 빛이 너무 서늘해 전조는 잠깐 눈을 감았다가 떴다. 그리고 곧 검을 잡고 훌떡 지붕 위로 뛰어올랐다. 경공법을 써 훨훨 군왕부의 지붕 위를 날아가는 전조를 이제껏 은밀히 감시하고 있던 눈들이 하나 둘 따라붙기 시작했다.

전조는 너무 느리지도 너무 빠르지도 않게 달렸다. 너무 느리면 유인하고 있음을 눈치챌 것이고 너무 빠르면 쫓아오지 못할 것이기에. 얼마쯤 달렸을까, 이제는 아예 살기를 숨기지도 않고 쫓아오는 미행자들을 느끼며 전조는 천천히 걸음을 멈췄다.

"누구냐!"

킬킬킬, 거슬리는 웃음소리를 내며 하나 둘 번쩍이는 장도長刀를 든 그림자들이 유령처럼 나타났다.

'……여섯, 여덟, 열. 아니, 더 많은가.'

긴장하는 전조 앞에 온통 검은 복장을 한 흑의인이 다가왔다.

"어딜 그리 급히 가시오? 전 호위."

"누구냐!"

"이제 곧 명부에 들 사람이 그게 뭐 그리 궁금하오? 그저 목이나 내어 주면 될 일이지."

느릿느릿 비웃음을 던지고 있는 흑의인은 얼굴을 드러내 놓고 있는 다른 이들에 비해 혼자 두꺼운 검은색 두건을 깊게 눌러쓰고 있었다. 두건 사이로 갑자기 번쩍 섬뜩한 한기가 쏟아지고, 그만큼이나 차가운 목소리로 두건이 물었다.

"그나저나 전 호위, 대체 뭘 얼마나 알아내셨소?"

"누구냐고 물었다! 두건에, 육합전성으로 목소리까지 숨기고. 대체 뭐가 두려운 거지?"

"이런, 이런. 질문엔 대답도 않고 되려 묻다니. 안 되지, 전 호위. 그대는 꽤 능력 있는 사람이지만 불행히 내 편이 되기엔 너무 곧아. 그래서 자네가 얼마나 아는지를 구차하게 알아내는 것보다는 아예 자네를 없애는 게 훨씬 더 편하다는 결론을 내렸지."

전조가 질끈 입술을 깨물었다.

"척살刺殺! 참으로 멋진 말이 아닌가."

두건이 하늘이 떠나가라 통쾌하게 웃음을 터뜨렸다. 그리고 천천히 전조를 보았다.

"똑똑히 기억하고 죽어라, 남협 전조. 널 죽인 건 잘난 네 충성심이라는 걸."

그리고 두건은 뒤로 훌떡 물러서며 소리쳤다.

"죽여라!"

기다렸다는 듯 두건 뒤에 서 있던 흑의인들이 일제히 전조를 향해 날아왔다. 침착하게 자신에게 쏟아지는 검광을 막아 치던 전조가 갑자기 웃, 짧은 비명을 지르며 핑핑핑 뒤로 물러났다. 검을 잡고 있는 손이 쩌르르 울렸다.

'뭐지? 이 끔찍한 사기邪氣는? 마치 죽은 자와 같은 차가운 한기가 느껴진다.'

두건이 재미있다는 듯 클클클 웃었다.

"아, 말해 주는 걸 잊었군. 지금 그 사람들, 제정신이 아니네. 망혼단亡魂丹을 먹어서 이지理智를 상실했지. 그래도 꽤 착한 사람들이었는데. 하지만 걱정 마시게. 정신은 없어도 몸은 잠력이 폭발해서 평소의 몇 배나 되는 힘을 발휘하니까. 절대 전 호위를 심심하게 하지 않을 걸세. 팔이 잘려 나가도 아픔을 느끼지 못하고 덤빌 테니 싸움이 꽤나 재미있지 않겠나."

"당신! 어찌 그런 잔인한 일을!"

"그럼 잔인하지 않은 자네가 저들을 구해 보게. 자네를 죽이려고 벌겋게 덤벼들고 있는 저 열두 명의 살아 있는 시체들을 말일세."

두건이 다시 껄껄껄 하늘을 쳐다보며 광소를 터뜨리더니 곧 훨훨 날아서 어둠 속으로 사라져 버렸다. 쫓아가려던 전조가 자기 앞을 무차별로 막아서는 흑의인들을 보자 그만 암울한 눈빛이 되었다.

"아령아, 그만 걱정해라. 전 호위는 강한 사람이라니까."

"그래서 더 걱정이에요, 선생님."

"그래서 더 걱정이라니?"

"너무 강해서, 자기보다 조금이라도 약한 건 손도 못 댈 만큼 아까워하잖아요. 그 때문에 자기가 아무리 다치고 상처를 입더라도."

주르르, 피가 손목을 타고 검신을 적시고 있었다. 조금 전 베인 팔목의 상처가 뼈가 드러날 만큼 깊었다. 미처 지혈을 하지도 못하고 전조는 무지막지하게 허리를 베어 오는 칼을 태산압정泰山壓頂으로 바닥에 내리찍었다. 칼과 함께 끌려가듯 흑의인이 전조 앞으로 엎어졌고, 순간 드러난 흑의인의 뇌호혈(腦戶穴 : 뒤통수에 있는 급소 가운데 하나)에 번개처럼 날아가던 전조의 칼이 급소 바로 위에서 움찔 멈춰 섰다. 부르르 거궐이 피를 갈구하며 우는데 전조는 차마 검날을 찔러 넣지 못하고 있었다. 그 틈을 타 다른 칼이 가차없이 전조를 베어 왔다. 미처 피하지 못한 전조의 어깨로 파앗 피가 솟았다. 전조는 검을 둥글게 회전해 어깨를 벤 검을 쳐내고는 빠르게 뒤로 물러섰다.

울컥, 뜨거운 것이 목으로 넘어왔다. 사지가 벼락이라도 맞은 듯 떨려 왔다. 내상이 그대로 남아 있는 데다 낮에는 아령의 독을 빼내기 위해 무리하게 내력을 썼다. 거기다 망혼단으로 잠력이 폭발한 흑의인들을 상대하다 보니 몸 상태가 말이 아니었던 것이다. 솔직히 지금 전조는 그대로 주저앉아도 될 만큼 만신창이가 되어 있었다. 온몸에 성한 곳이 하나도 없었고, 거궐은 흑의인의 피보다도 주인의 피를 더 많이 마시고 있었다.

'남은 것은 넷.'

흐릿한 눈빛을 하고 무의미한 살기를 뿜고 있는 눈앞의 흑의인을 보며 전조는 아득해졌다. 과연 내일의 해를 볼 수 있을까. 머리가 핑

핑 돌았다. 손가락 하나 움직일 힘이 남아 있지 않았다. 흑의인들이 다시 공격한다면 이제야말로 명부를 구경할 것 같았다.

'다행한 것은 적 대형에게 비둘기를 보낸 것을 저들이 눈치채지 못했다는 것. 내가 여기 있으니 저들은 오늘 밤 안심하겠지. 미끼가 될 만했다. 내일이면 화청지의 서하군은 섬멸당한다. 내가 여기서 죽더라도. 하지만, 그러면…… 슬퍼하겠구나, 두 사람.'

동굴에서 자기만 기다리고 있을 인종과 아령을 생각하자 전조의 마음 한구석이 아려 왔다. 자신을 아름다운 사람이라 불러 준, 그리고 자신이 아름답다 말해 준, 늙고 어린 친구 두 명이 마음 졸이며 걱정하고 있을 생각에 전조는 가슴이 더욱 아려 왔다.

"이런, 이런. 이게 뭔가, 전 호위. 어떻게 한 명도 죽이질 못했어."

갑자기 육합전성으로 웅웅 울리는 목소리가 들리자 전조는 퍼뜩 정신이 들었다. 어느새 사라졌던 검은 두건이 다시 나타나 바닥에 쓰러진 흑의인들을 뻥뻥 차고 있었던 것이다. 흑의인들의 몸이 그때마다 조금씩 움찔거렸다.

"하여튼 대단한 사람이야, 전 호위. 망혼단 때문에 정신을 잃은 사람들이라 차마 벨 수가 없었나? 모두 혈도만 짚어 놓게. 죽이겠다고 날뛰는 이 녀석들을 죽이지 않고 혈도만 짚으려면 무진장 고생스러웠을 텐데. 저런, 과연 꼴이 말씀이 아닐세. 지금 제대로 서 있을 수나 있는 건가?"

전조는 한껏 비웃는 검은 두건을 말없이 보고만 있었다. 진정한 군왕부의 내통자가 다시 나타났다. 자신의 죽음을 확인하고 싶어서였겠지만 전조로서는 내통자가 나타난 것이 오히려 고마울 지경이었다. 적어도 정체를 확인할 수는 있으니까.

그러다 문득 눈부신 검광이 자신을 찔러 오자 전조는 아찔해서 눈을 감았다. 흑의인 네 명이 때를 놓치지 않고 덤벼 온 것이지만 도저히 피할 수가 없었던 것이다.

퍽퍽퍽.

검날이 목을 치는 대신 이상한 소리가 들리자 전조는 천천히 눈을 떴다. 그리고 와락 입술을 깨물고 말았다. 자신에게 덤벼든 흑의인들을 검은 두건이 가차없이 퍽퍽퍽 검으로 쳐 버렸던 것이다. 가슴에서 피분수를 뿜으며 네 명이 그대로 바닥에 통통 떨어졌다.

"당신! 같은 편에게 무슨 짓을!"

분노하는 전조를 보며 검은 두건이 히죽 웃었다.

"전 호위는 내 손으로 죽이고 싶어서 말이지. 이런 떨거지들이 방해하면 안 되지."

우우웅, 전조가 쥐고 있는 거궐이 무시무시하게 울어댔다. 전조의 분노가 고스란히 명검 거궐에게 전해진 것이다.

"쯧쯧, 그 몸으로 분노해 봤자지. 내 일 검이나 받아낼 수 있겠어? 꽃처럼 아름다운 내 만화일섬을."

파르르, 전조의 몸이 떨렸다.

"이래 봬도 세상이 알아주는 쾌검인데. 과연 남협 전조가 내 쾌검을 받아낼······."

검은 두건이 그만 흠칫 말을 삼켰다. 전조가 소매 끝에서 작은 수전(袖箭;손화살)을 펼쳐 번개같이 두건에게 쏘아냈던 것이다. 평소 암기를 잘 안 쓰는 전조였지만 솜씨는 경지에 이르러 있었다. 강호에 있을 때부터 이미 유명한 솜씨였던 것이다. 수전 네 개가 그대로 곧장 검은 두건의 얼굴을 향해 날아가 두건을 갈기갈기 찢어 버렸다.

"소왕야!"

전조가 외마디 비명을 질렀다. 찢긴 두건 사이로 나타난 얼굴은 깊이 모를 우물 같은 눈동자를 가진 북리 군왕부의 소왕야, 낙마로 다리병신이 되어 바퀴의자를 굴리고 다니는 비운의 소공자, 북리현이었다. 그 북리현이 지금 양다리로 우뚝 선 채 차가운 검을 들고 전조와 마주하고 있는 것이다.

"과연 남협. 방심할 틈을 안 주는군."

"정녕 소왕야셨습니까?"

전조의 목소리가 떨리고 있었다. 북리현이 예의 히죽 웃는 웃음을 지었다.

"아니길 바랬나? 너무 실망한 얼굴이군."

"왜입니까? 왜!"

주먹을 쥐며 외치는 전조에게 북리현이 다시 히죽거렸다.

"왜라니? 어제 내 속에 있던 얘기를 다 한 것으로 아는데? 작금의 송을 보라고. 문치주의에 치우쳐 나약하고 고집센 어린아이가 되어 있잖은가. 나라의 방패가 되는 군대를 얼마나 홀대했으면 전연의 맹으로도 모자라 요국에 세폐 이십만을 더 물고도 굴욕을 모르고 잔치를 벌일까. 목숨을 바쳐 나라를 구한 무인을 장사꾼보다 더 하위로 쳐 괄시하는 이 따위 나라에 내가 충성이라도 바쳐야 한단 말인가? 재미로 작전 지도를 그려 수천 수만의 병사들을 죽음으로 내몬 황제를 하늘이라도 된 듯 떠받들어야 한단 말인가? 이미 말했네, 전 호위. 한 목숨 천자를 위해 수천 목숨 백성을 도외시하느니 차라리 천자 한 명을 갈아치워 수천 수만의 백성을 평화로이 살게 하겠다고!"

"이것이 어찌! 수만의 백성을 평화로이 살게 하는 길이라 하십니까. 이것이 어찌! 진실로 백성을 위하는 길이라 하십니까! 천자 대신 이번에는 소왕야의 욕심을 위해 수만의 백성을 죽음으로 몰고 가시면서요."

소리치는 전조를 북리현이 이글거리는 눈동자로 바라보았다.

"제가 어제 본 것이 무엇입니까? 소왕야께서는 분명 역천을 말하셨지만, 그 역천에는 백성이 담겨 있었습니다. 이정 선생에게 아령의 손에 남아 있는 아픔의 흔적을 기억해 달라던 게 소왕야가 아니었습니까? 편안히 방 안에 앉아 치도를 논할 때 저 척박한 서하 땅에서 하나뿐인 목숨을 걸고 싸우는 이들을, 통치자 대신 요나라에 물게 된 세폐를 갚고자 허리가 휘는 가엾은 백성들을, 굴욕을 당하고도 참는 군왕부의 착하고 용감한 병사들을 기억해 달라던 이가 바로 소왕야가 아니셨습니까? 그런 분이 화청지로 서하군을 끌어들여 송군의 모든 장수를 척살하고, 이 땅에 전쟁의 피바람을 일으킬 끔찍한 궁리를 하셨단 말입니까!"

북리현의 몸이 눈에 띄게 떨렸다.

"모두 다 알았군."

"예. 하지만 소왕야도 늦었습니다. 이제는 저를 죽여도 서하군의 자멸을 막을 수는 없습니다."

"그대가 무슨 수를 썼는지 알 만하군. 그래, 남협 전조. 그대를 너무 우습게 본 게 내 패착이었군."

북리현이 문득 섬뜩하게 여윈 초승달을 쳐다보더니 으하하하 광소를 터뜨렸다. 어딘가 한없이 공허하게 느껴지는 웃음이었다. 곧 웃음을 그친 북리현이 똑바로 전조를 보았다. 깊은 우물 같던 눈동자는 이제 바닥을 알 수 없는 암혈처럼 한없이 허허로웠다.

"그래. 이제 다 끝났으니 우리의 은원도 여기서 함께 끝내세. 그대 아니면 나, 세상에 하나만 남아 내일의 해를 보잔 말일세."

"소왕아!"

"쓸데없는 동정은 치우게. 내가 이미 말하지 않았나. 날 정말 생각한다면 내 가슴에 칼을 꽂는 일이 생기더라도 주저하지 말라고. 한 점 의혹도, 동정심도 없이 내 가슴에 칼을 꽂으라고. 내가 진정 그것을 바란다고."

"……."

"오시게, 남협. 자네의 명성을 봐서 하찮은 초식은 쓰지 않겠네. 만화일섬. 우리 북리가 최고이자 최후의 초식인 아름다운 만화일섬을 보여 주지. 만 가지 꽃이 난분분하는 사이 한 줄기 번개가 그대의 미심혈을 노릴 걸세. 아름다운 꽃 그림자에만 반하지 말고 내 벽력검의 극미한 빠르기를 느껴 보게. 물론 느끼는 순간 죽음이 그대를 찾아가겠지만."

천천히 북리현의 검이 중단을 가르며 전조를 향했다. 북리현의 눈이 다시 우물처럼 깊어졌다. 이미 생사를 도외시한 절정의 투기鬪氣가 북리현을 활활 태우고 있었던 것이다.

'결국 이렇게 되는가.'

전조는 탄식하며 거궐을 천천히 앞으로 들어올렸다.

벽력신검 북리현. 섬서성 최고의 쾌검이라는 북리현의 벽력검을 지금 만신창이가 된 자신이 과연 받아낼 수 있을지 전조 스스로도 의문이 들었다. 뼈가 드러날 만큼 베인 팔에서는 아직도 피가 흘렀고 흑의인들의 검기에 다친 다리는 간단한 보법을 밟는 것조차 어려웠다. 더구나 기혈은 엉망으로 흐트러져 진기 한 모금을 모을 때도 엄청난 고통이 뒤따랐다. 그러나 천천히 검을 들고 북리현을 바라보는 전조의 눈은 어느새 모든 고통을 잊은 듯 물처럼 고요히 가라앉아 있었다.

"하지만 생각해 보렴, 아령. 전 호위가 정말 강한 건 바로 그런 점 때문이야. 약자를 아끼는 거. 전 호위는 언제나 자신보다 남을 위해 검을 들지. 자신의 목숨 하나만 지고 싸우는 사람과 수많은 사람의 목숨을 지고 싸우는 사람, 누가 더 강하겠니?"
"그럼 전 대인은 괜찮은 걸까요? 선생님."

벽력검이 천천히 하늘로 향했다. 초승달처럼 가느다란 모양의 예검銳劍인 벽력검 위로 그와 똑같은 모양의 달이 선뜻 걸렸다. 아니, 마치 달이 곧 벽력검인 양 그대로 하늘 한 조각이 뚝 검으로 떨어졌다. 그리고 대기를 가르는 낭랑한 목소리와 함께 벽력검이 눈부신 빛을 발했다.

"만—화—일—섬!"
천지에 만 개의 꽃송이가 활짝 피어났다. 꽃들은 너무나 화사하고 아름다워 눈을 감아도 꽃 그림자가 어른거렸다. 만화일섬에 당한 시체가 웃고 있다는 말이 떠도는 것도 검술을 시전할 때 생기는 이 아름다운 검풍劍風 때문이었다. 마치 만 가지 꽃이 피어나듯 황홀한 광경에 넋을 잃고 있다가 섬전의 빠르기로 급소를 찔리면 미처 자신이 찔렸다는 느낌도 갖지 못한 채 그저 꽃을 보던 황홀한 기분으로 죽어가기 때문이다. 그야말로 북리가 최후의, 최고의 절학, 만화일섬.

콰쾅쾅!

느리게, 아주 느리게 움직이는 검이 자신의 눈부시게 빠른 쾌검을 쳐냈다고 생각하는 순간, 북리현은 어깨에 화악 불로 지지는 듯한 격렬한 통증을 느꼈다. 그 자리에서 한 치도 움직이지 않은 전조가 섬전의 빠르기라는 벽력검의 만화일섬을 막아내고 그대로 북리현의 어깨에 검을 꽂아 넣었던 것이다.

"어, 어떻게?"

쿨럭, 선혈 한 모금을 토해내며 북리현이 물었다. 도저히 믿어지지가 않았던 것이다. 평소의 전조라도 자신의 검을 받아내지 못하리라 여겼거늘 만신창이가 된 몸으로 전조가 만화일섬을 받아내다니.

"만 가지 꽃 중에 하나의 검, 만 가지 검 중에 하나의 꽃."

조용히 속삭이며 전조가 북리현의 어깨에서 거궐을 뽑아냈다. 파앗! 피가 분수처럼 튀었지만 곧 전조가 부드럽게 퉁겨낸 지풍이 북리현의 혈도를 막았다. 그러나 북리현은 어깨의 상처도 잊은 채 여전히 믿어지지 않는 듯 전조를 보고 있었다.

"어떻게, 대체 어떻게 만화일섬을?"

"운이 좋았습니다. 도저히 막을 수 없다고 생각한 순간 목소리가 하나 떠올랐지요. 아령의."

"아령?"

"만천화우, 온 하늘에 꽃비가 내린다. 그 초식을 두고 아령이 그랬지요. 어울리지 않는 이름이라고. 차라리 만천검영, '온 하늘에 검 그림자가 가득하다.'가 훨씬 나을 거라고. 실제로 만천화우보다는 만천검영이 사천당문의 암기 수법을 더욱 정확히 설명해 주고 있습니다."

"그래서?"

"그래서 문득 소왕야의 검을 보는 순간, 같은 생각이 났습니다. 만화일섬으로 보이지만 사실은 만섬일화가 소왕야 검의 요체가 아닐까 하고요. 만화일섬, 만 가지 꽃 사이로 한 번의 쾌검이 펼쳐지는 게 아니라 만섬일화, 만 개의 검날 사이로 한 송이 꽃이 피어나는 것이라고 말입니다. 만화일섬은 쾌검도 쾌검이지만 초식을 펼칠 때 피어나는 아름다운 검풍이 눈을 현혹하기 때문에 더욱 피하기가 힘들다고 들었습니다. 그렇지만 만섬일화라면 검풍에 현혹될 리가 없지요. 그저 검날 사이로 한 송이 꽃만 찾으면 되니까. 만 개의 꽃에 숨은 한 개의 검을 찾기는 어려워도, 만 개의 날카로운 검 사이로 한 송이 아름다운 꽃을 찾는 일은 그리 어려운 일이 아니지요. 꽃잎을 베는 순간, 소왕야의 벽력검이 함께 베어지더이다."

후우, 낮은 한숨이 북리현에게서 흘러나왔다.

"천하의 만화일섬이 어린 소년의 말 한 마디에 깨어지다니. 기막히군, 기막혀."

어처구니없다는 듯 계속 쿡쿡 웃어 대던 북리현이 문득 전조를 보았다. 변함없이 단정하고 부드러운 기도를 풍기며 전조가 조용히 그 자리에 서 있었다. 망혼단을 먹은 적의 목숨을 아껴 저토록 만신창이가 되었건만 전조의 강함은 조금도 훼손되지 않았다. 아니, 오히려 더 강해져 태산처럼 상대를 압도하고 있었다.

"전 호위, 내 그대에게 진정으로 졌네. 그대야말로 천하제일검, 남협 전조라 불릴 만하군."

"소왕야."

"그대에게 군왕부 천오백 명 식솔의 목숨과 아버지를 부탁한다. 그대라면 그 사람들을 지켜 줄 수 있을 것. 모든 잘못과 배덕함은 다 내게 있으니 남협, 부디 우리 군왕부를 지켜 주게."

"소왕야!"

싱긋, 눈부시게 깨끗한 웃음을 지어 보이며 북리현이 그대로 절벽으로 몸을 던졌다. 아득한 낭떠러지 끝에서 한 깃 부드러운 깃털처럼 표표히 떨어져 내리며 북리현은 하늘을 보았다. 하늘에 떠 있는 것은 초승달. 눈이 아프게 날카로운 초승달. 그 날카로움 위로 한 사람의 그림자가 겹쳤다.

'아버지!'

치렁치렁 칡덩굴
황하 가의 칡덩굴.
끝내 형제 멀리 떠나
남을 아버지라 하네.
아버지라 불러도

돌아보니 나 혼자로구나.

치렁치렁 칡덩굴
황하 가의 칡덩굴
끝내 형제 멀리 떠나
남을 어머니라 하네.
어머니라 불러도
또한 나 홀로 서 있구나.

"소왕아!"

귀를 쩌렁 울리는 맑은 목소리에 북리현은 퍼뜩 눈을 떴다. 까마득한 낭떠러지 아래로 떨어졌다 생각했건만 자신은 여전히 절벽 위에 남아 있었다. 북리현을 따라 몸을 날린 전조가 절벽 끝에 엎드린 채 북리현의 팔을 잡고 있었던 것이다.

"무슨 짓인가, 전 호위. 이 팔 놓게."

북리현이 몸부림쳤지만 전조는 꿈쩍도 하지 않았다. 다만, 북리현의 팔을 잡고 있는 손끝에서 뚝뚝 핏방울이 떨어지고 있을 뿐이었다. 언제인가 북리운천의 패검을 북리현 대신 막아냈을 때 찢어졌던 손아귀가 충격으로 다시 찢어진 것이다. 얼굴에 뚝뚝 떨어지는 전조의 핏방울에 북리현의 가슴이 격하게 일렁거렸다.

"팔을 놓게. 제발!"

"⋯⋯."

"이러다 자네까지 죽고 싶은가. 어서 놓아!"

"벌을, 받으십시오."

나직한 전조의 말이 북리현의 가슴을 울렸다.

"벌을…… 받으십시오. 소왕야께서 저질렀으니 소왕야께서 받으십시오."

"그래서 지금 죽으려 하잖는가!"

"아니요. 군왕부 천오백 명 식솔의 목숨과 아버지라구요? 저보고 그 사람들을 지키라구요? 제가 대체 무슨 상관이 있어서요."

"전 호위!"

"그렇지요. 저는 호위, 그것도 어전사품대도호위. 폐하의 명이라면 불구덩이에라도 뛰어드는 황실의 고양이. 아첨에만 밝은 관리. 그런 제가 무엄하게 역천의 깃발을 올린 반역의 가문을 무슨 정의감으로 목숨을 내걸고 지키리이까. 정작 지켜야 할 당사자도 이렇듯 편안히 목숨을 버려 도망치려 하는데."

"전 호위!"

"벌을 받으십시오, 당당하게. 제게 북리 군왕부의 식솔들을 맡기지 말고 소왕야 스스로가 살리십시오. 폐하께 간언하든, 면사금패免死金牌를 쓰든, 아니면 심문관 앞에서 군왕부의 사면을 청하고 자결을 하든, 무엇이든 좋으니 당당하게 소왕야 스스로가 군왕부 식솔들을 구하십시오. 그리고 벌을 받으십시오. 그래야 군왕부도, 왕야도 삽니다."

"그냥 보내 주면 안 되겠나?"

북리현의 눈에 눈물이 고였다. 온몸의 진기를 팔 하나에 모아 북리현을 잡고 있는 전조의 창백한 얼굴에도 언뜻 물빛이 스쳤다.

"소왕야, 제가 아무리 어리석다 한들 소왕야가 일부러 화청지를 구경시키고, 일부러 비둘기 이야기를 꺼낸 것을 모르리이까. 반역을 꾸미면서도 내내 괴로우셨기에, 내내 힘드셨기에, 차라리 제가 모든 것을 알아 주기를 바라셨던 거 아닙니까?"

"그건 단서조차 못 됐네. 자네가 아니었던들 이 모든 일을 대체 누가 알아냈겠나."

"제가 아니더면 결국 소왕야께서 막으셨겠지요. 저는 아직도 그 시를 기억합니다.

귀족네들 스스로 귀하다지만,
내가 보기에는 한낱 먼지와 같소.
천한 사람 하찮다 낮추지만,
천 근의 무게처럼 한없이 무겁다오.

소왕야, 결국 그것이 소왕야의 진짜 속마음이 아니더이까?"

"전 호위."

"벌을 받으십시오, 당당하게. 천 근처럼 무거운 군왕부 백성들을 위해, 왕야를 위해, 소왕야 자신을 위해. 저는, 더는…… 견디기 힘듭니다."

갑자기 욱, 낮은 신음과 함께 전조가 절벽 끝으로 주르르 미끄러져 갔다. 스스로 한 말처럼 더는 견딜 수가 없었던 것이다. 그러나 그 와중에도 전조는 북리현의 팔을 놓는 대신 자신이 북리현 쪽으로 끌려가고 있었다.

놀란 북리현이 발로 절벽 끝을 찼다. 반동을 이용해 균형을 잡은 북리현이 몸을 활처럼 구부렸다가 튕기는 궁신탄영弓身彈影 수법을 써 한 바퀴 빙글 몸을 돌리더니 사뿐히 절벽 위로 올라섰다. 주르르 함께 끌려가던 전조가 북리현이 위로 올라온 것을 보자 그제야 천천히 팔을 놓았다.

"전 호위!"

쓰러지는 전조를 북리현이 안았다. 그야말로 처참한 몰골의 남협이었다. 마치 핏물에 담갔다가 빼낸 사람처럼 어디 한 군데 성한 곳이 없이 온통 상처투성이였던 것이다. 그러나 다짜고짜 진기를 주입하려는 북리현을 정신을 차린 전조가 부드럽게 말렸다. 대신 동쪽을 가리키며 희미하게 웃어 보였다.

"해가 뜨는군요."

전조의 말대로 어느새 지루한 밤이 지나고 멀리 동쪽으로 찬란한 해가 떠오르고 있었다.

"아아, 그렇군. 마침내 내 생일이로군."

전조의 손을 잡는 북리현의 머리 위로 붉은 여명이 찬란하게 빛나고 있었다.

바로 그 전조다

　밤새 이상한 악몽에 시달린 북리운천은 가장 높은 성가퀴에 올라와 있었다. 꿈자리가 너무 뒤숭숭해 아침부터 성루에 올라와 바람을 쐬고 있었던 것이다. 그리고 곧 북리운천은 자신의 꿈이 놀랄 만큼 맞아떨어졌다는 것을 깨달았다. 성 밖으로 평소라면 도저히 볼 수 없는 광경이 펼쳐졌던 것이다.

　성을 향해 일사불란하게 진군하는 군대는 검은 바탕에 유난히 새빨간 적狄자가 돋보이는 적청군 깃발을 나부끼고 있었다. 적청군은 벌집 모양으로 진을 짜 그 안에 포로들을 가두고 있었는데 언뜻 보기에도 칠팔백 명은 족히 넘어 보였다. 그리고 맨 앞에는 위엄 있게 장군기를 앞세운 적청과, 상처투성이 전조를 조심스럽게 부축하고 있는 아령과 인종, 어깨에 붕대를 감고 있는 북리현이 보였다.

　적청은 어젯밤 전조의 밀지를 받고는 곧바로 근방의 군대를 통솔해 밤을 도와 화청지로 잠입했다. 거기서 무방비로 있던 서하군을 일망타진, 거의 아무런 손해 없이 포로 수백 명을 잡았다. 그리고 곧바로 군왕부로 진군해 오는 길에 동굴을 나서던 인종과 아령을 만났다.

비로소 모든 사실을 알게 된 인종은 벌린 입을 다물지 못했고, 전조를 걱정한 아령의 재촉으로 서둘러 움직이던 적청군은 다행히 절벽에서 운기조식을 하던 전조와 북리현을 만났고, 이렇듯 모두 함께 오게 된 것이다.

북리운천은 천천히 계단을 내려와 성문 앞에서 적청 일행을 맞았다. 이미 모든 일이 어떻게 진행된 것인지 알 만했다. 그리고 일행 중에 어깨에 붕대를 감은 북리현을 보자 분노가 폭발했다. 북리운천의 손이 다짜고짜 북리현의 뺨을 빠악 거칠게 후려쳤다.

"왕야!"

전조가 놀라 말렸지만 북리운천은 전조를 밀친 채 계속해서 빠악, 빠악, 턱이 으스러질 만큼 거칠게 북리현을 후려쳤다. 바닥으로 나뒹구는 북리현의 입에서 주르르 피가 흘렀다.

"왕야! 고정하십시오. 소왕야는 법에 따라……."

막아서는 전조를 다시 거칠게 밀어내며 북리운천이 절규했다.

"네가 다 망쳤구나!"

"왕야."

"네가 다 망쳤어! 우리 북리가를, 우리 북리가를 네가 다 망쳤어!"

바닥에 내동댕이쳐진 북리현은 미동도 하지 않았다. 그저 절규하는 북리운천을 깊고 슬픈 눈으로 바라보고 있을 뿐이었다.

"도대체 몸이 성한 데가 없군요. 대협께선 제발 자기 몸 좀 돌보십시오. 벌써 이게 몇 번쨉니까."

갈대꽃처럼 하얀 수염이 난 의원이 연신 혀를 차며 전조를 구박했다.

"한빙장에 맞아 얼음덩이가 된 걸 고쳐 놨더니, 왕야의 검을 정통으로 맞아 손이 찢어지고 오장이 뒤틀린 게 얼마나 됐다고, 이번에는 아예 온몸에 죽죽 칼꽃을 피워 옵니까. 팔목의 상처가 반의 반 치만 더 깊었던들 대협은 아마 다시는 검을 잡지 못했을 겁니다. 아니, 어떻게 남협씩이나 되신다는 분이 망혼단을 먹은 사람들보다 더 다칠 수가 있는 겁니까. 예? 어떻게!"

이제는 아예 흥분까지 하는 의원을 보며 전조는 그만 웃고 말았다.

"쯧쯧. 자네는 정말 혼나도 싸네. 의원 어르신 말이 어디 한 군데 틀린 데가 없지 않은가. 남협이 아니라 남업南業일세, 남업."

황제도 옆에서 냉큼 거들었다. 전조가 곤란한 표정을 지었지만 인종은 의원과 합세해서 치료하는 내내 전조를 달달 볶았다. 치료를 끝내고 마지막으로 의원이 쐐기를 박았다.

"어쨌든, 대협. 앞으로 적어도 한 달, 아무리 못해도 칠 주야는 절대 안정을 취해야 합니다. 그 사이는 검을 잡을 생각은 꿈도 꾸지 마세요. 대협의 공력이 순후하기에 망정이지 아니었으면 벌써 공력을 잃고 폐인이 되었을 겁니다. 여기서 한 번만 더 무리하게 공력을 쓰면 그때는 정말 다시는 무공을 쓸 수 없는 폐인이 되고 말겁니다. 그 팔도 그렇고요. 조금만 잘못하면 다시는 검을 잡지 못할 겁니다. 칠 주야는 절대 안정. 절, 대, 안, 정! 아셨습니까?"

"예, 알았습니다."

전조가 웃으며 대답했지만 의원은 맘이 안 놓인다는 표정으로 한참을 더 잔소리를 한 뒤에야 방을 나갔다. 의원이 나가고 나서야 겨우 전조가 어휴, 한숨을 내쉬며 숨을 돌렸다.

"이정 선생, 왕야는 어쩌고 계십니까?"

문득 묻는 말에 인종의 얼굴이 흐려졌다.

"좋을 리 없잖는가. 아들이 패역무도한 짓을 저질렀으니."

"폐하께선 용서하지 않으시겠지요."

인종은 말없이 천장만 올려다봤다.

"아무 일도 없었는데, 일이 다 잘 됐는데, 그래도 반역이니 법규에 따라 구족을 멸해야 되는 걸까요."

"그렇기야 하겠는가. 폐하께서도 정상을 참작하시겠지."

"……가 보십시오, 이정 선생."

"응?"

"왕야께요. 아마 지금 가장 힘든 분이실 겁니다. 이럴 때는 친구가 필요하지요."

인종이 낮게 웃었다.

"사람 참. 나이든 사람 부끄럽게 하는군. 그러세나. 친구란, 보물을 감정할 때만 필요한 게 아니니까."

보물이란 말에 전조가 고개를 돌렸다. 그러고 보니 어제 북리운천에게 받아 온 황금 시조상이 그대로 탁자 위에 놓여 있었다.

"선생, 시조새에 대해 아시는 게 있습니까?"

"응? 시조새? 아, 저 금시조를 말하는 거로군."

인종이 탁자 위에 놓인 시조상을 보고는 고개를 끄덕였다.

"그러니까 금시조라, 문헌에 따르면 천축에 사는 전설적인 새라 하더군. 모습은 독수리와 비슷하고 날개는 봉황의 날개와 같다지. 한

번 날개를 펴면 삼백육십 리나 펼쳐진다고 하니 가히 남화진인(南華眞人;장자의 별칭)이 말씀하신 붕새에 비견할 만한 새겠지. 아, 머리와 날개가 황금빛이라서 금시조金翅鳥, 혹은 날개가 묘하다고 묘시조妙翅鳥라고도 부른다네. 왜? 저 시조상에 무슨 문제라도 있는가?'

"아닙니다. 그저 궁금해서요."

말을 돌리는 전조를 보며 황제가 갑자기 생각났다는 듯 물었다.

"그나저나 전 호위, 개봉에는 대체 언제 돌아갈 건가?"

"반역 사건이 생겼으니 하루라도 빨리 소왕야를 압송해 개봉으로 돌아가야 하기는 하지만, 아직 사건이 다 해결이 되지 않아서요."

"해결이 안 되다니? 북리현이 갈 총관과 우 노인을 죽인 게 아니었나?"

"그게 아니라 새로운 소왕야 말입니다. 아직 누가 진짜인지 알 수가 없으니……. 하루 속히 왕야께 아들을 찾아 드려야 할 텐데 말입니다."

인종이 그만 머리를 쳤다.

"아이쿠, 자넨 참 말 많은 시어미처럼 시시콜콜 뭐든지 다 참견하려 드는구먼. 이젠 그만 군왕부에 맡기게. 그 정도는 알아서 하겠지."

"예……."

인종이 전조의 어깨를 부드럽게 토닥였다.

"이 어깨에 너무 많은 짐을 지우지 말게. 그렇게 뭐든지 혼자 짊어지려 하면 아무리 남협이라도 배겨나겠나. 과유불급, 지나친 건 모자라는 것보다 나쁘다네."

전조의 굳은 어깨를 부드럽게 쓰다듬던 인종이 문득 낮게 한숨을 내쉬었다.

"그나저나 하여튼 자네도 참 용하네."

"예?"

"괜찮은 건가? 아무리 임무라지만 남의 아들을 찾아 주는 거."

"아……."

전조가 당황한 듯 자기도 모르게 옷깃을 꾹 눌러 잡았다. 인종의 눈길이 침착하려 애쓰는 얼굴과는 다르게 오히려 하얗게 질려 있는 손가락에 닿았다.

생각 안 했다면, 거짓말이리라. 아무리 미천한 출신이라 버렸다지만 그래도 어쨌든 지금 북리 왕야는 다시 아들을 찾고 있었다. 그러나 찾아 주는 부모는커녕 얼굴을 알아볼 방법조차 아예 없는 전조였다. 그 자신 버림받은 아들 주제에 남의 아들을 찾아야 하는 임무라는 것이 문득문득 가슴 시린 서늘함을 던져 주는 것은 어쩌면 당연한 일인지도 몰랐다.

포증이 몹쓸 짓을 했어.

창백한 전조의 얼굴을 보며 황제는 그런 생각이 들었다.

"……주셨잖습니까."

"응?"

황제가 전조를 쳐다보았다.

"제 부모님, 아름다운 분이라고 말씀해 주셨잖습니까."

속삭이듯 낮은 목소리가 조용히 말을 이었다.

"그 말만으로도 제가 여기 온 보람이 있는 걸요."

"전 호위……."

"고맙습니다, 이정 선생. 선생을 만나서, 선생과 함께 있을 수 있어서 제가 참으로 고맙습니다."

전조가 젖은 눈으로 빙긋 미소를 지어 보였다. 황제는 공연히 마음 한 구석이 시큰거렸다. 전조의 부드러운 진심이 그대로 느껴졌던 것이다. 하지만 고맙다니. 황제는 그럴 만큼 자신이 전조에게 해 준 것이 별로 없음을 알고 있기에 은근히 찔렸다. 섬서성까지 오는 동안, 아니, 와서도 내내 신세를 진 사람은 전조가 아니라 오히려 자신이었다. 그런데도 전조는 겨우 말 한 마디로 이렇게까지 자신을 신뢰하고 고마워하고 있는 것이다.

만약에 전조가 자신의 정체를 안다면 과연 어떤 표정을 지을까. 인종은 길게 한숨이 나왔다. 언제쯤 자신이 전조 앞에서 인피면구를 벗을 수 있을지 아주 아득한 일처럼 느껴졌던 것이다. 무엇보다 자신이 인피면구를 벗었을 때 전조가 보여 줄 반응이 황제는 두려웠다. 그 곧은 성격에 얼마나 놀라고 얼마나 힘들어할까. 황제는 그래서 더욱 사실을 고백할 수가 없었다. 그러나 이제 황제가 원하든 원치 않든 스스로 인피면구를 벗게 되는 날이 서서히 다가오고 있었다.

북리운천은 후원에 있었다. 주위에서는 주인을 잃은 비둘기들이 생기를 잃고 구구구구 구슬프게 울고 있었다. 북리운천의 눈이 구석에 놓인 모이 그릇을 향했다. 천천히 그릇을 집어든 북리운천이 허공에 한 줌 모이를 흩뿌렸다. 푸드덕, 몇 마리 비둘기가 날아올랐지만 그나마 모이를 쪼는 놈은 하나도 없었다. 비둘기들도 주인을 그리워하고 있는 것이다.

인종은 잠시 뒤에 서서 허허로운 북리운천의 등을 쳐다보았다. 서부의 열혈지왕. 별호가 무색하게 북리운천의 등은 한없이 가볍고 금세라도 푹 꺼질 듯 텅 비어 보였다.

"왕야."

"이정 선생이시로군."

북리운천이 돌아보지도 않고 말했다. 인종이 천천히 북리운천 옆으로 다가갔다. 북리운천이 중얼거렸다.

"저놈들이 모이를 안 먹는구려. 주인이 없는 걸 아는 모양이오."

"영리한 새니까요. 그만큼 북리 공자가 아끼기도 했고."

"북리, 공자. 그렇군. 이제는 반역자니 소왕야라 부르면 그 또한 반역이 되겠군."

"왕야."

천천히 북리운천이 인종을 돌아보았다.

"아들을 살려 주시오, 이정 선생."

"예?"

"선생이 누구인지는 모르나 분명 폐하의 성지를 받아 내려온 사람. 현아를 살려 주시오."

"왕야, 그건······."

"안 되겠소?"

묻고 있는 북리운천의 눈이 번쩍번쩍 빛을 냈다. 서부의 열혈지왕이라는 별호에 걸맞게 북리운천은 부탁을 할 때도 위압감이 번뜩이고 있었던 것이다. 인종이 한숨을 내쉬었다.

"법은 지엄합니다, 왕야. 게다가 두 명이나, 아니, 자객까지 세 명이나 죽인 살인자를 어찌 살릴 수가 있겠소이까?"

"안 된단 말이오?"

"구족을 멸하지는 않겠으나, 당사자는 죗값을 치러야지요."

"빌어먹을 법! 법! 법!"

북리운천이 거칠게 탁자를 쳤다. 애꿎은 탁자가 공력이 담긴 손에 산산이 가루로 부서졌다.

"언제부터 송의 법규가 그토록 지엄해졌소? 천자께서 수천 병사를 죽음으로 내모는 건 죄가 아니면서, 내 아들이 잠시 정신이 나가 서하군에게 화청지를 빌려 준 건 작두에 목이 잘릴 죄란 말이오? 폐하의 명에 따라 국경에서 죽어 간 우리 북리 군왕부의 병사들 수가 얼만데, 그럼 폐하도 그 목숨값 다 치러야 하는 게 아니오? 왜 억울한 우리 현아만 죽을 죄를 겼다고 하는 거요!"

"왕야!"

"살려 주시오, 이정 선생. 살려만 주면 내 뭐든지 하리다. 그대는 폐하를 움직일 수 있는 사람이 아니오? 내 그대를 폐하 대신이라 믿고 이리 간절히 부탁드리오. 현아를 살려 주시오."

북리운천이 그대로 인종 앞에 털썩 무릎을 꿇었다. 인종이 기겁을 하고 북리운천을 일으키려 하였으나 북리운천은 꿈쩍도 하지 않았다.

"왕야, 왕야, 일어나시오."

"현아를 살려 주시오."

인종은 길게 한숨을 내쉬었다. 단지 성지와 함께 왔다는 것만으로 북리운천은 지금 정체도 모르는 자신에게 무릎을 꿇고 아들의 목숨을 구하고 있는 것이다. 대체 무엇이 이 패기만만하고 당당한 군왕을 한낱 무명의 중년 문사에게 무릎꿇도록 하는가.

"왕야, 이미 내 손 밖의 일이오. 다만 폐하께 이 일을 청천 포 대인에게 맡기도록 진언하겠소. 포증은 공평하나 정을 아는 판관. 분명 좋은 방법을 찾아내리라 믿소."

북리운천이 피식 웃었다.

"그러면 우리 현아는 개봉부의 소위 공평한 판결에 따라 용작두에 목이 잘려 죽겠구려."

우는 듯 웃는 북리운천을 보며 인종은 속으로 나직하게 탄식했다.

'나중에 그대가 내 정체를 알면 많이 섭섭해하겠구려, 북리 형. 내가 어린 황자였을 때 그대가 나를 말에 태워 초원을 달려 준 적이 있었지. 그때 그 시원했던 바람과 손끝에서 물결치던 말갈기가 기억나는군. 그대는 그때 열혈소왕이라 불리던 천하에 다시없는 맹장이었는데. 이제는 수염까지 희게 늙어 아들의 목숨을 구걸하는구려. 미안하오, 북리 형.'

인종은 그저 이제는 나이가 들어 주름이 진 북리운천의 손을 부드럽게 잡아 줄 뿐이었다. 그리고 문득 고개를 드는 인종의 얼굴에 단호한 빛이 흘렀다.

'내 개봉에 돌아가면 다시는 인피면구로 사람을 시험하는 일 따위 하지 않으리라. 다시는!'

전조는 어지러움을 느끼며 난간의 기둥에 몸을 기댔다. 온몸이 두들겨 맞은 듯 욱신대며 아팠지만 그보다 더 아픈 건 마음이었다. 조금 전 후원에서 인종에게 무릎을 꿇으며 북리현의 구명을 탄원하던 북리운천을 보았던 것이다. 천하의 열혈지왕이 한낱 힘없는 문사에게 무릎까지 꿇으며 자식의 목숨을 구하다니.

'아버지란 그런 거겠지.'

왠지 옥에 갇힌 북리현이 부러웠다. 쓸데없이 나약해지는 자신을 질책하며 전조가 설레설레 머리를 젓는데 뭔가 서늘한 것이 목에 닿았다. 새파랗게 잘 갈린 검이었다.

"뭡니까? 위 공자."

전조가 한 치의 흔들림도 없이 물었다. 서늘한 눈빛을 하고 금룡검을 겨누고 있던 위청운이 천천히 검을 물리며 피식 웃었다. 위청운의 눈빛에 어딘가 심술궂은 기운이 담겨 있었다.

"또 한번 전 호위와 대련을 하고 싶었는데, 안 되겠군. 서하군을 때려잡느라 만신창이가 됐으니. 혼자 서지도 못하고 기둥에 기대 있는 꼴이라니. 내 몫이 남아 있질 않구만. 젠장, 내가 자넬 혼내 주고 싶었는데."

"지난번 대련 때 이미 위 공자가 이긴 게 아니었습니까?"

"내가 이긴 게 아니라 자네가 진 척한 거지. 안 그렇소? 전 호위."

전조가 대답이 없자 위청운이 혼자 쿡 웃었다. 그리고 전조 뒤를 흘깃 넘겨다보았다.

"저 아이의 눈은 언제나 자네를 뒤쫓는군."

전조가 천천히 뒤를 돌아보았다. 아령이 전조에게 검을 겨누고 있는 위청운을 보고는 눈이 휘둥그레져서 달려오고 있었다.

"좌수백 같은 덜 떨어진 작자가 어디서 저런 보물을 구했을까."

"예?"

"어머니를 닮은 눈이야."

위청운이 어울리지 않게 부드러운 목소리로 속삭였다.

"위 공자?"

위청운이 다시 쿡쿡 웃었다. 그 옆으로 헉헉대며 아령이 다가왔다.

"전 대인, 무슨 일이에요? 위 공자님, 왜 전 대인에게 검을 겨누고 있었던 거죠?"

"이거? 그냥 심심해서."

"공자님!"

"아령, 위 공자는 잠시 장난을 치신 것뿐이다. 흥분하지 마라."

전조가 아령의 어깨를 잡아 말리다가 갑자기 움찔 놀라 손을 놓았다. 순간 나비 모양의 눈부시게 하얀 회화꽃이 눈앞에 핑그르르 떠올랐던 것이다. 황급히 손을 내리는 전조의 얼굴이 저도 모르게 발갛게 상기되었다.

"어? 전 호위. 갑자기 표정이 왜 그렇소?"

"아닙니다, 위 공자."

"저런. 뭔지는 모르지만 조심하시오. 이 순진한 얼굴의 책략가는 오로지 좌수백밖에 모르니까. 나참, 그따위 기생오라비 같은 자가 뭐가 좋다고 목을 매는지."

무언가가 다시 쩌르르 전조의 가슴을 훑고 지나갔다. 이상하게 아령이 좌수백과 어울리는 장면만 떠올리면 이랬다. 아령은 좌수백을 좋아한다. 그래서 기꺼이 묶여 있다. 왜 그 생각이 이렇게 자신의 마음을 난도질하는지 전조는 알 수가 없었다.

"전 대인."

"응?"

전조가 퍼뜩 상념에서 깨어났다. 어느새 위청운은 혼자 낄낄대며 검을 들고 저 앞으로 가고 있었고 아령만이 걱정스럽게 자신을 보고 있었다.

"괜찮으세요? 안색이 창백해요."

"아, 괜찮아. 그보다 너는……."

"예?"

"아직 상처가……. 어깨는 괜찮으냐?"

아령이 밝게 웃었다.

"예, 그때 독을 다 몰아내 주셨잖아요. 전 아무렇지도 않아요."

"그래, 다행이구나. 그럼, 살펴 가거라."

전조가 한 마디 하고 몸을 돌리자 아령이 와락 소리를 쳤다.

"전 대인!"

"응, 응?"

"왜 저를 피하세요?"

"피하다니 뭘. 나는 그냥, 일이 있어서."

"제가 여자인 게 그렇게 부담되세요?"

전조가 저도 모르게 옷깃을 꾹 눌러 잡으며 아령을 쳐다보았다.

아령이 시선을 땅으로 떨군 채 신발 끝으로 톡톡 땅을 찼다. 숙인 머리 위로 햇살이 내려앉았다. 소년처럼 정수리에 질끈 묶은 머리는 윤이 났지만, 끈을 풀고 그대로 구름처럼 풀어 내렸다면 더 윤이 나고 아름다웠으리라.

"힘들 땐 언제나 찾아오라 해 놓고, 여전히 친구라 해 놓고, 그렇게나 제가 부담스러우세요?"

"아니다, 아령. 그냥 난, 조금 어색해서……. 미안하다."

"전 대인에게 이제 전 친구로조차도 남을 수 없는 건가요?"

"아령."

"친구조차도, 친구조차도 될 수 없는 건가요!"

눈물이 가득 고인 눈을 하고서 아령이 소리쳤다. 아령의 가냘픈 어깨를 감쌀 듯 뻗어 가던 전조의 손이 천천히 허공에서 멈췄다. 그리고 가만히 주먹을 당겨 쥐며 입술을 깨물었다.

"전 대인은 바보예요! 내가 왜 대형이라고 부르지 않았는데. 내가 왜!"

"아령."

"남자처럼 대형이라고 불렀다가 정말 영영 그렇게 굳어 버릴까 봐, 끝까지 여자인 내 모습 모를까 봐, 그냥 조금이라도 내 마음 전하고 싶어서, 그래서 그랬는데. 좌 공자 얘기나 하고. 전 대인 향한 내 마음 하나도 모르면서 좌 공자 얘기나 하고. 말로는 그래도 친구라면서 피하기만 하고. 전 대인은 바보예요!"

소리치며 돌아서던 아령이 갑자기 헉, 멈춰 섰다. 전조가 뒤에서 아령을 잡아 그대로 품에 안은 것이었다.

"전 대인……."

"미안하다. 어찌, 어찌 친구가 아니겠니. 넌 내게 정말 소중한 친구야, 아령."

아령이 전조의 품에서 말없이 흐느꼈다. 전조는 더욱 아령을 끌어 안았다. 아령의 여린 숨결과 콩닥콩닥 뛰는 가슴이 느껴졌다. 전에는 전혀 눈치채지 못했지만 이제는 자기 품안에 있는 사람이 얼마나 부 드러운 가슴과 어깨를 가졌는지 충분히 알 수 있었다. 나는 참 둔하 구나. 전조는 문득 그런 생각이 들었다.

이제야 비로소 전조는 깨달았던 것이다. 아령이 좌수백과 있을 때 어째서 자신의 가슴이 그토록 시렸던지를. 아령을 향한 자신의 마음 이 과연 어떤 것인지를. 그것은 아마도 이 고지식하고 묵묵한 무인의 마음에 처음으로 찾아든 사랑이 아니었을까.

"전 대인, 전 아령이에요. 남자가 아니라 여자더라도, 열다섯이 아 니라 열아홉이더라도 전 아령이에요. 결뉴의 상처 때문에 울던, 두 보의 시를 얘기하며 울던, 아름답게 자라 주었다는 말에 울던 그 아령이에요."

"그래, 나도 그때의 전조다. 네게 흉터가 있는 손목을 보여 주었 던, 화청지에서 두보 얘기를 꺼내 너를 울렸던, 너를 아름답다 말 했던 바로 그 전조다. 미안하다, 아령."

따스한 햇살이 이제는 두 사람의 머리 위에 나란히 내려앉고 있었 다.

황금 시조상의 비밀

때늦은 쏙독새 소리가 객청을 가득 메웠다. 아亞자 문양의 들창으로는 황혼의 마지막 햇살이 스며들고 있었다. 금빛이 섞인 붉은 빛 황혼은 객청에 앉은 사람의 얼굴도 붉게 물들여 갔다.

입구에 북리운천의 우람한 그림자가 나타나자 전조는 천천히 자리에서 일어섰다.

"무슨 일인가?"

북리운천의 목소리에 피곤함이 묻어 있었다.

"왕야께 드릴 말씀이 있어서 잠시 모셨습니다."

"뭔가?"

"내일 곧바로 소왕야를 모시고 개봉부로 떠날까 합니다."

"뭐? 내일!"

"사건이 워낙 엄중한지라 하루라도 빨리 폐하와 포 대인께 알려 드림이 옳을 것 같습니다."

"하루라도 빨리 현아의 목을 치고 싶은 모양이군."

북리운천이 냉랭하게 내뱉는 말에 전조의 얼굴이 흐려졌다.

"황공한 말씀 거둬 주십시오. 제가 어찌 소왕야를."

"아니면! 이렇게 서둘러 개봉부로 떠나야 할 까닭이 무에 있는가? 자네는 아직 사건을 다 해결하지 못했어."

"그 때문에 모신 겁니다."

"뭐?"

갑자기 웅성거리는 발자국 소리가 들리더니 곧 입구로 위청운과 위지량, 좌수백 삼 공자와 아령, 인종까지 나타났다. 삼 공자는 조금 어리둥절한 얼굴이었고 인종은 손에 황금 시조상을 들고 있었다.

"전 호위, 무슨 일인가?"

"진짜 소왕야를 찾을 때입니다."

전조의 담담한 한 마디가 객청 안 사람들을 놀라움에 빠뜨렸다.

"무슨 소린가? 자네가 진짜가 누구인지를 안단 말인가?"

"제가 아니라 저 시조상이 말해 줄 겁니다, 왕야."

사람들의 시선이 일제히 인종이 들고 있는 황금 시조상을 향했다. 인종이 멋쩍게 웃더니 모두에게 잘 보이도록 탁자 위에 시조상을 내려놓았다.

"갈 총관이 뇌물로 받았다는 황금 시조상입니다. 정확히 언제 갈 총관의 손에 이 시조상이 들어왔는지는 모르겠지만 갈 총관은 죽기 전에 진짜 소왕야를 밝힐 수 있는 증거를 시조상에 남겨 놨습니다."

"자네가 그걸 찾았단 말인가?"

"들어 보십시오, 왕야. 황금 시조, 그러니까 금시조는 이정 선생 말씀으로는 옛 전설에 나오는 거대한 새로 독수리와 봉황을 닮았다 하더군요. 특히 금시조라는 이름은 머리와 날개가 황금빛이라서 붙여진 이름이라고 하셨습니다."

인종이 만족스럽게 고개를 끄덕였다. 자신의 지식이 도움이 됐다는 사실이 꽤나 뿌듯했던 것이다. 그러나 사실은 인종도 그게 시조상의 비밀을 푸는 데에 무슨 도움이 되는지는 모르고 있었다.

"그래서 시조상을 자세히 살펴 봤더니 과연 이정 선생 말씀이 맞더군요. 얼핏 보기에는 전체가 다 황금으로 보이지만, 사실은 머리와 날개 부분만 눈이 부신 진짜 순금純金을 썼습니다. 나머지 부분은 은빛이 도는 조금粗金을 써 차이를 두었고요. 특히 날개는 금시조라는 이름에 걸맞게 가장 아름답게 세공돼 있습니다. 그냥 황금판에 깃털 모양을 새겨 붙인 것이 아니라, 깃털 하나하나를 일일이 따로 만들어 진짜 새의 깃털처럼 촘촘히 몸통에 붙인 것이지요. 그래서 마치 살아 있는 듯 생생한 느낌을 주게 된 것입니다."

객청 안 사람들이 거기까지 세심히 살핀 전조에게 감탄하며 고개를 끄덕였다.

"하지만 사실 이 모든 정교함은 단 하나를 감추기 위한 장치에 불과합니다."

사람들이 일제히 전조를 쳐다보았다.

"바로 깃털 단 한 개. 노란 순금으로 만든 무수한 깃털 가운데 딱 하나, 하얀 조금으로 만든 깃털 단 한 개를 감추기 위해 이렇게 섬세한 세공이 필요했던 것이지요. 그 깃털이 비밀스러운 곳으로 들어가는 열쇠가 될 테니까요. 바로 여기, 오른쪽 겨드랑이 부분 말입니다."

북리운천이 황급히 시조상을 들어 겨드랑이 깃털을 살폈다. 지극히 미세하기는 하지만 노란 순금 깃털 사이에서 정말로 단 하나만 하얀 빛이 돌고 있었다.

"그렇군. 여기만 순금이 아니군."

"눌러 보십시오, 왕야."

"뭐?"

"그 깃털을 눌러 보십시오."

"이렇게 말인가?"

북리운천이 가볍게 깃털을 누르자 갑자기 스르릉 맑은 소리가 나며 시조상의 배가 벌어지더니 정교하게 만들어진 서랍이 안에서 미끄러져 나왔다.

"이, 이런 일이!"

북리운천이 놀란 입을 다물지 못했다. 나머지 사람들도 마찬가지였다. 너무나 정교한 장치였고, 그런 장치가 저런 땜 자국 하나 없는 시조상에 들어 있으리라고는 생각도 하지 못했던 것이다. 그러나 서랍 안을 들여다본 북리운천이 곧 실망한 얼굴이 되었다.

"안이 텅 비었잖는가."

"그 안에 있던 것은 제가 가지고 있습니다, 왕야."

사람들의 시선이 한꺼번에 전조에게로 향했다. 전조는 여전히 담담한 눈빛을 하고 있었다.

"안에는 시 한 수가 적힌 종이가 들어 있었습니다. 바로 위 부인의 초상화에 적혀 있던 〈정녀〉라는 시지요. 아마도 우 노인이 갈 총관에게 적어 준 것 같습니다. 하지만 완전히 똑같지는 않고 한 대목이 〈정녀〉라는 시와 다르더군요. 아마도 그건 왕야와 위 부인만이 아는 아주 비밀스러운 추억이 담긴 대목이겠지요."

북리운천이 끄응 거친 숨을 내쉬었다. 그리고 몹시 긴장한 얼굴로 전조를 바라보았다. 전조의 단아한 얼굴에 위엄이 떠오르고 있었다.

"이제 세 공자께서 대답해 주십시오. 어머니의 초상화에 적힌 시이니 설마 그 시를 모르지는 않겠지요? 그리고 어머니가 그 시를 원문 그대로 읽지 않고 다르게 읽었다는 것도 아실 겁니다. 위 부인은 강족, 위 부인은…… 변경에서 사신지라 중원의 글을 잘 모르셨습니다. 그래서 같은 시를 보고도 멋대로 바꾸어 읽으셨겠지요. 아마도 왕야와 지냈던 추억을 바탕으로 거기에 맞춰서 읽으셨을 겁니다. 우 노인은 바로 그것을 기억하고 있다가 갈 총관에게 적어 준 것일 테고요. 비록 열 살의 어린 나이에 어머니가 돌아가셨다 해도 세 공자분들 모두 어머니가 자주 읊조린 〈정녀〉라는 시를 기억하실 겁니다. 이제, 말해 보십시오. 초상화에 적힌 시와 어머니가 읊조린 시 사이에 어떤 차이가 있는지. 대체 어느 대목이 다른지."

잠시 숨막히는 정적이 객청 안에 흘렀다.

전조는 빠르게 세 공자를 훑어보았다. 위청운은 뭔가 대단히 재미있게 되었다는 듯 야릇하게 웃고 있었고, 위지량은 지극히 무표정했으며, 좌수백은 낭패한 표정이었다. 그러나 셋 중 누구도 선뜻 시구에 대해 말하지는 못했다. 그리고 전조는, 세 공자의 표정을 살피느라 자신 뒤에 서 있는 아령이 손으로 꽃모양을 그려 보이며 노란 저고리 깃을 짚는 것을 보지 못했다. 아령의 이상한 손짓을 본 사람이

좌수백과 마침 그 옆에 서 있던 북리운천이라는 것도. 그리고 그것을
본 순간 북리운천의 눈이 부르르 떨린 것도. 북리운천은 믿어지지 않
는다는 듯 숨이 막힌 얼굴로 뚫어져라 아령을 쳐다보았다.

갑자기 좌수백이 으하하하 웃음을 터뜨렸다. 갑자기 터진 웃음에
객청 안 사람들이 모두 좌수백을 보았다. 한참을 미친 듯이 웃던 좌
수백이 천천히 숨을 가라앉히며 전조를 보았다.

"전 호위, 시만 말하면 되는 거요? 그러면 내가 드디어 소왕야가 되
는 거요? 이 드넓은 북리 군왕부의 소왕야가 되는 거냔 말이오."

전조는 조용히 좌수백을 바라보기만 했다.

"다행이오. 이제 드디어 내가 진실을 밝히게 되는구려. 나머지 이
가짜들은 아무도 말하지 못하니 내가 말하겠소."

다시 숨막히는 긴장이 객청 안에 흘렀다. 자칫하면 가짜로 판명 나
왕족 능멸죄로 처벌을 받을지도 모르는 위청운과 위지량까지 지금은
좌수백의 입만을 주시하고 있었다.

"어머니가 틀리게 읊으시던 글자는 제薺자요. 어머니는 늘 제가 아
니라 괴槐라 하셨소."

전조가 천천히 눈을 감았다. 저 사람만은 아니었으면, 하고 바랐는
데.

　　귀여운 그 아가씨
　　붉은 피리 내게 주네.
　　붉은 피리 그리 고움은
　　그 얼굴 곱기 때문일세.

들에서 내게 준 띠싹

곱고도 진기하네.

띠싹이 그리 고움은

고운 님이 줬기에 그러하지.

"자목귀제自牧歸弟 순미차이洵美且異, '들에서 내게 준 띠싹 곱고
도 진기하네.'가 아니라 자목귀괴自牧歸槐 순미차이洵美且異, '들
에서 내게 준 회화꽃 곱고도 진기하네.'였소. '띠싹이 그리 고움은
고운 님이 줬기에 그러하지.'가 아니라 '회화꽃 그리 고움은 고운
님이 줬기에 그러하지.'였단 말이오. 아니오? 전 호위?"

전조가 천천히 눈을 떴다. 득의양양한 좌수백의 얼굴이 한눈에 들
어왔다.

"띠싹 제弟가 아니라 회화나무 괴槐가 아니오? 띠싹이 아니라 회화
꽃이 어머니가 좋아하던 것이 아니냔 말이오!"

승리감으로 번들거리는 좌수백의 눈을 보며 전조가 공손히 고개를
숙였다.

"맞습니다, 소왕야. 띠싹이 아니라 회화꽃이옵니다."

전조의 숙인 고개 위로 좌수백의 통쾌한 웃음소리가 따갑게 떨어
져 내렸다. 전조는 그 웃음이 몹시 버거웠다.

"흥, 이거야. 점점 더 재미있어지는군."

갑자기 위청운이 냉소를 했다. 그러더니 느닷없이 칼을 뽑아 좌수
백을 찔러 갔다. 좌수백이 어어 놀라며 뒷걸음질을 쳤다. 전조가 황
급히 자기 몸으로 좌수백을 감싸며 거궐을 빼 위청운의 검을 막아냈

다. 그러나 허초虛招였던 듯, 거궐과 마주치는 순간 검날이 빙글 뒤로 당겨지더니 그대로 들창으로 쏘아져 갔다. 그리고 위청운은 순식간에 검날을 따라 들창을 뚫고 밖으로 날아가고 있었다.

"또 보세, 남협 전조."

그리고 순간 어이없게도 위지량의 몸도 둥실 뜨더니 그대로 들창 밖으로 날아가고 있었다.

"어기충소馭氣沖宵!"

전조가 놀라 소리쳤다. '한 모금의 진기로 능히 십 장을 뛰어오른다.'는 절세의 신법인 어기충소가 지금 백면소자 위지량에게서 펼쳐진 것이다. 그리고 순식간에 두 사람은 군왕부에서 멀어지고 있었다. 사라지는 위청운에게서 껄껄대는 웃음소리가 전해졌다.

"전 호위, 사실이 모두 진실은 아니네. 다음에 보세."

곧 그 웃음소리마저 아득히 멀어져 갔다. 천하의 전조조차 전혀 예상치 못한 두 사람의 퇴장이었다. 혹여 사실이 밝혀진 뒤 가짜들이 반항이라도 할까 하여 밖에 군사까지 매복해 둔 치밀한 전조조차도.

"네, 네가 어떻게……."

갑자기 쥐어짜는 듯한 북리운천의 목소리가 들렸다. 전조가 정신을 차리며 북리운천을 돌아보았다. 북리운천은 지금 반은 넋이 나간 표정으로 아령에게, 아니, 아마도 아령 옆에 있는 좌수백에게 다가가고 있었던 것이다.

"네, 네가 어떻게 영아의 시를, 영아의 시를……."

좌수백이 득달같이 앞으로 나서며 무릎을 꿇고 흐느꼈다.

"아버님, 드디어 진실이 밝혀져서 기쁘옵니다. 소자, 수백입니다,

아버님."

좌수백의 달뜬 그림자에 아령의 가냘픈 모습이 가려졌다. 북리운천은 잠시 과장되게 흐느끼는 좌수백과 뒤에 선 아령을 넋을 잃고 보았다. 그러다 천천히 북리운천의 손이 아래로 떨어졌다. 그리고 느릿느릿 좌수백의 손에 얹히더니 허허 허탈한 웃음을 지었다.

"그래. 네가, 네가…… 진정 내 아들이로구나."

아들을 찾은 기쁨 때문인지 북리운천의 눈에 눈물이 고이기 시작했다. 뒤에서 보고 있던 아령도 부자 상봉이 감격스러웠는지 하염없이 눈물을 흘리고 있었다.

"진정 내 아들이로구나."

들창으로 황금빛 노을이 하나 가득 쏟아지고 있었다.

북송 시대 연표

연대	북송을 둘러싼 정세
960년	·송 건국. 문치주의를 표방하면서 문관 중심의 중앙집권체제를 수립했다.
976년	
979년	·송은 중국 대륙을 대부분 점령했으나, 북동쪽에 자리잡은 요나라를 정벌하려다가 고량하에서 크게 패했다.
997년	
999년	
1004년	·오랜 싸움 끝에 송은 요와 '전연의 맹'으로 불리는 화의를 맺었다. 송은 요의 침략을 막고 형님 나라로서 명분을 세웠으나 막대한 세폐를 물어야 했다.
1006년	·송과 긴 교전을 벌여 온 서하는 수장 이덕명이 송에 충성을 맹세하면서 평화를 되찾았다. 송은 이덕명을 서평왕에 봉했다.
1010년	
1022년	
1027년	
1031년	·이덕명이 죽자, 태자 이원호가 서평왕 자리를 물려받았다.
1033년	
1037년	
1038년	·이원호는 나라 이름을 '대하'라 고쳐 부르고 스스로 황제의 자리에 올랐다. 연호 역시 '천수예법연조'로 바꾸면서 더 이상 송에 예속된 나라가 아님을 밝혔다. 그러자 송은 변방 경계를 강화해 서하의 침입에 대비하고자 했다.
1041년	·호수천 전투에서 송나라가 서하에 크게 패했다.
1042년	·서하가 송을 위협하기 시작하자, 요는 '전연의 맹'을 뒤집으려 한다. 요와 서하 모두에게 공격을 받게 될까 우려한 송은 요에 세폐를 더 늘려 주기로 한다.
1043년	·요와 다시 강화를 맺은 뒤, 송은 서하와의 대치 국면에서 유리한 상황을 맞는다.
1044년	·송은 서하와 '경력화약'을 맺은 뒤, 전쟁을 끝냈다.
1056년	
1061년	
1062년	
1063년	
1126년	·수도 개봉이 금나라에 함락되면서 북송 시대가 막을 내린다.

북송 황가 연대기	관료들의 행적
· 태조 조광윤이 황위에 올랐다. · 태조가 죽자, 동생 조광의(태종)가 뒤를 이었다.	
· 태종이 죽고, 태자 조항(진종)이 황제가 되었다.	· 포증이 여주에서 태어났다.
· 조정이 진종 황제의 여섯 째 아들로 태어났다. · 태자 조정이 열세 살 되던 해, 진종이 죽었다. 뒤를 이어 조정(인종)이 황제의 자리에 올랐으나 나이가 어려 유태후의 섭정을 받아야 했다.	· 포증은 진사에 급제해 건창현 지현이 되었으나, 부모님을 모시기 위해 벼슬을 사양했다.
· 유태후가 죽자, 인종이 직접 정치를 펼치기 시작했다.	
· 인종은 여러 실력 있는 인물들을 중앙으로 불러들여 '경력의 치'라 칭송되는 개혁을 시작한다.	· 포증은 천장현 지현에 임명되면서 다시 관직에 나왔고 뒤이어 감찰어사, 삼사호부 판관, 하북로 전운사를 지냈다. · 범중엄과 한기가 섬서 경략안무초토부사로 임명되었다. 서하를 막기 위해 범중엄은 백성들을 회유하려 애썼고, 한기는 무력 제압을 주장했다. · 한기가 호수천 패전의 책임을 지고 물러났다. · 한기는 다시 등용되어 범중엄과 협력 체제를 구축했다. · 범중엄은 서하의 침입을 막은 공을 인정받아 추밀부사에 오른다. · 포증이 개봉부지부에 임명되었다. · 포증의 벼슬이 추밀부사에 이르렀다. · 포증이 병으로 죽자, 나라에서는 포증의 관직을 예부상서로 높여 그이를 기렸다.
· 인종이 황위에 오른지 41년 만에 세상을 떠났다.	

북송 시대 지도

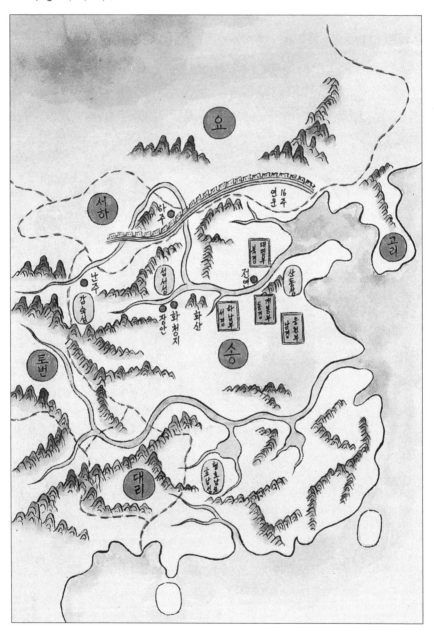

책을 내며

누군가 물었다. 책을 들자마자 숨가쁘게 읽었노라고, 쓰느라 시간이 많이 걸리지는 않았느냐고.

그랬나, 잠시 생각해 보았다. 그리고 이내 고개를 저었다. 쓰는 데 걸린 시간은 한 달쯤밖에 되지 않았으니까. 물론 그 전에 자료 조사를 한 시간도 꽤 길었고, 완성한 뒤로도 한참을 두고두고 첨삭을 거쳤지만, 중요한 뼈대가 되는 이야기는 프롤로그에서 에필로그까지 단숨에 써내려 갔다. 조금씩 다듬고 고쳐서 인터넷에 연재하기 시작한 것은 그 다음의 일이었다.

글을 빨리 쓰는 편이기는 하지만, 그래도 비정상으로 보일 만큼 빠른 속도였다. 대체 무슨 힘으로 그렇게 썼을까? 대체 무엇이 그렇게까지 나를 몰아갔을까?

아마도 그때 나는 무언가에 몰두하고 싶었던 모양이다. 세상에서 가장 사랑하던 분을 잃었던 때였으니까.

참 고운 분이셨다. 목선이 고와 한복이 잘 어울렸고, 눈매랑 입매도 소녀처럼 순진하고 아련했다. 그런데도 웃음소리는 담 너머까지 들릴 만큼 호탕했고, 어떤 일에든 흔들림 없이 곧고 단단하면서도 다정하기가 솜꽃 같았던 분.

그런 분이 중풍으로 쓰러져 몸도 못 가누고 기억도 거의 잃었을 때, 도무지 믿어지지가 않았다. 단숨에 시간을 거슬러 올라가 갓난아기가 된 것 같았다. 아니, 정말로 아기였다. 여리디 여려 일일이 다 보살펴 주어야 하는 아기. 밥도 먹여 드리고, 기저귀도 갈아 드리고, 목욕도 시켜 드리고……

처음에는 눈도 뜨지 못했다. 그러다 조금씩 눈을 뜨고, 고개를 들고, 말을 시작했다. 손을 뻗었으며, 가만히 무언가를 쥐었고, 조금씩 몸을 일으켜 앉기도 했다. 눈빛은 아이처럼 더더욱 맑아졌고, 간간이 하는 말은 "배고파.", "추워.", "아당해(사랑해)." 같은 짧은 단어들. 때로는 그저 "웅!" 한 마디 하고 맑게 웃어 주는 것만으로도 목이 뻐근할 만큼 고마웠다.

어느 날인가, 옆에서 아기 그림책을 읽어 주다가 불현듯 눈물이 치받아올랐다. 이게 아닌데, 이게 아닌데, 어떻게 이 현명하고 사리 밝던 분에게 아기 그림책을……. 치받아오는 서러움에 그만 울음이 터지고 말았다. 그러자 까닭도 모르면서 당신도 눈이 똥그래져서 "나도 슬퍼.", "나도 슬퍼." 하며 따라 우셨다. 나는 그저 와락 안아 드릴 수밖에 없었다. 솜털처럼 부드러워진 그 몸을, 깃털처럼 가볍지만 사랑스러운 몸을, 이제 더는 제 스스로 사랑하는 이들을 안아 줄 수 없고 오히려 포옥 아기처럼 안겨들고 마는 그 마른 몸을.

그래도 곁에 있으면 행복했다. 마치 아기가 커가듯 당신도 해마다 조금씩 나이를 먹는 것 같았다. 아이를 키우는 부모 마음이 이런 걸까, 이렇게 조금씩 조금씩 더 많이 말하고 더 많이 걷는 모습을 보며 한없이 기뻐할까. 사람들이 그 말을 듣더니 모두들 내가 뒤늦게 철이 들었다며 웃었다.

그리고 다섯 살박이 아이가 되었을 때, 그분은 떠나셨다. 한밤중에 응급실에 실려 간 당신 옆에서, 가망이 없다는 말을 들으면서도 차마 보내 드릴 수가 없어서 "가지 마!" 하며 울기만 했다. 사랑한다는 말 한 마디 제대로 못하고, 그냥 바보처럼 가지 마, 가지 마 하면서 손만 부여잡고 울다가 당신 입에서 호흡기가 떼내지는 것을 보았다. 좀 더 멋진 말을 해 드릴 걸, 좀 더 편하고 행복하게 보내 드릴 걸, 때늦은 후회로 펑펑 눈물이 솟았다.

그리고 그때, 이 소설을 썼다. 한 달 동안 미친 듯이 글만 썼다. 쓰면서 울고, 쓰면서 웃었다. 소설 속에 나오는 선한 검객 이야기에 흠뻑 빠져서, 그 이야기 바탕을 만들어 주신 분을 사무치게 그리워하면서, 미친 듯이 쓰고 또 썼다. 그래도 슬픔은, 오롯이 남았다.

어느 새벽녘은 내내 뒤척이다 설핏 잠이 들었는데, 문득 몸을 돌리니 꿈인지 생시인지 바로 눈앞에 당신이 계셨다. 안고 싶었는데, 언제나처럼 보듬어 안아 드리려 했는데, 당신이 도리어 팔을 내밀어 나를 안아 주셨다. 언젠가 아주 어렸을 때 아기였던 나를 안아 주었듯이. 그리고 한 마디 속삭이셨다.

"예쁜 딸, 잘 살아."

아아, 그게 꿈이었을까. 한순간 번쩍 눈이 떠지고, 그 다정한 목소리가 현실이 아니었음을 절실하게 깨달았어도, 그래도 그것이 그저 꿈뿐이었을까. 그 슬프도록 따뜻한 몸의 느낌이.

예쁜 딸, 잘 살아.

그 한 마디 전해 주려고, 그 먼 길 휘이휘이 돌아온 그 마음이 그토록 절실하게 느껴지건만, 그래도 여전히 그건 꿈, 뿐이었을까.

어머니, 엄마.

불러만 봐도 가슴 가득해지는 이름, 어머니. 사랑하는 내 어머니……

아마도 이 책은 어머니가 내게 마지막으로 주고 간 선물이 아닐까 싶다. 아니, 내가 처음으로 어머니께 드리는 선물이 아닐까 한다. 그토록 많은 기사와 취재 글을 썼어도, 책 속에 언제나 필자로 이름 석 자 버젓이 박혀 나와도, 온전히 나만의 이름으로, 나만의 상상력으로 쓴 글이 세상에 나오는 것은 이 책이 처음이다.

그래서 당신을 잃었던 가장 슬픈 순간에, 가장 행복한 글쓰기를 하게 해 주셨던 어머니께 이 책을 바치고 싶다.

어머니, 사랑합니다. 예쁜 딸, 잘 살겠습니다.

2005년 3월 봄의 첫 자락에.

임금의 나라
백성의 나라 상 · 북리 군왕부 살인 사건

글쓴이 김용심

2005년 4월 1일 1판 1쇄 펴냄
2010년 6월 30일 1판 3쇄 펴냄

지도 그림 이원우 | **편집** 박영신, 서혜영, 유문숙 | **디자인** 신수경, 유문숙
제작 심준엽 | **영업** 김지은, 김현경, 박꽃님, 백봉현, 안명선, 이옥한, 조병범, 최정식
홍보 조규성 | **콘텐츠 사업** 위희진 | **경영 지원** 유이분, 전범준, 한선회
제판 아이 · 디 피아 | **인쇄와 제본** (주)상지사 p&b

펴낸이 윤구병 | **펴낸 곳** (주)도서출판 보리 | **출판 등록** 1991년 8월 6일 제 9-279호
주소 (413-756) 경기도 파주시 교하읍 문발리 파주출판도시 498-11 | **전화** 031-955-3535 | **전송** 031-955-3533
누리집 www.boribook.com | **블로그** boribook.tistory.com | **전자 우편** bori@boribook.com

ISBN 978-89-8428-622-1 04810
ISBN 978-89-8428-621-4 (세트)

이 책의 국립중앙도서관 출판시 도서목록(CIP)은 e-CIP 홈페이지(http://www.nl.go.kr/ecip)에서 볼 수 있습니다.
(CIP 제어 번호: CIP2010001915)